De groene rivier

Vertaald door Peter Abelsen

Liu Heng

De groene rivier

2001 Uitgeverij Bert Bakker Amsterdam

Oorspronkelijke titel *Green River Daydreams*

Omslagontwerp Mariska Cock
Omslagillustratie ABC Press/Magnum
ISBN 90 351 23 204

Uitgeverij Bert Bakker is onderdeel van Uitgeverij Prometheus

DEEL EEN

Maart 1992

1 MAART

Er valt zoveel te vertellen, laat ik maar gewoon van wal steken. Mensen zijn vreemde wezens. Wat er pal voor hun neus gebeurt kunnen ze niet onthouden, en wat allang voorbij is, vertrapt onder hun hakken, dat kunnen ze niet vergeten. Ja, mensen zijn vreemde wezens, stuk voor stuk! Vraag me niet wat ik gisteravond heb gegeten, ik zou het je niet kunnen zeggen. Wil je met alle geweld iets van me weten, vraag dan naar iets interessants. Zo niet, dan heb ik niks te melden. Knoop dat goed in je oren. Afijn, waar zullen we eens beginnen, lulletje? Tja, ik ben nogal grof in de mond. Maar dat vind jij niet erg, hè? Nee, jij bent een gezeglijk jongetje, dat zag ik al meteen.

Die dag, ik zou niet meer weten welk jaar, 1908 misschien, maar goed, die dag ging ik naar het Wilgendorp om de postboot op te wachten. En omdat ik te vroeg was, holde ik van de kade naar Bofkonts Theehuis voor een kom Smaragden Schelp-thee. Ik ging ermee aan het raam zitten om de rivierarm in de gaten te houden, maar ik zag niets anders dan kleine bootjes die kwamen en gingen met hun varkens of vaten met ingelegde groenten en kruiderijen. En vrouwen, uiteraard. Ik was zestien en ik keek het liefst naar knokpartijen en de gezichten en tieten van vrouwen, en naar hun kont natuurlijk. Wat krijgen we nou, een afkeurende blik? Wou je soms beweren dat jij niet naar zulke dingen kijkt? Nou dan! Zo ken ik je weer. Zoals ik al zei, je bent een goed knulletje. Lui die nooit naar vrouwenkonten kijken, weet je wat die graag zien? Ik ben grof in de mond, maar de waarheid moet gezegd. Die kijken het liefst naar hun eigen stront in de pleepot! Strontvliegen zijn dat, zulke lui, dus je kunt het ze niet eens kwalijk nemen. Maar jij en ik, wij zijn mensen en wij kijken naar dingen die de moeite van het bekijken waard zijn. Heb ik gelijk of niet, miezerdje?

Een vrouw stond op een bootje met haar kont te draaien terwijl ze de vaarboom duwde, en ik begon weg te dromen. Op klaarlichte dag. Een schandelijke dagdroom was het. Ik klemde me aan die lekkere plompe reet vast en wiegde heerlijk met haar mee, heen en weer gingen we, tot we een en dezelfde persoon werden. Ja, lach maar. Kan me niks schelen. Gisteren droomde ik trouwens ook zoiets, maar in plaats van een vrouw hield ik nu een vos met een lange staart vast. Ik wist niet eens of het een mannetjes- of een vrouwtjesvos was. Eigenaardig, vind je niet?

Als ik je verveel, zeg je het maar. Dan hou ik mijn kop wel. Hoeveel mensen kunnen zeggen dat ze mijn leeftijd hebben bereikt? Ik ben van de vorige '92. Achttientweeënnegentig. Dus reken maar uit. Mijn tijdgenoten liggen allang in hun graf te rotten. Als je hun gebeente vond, dan hield je het voor de botten van een geit of een varken. Ze zijn allang niet menselijk meer. Dus ik zou gewoon tevreden moeten zijn met mijn lot. Al dat gepraat, een veeg teken is het. Als ouwetjes zoveel praten, is dat een teken dat ze op hun laatste benen lopen. De Hemel zit ze op de hielen!

Geef me die theekom eens aan, jongen.

Dank je. En nu de kwispedoor.

Je hebt een paar fikse oren, zie ik.

Die brengen geluk, wist je dat?

Weet je hoe ze mij noemen?

Oren, zo noemen ze mij.

Kom, pak er maar een beet. Hoe voelt dat?

Precies, net een zeekomkommer.

Maar goed, waar was ik gebleven? Ah ja. Misschien praat ik te veel, maar wat dan nog? Het interesseert me geen moer hoe de Hemel en de doden over me denken, ik wil zeggen wat ik op mijn lever heb. Jonge gasten als jij hebben het gemakkelijk. Jullie hebben alle tijd van de wereld om je zegje te doen. Al ben je een jaar lang je tong kwijt, maakt niet uit. Maar voor mij is alles wat ik zeg iets wat ik niet ongezegd hoef te laten. Voor mij telt elke dag dat ik mijn mond nog kan roeren. Ik verdom het om zo'n mooi verhaal als het mijne in mijn binnenste te laten wegrotten. Ik moet en zal het vertellen, en het kan me niet schelen of je luistert of niet. Tegen de muur praten is niks nieuws voor mij, dat doe ik al jaren.

Op die muur daar is een vrouwenkont te zien.

Goed kijken.

Ben je blind of zo?

Waarom verdoe ik mijn tijd met jou?

Nee, ik weet ook wel dat het geen kont is. Het is een vochtplek door de regens van deze zomer. Maar je moet niet met je ogen kijken. Kijk met je geest. Met de juiste aandacht kun je je ogen sluiten en dingen zien die anderen niet eens met open ogen kunnen zien. Raad eens wat ik nu zie.

Jullie jongelui zijn veel te schuchter. Ik kan het je maar beter niet zeggen.

Ik zie het woord wellust.

Je weet toch wat wellust is, hè?

Bofkonts Theehuis had niet alleen thee te bieden. Je kon er ook je haar laten kammen. Zodra je ging zitten kwam er een jonge knul achter je staan, die je vlecht losmaakte en je haar uitkamde terwijl je je thee dronk. Als je ergens jeuk had, hoefde je maar naar de plek te wijzen en dan maakten de tanden van zijn kam er een eind aan. En je hoefde niet bang te zijn dat er roos in je theekom viel, want hij wreef eerst sesamolie in je hoofdhuid. Niemand wist hoe Bofkont op het idee gekomen was, maar zijn klanten vonden het heerlijk om naar buiten te lopen met een glanzende kop keurig gekamd haar, ook al kostte dat de prijs van twee extra kommen thee.

Het theehuis lag aan het kadeplein, vlak bij de Westelijke Straat van het Wilgendorp. Stak je het plein over, dan kwam je in de Oostelijke Straat, waar van alles te koop was. Maar de levendigste handel was die in vlees. Vrouwenvlees, als je begrijpt wat ik bedoel. De mannen van wie het hoofd naar sesamolie rook waren de zuinigste hoerenlopers. Als ze aan hun gerief waren gekomen, holden ze gauw weer terug naar het theehuis, dronken een hele pot leeg, veegden hun mond af en begonnen luidkeels te pochen over hun verrichtingen, tot in de smeuïgste bijzonderheden. Sommige kerels raakten zo door het dolle dat ze alles nog eens naspeelden, met een houten bank als hoer. Dus behalve dat je er je keel kon smeren en je haar kon laten kammen, kon je bij Bofkont ook nog eens van een hitsig sfeertje genieten. En dat was maar goed ook, want de thee was er verre van goedkoop, zij het minder duur dan die in de bordelen. Volgens de hoerenlopers kon je een kom mensenbloed kopen voor wat de thee daar kostte. Dus nu snap je meteen waarom ze voor en na het bordeel naar Bofkont kwamen.

Ze hadden het geld niet om die hoerenthee te drinken.

Ik had ook mijn redenen om te drinken wat ik dronk. Ik was geboren als lijfeigene van de familie van Cao Ruqui, Oude Meester Cao, uit het Iependorp. Hij was een steenrijke landheer en ik kon hem niet te schande maken door de goedkope Groene-Naaldthee uit onze streek te drinken. Ik bestelde altijd Smaragden Schelp, dat per boot uit een andere provincie werd ingevoerd. Ik negeerde het vunzige theater om me heen en tuurde ingespannen uit het raam, keek naar de boten, en de vrouwen, en droomde daar mijn eigen dagdromen bij. Maar luisteren deed ik óók en ik miste geen woord van de verhalen die de hoerenlopers ophingen. Een van hen pochte dat hij met een fles buitenlandse drank Zwarte Arend had ingepalmd, de duurste hoer van de Oostelijke Straat. Hij had haar zeven dagen achtereen genaaid zonder een cent te hoeven betalen.

Bofkont zelf riep het hardst van allemaal: Schei toch uit, vuile leugenaar!

De opschepper verweerde zich: Over zoiets lieg je toch niet? Ze is gewoon dol op drank!

Bofkont zei: Zeven dagen? Dan zul je haar eerst wel vermoord hebben, vuile necrofiel!

De anderen brulden van het lachen. Ik had geen idee wat een necrofiel was, maar de gedachte aan Zwarte Arend, met dat gezicht en die lange benen, was genoeg om me tintelingen over mijn hele lijf te bezorgen.

Bofkont had een scherpe tong, maar tegen mij was hij altijd heel voorkomend, omdat hij wist wie ik was. Hij vulde mijn kom altijd heel behoedzaam bij, wat me het gevoel gaf dat ik iets voorstelde.

Hij vroeg: En, Oren, hoe gaat het met je meester?

Ik antwoordde: De oude heer maakt het voortreffelijk, dank u voor de belangstelling.

Hij vroeg: Ben je weer voor hem naar de apotheek geweest?

Ik antwoordde: De oude heer heeft me om Koreaanse ginseng gestuurd, en om boksdoorn.

Hij vroeg: Dus hij slikt nog steeds versterkende middelen, ondanks het feit dat het zomer is?

En ik zei: Dat weet ik niet.

Hij vroeg: Wacht je soms op de post? Zo ja, dan wacht je voor niks. Heb je het niet gehoord? In Eendenkroosbocht is er opstand uitgebroken onder de hongersnoodslachtoffers. De rivier is voorlopig gesloten voor alle vrachtvaart en overheidsboten. Dus die post kun je vergeten, of je moet een dag of tien willen wachten. Ga maar weer terug naar het Iependorp en doe Oude Meester Cao de hartelijke groeten van me. En wees voorzichtig met de middeltjes die je hem te drinken geeft. Pas op dat ze hem niet zijn gezondheid kosten.

Bofkont kon praten als de beste. Als je hem zo hoorde, leek het net alsof hij zo met Oude Meester Cao om de tafel kon gaan zitten. Maar ik denk dat Oude Meester hem niet eens herkend zou hebben als hij hem was tegengekomen. Het was een geschikte vent, Bofkont, maar hij had geen idee waarom ik zo vaak in zijn theehuis zat. Je lacht er misschien om, maar mijn hart bonsde in mijn keel van al die vieze praatjes, en ik fantaseerde dat ik mezelf onderdompelde in het parfum van die vrouwenvleeshandel daar in de Oostelijke Straat. Een schreeuw van Bofkont haalde me uit mijn dagdroom: Hé, hoor daar eens! Het bleef rumoerig, dus moest hij zichzelf herhalen: Hé, koppen dicht allemaal! Luister!

De mannen kalmeerden en werden beloond met geluiden die van de Groene Rivier kwamen, een stoomfluit en het geschreeuw van botentrekkers. Er kwam een boot binnen, een grote.

De theehuisklanten stormden nieuwsgierig naar buiten en het kadeplein was al snel een zee van deinende hoofden en zwaaiende vlechten. Helemaal vooraan stond een horde hongersnoodvluchtelingen. Die hadden zich overal in het dorp schuilgehouden, maar bij het horen van het rumoer op de rivier waren ze als uitgemergelde honden komen aanrennen. Op de stenen trap aan het begin van de Oostelijke Straat stonden lichtekooien die zich buiten hun bordeel hadden gewaagd. Ze waren gehuld in goedkoop en opzichtig satijn, zo dun dat je er zowat doorheen kon kijken, maar ze droegen hun kleren in de stijl van de welgestelde dames van verder stroomafwaarts, niet los en zakkig als in onze streek. Ik deed een stap achteruit om ze beter te kunnen zien. Mijn gulzige ogen hadden een eigen wil en dwaalden rond als de handen van een gauwdief.

Het water van de Groene Rivier stond een meter of drie lager dan normaal. Langs de oever waren witte keien en rotsen drooggevallen en verdord wier lag als lijkenhaar aan de bodem vastgeplakt. De botentrekkers sjouwden tegen de oever omhoog, eerst over het dode wier en dan de treden van de kade op, helemaal naar boven. De kiel van de boot boorde zich in de rivierbodem en zond modderige bellen omhoog. De hongerlijders vielen op hun knieën alsof ze de keizer zelf hadden gezien en begonnen als waanzinnigen te schreeuwen: Iets te eten, Meester! Alstublieft, Meester, iets te eten!

Het was een enorm schip. Geen passagiersschip of zoutschip, en ook geen rijstboot. Het was een raar ding, met een mast in het midden, en op de voorsteven was een vissenkop geschilderd met twee grote staarogen. Ken je de Groene Rivier? Grillig als ik weet niet wat. Eerst loopt-ie helemaal naar de districtshoofdplaats, dan opeens weer naar de hoofdstad van de provincie en vandaar gaat-ie een andere provincie binnen. Ik wist toen nog niks van zeeën en oceanen en dacht dat rivieren gewoon brede greppels in de grond waren, waar het water steeds opnieuw doorheen stroomde zonder ooit ergens anders heen te gaan. Zo'n boot uit een of andere verre provincie interesseerde me niks. Toen de loopplank op de kade neerkwakte had ik meer oog voor die hoeren.

Langs het dolboord had ik alleen maar dragers zien staan, verder niemand.

De hongerlijders veranderden opeens hun smeekbede: Vadertje! Vadertje! Geef ons wat te eten!

Ik werd nieuwsgierig naar die vader van hen, en toen ik me omdraaide zag ik twee keurig geklede heren over de loopplank komen. De een was lang, de ander kort, en beiden droegen een zwart westers kostuum met een cape en een hoge hoed. Ze schrokken zich dood van die lui aan de wal. Een zee van knokige armen en bedelaarskommen! Het leek wel of de kade overwoekerd was met vuile paddestoelen, zonder een plekje waar die twee van de plank konden stappen. De lange nam zijn hoed af en er kwam een grote bos goudgeel haar te voorschijn. Hij had een haviksneus, de ogen van een zwaan en een blanke huid. Dus ik hoef je niet te zeggen wat we daar aan zagen komen.

Een heuse Europeaan.

De mensen op de kade weken uiteen bij die aanblik. De vluchtelingen hielden zwijgend hun kommen omhoog en de Europeaan gooide er muntjes in terwijl hij zich langs hen heen werkte. De korte man kwam ook met muntjes, maar hij smeet ze ongedurig van zich af. Ze vochten erom, die armoedzaaiers. Het werd één woelende massa. Net een troep dolle honden. Toen de Europeaan door zijn muntjes heen was begon hij zilverstukken uit te delen, en dat bracht die schaamteloze sloebers weer aan het brullen. Je hoeft geen genie te zijn om te bedenken wat ze nu schreeuwden.

Buitenlandse Voorvader, geef uw onwaardige kleinkind er ook een!

Als je maar hongerig genoeg bent, raak je vanzelf je menselijkheid kwijt.

De kleinere man was geen buitenlander, maar zijn huid was nog bleker dan die van zijn metgezel. Hij keek me strak aan terwijl hij mijn kant uit kwam, en toen hij me voorbij was keek hij over zijn schouder om me nogmaals in ogenschouw te nemen. En ik keek naar hem. Ik wist dat ik die misnoegde blik eerder had gezien, maar ik kon hem niet thuisbrengen. In die tijd was een sombere oogopslag normaal voor mensen met een opleiding. Voor leraren vooral, en voor geleerden van het slag dat in wijnlokalen rondhing, of studenten aan hogere scholen. Je hoefde ze maar aan te kijken en je kreeg het gevoel dat de hemel elk moment omlaag kon donderen en dat niemand het overleven zou.

Maar toch, onvoorstelbaar dat ik hem niet herkende!

Hij bleef stilstaan, zo'n twintig passen van me af.

Daar stonden we, van elkaar gescheiden door hongerlijders en hoeren.

Hij riep: Oren, ben jij het?

En toen wist ik het. Die treurige blik van hem deed me in tranen uitbarsten. Ik rende naar hem toe en maakte een voetval, waarbij ik zo hard met mijn kop op de grond bonkte dat de stenen ervan zongen. Ik zag sterretjes, maar het deed geen pijn. Die bedelaars en snollen moeten zich rot zijn geschrokken.

Heb je ooit naar zo'n rondtrekkende verhalenverteller geluisterd?

Hun laatste zin is altijd het mooist, vind ik.

Volgende keer gaan we verder.

Nu moet ik er even uit, een ommetje maken.

Morgen vertel ik je wie het was, daar op die kade.

Alweer een vliegtuig. Geen wonder dat ze hier een tehuis hebben neergezet. Die ouwetjes zijn toch allemaal doof, zullen ze gedacht hebben. Die merken er niks van. Maar mijn gehoor is nog prima en dat was het achtendertigste vliegtuig van vandaag. Toen ik hier net woonde heb ik steen en been geklaagd. Razen en tieren, elke keer dat er een overvloog. Maar ik ben eraan gewend geraakt. Het zijn nu net vogels voor me. Ik kijk ernaar zoals ik ooit naar de boten voor Bofkonts Theehuis keek. De Groene Rivier stroomde en stroomde en mondde ten slotte uit in mijn hoofd.

Ach, laat ik het je nu maar vast vertellen. De naam van de kleinere man was Cao Guanghan. Als tweede zoon van Oude Meester Cao was hij de tweede meester van de familie. Dus zo moest ik hem noemen, Tweede Meester. De familie had hem naar een buitenlandse school kunnen sturen dankzij de voorspraak van een verre oom, die aan het Mantsjoe-hof van Keizer Guangxu had gediend. Die buitenlandse studie was hard nodig geweest, want Tweede Meester had altijd commentaar gehad op van alles en nog wat. Een dwarsligger. Een zeurkous. Ze hadden hem weg willen hebben uit het Iependorp omdat hij tot een zonderling dreigde op te groeien. Hij was in 1903 op negentienjarige leeftijd vertrokken, dus moest hij nu, bij zijn thuiskomst, drieëntwintig zijn. Zijn kleding was niet het enige wat veranderd was aan hem. Hij was flink uitgebot. Maar zijn gezicht was nog hetzelfde. Nog steeds die blik waardoor je je bezorgd afvroeg hoe hij zich staande kon houden. Oren, ben jij het? Hij klonk als een man die zojuist uit de krochten van de hel was komen kruipen, en die weldra weer terug zou kruipen.

Tweede Meester was een man om meelij mee te hebben.

Dat was vliegtuig nummer negenendertig.

Heb jij ooit in zo'n ding gezeten, jochie?

O, dat vergat ik nog te vertellen. Toen die buitenlander de kade van het Wilgendorp achter zich liet, veroorzaakte hij de nodige opschudding onder de hoeren van de Oostelijke Straat. Een van hen riep zelfs iets vunzigs. Heel hard. Het was niet Zwarte Arend maar een meisje in een roze jurk dat Wit Paard heette. Ze draaide met haar kont alsof ze daar de gouden toverknuppel van Sun Wukong voelde.

Jazeker, het was toen nog de feodale maatschappij, maar wat zou dat?

Vrouwen zijn vrouwen.

Vrouwen zijn onberekenbaar, en dat zijn ze altijd geweest.

Weet je wat ze riep? Ze riep: Reken maar dat hij een enorme buitenlandse pik heeft!

Afijn, naar bed jij. Ik hoop dat je me weer levend aantreft als je hier morgenochtend terugkomt. Het sappigste moet nog komen en ik wil alles verteld krijgen. Vooruit, naar je nest. En bloos niet om zo'n stomme vrouwenkreet.

Maar ik zeg je, zo riep ze het letterlijk, hoor.

En nu ben ik moe.

2 MAART

Het Iependorp ligt in een enorme vallei achter twee bergketens. De Zwarte Rivier stroomt daar klaterend doorheen en is zo ondiep dat er alleen vlotten op kunnen varen, geen boten of schepen, hoe licht ook. In het midden van die rivier liggen huizenhoge rotsen waarop je het water hoort breken. De rivier maakt negenenveertig bochten eer hij de westrand van het Wilgendorp bereikt en een zijtak van de Groene Rivier wordt.

Destijds waren er omwille van die vlotten geen lage bruggen over de rivier. Eén hangbrug, dat was alles. Voor de rest moest je er maar gewoon doorheen waden. Vanaf de kade van het Wilgendorp was het vijf kilometer naar het Iependorp, waarbij de weg dan weer langs de ene oever liep en dan weer langs de andere. Wie geen rit te paard of in een draagstoel kon betalen, moest de afstand blootsvoets afleggen, met zijn schoenen in de hand. Als er 's zomers overstromingen waren, was er helemáál geen weg. Maar dat maakte weinig uit, want er was maar zelden verkeer tussen het Iependorp en de plaatsen aan de andere kant van de bergen. Wij van het Iependorp hadden het goed. Genoeg te eten en genoeg kleren. Waar moesten wij over inzitten? Vergeleken met talloze andere dorpjes langs de Groene Rivier vonden wij dat we in het Iependorp een hemel op aarde hadden.

Nu ik eraan terugdenk was die zelfvoldaanheid bespottelijk. Er waren maar twee soorten mensen in de hele vallei: de leden van de Cao-familie en hun pachters en knechten. Voor de Cao-familie zal het Iependorp inderdaad de hemel op aarde zijn geweest, maar voor ons horigen was er niks hemels aan. Want wat stelde ik nou eigenlijk voor? Ik beschouwde mezelf als een man, maar in wezen was ik gewoon een hond van de Cao's, een zwerfhond die ze voor de hongerdood hadden behoed.

Nu moet ik daar meteen bij zeggen dat ik destijds maar wat blij was om een hond te zijn. Dolblij om de familie te mogen dienen. En de reden daarvoor is simpel: ze behandelden me alsof ik een van hen was. Ik was een weeskind, maar op driejarige leeftijd had ik de kippen van de Cao's mogen voeren, op mijn vijfde had ik hun varkens aan de trog mogen zetten, en op mijn negende had ik de paarden verzorgd. Anderen moesten vanaf hun zestiende zwoegen in de slachterij van de familie, in de papiermolen of in de waaierfabriek. Maar Oude Meester Cao had mij op mijn veertiende zijn lijfknecht gemaakt, en sindsdien had ik volop te eten gehad, hele kleren en spullen waar anderen alleen maar van droomden. Wat kon ik me beter wensen? Vanaf mijn dagen met de kippen had ik mezelf geen buitenstaander meer hoeven voelen. Al die jaren hadden me het idee gegeven dat ik zelf bijna een zoon was van Oude Meester Cao. En zolang ik dat maar geloofde, was het me om het even hoe hij over mij dacht. Zeg eens, hoe zou jij iemand noemen die net doet alsof hij de zoon is van een ouwe landeigenaar?

Een tragische figuur... ja, dat zeg je goed.

En het is meteen de reden waarom ik huilde toen ik me aan de voeten van Tweede Meester wierp, daar op de kade van het Wilgendorp. Die bekommerde blik maakte dat ik met hem nog de sterkste band voelde. Ik sprong weer overeind, rende om hem heen en vroeg hem een hand op mijn schouder te leggen, wat hij na enige aarzeling ook deed. Zo kon hij op me steunen terwijl ik een weg voor hem baande door dat woud van vluchtelingen. Ze bleven maar smeken: Lief Vadertje! Red ons, alsjeblieft! Het liefst had ik ze stuk voor stuk een schop onder hun hol verkocht! Als ze zo'n honger hadden, waarom namen ze dan geen hap uit hun eigen been? Welk recht had dat tuig om in dezelfde wereld te leven als hij? Tweede Meester keek ongelukkig, maar ik kon niet uitmaken of ze nu afkeer of medelijden bij hem opriepen. Hij werkte zich door de menigte alsof hij voor zijn leven vocht.

Hij vroeg: Wat is hier allemaal gebeurd?

Ik zei: Vorig jaar overstromingen, dit jaar droogte.

Hij vroeg: En hoe zit het met de rijstschuren bij ons, in het Iependorp?

Ik zei: Die zijn goed gevuld.

Hij vroeg: Maar waarom delen we daar dan niet van uit?

Ik zei: Ze hebben ook al heel wat uitgedeeld. En de familie heeft bovendien een soepkokerij laten inrichten in de districtshoofdplaats. Daar worden elke vijf dagen maaltijden uitgedeeld. Eerste Meester gaat er een paar keer per maand heen om op een goed verloop toe te zien.

Hij vroeg: Waarom is die kokerij niet elke dag open?

Ik was beduusd door zijn verontwaardigde toon.

En hij was nog niet klaar: Hoeven mensen soms maar om de vijf dagen te eten?

Ik zei: Als de overheid er al niks aan doen kan, wat moeten wij dan? En wat moeten we zelf eten als we al onze rijst weggeven?

Hij zei: Mensen moeten eerlijk delen.

Tweede Meester hield er nog altijd merkwaardige denkbeelden op na, en ik prentte mezelf in dat ik goed op mijn woorden moest passen. Toen we de weg hadden bereikt, vroeg ik of ik hem op mijn rug mocht nemen zodat ik hem de berg op kon dragen, maar dat wilde hij niet. Ik vroeg het nog een keer, maar hij bleef weigeren. Wel gaf hij iets toe door zijn handen op mijn schouders te leggen. Ik was bang dat die houding vermoeiend was voor zijn armen, dus zakte ik door mijn knieën en probeerde mezelf zo klein mogelijk te maken. Mijn gezicht was zo dicht bij de grond dat ik tegen de helling omhoog leek te klauteren.

De buitenlander week geen moment van onze zijde, luisterde naar alles wat ik tegen Tweede Meester zei en volgde het bewegen van onze lippen. Als we niet spraken begon hij te fluiten, heel hard, net een fluitspeler. Tweede Meester was te somber om veel te zeggen, en als hij al iets zei deed hij het mompelend. Maar de buitenlander knikte elke keer instemmend. Hij had een vriendelijk, open gezicht, maar erg slim leek hij me niet. Op zeker moment liep hij naar een groepje bomen langs de weg en begon een verbijsterende straal pis te produceren. Ik had een levendige geest in die tijd, en ik moest onmiddellijk denken aan wat die hoer had gezegd. Zo iemand was ik nou. Ik begon gelijk weer te dromen van vrouwen die zich met hun kont omhoog over hun vaarbomen bogen.

Kijk eens goed naar mijn gezicht. Wat vind jij, heb ik een verachtelijk smoelwerk?

Aan iemands uiterlijk kun je niet zien of hij verachtelijk is. Neem jou, bijvoorbeeld. Jij lijkt best een braaf jongetje, maar ik heb geen idee van wat er in je omgaat.

Zeg, je zit toch niet te fantaseren over het uitkleden van een meisje, hè?

Toen ik jong was deed ik dat voortdurend, moet je weten.
Fantaseren, bedoel ik.
Wat dat andere betreft, daar vertel ik je later nog wel over.

We kwamen pas laat in de avond thuis, omgeven door een enorme sliert vluchtelingen die erom geknokt hadden wie de bagage van Tweede Meester mocht dragen. Er viel niet van die lui af te komen. Naast de bagage waren er nog een stuk of zes kisten, sommige ter grootte van een kippenhok, andere wel zo groot als een meloenenschuur. Op dat moment wist ik nog niet wat de inhoud was, maar later bleken er tweedehands machineonderdelen in te zitten, voor het maken van lucifers. Tweede Meester had er eigenlijk dragers voor willen huren, maar de vluchtelingen hadden zich erop gestort en hadden die kisten als een leger mieren met zich meegevoerd. Ik zei hem dat hij om narigheid vroeg door die leeglopers mee te laten komen naar het Iependorp, maar zijn enige reactie was een boze blik.

Hij zei: Wat is daar nu op tegen?

De vluchtelingen waren leep genoeg om hun uiterste best te doen en heel voorzichtig met die kisten om te springen. Ze hadden ver voor ons uit de top van de berg bereikt en waren daar tegengehouden door horigen van de Cao-familie, die tot taak hadden alle hongerlijders te weren zodat ze geen rotzooi konden trappen in het Iependorp. Maar van Tweede Meester mochten ze mee en even later liep de hele stoet als een kudde schapen het Iependorp binnen, met die kisten hoog boven zich uit door de hoofdstraat. Net een religieuze processie.

Het nieuws van onze aankomst was ons vooruitgesneld en huisbedienden van de Cao-familie stonden ons op te wachten met toortsen en lantarens. Het hele dorp was in rep en roer. Boven het rumoer uit hoorde ik de stem van Eerste Meester, Cao Guangman, de oudere broer van Tweede Meester. Hij stond op de stoep van het poortgebouw van het familiehuis, met de rode gloed van de toortsen op zijn gezicht. Hij was in zowat alles de tegenpool van Tweede Meester. Zijn schallende lach kon de pannen van het dak doen vallen.

Hij riep: Guanghan! Guanghan! Waar ben je?

Toen we ons met veel moeite naar voren hadden gewerkt, greep hij zijn jongere broer bij de schouders. De aanblik van die twee, de een warmbloedig en de ander koud, bezorgde me kippenvel.

De oudere broer zei: Ik zou je niet herkend hebben.

De jongere antwoordde: Ach, werkelijk?
De oudere broer vroeg: Wat moet die buitenlander hier?
De jongere zei: Hij is werktuigkundige, en een goede vriend van me.
Tweede Meester brabbelde iets tegen de buitenlander.
De buitenlander zei: Hoe maakt u het?
Zijn stem doorsneed de lucht als kattengekrijs.
Ik was de poort nog niet door of mijn bange vermoedens werden bevestigd, en ook Tweede Meester scheen nu zijn bedenkingen te krijgen over de vluchtelingen die als een horde waanzinnigen achter hem aan dromden. Ze sloegen op de houten kisten en zongen: Een, twee, drie, vier, geef ons eten, geef het hier! Vijf, zes, zeven, acht, wanneer wordt de wijn gebracht?
Tweede Meester werd bleek om zijn neus. Hier had hij niet op gerekend.
Neem het nooit serieus als ze je Vadertje noemen.
Geloof het nooit als mensen je de hemel in prijzen.

3 MAART

Tweede Meester leek wel een zuigeling. Hij lag op zijn knieën, met zijn gezicht in de boezem van zijn moeder gedrukt. Roerloos. Maar hij kon ook moeilijk anders, want zij had hem bij zich geroepen en vastgegrepen en hield hem zo stevig tegen zich aan gedrukt dat hij geen vin meer verroeren kon. Het was een tafereel dat we dikwijls hadden gezien in de dagen voor zijn reis naar het buitenland. Het hoorde een beetje bij die twee. Tweede Meester was pas op zijn negende van de tiet gegaan. Hij had geen genoeg kunnen krijgen van haar melk en zij had geen genoeg kunnen krijgen van het zogen, dus niemand had kunnen zeggen aan wie het lag.
Tweede Meester bleef een hele tijd zo zitten, misschien wel omdat zijn neus gevuld was met een lucht die hij in geen jaren geroken had. Mevrouw Cao, van de Zhang-familie, was nog geen vijftig, een strikte vegetariër en een vrome boeddhiste. De tranen stroomden over haar nog jeugdige gezicht.
Ze zei: Hanhan, nu je weer thuis bent mag je nooit meer weg!

Tweede Meester snikte alleen maar en duwde zijn gezicht nog dieper in haar boezem. Net een speenvarken.

Ze deden alsof ze alleen waren in de grote ontvangkamer. Oude Meester Cao, de familieoudste en Tweede Meesters vader, zat in een leunstoel tegen de achterwand, met Eerste Meester aan zijn ene zijde en de buitenlander aan zijn andere. Ik stond bij het raam. Niemand zei iets. Daar waren we te verbouwereerd voor. De buitenlander zal verbouwereerd zijn geweest om dat ongewone moeder-en-zoontafereel. Oude Meester en Eerste Meester waren het om een heel andere reden.

Ik ook.

Tweede Meester had geen vlecht!

Onderweg was ik ervan uitgegaan dat hij hem opgerold onder zijn hoed droeg. Maar toen hij zijn moeder in de armen viel, was die hoed op de vloer gerold als een afgehouwen hoofd. Alleen tegenstanders van de Mantsjoe-dynastie knipten hun vlecht af. Was Tweede Meester een rebel?

Mevrouw Cao huilde tranen met tuiten.

Oude Meester Cao zei geen woord. Het was net of hij zat te dutten.

Eerste Meester knikte glimlachend naar de buitenlander. De buitenlander glimlachte en knikte terug. En zo ging het nog een paar keer, waarna ze verlegen werden en elkaar niet meer aan durfden kijken. Moeder en zoon maakten geen aanstalten om elkaar los te laten. Ik kon zien dat de buitenlander zich steeds slechter op zijn gemak begon te voelen. Hij leek te vrezen dat zijn vriend elk moment aan een tepel van zijn moeder kon gaan zuigen.

Stel je voor!

Maar die vrees was zo ongegrond nog niet.

Ik had het met mijn eigen ogen gezien. Het was gebeurd in het jaar voor zijn afreis naar Europa, in de meditatiekamer van Mevrouw Cao. Hartje zomer was het geweest, en het venster van die kamer had halfopen gestaan. Het achterhoofd van Tweede Meester en een tiet van Mevrouw Cao waren duidelijk zichtbaar geweest. Die tiet had op een roomwitte kalebas geleken, maar dan niet zo stevig. Tweede Meester was achttien jaar oud geweest. En ik elf.

Omdat ik van kindsbeen af de gewoonte had gehad om overal door het familiehuis te dwalen, over muren en daken, had ik al heel wat verbazingwekkende dingen gezien. Als ukkie was ik wel eens op een dak geklommen als daar een geschrokken kip op was gefladderd. Als jongetje had ik daarboven naar de sterren zitten kijken. En als puber had ik er rondgezworven om redenen die zich minder makkelijk laten uitleggen, al geloof ik dat jij wel aanvoelt wat ik bedoel.

De Europeaan kreeg amper aandacht. De Cao's waren een wereldwijze familie die volop ervaring had met buitenlanders. Zo kwam de katholieke priester uit het Acaciadorp regelmatig naar het Iependorp, niet te paard of in een draagstoel maar op een muilezel, een reusachtig beest dat onophoudelijk balkte. Hij kwam niet om te prediken maar om varkensborstels te kopen uit het slachthuis van de Cao's, en hout uit hun zagerij. Hij sprak goed Chinees en was een volleerd pingelaar. Als de prijs van Eerste Meester hem te hoog bleef, haalde hij zijn schouders op en zei: Naai je ouwe moer maar!

En dan grijnsde Eerste Meester terug en zei: Naai jij je ouwe vaar maar!

En als ze het dan alsnog eens waren geworden, sloegen ze elkaar als oude vrienden op de schouders.

Tussen de Cao-familie en de priester bestond de stilzwijgende afspraak dat hij geen zieltjes zou komen winnen in het Iependorp, waar iedereen boeddhist was. De Cao's waren niet bang om zich met hem in te laten. In hun ogen was hij gewoon een handelsman, zoals alle buitenlanders. En het was duidelijk dat Oude Meester en zijn oudste zoon al niet anders dachten over de man die nu in de ontvangkamer zat.

Ik had te doen met onze grootneuzige gast, dus toen ik hem thee bracht zakte ik op één knie en hief de kop met twee handen boven mijn hoofd. Hij schrok van dit gebaar van eerbied voor hoog bezoek en nam de kop met bevende handen van me over. Hij keek alsof hij de tiet van Mevrouw Cao naar buiten had zien floepen.

Zijn houding was niet die van een aanzienlijk man.

Niet lang daarna volgde ik Oude Meester naar zijn vertrek, waar hij me het pakketje liet openmaken dat ik van de apotheker had meegenomen. Ik zei hem dat de vijfpotige ginseng was uitverkocht en dat ze alleen nog de vier- en driepotige soort hadden. Maar die hadden pluimen in overvloed en elke wortel had minstens dertig uitlopers. Hij pakte er een op en telde het zorgvuldig na.

Hij vroeg: Is die boksdoorn wel van zanderige bodem?

Ik zei: Dat heeft de apotheker me verzekerd.

In de kamer van Oude Meester brandde elke dag van het jaar een komfoor, met daarop een ketel waarin altijd wel iets pruttelde. Geen van zijn bedienden mocht een vinger naar zijn brouwsels uitsteken. Hij zorgde er altijd zelf voor, want als het op zijn gezondheid aankwam was hij fanatiek op het ziekelijke af. Hij was ook als enige bestand tegen de kwalijke lucht die altijd in het vertrek hing. Mevrouw Cao had haar intrek genomen in de meditatiekamer, waar ze at, dronk, scheet, piste en sliep en verlost was van de kookgeurtjes van haar echtgenoot. Maar dat was niet de enige reden voor haar verblijf in die kamer, want zelf was ze evenmin vrij van obsessies. Ze was bezeten van de Boeddha en van spoken en natuurgeesten. Ze zag zichzelf al jaren als een toekomstig Onsterfelijke!

Er was een gebeurtenis als Tweede Meesters thuiskomst voor nodig geweest om haar naar de ontvangkamer te krijgen.

Oude Meester Cao vond het allang best dat het huishouden zo was ingericht. Zijn dagelijkse genoegens bestonden uit het roeren in zijn brouwsels, lezen, het beoefenen van Tai Chi en het aanbrengen van schilderingen en kalligrafie op de waaiers uit het familieatelier. Hij had het niet beter naar zijn zin kunnen hebben. Behalve op de momenten dat de gedachte aan zijn eigen sterfelijkheid hem bekroop. Hij zou het nooit toegeven, maar ik wist hoe bang de dood hem maakte. En elke keer dat die angst bij hem opkwam ging hij verder in zijn gebruik van buitenissige ingrediënten. Hij had mieren en wespen ingeslikt, zijderupspoppen en horzels, ja zelfs een handvol duizendpoten met honing. Hij wist zelf niet meer hoeveel rare dingen hij al verorberd had. Buitenstaanders wisten niet beter of hij trok heilzame drankjes van ginsengwortels en geweitakken. Ze hadden geen idee wat hij allemaal in die ketel van hem gooide. Niemand in zijn familie was daar zo goed van op de hoogte als ik, want ik was degene die waterjuffers en krekels voor hem moest vangen, of pasgeboren muizenjongen!

Hij liet het aan zijn oudste zoon over om de familiebedrijven te bestieren.

Eerste Meester was innig tevreden met hoe de wereld in elkaar stak. Hij had een ongebreidelde levenslust en er was niets wat hij niet aandurfde. Toen die horde vluchtelingen een beleg sloeg voor het familiehuis knipperde hij niet eens met zijn ogen. Hij haalde de zes familiekoks uit hun slaap en liet ze de hele nacht potten met rijstepap en gestoomde broodjes maken, waarna hij persoonlijk meehielp om al dat eten naar het poortgebouw te dragen, en vanaf de hoge stoep broodjes in de mensenmassa ging staan gooien, heel ontspannen, alsof hij steentjes keilde langs het oppervlakte van de Zwarte Rivier.

Hij riep: Ga terug de berg over en neem hout mee naar het Wilgendorp, dan zorg ik voor eten. Begin bij zonsopgang, dan beloof ik jullie drie stevige maaltijden.

Maar het zou bij die ene maaltijd blijven. Toen ze de volgende dag klaar waren met hun werk en weer naar het huis van de Cao's trokken, werden ze opgewacht door een groepje bedienden gewapend met ganzenroeren en ander schiettuig, dat hen onder schot terugvoerde naar de voet van de berg. En zo keerde de rust weer in het Iependorp. Eerste Meester was in alle opzichten de eerste meester. Zijn slimheid en doortastendheid waren superieur aan die van zijn broer.

Weet je waar Tweede Meester goed in was?

In het zuigen aan zijn moeders tiet.

De twee vrienden werden ondergebracht in de linker van de twee uitbouwen van het familiehuis. Tweede Meester kreeg er het grote woonverblijf, de buitenlander een kamer aan de andere kant van de binnentuin. Oude Meester Cao en Mevrouw Cao hadden hun onderkomens aan de grote binnenplaats van het hoofdhuis, Eerste Meester huisde met zijn gezin in de rechteruitbouw. De linkeruitbouw had jarenlang leeggestaan, maar de vertrekken waren goed onderhouden en schoon. De binnentuin had een vijver, een sierheuvel en een prieel met blauweregen. Het was prachtig om te zien hoe die bloemen zich om de latten slingerden. Het was er goed toeven. Oude Meester zei me dat ik er ook moest gaan wonen, bij Tweede Meester en de buitenlander.

Hij zei: Neem jij het kamertje naast de tussenpoort maar.

Hij gooide wat ginsengwortels in zijn ketel en vertelde me wat mijn taken zouden zijn.

En tot slot zei hij: Hou een oogje in het zeil.

Ik begreep niet wat hij daarmee bedoelde.

Hij zei: Guanghan is geschift.

Hij viste het gaargekookte kopje van een mus uit zijn ketel, stak het in zijn mond en ging met smaak staan knabbelen. Er dreven veertjes op het mengsel. Hij gooide er de rest van de ginseng bij.

Het laatste wat hij tegen me zei was: Die barbaar is een dief!

Nu was mijn verwarring compleet.

Maar wees eerlijk, hoe kon het ook anders?

Knabbel, knabbel, knabbel!

Ik kap er even mee.

Ik heb koppijn.
Barstende koppijn.

Ik had je niet moeten vertellen dat ik altijd op de daken klom. Dat is al die jaren mijn grote geheim geweest. Maar haal je nu maar niks in je hoofd, al heb ik een rooie kop. Kijk, het kan me geen moer schelen of je me begrijpt of niet. Al wat ik bezit zijn de dingen die ik beleefd heb, en veel van wat ik beleefd heb vloeide voort uit wat ik op die daken deed. Dus hoe zou mijn ouwe kop niet rood kunnen worden?

Heb jij wel eens zoiets uitgevreten?

Werkelijk? Of probeer je me alleen maar gerust te stellen?

Je hebt gelijk! Het probleem met moderne gebouwen is dat ze veel te weinig loergaten hebben.

Je hebt me enorm geholpen, jongeman. Dankzij jou kan ik mijn verhaal nu ophangen aan mijn dakenklimmerij. Dat had ik veel eerder moeten bedenken. Die verweekte ouwe hersens van me!

Kijk, die sierheuvel was vlak bij de dakrand.

Ik kon er met het grootste gemak opklimmen.

Vergeet niet dat ik vijf jaar lang de paarden van de Cao's had verzorgd!

En trouwens, als je jong bent is alles makkelijk.

Zeg, een telescoop... heb jij daar wel eens aan gedacht?

Heb ik ooit iets over gelezen in een tijdschrift.

Sjongejonge.

Al heb je nog zo'n oud smoelwerk, gezichtsverlies is altijd pijnlijk!

4 MAART

Goed, van hoofdhuisbediende werd ik dus de duvelstoejager van de linkeruitbouw. Maar ik bleef ook nog de medicijnenjongen van Oude Meester, en zijn spion. Ik had er mijn handen vol aan, maar ik wist wat me te doen stond en hoe ik het aan moest pakken. De buitenlander kon moeilijk wennen aan het eten in het familiehuis van de Cao's, maar daar maakte ik me niet al te druk om. Als-ie niet wilde eten, dan leed-ie maar een poosje honger. Nadat ik stiekem de zweetband van Tweede

Meesters hoed had gemeten, trok ik erop uit om een vlecht voor hem te laten maken.

In de omgeving van het Wilgendorp vond ik acht pachters die min of meer dezelfde kleur haar hadden als hij. Ik gaf ze elk een paar muntstukken, oogstte genoeg haar voor mijn doeleinden en ging ermee naar een mandenvlechter. Die waste het haar in een mengsel van azijn en specerijen en draaide er een glanzende zwarte vlecht van. Hij wilde natuurlijk weten voor wie dat ding bestemd was, of dat soms iemand was die zijn eigen vlecht had afgeknipt.

Ik zei: Het is voor een monnik die zijn roeping heeft opgegeven. Een familielid van me.

Ik nam de vlecht mee naar huis en liet hem aan Oude Meester zien.

Oude Meester zei: Er zitten geen luizen in, neem ik aan?

Hij was heel tevreden en zei dat ik Tweede Meester moest gaan opzoeken en naar de familiekamer brengen. Ik vond hem in de draagstoelenschuur, waar hij machineonderdelen aan het poetsen was. Hij zat onder de smeerolie. Toen hij me naar de kamer was gevolgd en zijn vader met die namaakvlecht zag, snoof hij minachtend. De sfeer was meteen gespannen.

Hij zei: Dit zijn de ketenen waarmee de Mantsjoes ons geknecht hebben. Omdat u zelf geen frisse lucht wilt ademen, hoeft u dat een ander toch niet ook te ontzeggen?

Oude Meester zei: Ik zeg je dat ding te dragen, dus draag hem nou maar gewoon. Je zult er heus niet door stikken.

Tweede Meester vroeg: Waarom wilt u zichzelf en anderen een rad voor ogen draaien?

Oude Meester zei: Je mag dan buitenlandse manieren hebben bestudeerd, maar je moet niet vergeten wie je bent.

Tweede Meester zei: Hoe zou ik dat kunnen vergeten? Ik behoor tot een barbaars ras!

In plaats van boos te worden knikte Oude Meester voldaan terwijl zijn zoon met tegenzin de vlecht indeed. Tweede Meester keerde zich om en wilde gaan, maar zijn vader riep hem terug omdat hij nog iets te vertellen had. Tweede Meester zei dat zijn vader het kort moest houden omdat hij nog meer te doen had.

Dat schoot Oude Meester in het verkeerde keelgat.

Hij zei afgemeten: Je moeder en ik hebben voor de volgende maand je huwelijk geregeld.

Oude Meester veegde wat kruimels van zijn broek en keerde terug naar zijn eigen vertrek om een brouwsel te koken. Tweede Meester bleef als een houten beeld op de drempel van de familiekamer staan. Zijn ogen waren glazig en hij mompelde in zichzelf, met een stem die niet veel luider was dan het gezoem van een mug.

Hij zei: Ik heb ze nog geschreven dat ik onder dat huwelijk uit wilde, en daar gingen ze mee akkoord. Waarom bedriegen ze me zo? En waarom dringen ze me dat huwelijk op? Wat is hier gaande, Oren?

Ik zei hem dat ik van niets wist.

Ik zei: Ze zeggen trouwens dat het een echte schoonheid is.

Maar Tweede Meester brulde: Niets daarvan! Ik trouw niet en daarmee uit!

Wees eerlijk, dat klinkt inderdaad wel behoorlijk geschift, nietwaar?

Hij beende weg. De vlecht gleed van zijn hoofd en bungelde over zijn schouder, maar daar had hij totaal geen erg in. Hij zag eruit als een clown met een dierenstaart. Zelf had ik dat meisje nog nooit gezien, dus ik wist niet zeker of ze echt wel een schoonheid was, maar de kans was klein dat ze een apenkop zou hebben. Een man van drieëntwintig die niet wilde trouwen… waar sloeg dat op?

De bedienden zeiden allemaal dat er iets mis was met Tweede Meester.

Sommige mensen zeiden zelfs dat er iets mis was met de hele familie!

Dat soort praatjes, daar heb ik nooit tegen gekund.

Ik heb last van voetschimmel.

Het is al zeker veertig jaar terug dat ik voor het laatst last van voetschimmel had. Moet je je voorstellen, in die tijd hebben twee generaties mensen kunnen opgroeien, waaronder de jouwe. Ik loop nog maar weinig, de laatste tijd, en ik gebruik altijd mijn eigen washandje om mijn voeten te wassen, dus hoe kom ik nou aan voetschimmel? Kijk, ik geef toe dat ik te veel praat, maar daar krijg je toch geen voetschimmel van? Dat zou te dol voor woorden zijn. Heb je al over die vrouw hier in het tehuis gehoord, die opeens ongesteld werd?

Ik zei: Dat kan niet waar zijn. Ze heeft vast een gezwel.

Maar de anderen zeiden dat ik ongelijk had en dat ze echt ongesteld was.

Eenentachtig is ze, ons vloeiende zusje, en ze liep hier met een hemelse glimlach rond, alsof ze haar jeugd had hervonden. Dus wat denk je dat er gebeurt? Precies, het ziekenhuis liet haar ophalen met een ambulance.

Er was wel degelijk iets loos in haar buik.

Al wist niemand wat daar nu eigenlijk aan het woekeren was.

Ik ga mijn voeten weken in preiwater.

Ze mogen dan honderd jaar oud zijn, het zijn nog steeds mijn voeten en ik zal ze liefdevol moeten verzorgen.

Dat gejeuk moet afgelopen zijn.

5 MAART

Op Tweede Meester na wist niemand hoe die buitenlander nu eigenlijk heette. Yidulu, zo klonk het ongeveer. Ik zou het je nog altijd niet precies kunnen zeggen. Maar Oude Meester koos in een montere bui een paar karakters die je als 'Yidulu' kon uitspreken en schilderde die voor hem op een waaier. De buitenlander was er zo verguld mee dat hij dat ding overal mee naartoe nam en voor iedereen openvouwde. En dan vroeg hij met een brede grijns of ze wilden lezen wat daar stond. Het karakter voor zijn naam was Lu. *Weg*, weet je wel, dus niet het Lu dat *hert* betekent. Nee, weg! Dat ding waar je op stapt als je straks de poort uit loopt. Op een gegeven moment voegde iemand er het woord 'groot' aan toe, en daarna werd hij door iedereen in huis, van hoog tot laag, Grote Weg genoemd. Bijna niemand sprak hem ooit met Meneer Weg aan.

Smaakt het eten vandaag, Grote Weg?

Zelfs de koks noemden hem zo. Dan zat hij daar met een heerlijk gerecht voor zijn neus en keek schaapachtig op. Hij begreep wel niet precies wat de kok zei, maar als de strekking tot hem doordrong stak hij lachend zijn beide duimen omhoog. En als die lach weer van zijn gezicht was, raakte hij het eten amper aan. De Cao-familie dronk geitenmelk, maar hij wilde koeienmelk. Dus lieten we een waterbuffel uit een naburig dorp komen, eentje die net gekalfd had, en knepen daar wat melk voor hem uit, die hij opdronk en gelijk weer uitkotste. Tweede Meester kon zich er niet druk om maken. Hij zei slechts: In het begin verging het mij in Frankrijk net zo. Geef hem maar wat fruit.

Dat was de reden waarom Grote Weg behalve die waaier ook altijd wat druiven bij zich had. Dan liep hij daar, legde opeens zijn hoofd in zijn nek en liet er achteloos een in zijn mond vallen. Na verloop van tijd kreeg hij door dat wij dat een heel spektakel vonden, en als er een bediende in de buurt was, gooide hij zo'n druif omhoog en ving hem op met zijn mond. Daar oogstte hij altijd een gulle lach mee. Voor ons was hij makkelijk in de omgang, maar in aanwezigheid van zijn gastheren was hij bedeesd en met Tweede Meester zagen we hem nooit lol maken. Hij zal wel begrepen hebben dat Tweede Meester niet bepaald een lolbroek was. Hoewel hij minstens tien jaar ouder was dan Tweede Meester, merkte je daar weinig van als ze in die buitenlandse taal met elkaar kletsten, dan deden ze zo beleefd dat je onmogelijk kon zeggen wie nu de oudste was. Maar dat veranderde danig als ze in de draagstoelenschuur aan hun machinerie werkten. Grote Weg werkte dan als een paard en wist precies hoe hij met die apparatuur moest omspringen, terwijl Tweede Meester alleen maar in de weg liep. Daarom stond hij meestal maar zo'n beetje toe te kijken, met een kritische blik in zijn ogen.

Op een dag liet Huismeester Bing zich ontvallen dat de buitenlander wel vier kilo zilver per maand betaald kreeg. Later ontkende hij dat weer en zei dat het lang niet zo veel was, en zo kwamen we er nooit achter hoeveel hij nu werkelijk kreeg. Maar je moet weten dat de wedde van een districtsmagistraat toen hooguit acht kilo was. Mijn maandelijkse toelage was maar vijfentachtig fen. Dus hoe kon zo'n grootneuzige buitenlander nou zo veel verdienen voor het opvegen van wat ouwe machines met een vieze lap? Ik kon het gewoon niet geloven, en ik ging ervan uit dat Huismeester Bing het alleen maar gezegd had om ons te stangen.

Vier kilo... da's een hoop zilver, hoor!

Ik zou niet weten hoeveel dat vandaag de dag waard zou zijn.

In de Oostelijke Straat van het Wilgendorp kon je zowat elke vorm van vertier vinden. Maar als ik er aan de rol had willen gaan, dan had dat me twee maanden toelage gekost, de thee nog buiten beschouwing gelaten. Ik verdiende net genoeg om één stap in zo'n bordeel te doen, een scheet te laten en weer op te lazeren.

Dus voor mij was er geen ander verzetje dan op het dak te klimmen en mijn ogen de kost te geven. Dat en in Bofkonts Theehuis zitten, met mijn oren gespitst op vieze praatjes. En tegenwoordig? Tegenwoordig moet ik het van mijn eigen gewauwel hebben.

Ziedaar het lot van een slaaf.

Ik kon trouwens prima opschieten met Grote Weg. Hij plaagde me graag met mijn flaporen. Tweede Meester had hem verteld wat mijn bijnaam was, en sindsdien begroette hij me altijd door aan zijn eigen oren te trekken. En dan reageerde ik door mijn wijsvingers tegen mijn neus te zetten, om te spotten met die enorme gok van hem. Om zijn Chinees te oefenen sprak hij alle woorden apart uit, met evenveel nadruk. Hoe hard ik ook mijn best deed, ik kon er nooit een touw aan vastknopen. Je kon nog beter proberen de vogels te verstaan. De tongen van buitenlanders zijn gewoon heel anders dan de onze. Veel groter, net als de rest. En wat was hij dol op baden! De Cao's hadden een houten tobbe die voor hem veel te klein was. Als hij zich daarin perste, kon er geen druppel water meer bij. Dus liet Huismeester Bing een grote aardewerken kuip naar zijn kamer dragen, die we normaal gebruikten om vis in op te slaan. Van die dikke karpers, weet je wel. Dus je kunt wel nagaan hoe groot die kuip was. Er gingen wel vijftien emmers water in. Geen idee hoeveel extra brandhout het gevergd zal hebben om al dat badwater te verwarmen, en dat terwijl hij nog veel vaker in bad ging dan de Cao's. Wij lijfeigenen en bedienden, wij hielden het makkelijk een hele winter uit zonder bad. En in de zomer renden we gewoon naar de Zwarte Rivier als we even tijd hadden, voor een frisse duik. Dus voor ons was het een raadsel waarom Grote Weg zo veel belang hechtte aan een schoon lichaam. Ik neem aan dat ook dat weer een verschil is tussen Chinezen en buitenlanders.

Grote Weg nam elke dag een bad. Dan deed hij zijn ogen dicht en liet zich in die kuip zakken tot alleen zijn hoofd nog boven het dampende water uitstak, alsof het los was van zijn lichaam. Ik keek er vaak naar door het dakraam, als ik 's avonds over de daken zwierf, met een stelletje krolse katten als enig gezelschap. En als ik terugkwam zag ik dat hoofd van hem nog steeds op het water drijven. Helemaal in gedachten verzonken leek hij dan, en heel erg eenzaam.

Soms speelde hij schaak met Tweede Meester, aan een stenen galerijtafel voor Tweede Meesters woonverblijf. Buitenlandse schaak was dat, op een geruit bord met rechtopstaande stukken die op houten boeddhabeeldjes leken. Ze deden er een eeuwigheid over om een zet te doen, en je kon zien dat hun gedachten steeds verder afdwaalden naarmate het spel zich voortsleepte. Ze zeiden niks en bewogen amper.

Het viel ze niet mee om een plek te vinden voor hun luciferfabriek. Tweede Meester wilde die op de noordelijke oever van de Zwarte Rivier bouwen, buiten het dorp, maar daar was Eerste Meester fel op tegen. Hij wilde hen zien onder te brengen in een bestaand gebouw op het land van de familie. Dus wachtten ze daarop, en poetsten ondertussen hun machinerie, en opnieuw, en nog maar eens, tot ze er beroerd van werden. Wat hen nog het meest dwarszat was dat een Japanse fabriek al volop aan de gang was. Daar werden lange lucifers met mooie rood met witte koppen gemaakt, die je moeiteloos langs je zool of nagel kon aanstrijken, en ze waren nog goedkoop ook. Volgens Eerste Meester was ons bedrijf gedoemd om verlies te lijden, en ik vermoed dat Tweede Meester dat heimelijk met hem eens was. Wat de zaak natuurlijk geen goed deed. Ook Grote Weg kreeg zoetjesaan de smoor in, en je kon het ze geen van tweeën kwalijk nemen. Hadden ze daarvoor die enorme zeereis gemaakt met die roestige ijzerhandel?

Tweede Meester zocht regelmatig zijn moeder op in de meditatiekamer.

Waarschijnlijk om haar aan zijn kant te krijgen in die huwelijkskwestie.

En elke keer kwam hij weer moedeloos naar buiten. Verspilde moeite.

De plechtigheid zou in de zesde maanmaand plaatsvinden, in hartje zomer.

Het liefst bekroop ik de daken op maanloze nachten met veel wind. Ik mag dan maar een lijfeigene geweest zijn, maar boven op het dak voelde ik me heer en meester. Niets ontging me daarboven. En ik liep er letterlijk over hun hoofden heen. Een door de Hemel gestuurde verspieder. Mijn ogen waren Zijn ogen. Niemand ontkwam aan mij, al lieten ze vleugels groeien!

Raad eens wat ik Tweede Meester zag uitspoken.

Hij lag languit op zijn buik, op de stenen vloer van zijn kamer, omringd door allerlei vreemdsoortige flessen, en probeerde een mengsel te maken voor de koppen van zijn lucifers. Groene en blauwe en rode vonken sprongen in het rond en deden hem eruitzien als een bloedzuigende duivel!

Voor het eerst van mijn leven schrok ik van hem.

Ik sloop naar de kamer van Grote Weg en zag hem kletsnat uit zijn kuip stappen.

Hij had overal haar!

Wat een vreemde, woeste wezens huisden er in de linkeruitbouw!

Ik was bang.

En hoe zit het met jou, ben jij al bang?

Oude Meester stuurde me erop uit om een groene bamboeslang van precies twintig centimeter te vinden. Een slangenkoopman verkocht me er een in een koker van bamboepapier, en ik ging ermee terug naar het familiehuis. In de ketel van Oude Meester lagen dadels te koken. Dat zullen er ook wel precies twintig zijn geweest. Hij legde de koker op het borrelende oppervlak en toen het papier zacht werd rolde de slang vanzelf in de vloeistof. Oude Meester duwde het deksel op de ketel en slikte genotzuchtig zijn overvloedige spuug weg.

Hij zei: Dit mengsel is heel goed voor de lever.

En nu, begin je nu bang te worden?

Oude Meester vroeg me: Waar vult Guanghan zijn dagen mee?

Ik zei: Met lezen en machines poetsen.

Hij vroeg: En wat doet die barbaar zoal?

Ik zei: In bad gaan.

Oude Meester zei: Die wast zijn huid er nog eens af.

Met een smalend lachje haalde hij het deksel van de ketel en pakte met een paar eetstokjes de slang beet. Hij schudde er het soepige kooknat vanaf, begon vlak achter de kop en knaagde alles weg, het vel en de organen. En ondertussen zei hij dat ik die twee mannen goed in de gaten moest houden.

Even later had hij alleen nog de kop en de graat tussen zijn stokjes. Een verrukkelijke slang, zei hij. Alleen wel jammer dat het een mannetje was geweest, want de voedingswaarde van vrouwtjes was veel hoger. Ik zei dat we de vrouwtjes juist terug hadden gegooid omdat ze allemaal onder de twintig centimeter waren.

Oude Meester smakte vergenoegd met zijn lippen.

Hij zei: Maar ooit zullen ze twintig centimeter zijn!

En hij voegde eraan toe: Dan komen ze alsnog aan de beurt!

Er hing een zware slangenlucht aan Oude Meester. Zijn gezicht werd rood en er kwam een groene gloed uit zijn ogen, hetzelfde zachte groen als van die bamboeslang. Zijn lever was waarschijnlijk ook groen. Zelfs ik begreep dat hij zichzelf regelrecht zijn graf in knaagde als hij zo doorging. Maar dat deerde me niet. Wat hij ook eten wilde, ik haalde het voor hem. Ik zou geduldig wachten tot hij zijn laatste inval kreeg en zijn laatste bestelling deed. Die dag moest vroeger of later een keer aanbreken.

Dan zou hij zeggen: Ik heb last van verstopping. Ga eens een stok voor me halen.

En ik zou vragen: Hoe lang moet-ie zijn?

Wat zit je daar te lachen?

Dit is mijn geschiedenis.

De moderne geschiedenis, snap je wel!

O, bah.

Ik word misselijk.

Haal de kwispedoor voor me.

Schiet op!

6 MAART

Toen we hoorden dat er iemand van de bruidsfamilie onderweg was, kneep Tweede Meester ertussenuit. Hij meed de binnenplaats van het hoofdhuis en glipte weg door de achterpoort van de linkeruitbouw, met een jachtgeweer over zijn schouder. Grote Weg ging naar de draagstoelenschuur en haalde er een machine uit elkaar die half zo groot was als hijzelf. Hij liet de onderdelen een paar dagen rondslingeren en ging op zijn dooie gemak kogellagers zitten tellen, luid genoeg fluitend om buiten hoorbaar te zijn. Toen de gasten arriveerden keken ze verbaasd om zich heen. Waar kwam die zware geur van machineolie vandaan? En waar kwam dat schelle geluid vandaan?

De bezoeker was de oudere broer van de bruid, een lange man van een jaar of vijfentwintig met een dadelkleurig gezicht en een doordringende blik. Hij had een wichelaar bij zich, die meteen aan het werk toog en de *fengshui* van de linkeruitbouw naging, waarna hij nog wat voorspellingsloten trok in het bijzijn van Oude Meester en Eerste Meester. En dit waren zijn bevindingen: Om te beginnen deugde er niks van het grote woonverblijf waar het aanstaande echtpaar zijn intrek moest nemen. Er moest óf een bruggetje worden gebouwd over de vijver van de binnentuin, óf er moest in het verblijf zelf een scheidingswand komen, die een zitgedeelte en een slaapgedeelte zou opleveren. Zo niet, dan was een verstoorde fengshui onvermijdelijk. Ten tweede moest het huwelijk op de zesde dag van de zesde maand worden voltrokken, een datum waar niet aan te tornen viel.

En al die tijd geen spoor van Tweede Meester.

Oude Meester vroeg mij: Is hij nu nog niet thuis?

Ik zei: Weet ik niet.

Hij zei: Ga hem halen.

De bezoeker zei: Dat hoeft niet. We krijgen hem vroeger of later heus wel te zien.

De man stond alweer op het punt te vertrekken toen Eerste Meester met een foto van zijn broer kwam aanzetten. Het was een foto die ik al kende. Tweede Meester lag op een grasveld, met zijn handen onder zijn kin ergens naar te staren. De bezoeker toonde veel belangstelling voor de machinerie bij de poort. Toen hij in zijn draagstoel stapte vroeg hij mij: Deze Meester Guanghan, heeft hij altijd zo'n bezorgde gelaatsuitdrukking?

Ik zei: Het is een goed mens. Dat zult u wel merken als u hem ontmoet.

De naam van de bezoeker was Zheng Yusong.

Zijn zuster heette Zheng Yunan.

Op dat moment wist ik alleen nog maar dat hij uit het Moerbeidorp kwam en lid was van een zeer aanzienlijke familie die ten noorden van de Groene Rivier woonde. Ik had er nog geen flauw vermoeden van dat hij ook een leider was in het Genootschap Van De Blauwe Hoofddoek. Tegen de tijd dat ik daar achter kwam waren de Blauwe Hoofddoeken machtig genoeg om hemel en aarde te doen beven.

Maar ik zag al wel dat hij iemand was met wie niet te spotten viel. Dit was niet zomaar iemand. En ik nam aan dat zijn zuster wel veel op hem zou lijken, en dat ze Tweede Meester dus wel helemaal de baas zou zijn. Wat een vergissing! Iedereen zei dat ze een ware schoonheid was, en iedereen had gelijk, maar... hoe moet ik het zeggen... laat ik maar zeggen dat het geluk niet met Tweede Meester was.

Op dit moment kan ik me haar niet voor de geest halen.

Ik zou niet eens durven.

Ik voel me ellendig.

Kijk, er zijn onderwerpen die je als ouwe knar maar beter kunt laten rusten, als je jezelf geen pijn wilt doen. Je loopt, je praat, je haalt adem, maar in wezen doe je niet meer mee. Wat je ooit in je mars had ben je kwijt, en het komt nooit meer terug.

Het was al donker toen hij terugkwam. Hij sloop de uitbouw binnen door de achterpoort, met een ontredderde uitdrukking op zijn gezicht. Wat heet, hij zag eruit als een regelrechte idioot. Grote Weg en ik zagen hem aan de andere kant van de vijver door de binnentuin lopen.

Zijn nepstaart hing over de loop van het geweer.

Hij zei: Het krioelt hier van de slangen. Waar je ook kijkt.

Moest-ie daar zo'n ophef over maken?

Daar stond onze streek om bekend.

Maar zijn angst was zelfs op zijn stem geslagen. Hij klonk alsof ze hem hadden willen wurgen. We hoorden het geluid van een rimpeling op de vijver, waarschijnlijk veroorzaakt door een ringslang. Ik kon er geen zien, maar het geluid was onmiskenbaar. Ik zei niets. Ik hield alleen maar mijn lantaren omhoog om Grote Weg voor te gaan naar het woonverblijf van Tweede Meester, door de binnentuin en vervolgens de treden van de galerij op.

Grote Weg had zijn schaakbord bij zich.

Tweede Meester en hij gingen aan de stenen galerijtafel zitten.

Ze spraken met elkaar in die buitenlandse taal.

Ik probeerde te raden waar ze het over hadden.

Grote Weg had het over de machinerie.

De machines zijn in uitstekende staat!

Tweede Meester had het over slangen.

Zijn vinger rees en daalde als een slangenkop in het licht van de lantaren. Grote Weg viel stil. De mond van Tweede Meester was een gapend zwart gat, en ik fantaseerde dat er een slang uit kwam glibberen.

Tweede Meester zei: Oren, ga eens iets te eten voor me halen.

Toen ik terugkwam was hij gaan staan. Zijn hele lichaam was nu een slang. Hij bewoog zich rond de tafel om iets uit te beelden voor Grote Weg. Grote Weg had zijn hoofd tussen zijn schouders getrokken en zoog de koude lucht tussen zijn tanden door naar binnen.

Tweede Meester was in de ban van een slangengeest.

Het was jammer dat ik niet kon verstaan wat ze zeiden.

Hij stelde niet één vraag over de bezoeker.

Waar verschool hij zich voor?

Op een dag tegen het einde van de vijfde maanmaand stond Oude Meester Cao een stuk iepenschors te verscheuren en de flarden in zijn ketel te gooien toen hij plotseling naar adem hapte. Ik dacht dat hij zich gebrand had aan het kokende mengsel en rende naar hem toe om te helpen.

Hij riep: De boeken luchten!

Ik vroeg: Wat bedoelt u?

Hij zei: De zesde dag van de zesde maand is de dag waarop we de boeken luchten.

Dit was een oud familiegebruik, een traditie die al talloze jaren in ere werd gehouden in het Iependorp. Het was geen grote gebeurtenis, en zeker geen feestdag waar de hele streek naar uitkeek, dus had niemand erbij stilgestaan dat het dit jaar zou samenvallen met de trouwdag van Tweede Meester.

Eerste Meester was net terug uit de districtshoofdplaats, waar hij op het voeden van de nooddruftigen had toegezien en inkopen had gedaan voor de aanstaande plechtigheid. En hij had amper tijd om op adem te komen, want hij moest zijn draagstoel alweer in voor de tocht naar het Moerbeidorp, waar hij de komst van de bruid zou voorbereiden. Maar hij reageerde onverstoorbaar, trok de dop van zijn wijnkalebas, goot een deel van de inhoud in zijn keel en glimlachte vol zelfvertrouwen.

Hij zei tegen zijn vader: Geen paniek. Ga maar gewoon uw gang en lucht die boeken. Ik zorg er wel voor dat hij getrouwd raakt. Het een hoeft het ander toch niet in de weg te zitten?

Toen hij uit het Moerbeidorp terugkwam had hij een nieuwe huwelijksdatum geregeld:de achtste dag van de zesde maand. Ook had hij een foto van de bruid bij zich, die zo te zien genomen was tijdens een bezoek van de Zhengs aan de provinciehoofdstad. Hij had hem meegekregen als blijk van dank voor de foto van Tweede Meester. Tot dan toe hadden Oude Meester en zijn vrouw alleen maar van de koppelaar gehoord hoe ze eruitzag. Nu konden ze het met eigen ogen zien. Oude Meester ging er onmiddellijk mee naar de meditatiekamer, waar het geluid van de houten klepper een hele tijd verstomde. Het begon pas weer toen hij uit de kamer kwam, een kalm geluid – *tap tap tap* – in de maat met de waardige voetstap van Oude Meester. Toen ik even later met een pot thee op weg was naar de uitbouw, zag ik hem met Eerste Meester op de galerij van de grote binnenplaats staan. Ik liep expres vlak langs hen om een glimp van die foto op te vangen, maar hij had hem alweer aan Eerste Meester teruggegeven.

Oude Meester zei: Die grote voeten van haar! Ze hebben ons bedonderd!

Eerste Meester antwoordde: Hoe groter hoe beter. Dan kan Guanhan dáár alvast geen schande van spreken.

Oude Meester zei: Je moeder vindt haar een frivool voorkomen hebben. Wat vind jij?

Eerste Meester zei: Zo zijn die moderne meisjes nu eenmaal.

Oude Meester slaakte een zachte zucht en zei niets meer. Diep vanbinnen was hij tevreden, dat was mij wel duidelijk. Als ik hem wel eens iets aparts te eten bracht en hij zuchtte op die manier, dan wist ik dat het gesmaakt had. Het klonk alsof iemand hem onder zijn arm kietelde en hij zich wilde losmaken in plaats van te giechelen.

Tweede Meester en Grote Weg zaten in de uitbouw schaak te spelen. Ik bracht hun die thee en bleef staan dralen. En het duurde niet lang of Eerste Meester kwam met die foto aanzetten.

Tweede Meester was zichtbaar nerveus.

Ik was nog nerveuzer dan hij.

Vraag me niet waarom.

Na een vluchtige blik gooide hij de foto op het stenen tafelblad. Zijn gezicht was bleek alsof hij gewurgd werd. Ik had met hem te doen. Ik nam aan dat hij uit het lood was geslagen door de beeltenis van een krachtige of misschien wel angstaanjagende vrouw, bij wie hij niets in te brengen zou hebben.

Grote Weg voelde de verandering van atmosfeer aan en wilde opstaan, maar werd daarvan weerhouden door Eerste Meester en Tweede Meester, die zeiden dat er niets aan de hand was. Grote Weg wilde die foto zien maar was te verlegen om hem op te pakken, dus hield hij met gespeelde joligheid zijn hoofd schuin om een kijkje te nemen.

Ze is heel mooi, zei hij in het Chinees.

Hij lachte, maar niemand lachte met hem mee, wat hem nog verlegener maakte. Hij kwam opnieuw overeind en ditmaal hield niemand hem tegen. Hij draaide zich om, liep naar zijn kamer en kneep mij in het voorbijgaan in mijn oor. Het was bedoeld als een grapje, maar zijn neus was zo rood dat ik medelijden met hem kreeg.

Eerste Meester keek naar Tweede Meester.

Tweede Meester staarde naar de schaakstukken.

Eerste Meester zei: Je kunt zeggen wat je wilt, maar ze heeft in de provinciehoofdstad op de meisjesschool gezeten en haar familie is op z'n minst gelijkwaardig aan de onze. Dus ik snap werkelijk niet wat je dwarszit.

Tweede Meester zei: Ik wil gewoon niet trouwen.

Eerste Meester zei: Dit huwelijk is al tijden terug geregeld. Ze is nu negentien en wacht al sinds haar vijftiende op je! En bovendien, de trouwerij is al over tien dagen, dus wat jij wilt doet er niet eens meer toe. Wil je dan met alle geweld dat twee families gezichtsverlies lijden?

Tweede Meester vroeg: Wat verwacht je nou nog van me? Ik heb je al heel lang geleden gezegd dat ik onder dat huwelijk uit wilde, maar daar viel niet over te praten. Dus waarom vraag je me nog iets? En wat heeft het voor zin om me die foto te laten zien? Het kan me niet schelen om wie het gaat, ik wil gewoon niet trouwen.

Eerste Meester zei: Wat is dat voor onzin? Als je onder een huwelijk uit wilt, zul je een goede reden moeten hebben. Als je niks kunt ontdekken dat haar een slechte partij zou maken, moet je mij niet kwaad aankijken. Vader en Moeder verafgoden je. Waarom zou je ze verdrietig willen maken?

Tweede Meester antwoordde: Waarom doen ze dat ook? Ik ben hun liefde niet waard.

Hij stak een arm uit om de schaakstukken op te ruimen, maar stootte ze alleen maar om, en toen Eerste Meester hem wilde helpen, stond hij op en liep naar binnen.

Eerste Meester bleef nog lange tijd in gepeins verzonken op de galerij zitten.

Ik stond achteraf in een hoekje en probeerde niet te janken.

Ik kon maar niet begrijpen wat er gaande was.

Het enige wat ik wist was dat niemand gelukkig was, en dat sloeg op me over. Ik wilde wanhopig graag die foto bekijken, en begon nu al medelijden te krijgen met het meisje dat daar op stond. Al had ik haar nog nooit gezien, ik had sterk het gevoel dat we iets gemeen hadden. Vraag me niet wat. Dat kan ik je nu nog altijd niet vertellen.

Maar op je zestiende met iemand medelijden hebben, dat is hoe dan ook flauwekul.

Er is er maar één met wie je medelijden kunt hebben: jezelf.

En dat gebeurde dan ook.

Opeens voelde ik me iemand die helemaal geen familie had.

Ik wist me geen raad meer met de rest van die dag, dus bleef ik daar verdwaasd staan. Na een poosje begon ik de linkerbinnentuin aan te harken, maakte de vijver vrij van drijvend onkruid, en veegde de grote binnenplaats aan met een bezem. Vervolgens ging ik naar de keuken om brandhout te helpen hakken, en ik hield daar pas mee op toen de sterren aan de hemel stonden. Door mezelf zo uit te putten maakte ik mijn zelfmedelijden natuurlijk alleen maar groter. Maar het werd zo groot dat het iets moois werd.

Zou ik dat nu ook moeten proberen, zelfmedelijden kweken?

Ik heb nog steeds geen familie, immers. Alleen is mijn hart nu stokoud!

Zo hard als steen is het.

Maar ik mis haar opeens weer.

Ze is al heel lang terug in modder veranderd.

Waar zou ik heen moeten om die modder te vinden?

Ach, let maar niet op mij.

De tranen van een ouwe vent zijn niks waard.

Uit een steen lekken ze.

Ze voelen zelfs koud aan.

Steenkoud!

Het ophalen van deze herinneringen maakt me verdrietig, jochie.

Je bent een goed ventje, jij.

7 MAART

We kwamen voor dag en dauw uit bed om de boeken te gaan luchten. In de koraalrode galerij rond de grote binnenplaats lagen zestien bamboematten die amper loopruimte overlieten. De bloementuin achterin werd geflankeerd door twee lange, rechthoekige gebouwen met hoge ramen: links een opslagplaats voor losse spullen, rechts een boekenopslag. Daar liepen we op onze tenen naartoe, droegen er de kostbare oude werken uit en legden die op de matten. Al die boeken, over van alles en nog wat, talloze dozen vol, gebonden in blauw linnen of blauwe zijde, verspreidden de zoete geur van stof en schimmelig papier. Oude Meester Cao stond bij het hek van de tuin het ene bevel na het andere te schreeuwen: Niet zo snel! Kalm aan een beetje. Vanwaar die haast? Het leek wel of hij dronken was, zo stond hij ons te koeioneren.

Toen de zon zijn opwachting maakte waren we aan de heilige geschriften toe, die we rechtop tegen de muur zetten. De middelste rij werd gevormd door de werken van de grote leermeesters: Meester Kong, Meester Yan, Meester Zisi, Meester Zeng en Meester Meng. Links daarvan stonden Meester Min, Meester Ran, Meester Duanmu, Meester Zhong, Meester Bu en Meester You. En rechts ervan nog een andere Meester Ran, Meester Zai, Meester Yan, Meester Zhuansun en Meester Zhu. Meester Meester Meester Meester! Het zou nog jaren duren eer ik erachter kwam wie al die Meesters waren. Het klinkt niet erg eerbiedig, ik weet het, maar ik deed met een paar andere jonge bedienden mee in het bedenken van onze eigen namen voor die werken: Meester Oud, Meester Zoon, Meester Kleinzoon, Meester Blind, Meester Doof, Meester Lam, Meester Perzik, Meester Pruim, Meester Aubergine... meer Meesters dan ik kan opnoemen. En de reden voor onze heiligschennis was eenvoudig. Al die godheden stonden los van ons. In al die boeken was er niet één bladzij die op ons betrekking had!

Zelfs Oude Mevrouw kwam zich ermee bemoeien.

Ze kwam uit haar meditatiekamer met een arm vol wierookstokjes die ze een voor een in de vaten stak die voor de boeken waren neergezet. Toen ze een knieval maakte zag ik dat haar bleke, ronde gezicht glom van het zweet. Oude Meester deed alle riten met haar mee, waarbij hij de hele tijd iets prevelde wat ik je niet zou kunnen navertellen, omdat ik er geen snars van begreep. De bleke plompheid van Oude Mevrouw vormde een sterk contrast met de donkere magerheid van de meester. Hij zag eruit als een ijzeren stamper, zij leek uit tahoe te bestaan, en de harde lelijkerd leek ervoor gemaakt om die mooie zachtheid in moes te veranderen. Niemand van ons snapte hoe Oude Mevrouw zo jong kon blijven ogen terwijl ze de hele dag in haar meditatiekamer zat, en waarom Oude Meester altijd zo lusteloos was terwijl hij de hele dag versterkende middelen slikte. Na afloop boog ze voor hem en zweefde als een schapenwolkje terug naar haar kamer. Oude Meester slaakte een zucht alsof hij van een zware last was verlost. Dat gemompel was meteen over en hij stapte op de boeken af en ging staan bladeren.

Met een van de boeken bleef hij heel lang in de felle zon staan.

En toen knielde hij ermee op een mat neer en begon drenzerig voor zich uit te praten, alsof hij poëzie voorlas.

Hij zei: O wat prachtig! Wat schitterend!

Er kwamen tranen in zijn ogen. Hij leek wel een gevangen vis die op de oever was neergegooid, alsof hij elk moment zijn laatste adem kon uitblazen. We sloegen hem gade vanuit de schaduw van de bochtige galerij, en zagen zowel de ernst als de humor van de situatie in. Terwijl de zonnestralen steeds verblindender werden, leek de tekst op de bladzijden van al die boeken in legers zwarte mieren te veranderen, die voor de hitte wilden wegvluchten maar niet in beweging konden komen en massaal crepeerden op het vergeelde papier. Kort voor het middaguur stond Oude Meester eindelijk op om weer naar zijn vertrek te gaan. Hij wankelde. Als hij ook maar iets langer was blijven zitten, had hij een zonnesteek opgelopen.

Hij zei: Oren, ondersteun me eens even.

En hij voegde eraan toe: Te veel hitte. Ik heb veel te veel hitte te verstouwen gekregen.

Hij was zo rood als een versgebakken koek. En net zo heet en zacht. Toen hij de deur had bereikt, draaide hij zich om en wees naar de hemel. Hij zei: Duiven. Pas op voor de duiven. Let op hun poep!

De duiven waren heel ver weg. Dichtbij waren er alleen maar horzels.

Ik pakte een lange bamboestok en ging op de treden van de galerij zitten, recht tegenover het boek van Meester Kong. Als ik wilde, kon ik het met de punt van de stok aanraken. Maar daar was ik veel te lui voor. Ik doezelde weg in de hete middagzon.

Het drong vagelijk tot me door dat er iemand tussen de boeken heen en weer liep, maar ik wist niet wie.

Na een tijdje bleef hij stilstaan.

Mijn sluimertoestand duurde voort, maar op zeker moment liet ik de stok los en de punt kwam op een van de heilige geschriften neer. Niet op Meester Kong maar op Meester Meng. Ik schrok ervan en was klaarwakker. De man die onder het afdak van de galerij een boek bekeek schrok ook. Het was Grote Weg. Hij glimlachte schichtig, legde snel het boek neer en liep met een besmuikt gezicht weg.

Waarom deed hij zo raar?

Voorzover ik wist was het niet verboden om boeken door te bladeren.

Ik zette het geschrift van Meester Meng weer overeind.

Het was van een stuk zwart hout gemaakt, dat betere tijden had gekend.

En toen liep ik naar de plek waar Grote Weg had staan bladeren. Ik bleef er een hele tijd staan kijken. En terwijl ik daar zo stond kreeg ik een gevoel alsof mijn lijf overdekt was met allesziende ogen. De hele familie lag nu te dutten, ook de lijfeigenen, die allemaal dodelijk vermoeid waren geraakt. Niemand wist dat ik hier stond. Na enig getuur zag ik welk boek hij zo haastig had neergelegd. Ik pakte het op. Het maakte deel uit van een reeks en de buitenkant zag er heel gewoon uit. Hoewel ik niet zo goed kon lezen, wist ik dat Grote Weg het bij de analecten van Meester Kong had neergelegd, waar het niet hoorde. Ik legde het op de goede plek terug en raakte het niet meer aan, zelfs niet toen de zon achter de bergen verdween. Maar toen ik zag dat een bediende het samen met zijn reeksgenoten oppakte en de opslag binnendroeg, pakte ik ook een stapel en volgde hem om te zien op welke plank hij het neerzette. Ik grifte die plek in mijn geheugen.

En ik beloofde mezelf dat ik nog vaak terug zou komen.

Je hebt het recht te weten wat voor boek het was. Het kon niet anders of Grote Weg moest het zomaar hebben opgepakt toen hij over de galerij liep, op goed geluk, en volgens mij moest een hogere macht hebben gewild dat hij nu juist dát boek oppakte. De Hemel moet zin in een geintje hebben gehad. Oude Meester had zo veel boeken, een hele zee ervan, dat zelfs hij niet geweten kon hebben wat de plaats van dit boek was tussen al die klassieken.

Het was een erotisch prentenboek.

Er stonden 360 verschillende houdingen in.

Het was een ontdekking die mijn hele leven op zijn kop zette. Dit was het eerste boek waar ik me toe aangetrokken voelde. Tot dan toe had ik gedacht dat boeken en ik niets met elkaar te maken hadden, maar nu wist ik dat boeken ook een slaaf vriendschap konden bieden.

De mannen en vrouwen van die prentjes waren allemaal mijn vrienden.

Maar ik benijdde hen wel. Ik heb ze heel erg lang benijd.

De rest van die dag moest ik onophoudelijk aan het komende huwelijk denken.

Over twee dagen zou het leven voorgoed veranderen. Dan zou er een naakte vrouw door het bruidsvertrek dartelen, precies aan de andere kant van de vijver, waar zich ook een sierheuvel bevond, en een prieel met blauweregen, plus de drakenwand die op aandrang van de wichelaar uit het Moerbeidorp was opgetrokken. Die wand liep tussen dat vertrek en mijn kamer, maar dat deed er niet toe, want ik had het gevoel dat ik overal tegelijk was en alles in de palm van mijn hand kon bevatten.

In de zesde nacht van die maand had ik een droom van jewelste.

Ik zat te hotsebotsen op een paard dat galoppeerde in de wind.

Het was een ongezadeld paard.

Het was meestal een paard.

Soms ook was het een muilezel.

Het was onze gemeenschappelijke vriend, jochie. Dit paard droeg alle zestienjarigen van alle tijden op zijn rug, snel als de wind, tot we het niet meer nodig hadden.

Nu droom ik eigenlijk alleen nog maar van duizendpoten.

En de enige gewaarwording die ik nog krijg is het samenkrimpen van mijn hoofdhuid.

Niks geen tintelingen van opwinding meer.

Voorgoed voorbij.

Kort daarna deed ik een tweede onthutsende ontdekking, ditmaal op het dak. Ik liep over de rand naar de buitenmuur van het huis om naar de Zwarte Rivier te gaan kijken. Als je de rivier vanuit de hoogte bekeek, zag je de sterren weerspiegeld in het water. Uit het woonverblijf van Tweede Meester viel een groenig lichtschijnsel. Zo te zien was hij weer met fosfor en zwavel bezig. Ik schuifelde zijwaarts naar het dakraam en kreeg opeens een scherpe rooklucht in mijn gezicht. Het verblijf was al ingericht voor de bruidsnacht, met meerdere dikgewiekte olielampen. Tweede Meester stond in de deuropening van de scheidingswand, die de ruimte nu in een zitkamer en een slaapkamer verdeelde. Op de vloer voor hem stond een rij kommen met chemicaliën. Hij droeg een wit satijnen nachthemd en hield een smeulend wierookstaafje in zijn hand.

Om de bovendorpel van de deur zat een touw geknoopt, waarvan het andere uiteinde als een strop om zijn nek zat. Ik schrok me rot, maar zag zo gauw niet wat er nu precies aan de hand was. Met dat touw om zijn nek boog hij zich naar voren en reikte met de wierookstaaf naar de kommen. Maar ze stonden net iets te ver weg en het touw kwam strak te staan. De strop schoof steeds verder dicht, steeds strakker om zijn nek, en er kwam een afschuwelijke grimas op zijn gezicht. Dieper en dieper boog hij zich. Hij was zichzelf aan het wurgen! Ik wilde net een kreet slaken toen de wierookstaaf een van de kommen raakte. Rode vlammen schoten naar alle kanten omhoog. Zijn paarse gezicht was helemaal vertrokken. Dit overleefde hij niet!

Maar opeens rechtte hij zijn knieën en stond rechtop, bevend over al zijn leden, met een uitdrukking van krankzinnig genot op zijn gezicht. Die kreet bleef in mijn keel steken. En hij begon weer helemaal opnieuw, wurgde zichzelf tot de tranen over zijn wangen liepen, met een halsstarrige, wanhopige blik in zijn ogen. Ik had geen idee wat hij daar stond te doen. Het enige wat ik begreep was dat hij niet echt zelfmoord wilde plegen. Nee, hij was op iets veel vreemders uit, iets wat veel angstaanjagender was.

De laatste kom werd hem bijna fataal, maar ook die begon uiteindelijk te knetteren en gele vonken te verspreiden. Hij richtte zich weer op, hapte naar adem en haalde de strop om zijn nek vandaan. En zo bleef hij daar in die deuropening staan, kokhalzend zonder te kotsen, hijgend terwijl er tranen over zijn wangen liepen.

Huilde hij of stond hij juist te lachen? Ik kreeg er geen hoogte van. Met benen die wel van rubber leken sloop ik terug naar de dakrand en lazerde bijna naar beneden. Het was de avond van de zevende. De avond voor de trouwdag van deze duivelse Tweede Meester.

Grote Weg lag weer in zijn badkuip te weken.

Hij dutte, zoals altijd, en zijn wenkbrauwen trilden.

En ik wist wel waarom.

Zijn hoofd zat vol met vieze plaatjes uit een Chinees boek.

De vrouwen op die plaatjes hadden allemaal ingebonden voetjes gehad, en grote ronde achterwerken.

Hij werd wakker en begon zichzelf overeind te hijsen.

Ik glipte naar mijn kamer en ging naar bed.

De volgende ochtend hing er een zwavelstank in de lucht.

Tweede Meester had zonder morren zijn trouwkleren aangetrokken.

Hij was gestorven en uit de dood opgestaan.

Niets deed er meer toe.

Spinazie bij elke maaltijd. Dat krijgen we hier. Spinazie. Ze zeggen dat groente goed voor ons is. We staan allemaal met één been in het graf, dus wat malen wij nou nog om goede voeding? Afwisseling, dát willen we! We hebben niet lang meer te gaan en we willen graag nog van alles proeven, bekend of onbekend. Maar gehakte spinazie is alles wat we krijgen. Da's toch niet normaal, zoiets? Je ziet die ouwe koppen hier met de dag groener worden. Maar geen van de anderen klaagt erover. Dolgelukkig zijn ze allemaal. Ik durf buiten niet eens meer naar de bomen te kijken. Alles met een groene kleur kost me mijn eetlust. Vreselijk is het.

Ik zou wel eens een apart vleesgerecht willen eten.

Kikkers, bijvoorbeeld, of slakken.

Maar dan kijken ze je aan alsof je om mensenvlees vraagt.

En niet zomaar mensenvlees... vrouwenvlees!

Abnormaal vind ik het.

Abnormaal... mooi woord is dat.

8 MAART

De bruidspalankijn moest nog komen en ik had al drieënvijftig draagstoelen verwelkomd. In de draagstoelenschuur waren tafels vol eten en drinken voor de dragers neergezet, zodat daar geen plaats meer was voor de draagstoelen zelf. Alles, ook de lucifersmachinerie, was naar buiten gedragen en tegen de muur opgestapeld.

De muren aan weerszijden van het poortgebouw werden helemaal in beslag genomen door draagstoelen, alsof die daar rijen van kleine huisjes vormden. En er kwamen er steeds meer bij, die ik alleen nog maar op de keien van de straatweg kon laten neerzetten. Ik heette iedereen die uitstapte persoonlijk welkom, knielde neer voor mannen en vrouwen die ik nog nooit gezien had.

Ik was de officiële verwelkomer van de Cao's, en vertegenwoordigde op die manier het aanzien van de familie. Ik was hun *gezicht*, als je begrijpt wat ik bedoel. En behalve dat ik de meester niet te schande kon maken, wilde ik ook mijn diepe dank tonen voor deze eervolle aanstelling. Ik begroette de gasten met een heldere, hoge stem en ik zag er geweldig uit met mijn hoge laarzen en het rode lint om mijn vlecht. Ik stapte glimmend van trots in het rond.

Grote Weg, die niks te doen had, slenterde langs de neergezette draagstoelen en keek vol bewondering naar de fraaie borduursels op de gordijnen en luifels. Een groepje koters volgde hem terwijl hij hier en daar zijn hoofd naar binnen stak om het interieur te bekijken.

Ik gebaarde hem naar binnen te gaan en mee te doen met het feest.

Maar hij schudde zijn hoofd. Het feest kon hem niet boeien. In plaats daarvan tilde hij een jongetje op zijn schouders en vervolgde zijn bezichtiging van de draagstoelen. Het was een lust voor het oog om dat lachende vuile kindergezichtje boven het witte vilt en geweven bamboe van de draagstoelen te zien hobbelen.

Elke gast schonk me een glimlach en de dragers deden allemaal wat ik zei. Ze volgden al mijn aanwijzingen op. Het was Oudere Broer voor en Oudere Broer na. We bezorgen je wel een hoop last, hè, Oudere Broer? Je hebt alles prima geregeld, Oudere Broer! Voor het eerst van mijn leven kreeg ik volop aandacht en waardering, en dat allemaal omdat een vrouw van buiten haar opwachting kwam maken. Haar komst bood mij de gelegenheid om te laten zien wat een slaaf zoal vermocht. Ze kon me niet snel genoeg komen, zodat ik op mijn knieën kon vallen en naar haar palankijn kon kruipen om haar als een keizerin op mijn rug te laten stappen voor ze de grond raakte.

Dat was mijn wensdroom.

De volgende gast was de priester van de katholieke kerk in het Acaciadorp. Hij zat op de rug van zijn muilezel en werd vergezeld door vijf dragers met bamboe manden op hun schouderstokken, voor een nieuwe voorraad varkensborstels. Hij leek sprekend op die ezel van hem. Lange benen, een lang gezicht, een grote neus, zij het lang niet zo groot als die van Grote Weg, en een gegroefd voorhoofd. Hij gaf me de teugels en zei in stroef maar foutloos Chinees: Ik vertrouw mijn vriend toe aan jouw goede zorgen. Zorg ervoor dat hij genoeg te eten krijgt.

Ik zei: We hebben volop zwarte bonen.

Net op dat moment stapte Grote Weg tussen twee draagstoelen vandaan. De beide mannen zagen elkaar en bleven stokstijf staan.

Waar komt deze gast vandaan? vroeg de priester aan mij.

Zonder mijn antwoord af te wachten richtte hij zich in zijn eigen taal tot Grote Weg, die reageerde met een bulderende stem en een rooie neus van opwinding. Iedereen die langsliep staarde die twee met grote ogen aan. Ze kwamen allebei uit Frankrijk! Grote Weg was zomaar een landgenoot tegen het lijf gelopen.

Vanaf de Berg Van Jade kwam een reusachtige donderwolk aangezeild, die groot tumult verwekte onder de gasten. Maar hij begon al snel uiteen te waaien en de rust keerde weer. Vanaf de bergweg naar het Wilgendorp kwam nu het getoeter en getrommel van de bruidsstoet. Mijn hart sprong op. Daar was ze dan! Tussen de deinende hoofden van de mannen in de stoet kon ik de helderrode kap van de palankijn ontwaren. En opeens voelde ik nattigheid op mijn neus, en op mijn oren, en mijn handen. Huismeester Bing riep vanuit het poortgebouw: Oren! Snel! Haal regendoeken voor de draagstoelen!

Tweede Meester zat hoog op zijn paard. Ik zag zijn hoofd achter die rode kap heen en weer gaan als een enorme tor.

De regen spetterde luidruchtig op de grond.

Daar ging mijn kans om haar voeten op mijn rug te krijgen!

Ik rende naar de opslagruimte. Volle bankettafels werden van het midden van de grote binnenplaats naar de bochtige galerij gedragen, wat in die smalle ruimte een enorm gedrang veroorzaakte, en veel sneuvelend aardewerk opleverde. Terwijl ik over de binnenplaats rende, zag ik vanuit mijn ooghoeken het donkere gezicht van Oude Meester en het bleke gezicht van zijn vrouw, die stonden te schuilen op de galerij. Ik durfde hen niet aan te kijken. Dat was te pijnlijk. De regen geselde de dakpannen en de keien waren nat en glibberig.

De opslagruimte was zo donker dat ik nergens de tungoliedoeken zag liggen. In een wolk van stof raasde ik door allerlei rotzooi terwijl buiten het geknal van donderbussen klonk, afgeschoten door de bedienden. Nu was het echt te laat! De vrouw uit het Moerbeidorp stapte op dit moment uit haar palankijn!

Grote Weg kwam met een stel bedienden de ruimte binnengerend, ook op zoek naar regendoeken. We vonden ze uiteindelijk onder een stapel bamboegordijnen. Grote Weg keek me aan en zei: Koest! Maar ik wist dat hij 'roest' bedoelde, en vreesde dat die regen slecht zou zijn voor zijn machines. Toen hij weer naar buiten wilde rennen, bleef hij haken in de bamboegordijnen en ging bijna onderuit. De dag die zo mooi begonnen was, begon nu danig in het honderd te lopen. Ik vond het pijnlijk om Grote Weg zo uit zijn evenwicht te zien. Nog een salvo pistoolschoten, rommeliger ditmaal. De bruid kwam nu de poort door! Toen we even later met onze regendoeken over de grote binnenplaats renden, was de bruidsstoet die al overgestoken en naderde de ontvangkamer. Het goot inmiddels, en de bedienden deden hun best om de gasten droog te houden met hun paraplu's. Tevergeefs. De rode jurk en hoofdtooi van de bruid waren kletsnat, net als de schouders en schoenen van Tweede Meester. Er lagen dikke waterdruppels op zijn bleke gezicht. Overal ontstonden plassen, waar de bruid omheen moest worden geleid omdat ze door haar sluier de grond niet kon zien. Ze liet zich gedwee meevoeren maar verkeerde zichtbaar in verwarring, waardoor ze er nogal stuntelig uitzag. Zeg maar gerust miserabel. Toen de bedienden opzij stapten om haar binnen te laten renden wij langs de galerij het huis uit, terwijl het water vanaf de dakrand in onze kragen stroomde. Daardoor konden we niet zien hoe de bruid eer bewees aan de vooroudertabletten. Maar de rituelen interesseerden me al niet meer. Geen barst! Ik vatte deze afgang persoonlijk op, was er kapot van dat iedereen zo'n gezichtsverlies leed door mijn toedoen. Jazeker, in mijn ogen was het allemaal mijn schuld. Het beeld van die ploeterende bruid stond in mijn hart gekerfd. De hoofdtooi van rood satijn die haar kroon had moeten zijn, had als een dweil neergehangen. Wat verschrikkelijk voor haar! De Hemel had ons lelijk in de steek gelaten!

Ik rende als een gek in het rond om de draagstoelen te bedekken en de doeken met bakstenen te verankeren. De stoelen die in kuilen stonden liepen gevaar en ik gaf een stel dorpskinderen opdracht om stenen op elkaar te stapelen, zodat ik ze daarop kon zetten. De Berg Van Jade achter het Iependorp, die altijd zo weelderig groen was, ging gehuld in een wit waas. Het regenwater liep vanaf de helling de kronkelige dorpsstraatjes in en veranderde daar in riviertjes van gele drab, die dode takken en zelfs steentjes met zich meevoerden. Een slecht verankerde draagstoel met een huif van wit vilt werd door de stroom meegesleurd als een bootje. Ik rende er krijsend en tierend achteraan. Hé, hier blijven, vuil pokkending!

Ik was helemaal doorweekt en mijn laarzen zaten vol modder.

Ik zag Grote Weg bij het poortgebouw. Hij zag er ook al uit als een kip in de soep, klom als een bezetene over zijn machinerie en probeerde alles met oliedoek af te dekken. Tweede Meester kwam er ook aan, beschermd door een paraplu die Huismeester Bing voor hem vasthield.

Hij zei: Wie heeft jullie gezegd dat je de machines buiten moest zetten?

Huismeester Bing antwoordde: We moesten de draagstoelenschuur vol zetten met bankettafels.

Tweede Meester zei: Dan had je die machines in mijn vertrekken kunnen zetten. Waarom is dat niet gebeurd?

Een hysterische woede maakte zijn stem schel. Op de binnenplaats zag ik de gasten omkijken. Toen hij op Grote Weg afliep om te helpen, sprak die enkele kalmerende woorden tot hem, waarna hij zijn hoofd boog en een doek verzekerde met een stuk hout. Eerste Meester zette een groep bedienden aan het werk en kwam naar zijn broer om die met zachte dwang mee naar binnen te voeren.

Grote Weg bleef verwoed voor zijn machines zorgen, tot hij mij in de gaten kreeg. Toen grijnsde hij naar me en trok aan zijn oor. Maar ik lachte niet. Dat kon ik niet opbrengen.

Uiteindelijk was ik helemaal alleen bij het poortgebouw. Alle anderen deden zich te goed aan het feestmaal, zelfs de draagstoeldragers, die zich op de galerij volpropten met vleesgevulde noedels en rijstwijn. Ik dronk slechts het regenwater dat over mijn gezicht stroomde. Terwijl ik de lege draagstoelen in de gaten hield, dacht ik na over het voorrecht dat Oude Meester me verleend had, over mijn toewijding aan de familie die me onder haar hoede had genomen, en over het rampzalige verloop van deze dag, waartegen ik niks had kunnen uitrichten. Mijn neus begon te steken. De bruidspalankijn, die vlak naast de poort stond, was groter dan alle andere draagstoelen en het oliedoek paste er niet helemaal overheen. Toen ik erheen liep om de kap bij te stellen, kwam me een heerlijk zoete geur tegemoet, die me streelde als een zachte hand. Omdat er niemand in de buurt was, trok ik het gordijn opzij om het interieur te bekijken. Ik zag een halfronde indeuking op het kussen, waar iemand gezeten had, en vlekken van schoenen op het vilten vloerkleedje. Ik stak er een hand naar uit. Zowel het kussen als het kleedje voelde koel aan. Ik stelde me haar ellende voor toen ze had moeten uitstappen in de stromende regen.

Iemand riep dat ik ook moest komen eten. Maar ik riep dat ik geen trek had. En dat had ik ook niet. Ik was te erg van streek. Je zult het misschien idioot vinden, maar ik had het gevoel dat ik mezelf moest straffen door daar in de regen te blijven staan en nog natter te worden dan ik al was. Alleen dat kon me een beetje troosten.

Nooit zal ik de eigenaardige gevoelens vergeten die ik die dag ervoer.

De gasten begonnen vlak voor donker te vertrekken. De regen was minder hevig nu, en ik kon de Zwarte Rivier horen kolken. Voor elke vertrekkende draagstoel maakte ik een diepe en langdurige buiging. Ik kwam pas overeind als ik hem de dorpsstraat in zag draaien, waarna ik als een haas terugrende voor het volgende vertrek. De fooien die ze me toewierpen kwamen in de modder naast en achter me terecht. Ik dankte hen natuurlijk uitvoerig, maar raapte geen van die muntjes op. Met hoge stem gilde ik: Wel thuis, Edele Heer! Een behouden reis gewenst! Ik moet eruit hebben gezien als een verzopen kat, maar ik wilde hun laten zien uit wat voor hout ik gesneden was. Ik was dan wel een lijfeigene, maar ik had mijn trots! Toen de oudere broer van de bruid in zijn draagstoel was geklommen, keek hij me even vorsend aan en wierp me geen muntje toe maar een heus zilverstuk. Ik knarsetandde, maar dwong mezelf om ook dat niet op te rapen. Een van de dragers dacht dat niemand keek en griste het voor zichzelf uit de modder. Maar ik knipperde niet eens met mijn ogen en liet met woorden blijken wat voor iemand ik was. Ik riep: Wel thuis, Edele Heer. Dat u reizen mag als op een wolk! Toen zijn dragers in beweging kwamen zei hij iets wat me versteld deed staan.

Hij zei: Daar was lef voor nodig.

Ik ging de muilezel halen voor de oude priester, die er met het grootste gemak op klom. Het regende nog altijd. De muilezel was bedekt met een tungoliedoek en de priester hield een paraplu boven zijn hoofd. Zijn dragers volgden hem met hun zware lading varkensborstels. Grote Weg liep een eindje met hem op en stak een ernstig klinkend verhaal tegen hem af. Eerste Meester rende het huis uit en riep de priester na: Hou die spullen maar voor me vast! Ik kom er van de week wel even naar kijken, en als het wat is geef ik er een goede prijs voor!

De priester riep over zijn schouder dat hij het begrepen had.

Grote Weg probeerde me mee naar binnen te krijgen om wat te eten. En toen ik daar niks van wilde weten, reikte hij me zijn paraplu aan. En toen ik ook die niet wilde aanpakken, werden zijn ogen zo groot als die van een uil. Vijf minuten later kwam hij naar me toe gerend met een paar vleesbroodjes.

Er stonden nog een stuk of vijf, zes draagstoelen.

De eigenaren daarvan stonden op de stoep van het poortgebouw.

Toen ik die broodjes in de handen van Grote Weg zag, wist ik niet meer hoe ik het had en begon te janken. Ik jankte zo hard dat ik amper adem kon halen.

Iemand zei: Die jongen is de hele dag in touw geweest. Hij is vast uitgeput.

Maar terwijl ik zo stond te janken dacht ik alleen maar aan die arme bruid.

Ze was zo lang. En ze had er zo ellendig uitgezien met die doorweekte hoofdtooi.

En ik was een idioot, die niets kon doen om haar te helpen.

Het was de achtste dag van de zesde maanmaand. Ze was een getrouwde vrouw nu, maar met haar was ik meer begaan dan met wie ook. Kijk, het is helemaal niet raar om op het eerste gezicht verliefd te worden op een mooie vrouw. Maar wat ik voelde sloeg helemaal nergens op. Ik had nog niet eens een glimp van haar gezicht opgevangen, maar voor mij was ze al net zo indrukwekkend als haar oudere broer. En het stond voor mij al vast dat ze een hart van goud had.

Ik was als eerste verliefd op haar! Eerder dan wie ook.

Eerder althans dan wie ik ook kende.

Ik had die dag nog geen idee waarom ik nou eigenlijk huilde.

Maar nu weet ik het.

Ik huilde om het lijden dat geen einde kent.

Ook mijn tranen kwamen eerder dan die van wie ook.

Maar wat heeft het voor nut om tranen te vergieten om het noodlot?

Wel thuis!

Hoor je dat? Dat zijn de woorden van een slaafse hond.

Voor welbevinden is geen plaats op deze wereld.

Het streven ernaar brengt alleen maar onheil.

En dat geldt vooral voor mensen die het zichzelf niet gemakkelijk wensen te maken.

En die mensen zijn er, hoor.

Je hebt er zelfs die de dood zoeken.

Het onweerde die nacht. Rollende donder, regenvlagen en bliksemschichten in de hemel, weerlicht in mijn kamertje. Het meubilair daarvan bestond uit een bamboe brits, een bamboe kruk en twee hutkoffers met mijn winterkleren en al mijn persoonlijke bezittingen. Ik was kletsnat naar bed gegaan en een hersenverdovende koorts liet me rillen. Als de bliksem mijn koude kamertje verlichtte, was er een leegte in mijn hart, een overweldigende eenzaamheid.

Ik hoorde voetstappen buiten op de galerij, een geschuifel dat voor mijn deur heen en weer ging. Het geluid van een nerveus paard in zijn stal, dat zich door niemand laat bedaren. Het wilde niet bij me dagen dat het Tweede Meester was. De koorts tastte mijn denken aan. Ik dacht dat ik het misschien zelf wel was die daar liep, op zoek naar de vader en moeder die ik nooit gekend had. Ik liep ergens in een afgelegen oord dat ik niet herkende. En al lopende viel ik in slaap.

Toen ik wakker werd zat mijn mond vol koortsblazen.

En toen pas herinnerde ik me het bruidsvertrek aan de andere kant van de vijver. Toen pas wist ik dat ik mijn bed niet uit was geweest, en dat iemand anders de halve nacht had rondgestommeld. De beproeving van Tweede Meester was die nacht begonnen. De zon moest nog opkomen toen ik op mijn buik voor het raam ging liggen en naar de overkant tuurde. Niemand. De galerij, die de omtrek van de vijver volgde, was verlaten. De enige beweging was het trage flakkeren van een rode kaarsvlam achter het prieel. Hetzelfde geflakker dat er de vorige avond te zien was geweest, en nog steeds even rood. Ik vroeg me af hoe vaak daar een nieuwe kaars was aangestoken. Wat moest het verschrikkelijk zijn geweest om de ene kaars na de andere te zien opbranden, en telkens weer een nieuwe te moeten aansteken. De zon kwam op maar de kaars bleef branden, hoewel het licht ervan wit werd, en nagenoeg onzichtbaar. Het geluid van Oude Mevrouw met haar houten klepper kwam vanaf de grote binnenplaats van het hoofdhuis. Grote Weg floot een deuntje terwijl hij onder mijn raam langsliep, en de poort van de uitbouw opende om over het pad langs het huis naar de hoofdpoort te lopen, en dan verder tot voorbij het dorp. Zo'n wandeling maakte hij elke dag, met een dikke buitenlandse sigaar tussen zijn lippen, gretig naar links en naar rechts kijkend om nieuwe indrukken op te doen.

Ik was ziek, maar dat weerhield me er niet van om mijn bed uit te stappen en te doen wat er van me verwacht werd. De huismeester had me al verteld dat de nieuwe bruid haar eigen dienstmaagd had meegenomen en dat ik dus geen verplichtingen meer had in het woonverblijf van Tweede Meester. Behalve het algemene onderhoud van de linkeruitbouw had ik nu de verzorging van de buitenlander als taak. De andere bedienden zeiden dat hun dit zwaar werk leek, maar ik zag er helemaal niet tegen op. Het was lastig dat ik geen woord begreep van wat hij zei, en het was een beetje gênant om alles wat hij deed aan Oude Meester door te brieven, maar voor de rest leek het me alleen maar leuk. Ik voelde me zo beroerd dat ik waggelde op mijn benen, maar toen Grote Weg maar niet terugkwam besloot ik hem te gaan zoeken. Ik vond hem bij de Zwarte Rivier. Hij stond samen met een stel boeren te vissen met een schepnet. De rivier was zo gezwollen dat het gele water tot boven aan de oever reikte, en er zwommen vissen in rond die zo groot waren als je onderarm. Dat gebeurde altijd als de rivier hoog stond, tot groot plezier van de dorpelingen, en die grootneuzige buitenlander vond het zo te zien ook geweldig leuk. Hij had zijn broekspijpen hoog opgerold, zijn jas zat onder de modderspatten en hij liep te springen en te schreeuwen als een kleine jongen.

Pis! riep hij me toe.

Maar hij bedoelde natuurlijk vis.

Toen we uiteindelijk terugliepen had hij in elke hand een spartelende vis. Ik liep vlak achter hem, met een vis in mijn ene hand en zijn schoenen in de andere. Die grote witte voeten van hem pletsten op de straatstenen. We hadden geen idee wat ons te wachten stond.

Wat we bij thuiskomst zagen bracht ons met een schok tot stilstand. En zo bleven we staan, volkomen verbluft.

Het was alsof iemand een mes recht in mijn hart had gestoken.

Maar het deed geen zeer. Of dat ook gold voor de buitenlander wist ik niet, want hij had een gepijnigde blik en kon alleen maar een soort gegorgel uitbrengen. Een van zijn vissen viel op de grond en spartelde hulpeloos rond, met woeste sprongen, tot hij met stof bedekt was.

We hadden er geen van beiden oog voor.

Ik had nergens pijn, maar elk sprankje energie was uit mijn lichaam weggevloeid.

Ze was adembenemend!

Wie, vraag je?

Wie dacht je!

We waren haar bijna letterlijk tegen het lijf gelopen, daar in de linkeruitbouw. Nee, niet zomaar de tweede mevrouw. Een godin was het! We waren op een heuse godin gestuit! Ze had ons staan opwachten, had waarschijnlijk het geluid van onze voetstappen gehoord en was op de stoep van de poort gaan staan. Maar wij waren geenszins op haar voorbereid geweest! Toen we daar die schitterende vrouw zagen staan, met haar bekoorlijke glimlach, raakten we totaal van slag. Ik kan niet zeggen wat er in het hoofd van Grote Weg omging, maar in het mijne gebeurde gewoon niks meer. Hoe kon ze zo staan glimlachen? Na al het vreselijks dat er sinds haar aankomst gebeurd was? Hoe kon ze nog een glimlach opbrengen? En zo'n mooie nog wel.

Kijk, daarin onderscheidde Zheng Yunan zich van andere mensen.

Mijn leven lang heb ik nooit meer iemand als zij meegemaakt.

Ze zei: Nee maar, wat een grote vissen!

Haar tanden waren flonkerend wit. Die vissen waren wel zo groot als zuigelingen en je zou gedacht hebben dat een vrouw als zij daar bang voor was. Maar ze bukte zich, raapte de gevallen vis op en volgde ons voorbeeld door hem in de vijver te gooien.

Ze lachte er een verrukkelijk lachje bij!

Ik kan zulk gelach niet meer horen. Niet omdat ik doof ben, en ook niet omdat ik niks van jonge mensen moet hebben. We hebben vaak genoeg feestjes hier in het tehuis, met leuke jongens en meisjes erbij. En die lachen natuurlijk naar hartenlust. Als het getinkel van belletjes klinkt het, dat lachen van die jonge meisjes. Maar mij zegt het niks. Het dringt niet eens tot me door. Begrijp me goed, ik zeg niet dat jullie jongelui niet weten hoe je moet lachen. De wereld is gevuld met vrolijke jonge mensen. Wat ik bedoel is dat ik nooit meer een lach hoor die me optilt en in de lucht laat zweven.

Het ligt aan mij, wil ik maar zeggen.

Ik ben niet meer zo zorgeloos en lichthartig als toen ik zestien was.

Ze zei: Nee maar, wat een grote vissen!

En ik zweefde op een wolk.

En die Europese grootneus, vraag je?

Zijn ziel vloog de lucht in. En waar-ie ook heen vloog, hij zou nooit meer naar Frankrijk terugkeren.

Dat was zijn lot.

9 MAART

Oude Meester liet me opdraven. Hij wilde weten hoe het gegaan was in de linkeruitbouw. Wat had ik zoal gezien en gehoord? Waren er rare of onbegrijpelijke dingen gebeurd? Ik zei dat ik niks had gezien, behalve dat de rode vreugdekaars de hele nacht gebrand had in het bruidsvertrek, en dat ik niks had gehoord, behalve de voetstappen van iemand die over de galerij had lopen ijsberen. Ik zei dat dat misschien wel Tweede Meester was geweest. Meer viel er niet te melden.

Oude Meester vroeg: Waarom liep Tweede Meester daar te ijsberen?

Wat ik wilde zeggen was: Hoe moet ik dat weten?

Wat ik zei was: Misschien was hij bang.

Oude Meester vroeg me waarvoor hij dan bang kon zijn geweest.

Ik zei: Dat weet ik niet.

Het nieuws stemde hem somber en hij roerde misnoegd in zijn medicijnketel. Ik rook vagelijk de geur van alsem. Maar ik wist dat hagedissen een vergelijkbare geur afgaven als ze gekookt werden. Hij slaakte een zucht, zoog aan zijn roerspaan en smakte met zijn lippen.

Wat een mislukkeling is het toch, verzuchtte hij.

Ik liet me bijna ontvallen dat Tweede Meester zichzelf had staan wurgen, maar ik klemde tijdig mijn kaken op elkaar. Ik gloeide van de koorts en kon amper mijn ogen openhouden. Oude Meester vroeg wat me scheelde.

Hij zei dat mijn gezicht zo rood was als een apenkont.

Ik hief een hand op en wreef over die apenkont, en brandde zowat mijn vingers.

Oude Meester vroeg: Heb je soms hoofdpijn?

Ik zei dat het niets was, draaide me om en strompelde naar mijn kamer, waar ik een hark pakte om in de binnentuin aan de slag te gaan. Toen ik de deur uit stapte was Tweede Meester net op weg naar buiten met een moersleutel. Zijn gezicht was krijtwit en hij had donkere kringen onder zijn ogen. De ogen zelf waren ietwat glazig, maar lang zo erg niet als die keer dat hij zichzelf had staan wurgen. Toen hij me opmerkte leek hij kalm en beheerst.

Hij vroeg: Wat is er mis met jou?

Niks, zei ik.

Hij vroeg: Heb je hoofdpijn?

Ik zei: Nee hoor, mijn hoofd is prima in orde.

Hij liep verder met zijn moersleutel en ik begon te vegen. Eerst het gedeelte voor de kamers van mij en Grote Weg. Het was net alsof ik losse katoen probeerde op te vegen. Alles was pluizig en warrelde alle kanten op. Toen ik bij de vijver kwam keek ik op in de richting van het prieel met de blauweregen, en daar stond mijn godin, met naast zich haar kleine dienstmaagd. Ze liepen samen naar de vijver en zwaaiden naar me. Ik wist niet waarom ze er zo bezorgd uitzagen, en werd geen wijs uit wat ze zeiden.

En toen viel ik flauw.

Ik sliep twee dagen aan één stuk en was de helft van de tijd buiten westen. Er kwamen heel veel mensen naar mijn kamertje. Ik kon heel in de verte hun stemmen horen, al wist ik niet wie er sprak. Achteraf hoorde ik dat Tweede Mevrouw ook een keer geweest was. Ze had een bord met schijfjes peer op mijn koffer neergezet, en had een paar minuten naar me staan kijken voor ze weer ging. Op het moment zelf had ik daar niks van gemerkt. Als ik geweten had dat ze me die gesneden peren had gebracht, had ik er geen hap van genomen. Dan had ik die schijfjes veilig opgeborgen, om naar te kijken als er niemand in de buurt was. Zo zou ik later met alles omspringen dat ze me gaf.

In die twee dagen waren er blijkbaar dingen gebeurd waarvan ik geen weet had, daar in de linkeruitbouw. Toen ik me voor het eerst weer naar buiten waagde zag ik Grote Weg en Tweede Meester schaak spelen op de galerij. En er boog zich nog een ander, ongekamd hoofd over het bord. Het was de jonge bruid, die kennelijk geboeid werd door het spel. Ze keken alledrie tegelijk op.

Tweede Mevrouw glimlachte naar me.

En toen glimlachte Grote Weg ook.

Tweede Meester was de laatste om met glimlachen te beginnen en de eerste die er weer mee ophield. Maar het was evengoed een zeldzaamheid, want ik zag hem bijna nooit glimlachen. Hij zag er behoorlijk goed uit, die dag. Gezond zelfs.

De kleine dienstmaagd van Tweede Mevrouw glimlachte met de anderen mee.

Ik wist niet wat dat allemaal te betekenen had. Ik voelde aan mijn gezicht en hoofd, en keek omlaag naar mijn kleren. Ik snapte niet wat er zo leuk was. En ik werd verlegen. Die glimlachen van hen herinnerden me eraan dat ik maar een slaaf was. Grote Weg gebaarde me met een armzwaai om bij hen te komen, maar daar wilde ik niks van weten. Ik sjokte mijn kamertje weer in.

Pas toen ik Huismeester Bing sprak kreeg ik te horen dat ik mezelf bevuild had in mijn koortsslaap. Mijn bloed stolde toen hij het me vertelde. Hij zei: Ik heb nog opdracht moeten geven om je reet te wassen. En je had jezelf eens moeten zien, apenkop. Je liet bij de eerste de beste aanraking zien dat je al een grote jongen bent, daarbeneden!

Het was alsof ik door de grond zakte.

De dienstmaagd van Tweede Mevrouw heette Wuling. Vijf Belletjes.

Na een poosje raakten we bevriend, en we konden over alles met elkaar praten. Ze zei dat zij degene was geweest die mijn kleren had gewassen. Ik vroeg of ze niet vreselijk hadden gestonken. Ze zei van niet, en ze vertelde dat mijn poep helemaal verbleekt was geweest door die hoge koorts. Het was een goeie meid, maar niet al te snugger. Ik moest zelf van onderwerp veranderen, anders was ze eindeloos blijven doorpraten over dat voorval waar ik het liefst om in een put was gesprongen.

Ze vertelde ook het een en ander over het bruidsvertrek.

Ik roerde het onderwerp zelf aan door over de trouwerij te vertellen, de rode kaarsen, de donder en bliksem en de voetstappen buiten mijn deur. En toen begon zij. Ze vertelde dat haar meesteres het liefst zachte groentinten droeg, dat ze zich in rood ongemakkelijk voelde. Ze bleef maar ratelen, en uiteindelijk kwam ze op de dingen die ik wél wilde horen.

Tweede Meester had geen idee gehad hoe Tweede Mevrouw eruitzag, en toen hij haar hoofdtooi afnam had hij een kop als een biet gekregen. Ze hadden over ditjes en datjes zitten praten tot ze allebei slaap kregen en het tijd was geweest om naar bed te gaan. Het zweet had in dikke druppels op zijn voorhoofd gestaan en zijn handen hadden gebeefd toen ze zich had uitgekleed. Toen ze hem vroeg wat er aan de hand was, zei hij: Niks, hoor. Ze zei dat het nogal benauwd was in de kamer, en misschien was het een goed idee als hij nog even een luchtje ging scheppen. En dat deed hij. En toen hij niet meer terugkwam, was ze alleen naar bed gegaan en had liggen huilen als een klein kind.

Wuling vertelde het allemaal heel onaangedaan. Ik wilde het liever niet geloven, maar ze leek me niet slim genoeg om erg bedreven te zijn in de kunst van het liegen. Dus moest ik het wel van haar aannemen. Het kwam me echter wel voor dat ze over dingen sprak waar ze geen snars van begreep. Maar ja, dat gold natuurlijk ook voor mezelf. Alles wat ik wist had ik op de plaatjes in dat boek gezien, plus nog de dingen die ik de dieren had zien doen die ik als jongen verzorgd had.

Het pluimvee van de Cao-familie.

De varkens.

En de paarden.

De paarden waren het mooist geweest.

Op de mensen na.

Ik vroeg Wuling: Hebben ze ondertussen het bed gedeeld?

Ze zei: Ja.

Ik vroeg: Hoe?

Ze zei: Hoofd aan hoofd.

Ik vroeg: En wat deden ze?

Praten, zei ze. Ik kon er niet veel van verstaan in de andere kamer, maar mijn mevrouw houdt erg van lachen en ze laat zich door niets van de wijs brengen. Die Tweede Meester van jou is een rare snoeshaan. Hij praat alleen als je hem wat vraagt. Toen mijn mevrouw in slaap viel rolde hij met een zucht op z'n zij en bleef de hele nacht woelen en draaien. Ik stond op om hem een beetje water te brengen, maar toen snauwde hij dat ik een bemoeial was. Hij keek me heel vuil aan met die dode ogen van hem. Hij is al vanaf hun trouwdag chagrijnig, en ik had ook al meteen een hekel aan hem. Mijn mevrouw heeft reuzepech dat ze juist met hem moest trouwen, want zelf is ze de liefste op de hele wereld!

Alweer van die onbenullige slavenpraat, hoor je wel?

Wuling was zo klein dat ze pas een jaar of twaalf, dertien leek. Ze had een donkere huid en ogen vol zachtmoedigheid. Ze leek helemaal niet op een bemoeial. In werkelijkheid was ze trouwens een paar jaar ouder dan ik. En hoewel ze nogal mensenschuw was en nooit iets zei als er vreemden bij waren, praatte ze je de oren van je kop als ze je eenmaal kende. Ze noemde me Oudere Broer. Oudere Broer Oren. Als ze me aankeek zag ik altijd hoop in haar ogen. Dan leek ze wel te wensen dat ik mezelf weer zou onderschijten, zodat ze mijn kleren nog eens kon wassen om me te tonen hoeveel ze om me gaf.

Maar voor mij was ze alleen maar een gebruiksvoorwerp.

Een ding dat ik gebruiken kon om dichter bij Tweede Mevrouw te komen.

Kun je me volgen? Stel je voor, je wilt zien wat er achter een gordijn gebeurt, maar je arm is niet lang genoeg. Dan pak je een stok die je gebruiken kunt om een hoekje van dat gordijn op te tillen. En als je genoeg hebt gezien, gooi je hem weer weg, die stok, of je zet hem neer waar je er makkelijk bij kunt, voor de volgende keer dat je een kijkje wilt nemen. Wuling was mijn stok. Maar dat had ze zelf niet in de gaten. In haar ogen was ik een goeie luisteraar. Of misschien zag ze me wel als een emmer die ze eindeloos kon blijven volgooien. Hoe dan ook, mij kon het niet schelen. Ze was mijn stok, en ik vond het allang best dat het zo'n babbelkous was. Zolang ze bleef kletsen, had ik haar in mijn macht.

En nu ben ik jouw stok.

En jij, tja, jij zult mijn emmer wel zijn.

Je hebt maar naar me te luisteren.

Maar, eh, heb je hier al bij stilgestaan?
Als ik mezelf nu eens bevuil?
Over je verleden vertellen, dat is eigenlijk net schijten.
En de asem van zo'n ouwe vent verpest de lucht.
Ik overdrijf het niet.
Als jij het allemaal verdragen kunt, des te beter.
Zelf kan ik mijn eigen lucht niet uitstaan.
Maar ik voel me pas lekker als ik de boel eruit kan gooien.
Wiens idee was het eigenlijk om een eerbiedwaardige grijsaard van me te maken?

Op een nevelige ochtend stond ik de grond buiten de uitbouw aan te vegen toen Wuling de poort uit kwam met een doos eten. Eén blik volstond om te zien dat ze me iets vertellen wilde. Ik keek uitvoerig naar links en naar rechts en knikte bemoedigend.

Ze zei: Oudere Broer Oren, ik heb het gehoord.

Ik vroeg: Wat heb je gehoord?

Ze zei: Hun tweeën, samen.

Ik vroeg: Wat hoorde je dan toen ze samen waren?

Mijn mevrouw slaakte een gil, zei ze.

Tja, misschien werd ze gebeten door een bedwants, zei ik.

Ze zei: Tweede Meester slaakte ook een gil.

Tja, zei ik, wie gilt er nu niet op z'n tijd? Schrikken is menselijk.

En toen mompelde ze iets met een gezicht dat zo rood werd als een lantaren.

Ik zei: Geen woord hierover tegen de anderen.

Ze leek me niet goed te begrijpen.

Dus zei ik: Als je dit rondbazuint, wurg ik je!

Ik glimlachte erbij.

Maar haar gezicht werd lijkwit.

Achteraf bleken haar oren haar niet bedrogen te hebben. De vrouw van Huismeester Bing verliet het grote woonverblijf met een zwartgelakt dienblad waarop een lap witte zijde lag. Ze ging ermee naar Oude Meester en vervolgens naar de meditatiekamer. Toen ze daar even later uit kwam had ze lege handen, en begonnen de bedienden te kletsen.

Ze zeiden: Hè hè, eindelijk een paar druppels rood!

Ze zeiden het op een toon die spottend was voor Tweede Meester.

De lap zijde bleef in de meditatiekamer, waar Oude Mevrouw aan het vasten was. Ze leefde op niets dan water dat om middernacht geput moest worden. Degene die haar dat water bracht zag die lap aan de opgestoken hand van een boeddhabeeld hangen, en ze zag inderdaad een rode vlek, in de vorm van een roos. Iedereen zei daarna dat de oude dame haar zoon in bescherming nam, zodat hij door het leven kon gaan als een man die de naam waardig was. Ook zeiden ze dat de bruid maar wat blij mocht zijn met die maatregel van Oude Mevrouw, omdat ze anders niets meer te zoeken zou hebben in het huis van de Cao's.

Zo zie je maar hoe gemeen bedienden kunnen roddelen!

Ik ging Huismeester Bing vertellen dat er ratten waren in de boekenopslag, en dat we er gif moesten strooien. Hij zei me dat ik me niet zo druk moest maken om een paar ratten. Maar een paar dagen later ging ik opnieuw naar hem toe en zei: Het zijn echt enorme ratten, hoor. Ze schieten alle kanten op zodra iemand een stap naar binnen doet. Daarop gaf hij me de sleutel en wat gif, en zei: Goed je handen wassen als je dit gestrooid hebt, en in de tussentijd niet je mond aanraken.

En zo kon ik dat boek weer inzien.

Ik was zelf de grootste rat in die hele opslagruimte.

Er waren een paar druppels rood geweest…

Dat nieuwtje had me aan het denken gezet, en ik zocht er de juiste houding bij.

Tweede Meester ging niet langer bij zijn moeder aan de borst.

Tweede Meester probeerde zichzelf niet langer te wurgen.

Tweede Meester had zijn zaakjes op orde.

En ik vroeg me af hoe hij dat voor elkaar had gekregen.

Op deze manier?

Of zo?

Het eerste plaatje deed me aan een handkar denken.

Het tweede aan een rijpaard.

Ze brandden zichzelf als pepers in mijn ogen, die plaatjes.

Ik ben een vieze ouwe kerel, jongeman.

Dat blijkt wel uit alles wat ik tot dusver verteld heb.

En jij?

Wat voor iemand ben jij?

10 MAART

Als je wel eens blauwe ogen hebt gezien, dan vergeet je die aanblik nooit meer. Maar heb jij wel eens een paar blauwe ogen van heel dichtbij gezien? Dat dacht ik al. En dan nog iets. Je weet vast wel hoe het eruitziet als iemand met zijn ogen open slaapt, maar ik durf te wedden dat jij nog nooit een blauwoog met zijn ogen open hebt zien slapen. Ik wel. Grote Weg sliep met zijn ogen open. Niet helemáál, half, maar ver genoeg om een griezelige indruk te maken. Ik had hem al vaak van een afstandje bekeken toen mijn nieuwsgierigheid op een keer de overhand nam en ik me over hem heen boog. Ik wilde een vermoeden bevestigd zien.

Vroeger zeiden ze namelijk dat mensen in hun ogen de beeltenis droegen van degene van wie ze hielden. En dat kreeg je niet weg, zo'n beeltenis, zelfs niet door te schrapen. De enige manier was de ogen uitsteken. Ik had bepaald niet de behoefte om de ogen van Grote Weg uit te steken, maar ik wilde wel graag zien wie erin was afgebeeld. Ik keek en keek, maar ik zag niks anders dan wat grillige lijntjes op zijn oogballen, zoals je die ook wel op oesters en mosselen ziet.

Wat ik verwacht had te zien was de beeltenis van Tweede Mevrouw! Kijk, er was hoe dan ook iets mis met zijn ogen, en dat kwam omdat hij veel te vaak en te lang naar Tweede Mevrouw keek.

Anderen hadden dat niet door, maar ik wel. Omdat mijn ogen schuldig waren aan hetzelfde. De zijne waren blauw, als diepe poelen, die haar in hun diepte wilden lokken.

Als Grote Weg schaak speelde met Tweede Meester, zat Tweede Mevrouw altijd tussen hen in. En ik zat met Wuling op het gras voor de galerij te babbelen. Ik koos altijd een plekje vanwaar ik onopvallend naar Tweede Mevrouw kon staren, hoefde alleen mijn ogen maar op te slaan om haar haar te zien terwijl ze zich over het schaakbord boog. En daaronder haar rechte neus en haar rode mond. En als die rode lippen van elkaar gingen, werden haar pareltjes van tanden zichtbaar. Wuling zei iets, maar het drong niet echt tot me door. Ik wist alleen maar dat mijn nek, polsen en borst prikkelden en pijn deden. Ik was verzonken in een dagdroom waarin die tandjes me overal beten.

Tweede Mevrouw staarde naar de schaakstukken.

Haar echtgenoot staarde naar de schaakstukken.

En Grote Weg?
Die staarde natuurlijk ook.
Maar ik wist wel waar zijn blik naar was afgedwaald.
Zijn ogen waren op de rug van haar hand gericht.
En op de bleke, ranke hals die uit haar boord oprees.
En op de haartjes op haar slaap.
En op haar oorlelletjes.
En op het fijne dons op haar bovenlip.
En op haar kin.
En op haar lijfje, waar haar borsten naar voren staken.
Zijn ogen waren haar aan het uitkleden.
Mij nam hij niet in de maling!
Hij wilde haar levend verslinden.
Jij bent aan zet, zei Tweede Meester.

Grote Weg begroef zijn gezicht in zijn handen en kreunde alsof hem iets onmogelijks werd gevraagd. Maar toen hij zijn handen weghaalde, glimlachte hij als een lammetje. Geen idee waarom. Normaal had hij een bulderende lach, maar als Tweede Mevrouw erbij was hield hij zich altijd in, heel bedeesd, alsof hij haar niet wilde laten schrikken. Toch wist ik dat dit allemaal poppenkast was. Want als hij haar vanuit zijn ooghoeken bekeek, had hij de blik van een hongerige wolf!

Ze liepen de tuin in om even hun benen te strekken.
Wuling zat met haar rug naar hen toe.
Ze vroeg me: Waar kijk je naar?
Ik zei: O, niks.

Maar de waarheid is dat ik naar de rug van Tweede Mevrouw keek. En Grote Weg deed dat ook. Zijn blik dwaalde van de knot op haar achterhoofd helemaal omlaag naar haar grote voeten. Mij nam hij echt niet in de maling. Hij maakte een praatje met Tweede Meester, in hun buitenlandse taal, maar zijn ogen zaten als zuignappen aan haar vastgeplakt. Ze droeg een pastelgroene jurk, getailleerd maar van onderen wijd uitwaaierend, alsof ze door een wolk werd omringd.

Wuling vroeg: Zeg nou, waar kijk je zo gulzig naar?
Ik zei dat het niks bijzonders was, gewoon een sprinkhaan.

Wuling begon op handen en knieën door het gras te speuren, met haar achterste omhoog. Dat deed me niks. Ik keek over de horizontale lijn van haar rug naar de vijver. Aan de rand daarvan leunde Tweede Mevrouw op Tweede Meester terwijl ze een satijnen schoen uittrok om een steentje te verwijderen, dat ze achteloos wegwierp. Dat wulpse gedoe benam me de adem!

Haar voet werd omhuld door een witte katoenen kous.

Ze wankelde een beetje toen ze haar schoen weer aantrok. Grote Weg stak bijna een hand uit om haar vast te pakken, maar hij hield zich nog net in. Wuling was nog steeds op zoek naar die sprinkhaan, met de twee halvemaantjes van haar billen pal voor mijn neus. In een idiote opwelling gaf ik er een pets op, tot haar schrik en verbazing. Ze bloosde tot achter haar oren toen ze naar me omkeek. Haar neus was bezaaid met zweetdruppeltjes.

Ze zei: Wat mankeert jou?

Ik antwoordde: Die mevrouw van jou trok haar schoen uit waar een vreemde man bij was!

Ze zei: Dat zijn dingen waar wij Zhengs ons lang niet zo druk om maken als jullie Cao's.

Ik zei: Als jij je niet druk maakt om zulke dingen, trek dan maar gelijk je onderbroek voor me uit.

Wuling was echt geen slimmerik. Ze moest er warempel even over nadenken eer ze snapte dat het een grapje was. Toen spuugde ze naar me en holde weg.

Tja, zo was het toen. De voet van een vrouw werd zo gekoesterd dat het uittrekken van haar schoen zowat hetzelfde was als het uittrekken van haar onderbroek. Ik had nog nooit iemand meegemaakt die daar zo onbekommerd in was als Tweede Mevrouw. Toen ik er later over nadacht vond ik dat het haar niet verweten kon worden. Ze was immers opgevoed in een meisjesschool en had daar buitenlandse zeden bestudeerd. Ze kende alle klassieken en kon goed rekenen, en poëzie schrijven. Ze wist zelfs iets van buitenlandse talen en ze kon je vertellen waar vreemde landen lagen. Zo'n vrouw was het. De ellende was alleen dat Tweede Meester wel de laatste man was die je met zo'n vrouw moest laten trouwen. Wat kon het hem schelen dat ze haar schoen uittrok waar een andere vent bij was? Wat maakte het hem nou uit dat ze zomaar in lachen uitbarstte als ze daar zin in had?

Ik vertel je dit niet om de indruk te wekken dat ze ongemanierd was. Ik vertel het opdat je begrijpt dat een vrouw in mijn ogen iets kostbaars was. Al zat er dan een kous omheen, het bleef een vrouwenvoet. En niet zomaar een vrouwenvoet, maar de hare! Die voet te zien was hetzelfde als een blik op haar geslachtsdelen. Vergis je niet, ik hield van haar voet, al was-ie wat aan de grote kant, zoals ik ook van haar lach hield. Maar vrouwen hoorden gewoon niet hardop te lachen. Daar kwam alleen maar gedonder van, want dan gingen de mensen zo'n vrouw lichtzinnig noemen. Maar lichtzinnig of niet, ik hield van dat geluid. Tweede Meester hield er ook van, neem ik aan. En dat Grote Weg ervan hield weet ik wel zeker. Want elke keer als ze lachte, zag je zijn ogen oplichten, alsof elke vezel van zijn lichaam trilde van blijdschap. Ik trilde ook. Ik voelde me alsof ik de lucht in werd getild, steeds hoger, naar een bovennatuurlijke sfeer!

Ik heb trouwens niet vaak een voet van haar gezien.

En ik heb haar ook niet vaak horen lachen.

De vrouw van Huismeester Bing kwam op een dag naar Tweede Meester Guanghan, met een verzoek van zijn moeder. Die wenste dat Tweede Mevrouw niet zo hard zou lachen terwijl zij aan het mediteren was. Toen Tweede Mevrouw die wens van haar schoonmoeder had vernomen, bleef ze lachen, maar slaagde erin dat geluidloos te doen.

Tweede Mevrouw was buitengewoon inschikkelijk. Ze wilde iedereen ter wille zijn.

Haar stille lach was trouwens des te betoverender.

Tegen mij zei ze op een keer: Oren, word je niet doodmoe van al die karweitjes de hele dag? Waarom ga je niet even naar je kamer, een beetje bijkomen? Laat anderen ook eens wat doen in plaats van jezelf zo uit te putten. Ga even lekker uitrusten.

Ik zei: Dat zou ledigheid zijn. Dat past een lijfeigene niet.

Je bent nog zo jong, zei ze, maar je werkt al zo hard.

Ik ben niet zo jong meer als u denkt, wierp ik tegen. Ik ben al zestien. Het belang van de familie is mijn belang. Hoe meer ik voor hen doe, hoe liever het me is. Als ik niks doe, voel ik me niet prettig.

Ze zei: Dan zal ik je iets voor mij laten doen. Ga naar ons woonverblijf en vraag Wuling om een paar betelnoten. Stop die in je mond en zuig erop. Daar zul je heerlijk van afkoelen. Maar als je op betelnoten zuigt, mag je niks anders doen. Ga op je bed liggen en blijf daar tot ze helemaal op zijn. Begrepen?

Ze zei het allemaal met een kalme glimlach, haar mondhoeken lichtjes omhoog. Maar verder geen geluid. Alleen die glimlach. Ik kon haar bezorgdheid nauwelijks verdragen, maar ik deed wat ze gezegd had. Toen ik op mijn brits lag staarde ik naar een spinnenweb in de hoek en huilde. Die betelnoten lagen als kleine levende wezentjes in mijn mond. Ik hield mijn tong stil, maar ze bewogen uit zichzelf heen en weer.

Het was alsof ik op de tenen van Tweede Mevrouw zoog.

Ik krulde mijn tong omhoog, om ze zo snel mogelijk te laten smelten.

De macht van voeten.

Wat betekent een vrouwenvoet tegenwoordig nog? Kijk dat meisje eens, op die kalender daar. Denk die paar lapjes om haar tieten weg, en dat lapje in haar kruis, en ze is spiernaakt! Moet je zien hoe opgezet haar voeten zijn, en dan die dikke teennagels. Dat zijn geen voeten meer, dat zijn hoeven. De hoeven van een merrie. Denk die lapjes weg en je hebt een merrie. Een merrie die gedekt wil worden.

De Stichting Voor Ouderenwelzijn heeft die kalenders gestuurd. Je vraagt je af wat die lui bezielt. Denken ze soms dat we nog niet echt oud zijn? Of denken ze juist dat we véél te oud zijn? Willen ze ons opnaaien of beledigen? Hoe je het ook bekijkt, het is vernederend om hier zo'n slettenfoto op te hangen. Als ze vinden dat we niet snel genoeg de pijp uitgaan, kunnen ze beter een paar echte blote meiden sturen. En als ze bang zijn dat we ons vervelen, laten ze die kalenders dan komen omruilen voor vliegenmeppers. Ik zit hier liever vliegen te meppen dan mijn hersens te pijnigen over zulke foto's. Kijk, wij hebben alles al gedaan wat mensen zoal doen, dus dat soort delletjes heeft hier niks te zoeken. Laten ze iemand zoeken die ze zijn hoofd nog op hol kunnen brengen. Wij worden er niet warm of koud meer van. Strontvervelend! Hoe mooi ze er ook uitzien, ons zegt het niks meer. Ons kunnen ze net zo goed paardenvlees laten zien, of konijn.

Kijk, je hoort mij niet zeggen dat ze niet aantrekkelijk zijn. Daar gaat het niet om.

Aantrekkelijk zijn ze heus wel. Kijk die benen maar.

Maar wat ik zeggen wil is dat er twee soorten mensen zijn die je nooit zulke kalenders moet laten zien. De heel ouden en de heel jongen. Die hebben gezondere dingen nodig. De Stichting Voor Ouderenwelzijn pakt het helemaal verkeerd aan. Ze doen meer kwaad dan goed, die lui. Ze zouden ons iets anders moeten sturen om naar te kijken. Je hebt ook kalenders met porseleinen vazen, vissen of apen. Maar moet je zien wat ze doen.

Ze sturen lekkere meiden naar mensen die elk moment kunnen doodgaan.

Daar zit ik niet op te wachten.

En ik heb er ook niks aan. Ik al helemaal niet.

In mijn geest is er één enkele voet.

Meer heb ik niet nodig.

Mijn hart is aftands, maar telkens als het er de brui aan wil geven, komt die voet langs en stapt erop, en krijgt het weer volop aan het pompen. Ik ga voorlopig de pijp nog niet uit!

Yunan!

Kom eens hier met je voet!

Hierzo, hier stappen!

En nu hier!

En hier!

Jonge vriend.

Wat zeg ik nou allemaal?

Een *voet*?

Van wie?

11 MAART

Na die koortsaanval ontbrak het me lange tijd aan moed om op de daken te klimmen. Mijn benen waren te gammel. De daken van het familiehuis waren heel hoog en steil en de gevolgen van een val zouden niet te overzien zijn. Maar in gedachten klauterde ik er de eerste de beste nacht alweer rond, zo nieuwsgierig was ik naar alles wat zich in al die vertrekken afspeelde. Ik wilde kijken, wilde al die mensen zien, wilde dolgraag weten wat er allemaal gaande was. Ik wilde niets liever dan mijn ogen de kost geven als al die mannen en vrouwen, jong en oud, bij het licht van hun lampen hun gang gingen. En ik wilde de geluiden horen. Al die raadselachtige, intrigerende geluiden.

De angst om naar boven te klimmen maakte me eenzaam.

Maar na verloop van tijd werden mijn benen weer steviger en mijn gestel robuuster, en op een maanloze nacht klom ik ten slotte weer als een hagedis naar boven. Ik wilde het liefst het grote woonverblijf bespieden, maar daar had ik de moed niet voor, dus stapte ik van de ommuring van de uitbouw over op die van het hoofdhuis en liep naar het poortgebouw. Daar keerde ik om, sloop over de daken terug en deed alle plekken aan waar ik lamplicht of een dakraam zag. Ik wilde alles zien. Geen plekje wilde ik overslaan.

Als een zwerfkat ging ik waar ik wilde, om te zien wat ik wilde zien.

En wat wilde ik dan zien?

Ik ging naar het verblijf van de dienstmeiden. Hun lampen waren al uit, maar omdat het zo heet was hadden ze het dakraam opengelaten. Ik hoorde ze snurken. Ik hoorde ze met hun lippen smakken, en ik hoorde ze pissen in hun nachtspiegel.

De hete, zweterige lucht sloeg me recht in mijn gezicht.

Het was alsof mijn neus klem zat in een vrouwenoksel.

In het keetje van de nachtwaker zaten een paar bedienden te dobbelen. Maar de pit van de olielamp was zo laag gedraaid dat ik geen gezichten kon herkennen. Ze waren bang dat Huismeester Bing hen zou betrappen en gebruikten kogels in plaats van munten. De koperen hulzen glommen als vuurvliegjes in het zwakke licht. Ze zaten neergehurkt op de stenen vloer en bogen zich over de dobbelstenen om het geluid te dempen. Ik kende hun geheim al heel lang, maar wist nog altijd niet of ik het wilde verklikken of niet, en zo ja, wanneer.

Ze hadden mij nooit iets misdaan.

En ze wisten dat ik de spion van de ouwe Cao was.

Maar als ik hen niet aangaf, deed ik Oude Meester tekort.

Ik besloot het maar helemaal niet te zien, dat zou me heel wat hoofdbrekens besparen, dus klauterde ik snel weer verder.

Huismeester Bing zat aan zijn telraam te werken.

Zijn vrouw wond doeken om haar ingebonden voetjes.

Meer had dat ouwe stel niet te doen.

Ik kwam bij de keukens. In de malerij stond een kok sojabonen te malen voor de tofoe. Bij elke rondgang van de molensteen spuugde hij in het maalgat en knarsetandde van woede. Ik kon zien dat hij woedend was, maar had geen idee waarom. Vond hij dat ze hem te hard lieten werken? Of te weinig betaalden?

Ik bleef hem een tijdje gadeslaan.

Eigenlijk wachtte ik op het moment dat hij op die steen zou klimmen om in het gat te pissen.

Maar hij hield het bij spugen.

Ik had niet de minste behoefte om naar beneden te springen en hem op zijn donder te geven.

Laat maar lekker spugen!

Ik stapte over op de muur van de rechteruitbouw. Die was ruimer dan de linker, maar de binnentuin had geen vijver of sierheuvel. Wel stonden er granaatappelbomen, een stuk of twintig, die het er weelderig groen maakten. Eerste Meester Guangman had een vrouw en een concubine, die hem gezamenlijk zeven dochters hadden geschonken, maar nog geen zoon. De vrouwen en meisjes van het gezin waren zelden buiten hun uitbouw te zien. Ze hadden hun eigen kok en eigen bedienden. De tussenpoort naar de grote binnenplaats van het hoofdhuis zat altijd op slot, omdat Oude Meester de bewoners van deze uitbouw veel te rumoerig vond. Als Guangman naar het hoofdhuis wilde om iets te regelen, moest hij zijn uitbouw via de achterpoort verlaten en via een straatje van het dorp naar het poortgebouw lopen. En als wij hem iets te melden hadden, moesten we de omgekeerde weg gaan, om bij het binnenkomen altijd weer een zwangere vrouw of concubine te zien, als ze niet allebei zwanger waren. Guangmans concubine was een boerendochter, en als ze haar dochters riep deed ze dat zelden bij hun echte naam. Het was altijd Hoertje of Kutje of iets dergelijks. De vader van zijn vrouw was een voorname ambtenaar geweest, een onderprefect, maar ook hij had zijn dochter geen verfijnd taalgebruik kunnen bijbrengen. Als ik op de grote binnenplaats werkte, kon ik haar aan de andere kant van de muur horen schateren en schunnige dingen horen roepen naar zijn concubine. Die twee hadden altijd de grootste lol met elkaar. Volgens de bedienden van de rechteruitbouw sliep die ene man vaak met zijn beide vrouwen in één bed. En nog vaker lagen die vrouwen bij elkaar terwijl hij in gedachten verzonken door zijn werkkamer liep te ijsberen, of de boekhouding doornam, of geld telde. Eerste Meester Guangman wijdde zich vol overgave aan de familiezaken en leek zich niet erg druk te maken over die lange rij van dochters. Hij ging er waarschijnlijk van uit dat er ooit wel een zoon uit de buik van zijn vrouw of bijvrouw zou komen. Zolang die twee buiken maar bleven opzwellen was er hoop. Het enige wat hij hoefde te doen was te zorgen dat ze bleven opzwellen.

Maar voor zo'n drukbezet man was het niet eenvoudig om daar de tijd voor te vinden.

De lamp in zijn werkkamer was uit, maar ik hoorde het geluid van geld dat geteld werd. Tinkelende goudstukken. Hij zat in zijn kamer te tellen, en ik besloot op het dak met hem mee te doen. Ik kwam tot duizend en hij ging nog steeds door! Dus telde ik opnieuw tot duizend, want dat was het hoogste getal dat ik kende. Ik stelde me een enorme stapel goudstukken voor, helemaal tot aan het plafond, die elk moment door het dakraam naar buiten kon komen. Nee, zo veel geld kon er onmogelijk zijn, daarbeneden. Hij telde het waarschijnlijk steeds opnieuw omdat hij dat geluid zo lekker vond. Misschien ging hij er wel tot zonsopgang mee door.

In de slaapkamer lagen zijn vrouw en concubine te giechelen.

Ze giechelden als een stel bakvissen.

Wat deden ze daar? Elkaar kietelen?

Waren hun handen de handen van hun man geworden?

Giechelen.

De goudstukken bleven tinkelen.

Geen zoon te hebben was Eerste Meesters straf.

Geld was zijn zoon.

Het vertrek van Oude Meester Cao was ook donker, op de gloed na van het komfoor in de hoek. De stank van een pad die in de ketel lag te sudderen steeg op naar het plafond.

De meditatiekamer was verlicht, niet door een lamp maar door een dunne kaars. Het zwakke licht viel over een ruimte vol boeddhistische beelden en beeldjes, op de tafel en alle vier de muren, van klei, van koper, van hout, de grootste waren levensgroot. Oude Mevrouw kon ik niet zien, maar ik hoorde wel het regelmatige, aandachtige getik van haar houten klepper.

Ze had al in geen dagen iets gegeten.

Maar dat overleefde ze wel.

Ik sloop weer terug naar de linkeruitbouw, steels als een kat, en blij als een kind. Ik wist dat Grote Weg nog in zijn badkuip zou liggen, dus ging ik daar ook nog even een kijkje nemen, om zijn hoofd op het water te zien drijven. En raad eens wat ik zag. Nou, raad eens. Een buitenlander die helemaal naar China was gekomen om een Chinees genaamd Cao te helpen bij het opzetten van een luciferfabriekje. Dat fabriekje was er nog steeds niet, maar het leven hier begon hem al flink zwaar te vallen.

Grote Weg lag niet maar stond rechtop in zijn kuip, met het water tot aan zijn dijen. Hij stond met zijn gezicht naar de muur en zijn achterste naar een stoel die hij naast de kuip had neergezet. Op die stoel stond een lamp, en het schijnsel daarvan wierp zijn schaduw op de muur.

Hij stond te doen wat vrijgezellen vaak doen.

En ik sloeg hem erbij gade.

Zijn blauwe ogen kon ik niet zien, dus wist ik ook niet wat voor beeltenis er op zijn oogballen stond. Languit op mijn buik liggend was ik bang dat ik van het dak af zou glijden. En toen begon ik voor Grote Weg te vrezen. Ik werd bang dat hij met kuip en al omver zou lazeren.

Het woonverblijf was donker en stil. Daar was niks gaande, zo veel was zeker. Maar ik liep er toch heen, heel voorzichtig, op mijn tenen. De ruit van het dakraam voelde glibberig aan. Ik kon niks zien, dus deed ik mijn ogen dicht en fantaseerde hoe Tweede Mevrouw daar op het grote bed lag, helemaal aan de rand met het sierlijke houtsnijwerk, haar zachte witte voeten opgeheven in de richting van iemand die als een hongerige wolf op haar toe sloop.

Die wolf was de kletsnatte, naakte Grote Weg.

Vanuit mijn schuilplaats in dat grote lijf van Grote Weg strekte ik mijn handen uit en greep die uitnodigende voeten beet. Ze waren zacht en glibberig. Toen ik eraan trok hoorde ik een kreet.

Grote Weg had te woest bewogen en er was een golf water over de rand geklotst.

In mijn fantasie gooide ik de kamer onder mij op zijn kant.

Ik voelde me niet langer menselijk.

Ik was een zwijn geworden, een smerig zwijn. Op zijn zestiende wordt elke jongen een smerig zwijn. Je leeft je leven en doet je dagelijkse plichten, maar er zijn altijd wel een paar minuten waarin je geest beneveld raakt en je niet meer weet wat je bent. Het is een last die wel te dragen valt, maar het liefst zou je een mes nemen en je eigen bloed vergieten.

Je eigen bloed vergieten, dat zou de enige oplossing zijn.

Voel je wat ik bedoel?

Kijk kijk, je zit te glimlachen.

Je snapt precies wat ik bedoel, zo te zien.

Je hebt het zelf ook gedaan.

Ach, wie niet.

En waarom zou je ook niet?

Het is iets wat de Hemel speciaal voor ons mannen bedacht heeft.

Ik zal nooit de aanblik van Grote Weg vergeten, daar in zijn aardewerken kuip.

Toen hij klaar was begon hij te fluiten.

Ik heb je al verteld dat hier regelmatig jongelui komen om ons een beetje te vermaken. Dan spelen ze op de piano, lezen gedichten voor, zingen een paar liedjes en dansen wat. Ze doen wat ze kunnen om die ouwe knarren wat vertroosting te bieden. Maar we hebben die vertroosting van hen helemaal niet nodig. We hebben niks te klagen hier. Als we al ergens last van hebben, dan zijn het die onvolwassen koters. Je weet dat we hier gezamenlijke toiletten hebben, nietwaar? Nou, op een keer waren die apenkoppen klaar met hun liedjes en gedoe, hadden zich nog even opgefrist en toen ze weg waren bleken ze een leuke verrassing te hebben achtergelaten. Ik weet niet hoe het met de vrouwen-wc's zat, maar in een van de 'heren' was een fraaie versiering aangebracht.

Daar had zo'n rotjochie een kut op de muur getekend.

Had-ie voor zijn eigen plezier getekend, en voor ons achtergelaten.

Die plee werd gelijk niet meer gebruikt.

Want dat was niet iets waar wij naar wilden kijken. Het leek wel een griezelig insect, met klauwen en slagtanden, dat daar op die muur was gekropen om roerloos op een prooi te wachten. Uiteindelijk heeft iemand het overgeschilderd. Sindsdien stond er bij elk bezoek van die tieners een verpleegkundige in de toiletruimte en riep: Vergeet niet door te trekken! Goed doortrekken! Vergeet niet door te trekken! Een vrouw van middelbare leeftijd was dat, en als zo'n jongen van de plee kwam keek hij haar natuurlijk vreemd aan. Wisten zij veel dat ze het gras stond te slaan om de slangen te verjagen?

Je kunt die overgeschilderde plek nog steeds zien. Ga maar kijken.

Acht van de tien openbare toiletten zien er zo uit.

En dat allemaal omdat de Hemel ons zo gemaakt heeft.

Dat ding heeft je in zijn macht. Je bent gewoon hulpeloos.

Hij heeft het er stiekem op moeten kalken, die kleine ellendeling.

Die verpleegkundige was een bemoeial.

Wat walgelijk! zei ze.

Maar is het walgelijk?

Was het walgelijk van mij om over die daken rond te sluipen?

Ik kan me niet meer herinneren of ik zelf vond van wel, of juist van niet.

Het enige wat ik nog weet is dat het heerlijk was, en dat ik er lekker moe van werd. Ik klom weer naar beneden, ging naar mijn kamertje en voelde me net een duif die na een lange vlucht terug was op de til.

Nee, ik was helemaal niet walgelijk.

12 MAART

Ik weet niet meer wat voor dag het was toen we het droeve nieuws over het Keizerlijke Hof hoorden. De Keizer en Keizerin waren allebei dood en de troon was bestegen door een driejarig Mantsjoe-kind. Eerste Meester had goederen ingekocht langs de benedenloop van de Groene Rivier en vertelde Oude Meester bij thuiskomst dat de boel daar uit de hand begon te lopen, en dat er nu op elke willekeurige plek langs de Groene Rivier geweld kon uitbarsten. Hij zei tegen Oude Meester dat ze uit voorzorg extra bedienden moesten aannemen. Oude Meester zei: Doe maar wat je nodig acht.

Dankzij de connecties van zijn schoonvader, de voormalige onderprefect, kreeg Eerste Meester bij de Kamer van Koophandel een vergunning los voor het vestigen van een fabriek. Daarna kreeg hij via zijn oom toestemming van het Gouvernementsbureau om vijftienhonderd kilo zwavel te kopen. Ook sloeg hij een voorraad machineolie in. Hij kocht alles wat Tweede Meester hem vroeg te kopen. Hij was ervan overtuigd dat elk plan van zijn broer bij voorbaat tot mislukken gedoemd was, maar zijn ouders wilden dat hij op z'n minst zou meewerken, dus deed hij dat maar. Hij vertelde zijn vader dat ze zo veel zwavel met geen mogelijkheid konden opgebruiken, hoe hard ze ook zouden werken, en dat het overschot, mits goed opgeslagen, alleen maar in waarde zou stijgen. Oude Meester zei dat hij maar moest doen wat hij nodig achtte.

Eerste Meester stelde zijn vader voor om de oude graanschuur langs de Zwarte Rivier als luciferfabriek voor Guanghan in te richten. En Oude Meester zei dat hij maar moest doen wat hij nodig achtte.

Oude Meester begon ongeduldig te worden.

Ik was er die dag bij en zag met mijn eigen ogen dat Oude Meester zijn oudste zoon met een ongedurig handgebaar wegwuifde. Ik stond naast de ketel, met een pakje gemaakt van waaierpapier. Daarin zaten drie levende vlinders met gele vleugels en blauwe vlekjes. Als ze vlogen waren ze wel zo groot als een rijstkom. Ik wist niet of ik het pakje al meteen voor hem moest openen. Oude Meester lag in bed, met zijn ogen dicht, opgekruld als een rups. Het was wel duidelijk wat er aan de hand was. De angst voor de dood had hem weer eens in de greep.

Hij zei: Oren, ik ga sterven.

Ik antwoordde: Welnee, u gaat niet sterven.

Hij vroeg: Wat heeft het voor nut?

Wat heeft wát voor nut? vroeg ik.

Hij vroeg: Wat heeft het leven voor nut?

Het schenkt vreugde, zei ik.

Hij vroeg: Wat heeft vreugde voor nut?

Daar had ik geen antwoord op. Maar hij bleef doorgaan met vragen.

Wat hebben aanzien en voorrechten voor nut?

Wat heeft rijkdom voor nut?

Wat hebben een mooie vrouw en een aanlokkelijke concubine voor nut?

Wat hebben trouwe zonen en succesvolle kleinzonen voor nut?

Wat hebben poëzie en literatuur voor nut?

Wat is het nut van eten, van drinken, van schijten en van pissen?

En elke keer gaf hij zelf antwoord.

Hij had het schuim op zijn bek staan van al dat geweeklaag.

Hij zei: Oren, ik ga sterven.

Ik zei: U gaat niet sterven, Meester.

Ik haalde het deksel van de ketel, vouwde het pakje open en schudde de vlinders in het kokende mengsel. Zodra ze het water raakten, vielen ze uit elkaar en losten op. Op één na. Die spreidde zijn gehavende vleugels en fladderde door de kamer als een gele bedelaarskom die smekend geschud werd. Oude Meester zag hem om de plafondbalken en rond het raam warrelen. Er kwam een plooi boven zijn neus, en er biggelden tranen over zijn wangen.

Zijn angst voor de dood kende geen grenzen.

Ik heb nooit meer iemand meegemaakt die zó bang was voor de dood.

Mensen kunnen niet leven zonder het gevoel dat ze nut hebben.

Dan heb je niks te vrezen, zelfs al heb je in werkelijkheid helemaal geen nut.

Dan kun je nog altijd vlinders eten.

En vlindersoep drinken.

Wat het leven voor nut heeft?

Dat zeg ik je net!

De oude graanschuur stond op een terras dat in de rotsige noordoever van de Zwarte Rivier was uitgehouwen, op een halfuur lopen van het

Iependorp. In de dagen van Keizer Tongzhi was hij eens onder water komen te staan door een overstroming, en toen het water gezakt was, hadden ze hem een tijd lang als pachtkantoor gebruikt. In de dagen van Keizer Guangxu had een nieuwe overstroming de helft van een muur weggeslagen, waarna de Cao's besloten hadden om er geen graan meer te bewaren. Er werden nu alleen nog bouwstenen en hout in opgeslagen.

Het slot op het toegangshek was bijna doorgeroest.

Binnen waren de stapels bouwstenen met mos overgroeid.

Eetbare schimmels bedekten het hout.

Paddestoelen tierden er welig, binnen en buiten.

Toen Tweede Meester met Grote Weg naar binnen wilde gaan, zagen we hier en daar ringslangen langs de muur omhoogschieten. Ga vooruit, zei Tweede Meester tegen mij, en maak kabaal om ze weg te jagen.

Ik deed wat hij zei, maar ik maakte alleen een paar sprinkhanen aan het schrikken.

De schuur was langs drie kanten ingericht met aparte opslagruimten. Die hadden geen voorste wand of deur. Het waren net stallingen voor draagstoelen, maar dan hoger en dieper. Tweede Meester keek met een bedenkelijk gezicht naar Grote Weg, gebaarde en zei iets wat ik niet kon verstaan. Grote Weg begon fluitend de lengte en breedte van de opslagruimten af te passen. Met die lange benen van hem was één stap gelijk aan twee van mij. Hij keek er voortdurend bij omhoog, alsof hij bang was dat hij een dakpan of balk op zijn hoofd kreeg. Het resultaat stemde hem niet helemaal tevreden, maar hij was niettemin blij dat hij na die lange tijd van nietsdoen eindelijk aan de slag kon.

Hij had ondertussen een aardig mondje Chinees leren praten.

Voor een deel van mij.

Ik heb heimwee!

Dat soort dingen riep hij soms zomaar uit als ze schaak zaten te spelen. En dan liet hij er een schaterlach op volgen, waarna Tweede Meester en Tweede Mevrouw hem aankeken en probeerden te glimlachen. Toen de bouw van de fabriek eenmaal begonnen was, kon hij de dagen gaan aftellen die hij nog in China moest blijven.

Hij werkte als een afgerichte beer in dienst van de Cao-familie.

Tweede Meester liet boven de deur van de graanschuur een wit bord ophangen, met gekalligrafeerde karakters die wel zo groot waren als een mannenhoofd. In het Iependorp begreep vrijwel niemand wat daar geschreven stond. De woorden op zich waren wel herkenbaar, maar de betekenis ontging hun. En zo bleef het tot Tweede Meester een stelletje dakloze sloebers in dienst nam. Toen kregen de dorpelingen voor het eerst een idee van zijn bedoelingen. Ze hadden altijd al gezegd dat hij niet goed snik was, en nu leken ze gelijk te krijgen.

Ik weet nog precies wat er op dat bord stond.

DE IEPENDORPER LUCIFERCOMMUNE.

Commune, *gongshe*. Wat bedoelde hij daarmee? Gongshe, dat woord kenden we alleen in de betekenis van 'mannenverblijven'.

Er waren alleen maar mannen aangenomen, dus je kunt wel raden wat de lolbroeken van het dorp riepen als Tweede Mevrouw er met een stel bedienden heen ging om de arbeiders eten te brengen. O wee, een vrouw in de mannenverblijven!

Na een poosje wist zelfs de grootste stommeling dat ze in die schuur lucifers wilden gaan maken, en niks anders. Maar dat woord 'commune' bleef voor verwarring zorgen. Ik was erbij toen Tweede Meester op een keer staande werd gehouden door een paar bejaarde boertjes die wel eens wilden weten wat het te betekenen had.

Hij bloosde toen hij zei: Commune betekent familie.

En daarmee liet hij hen achter. Aan zijn gefronste wenkbrauwen zag ik dat hij zelf niet erg tevreden was over zijn antwoord. En die boertjes? Die begrepen er nu helemáál niks meer van.

De commune werd een eigenaardig oord.

Een onheilspellend oord.

Maar tegen de tijd dat de mensen dat echt beseften was het te laat.

Toen was het allemaal voorbij!

Gisteren was hier een of andere hotemetoot om een zijden geluksbanier op te hangen. Ga je gang maar, zeiden we, hang maar op dat ding. Maar nee, hij had natuurlijk een stel kinderen nodig die de gebeurtenis luister moesten bijzetten met trommels en trompetten. Die banier hing nog niet of hij haalde hem alweer weg, maar wij blijven hier tot onze laatste snik zitten. En ondertussen dreunt dat getoeter en getrommel nog na in onze hoofden, en hebben we het gevoel dat we naar onze eigen begrafenismars zitten te luisteren!

Door die banier op te hangen heeft hij dit tehuis tot een onheilspellend oord gemaakt.

Laat me je één ding op het hart drukken, jonge vriend.

Hang nooit geluksbanieren op, voor jezelf of anderen, zonder daar eerst heel goed over na te denken.

Anders moet je ze niet ophangen, zelfs al weet je wat erop staat.

Want dan brengen ze alleen maar ongeluk.

13 MAART

Grote Weg schoof ruggelings onder een machine om er olie in te gieten, en toen hij weer stond trapte hij op een pedaal en kwam het ding gierend tot leven. Op de voordeur na had de graanschuur geen enkele ventilatieopening, waardoor het lawaai enorm was. De dakbalken en de pas geplaatste ramen en deuren rammelden ervan. Tweede Meester schreeuwde tegen de communearbeiders: Dit ding is krachtiger dan wij allen bij elkaar! Nog krachtiger zelfs dan vijftien paarden! En terwijl zijn enthousiasme steeg viel de machine opeens stil.

En hij viel ook stil.

Grote Weg morrelde wat aan het apparaat en het kwam weer schuddend en brullend op gang. Tweede Meester glimlachte. Hij was veel spraakzamer dan anders. Hij zei: Als we deze machine hier door een leren transportband verbinden met de andere, kunnen we een stuk hout zo dik als een emmer in luciferhoutjes veranderen. En hij vervolgde: Het is een oude machine die in het Westen al door niemand meer gebruikt wordt. Dat men er hier zo vreemd tegenaan kijkt komt alleen maar omdat het Iependorp zo achterlijk is.

Hij zei: Het is aan ons en aan ons alleen. Mensen zijn levende wezens, machines niet. We moeten allemaal ons best doen en samenwerken, om een grootse toekomst te scheppen voor onze commune.

Hij wilde nog veel meer zeggen, maar de machine gaf er opnieuw de brui aan. Ditmaal raakte Tweede Meester uit zijn doen. Zijn gezicht werd eerst vuurrood en toen lijkwit, en zo stond hij daar machteloos voor de communearbeiders en de toegestroomde nieuwsgierigen. Vernederd. Hij wachtte tot de machine weer tot leven zou komen, maar het rotding weigerde mee te werken en hield zich dood. Tweede Meester wist niet wat hij zeggen moest om dit te verklaren of te bagatelliseren. Hij kon alleen maar een gegriefde blik werpen op Grote Weg, en toen op de machine, en ten slotte op zijn eigen besmeurde handen.

Tweede Mevrouw stapte uit de schaduw achter de menigte en kwam naar voren met twee theekopjes. Wuling volgde haar met de pot. Tweede Mevrouw ging bij haar man staan, schonk een kopje thee in en hield het aan zijn lippen. Zijn gezicht vertrok even alsof hij iets wilde zeggen, maar er kwam niets. Ze glimlachte. Een glimlach die het hele dorp kon zien. Een glimlach, geen lach.

Maak je niet druk, zei ze. Het komt wel goed.

En toen zei ze: Kom even in de schaduw uitrusten, weg uit de felle zon.

Ze kantelde het theekopje en hield het zo vast tot hij alles had opgedronken. Hij slaakte een zucht. Maar daar bleef het bij. Hij verroerde geen vin. Tweede Mevrouw vulde het andere kopje met thee en liep ermee naar Grote Weg.

Meneer Weg, zei ze, rust even uit.

Ze zei het half in het Chinees en half in het buitenlands.

De taal die ze op de meisjesschool geleerd had was Engels, dat Grote Weg veel beter verstond dan Chinees. Maar met het spreken ervan had hij moeite. Ik geloofde in die tijd nog dat alle buitenlandse talen hetzelfde waren, dus ik snapte niet waarom hij zo makkelijk met Tweede Meester kon praten en zo hakkelde bij zijn gesprekken met Tweede Mevrouw. Ik kwam er later pas achter dat die gesprekken met haar niet in zijn moedertaal waren. Daar kwam nog bij dat zij maar een paar woordjes Engels kende, die ze bovendien slecht uitsprak. Maar als ze in die buitenlandse taal sprak, stonden de bewoners van het Iependorp stomverbaasd en ademloos te luisteren. Hoewel ze nog steeds vonden dat de tweede schoondochter van de Cao-familie grote voeten had, waren ze het erover eens dat ze een bijzondere vrouw was.

Ze bracht het theekopje naar de lippen van Grote Weg.

Hij stond daar met ontbloot bovenlijf, bezweet en onder de olievlekken. Ook hij was nerveus en ontmoedigd, omdat hij evenmin verwacht had dat die machine kuren zou vertonen. Hij wilde niks drinken en sloeg zichzelf peinzend voor zijn voorhoofd. Maar Tweede Mevrouw bleef zo staan en wist van geen wijken. Dus rechtte hij zijn rug, spreidde zijn armen en boog zich naar het kopje. Maar toen verstarde hij. Hij gebaarde mij te komen. Ik gehoorzaamde en nam haastig dat kopje uit Tweede Mevrouws handen, waarbij ik wat van de hete vloeistof op mijn vingers kreeg. Maar dat deerde me niks, want ik raakte ook even haar hand aan terwijl ik het kopje overnam. Ik kan je niet zeggen wat voor gewaarwording dat was, maar mijn hand en arm leken wel een ton te wegen en tot tweemaal hun gewone omvang op te zwellen.

De hand van Tweede Mevrouw was dodelijk voor mij.

En haar glimlach ook.

Ik voelde dat ik dood zou neervallen als ik haar nog een seconde langer aankeek.

Ik had trouwens ook dorst.

Maar mij bood niemand iets te drinken aan.

Dus daar stond ik, dat kopje vast te houden voor Grote Weg, in plaats van Tweede Mevrouw. Een straaltje thee liep over zijn kin en druppelde op zijn behaarde borst. Had ik al gezegd dat hij krachtig gebouwd was? Hij boog zich weer over die machine en de spieren rolden over zijn rug. Ik gaf het theekopje terug aan Tweede Mevrouw, en zorgde ervoor dat mijn vingers opnieuw de hare raakten. Maar ze keek niet eens naar me. Nee, haar ogen waren hongerig op de rug van Grote Weg gericht. Dus glipte ik snel in zijn lichaam, maakte zijn rug tot de mijne en boog hem in haar richting, zodat ze goed kon zien hoe ik in elkaar stak. En terwijl ik mezelf verloor in die dagdroom zweefden Tweede Mevrouws groene blouse en rok terug naar de schaduw. Ik hoorde Wulings stem naast me: Wil je een beetje water?

Ze hield een kopje naar me op.

Ik zei: Nee.

Toen de zon allang achter de berg was weggezakt, was de machine nog steeds kapot. De nieuwsgierige dorpelingen waren afgedropen, en de communearbeiders ook. Tweede Meester stak een lantaren aan en zei tegen Tweede Mevrouw: Gaan jullie twee maar naar huis.

Vervolgens hield hij de lantaren boven het hoofd van Grote Weg, die over de machine kroop en er met zijn oliebesmeurde lijf uitzag als een glanzende zwarte aal. Hij zei geen woord. Tweede Meester ook niet. Het was net alsof de machine hen persoonlijk gekrenkt had en zij nu als verbitterde spoken op wraak uit waren. Maar de machine negeerde alle klappen en porren en verdomde het om weer op gang te komen.

Tweede Mevrouw vroeg: Kunnen jullie dit morgen niet doen?

Tweede Meester zei: Toe, ga nou maar.

Tweede Mevrouw vroeg: Maar jij dan?

Tweede Meester zei: Het wordt al donker. Oren, vergezel hen.

Hij was een uiterst rechtlijnige man. Als er eenmaal een gedachte in zijn hoofd zat, viel die met geen mogelijkheid meer los te wrikken. Tweede Mevrouw lachte zachtjes toen ze zich omdraaide om te gaan. Maar eerst zei ze nog iets in de richting van de lantaren, en Grote Weg reageerde door op te kijken en met zijn moersleutel te wuiven. Hij zag er erbarmelijk uit. Zijn ogen en tanden waren het enige wit in een gezicht dat overdekt was met smeerolie.

De treden omhoog naar het oeverpad waren brokkelig en we hadden geen lantaren, dus moesten we voorzichtig lopen. Tweede Mevrouw liet haar hand op mijn schouder rusten, en ze haalde hem pas weg toen we boven op het pad stonden. Mijn hart jaagde van de angst dat ze mijn onzedige gedachten zou bespeuren. Ik wilde haar bij de hand nemen. Ik wilde haar op mijn rug nemen. Ik wilde haar naar een gat in de grond leiden, zodat ze in de lege ruimte zou stappen en boven op me zou vallen.

Ze zei: Oren, Meneer Weg is een zeer wellevend man. Hij zal het nooit hardop zeggen als hij ergens behoefte aan heeft, dus is het jouw taak om voor hem te spreken.

Ik antwoordde: Hij heeft niets nodig. We zorgen nog beter voor hem dan voor Oude Meester. Het ontbreekt hem aan niets.

Ze zei: Het moet heel zwaar voor hem zijn om zo ver van huis in het Iependorp te vertoeven, dus je kunt hem nooit te goed verzorgen. Is hij er al aan gewend om rijst te eten bij zijn maaltijden?

Ik zei: Daar was hij snel genoeg aan gewend, en inmiddels eet hij meer dan wie ook.

Gezien zijn postuur verbaast mij dat niets, zei ze.

Wuling zei: Heb je soms kritiek op hem, Oren? Het is niet jouw rijst die hij eet, hoor.

Wat heeft dat nou met kritiek te maken? zei ik. Ik vertelde je mevrouw alleen maar dat hij een goede verzorging krijgt en dat de Caofamilie hem heel correct bejegent.

Wuling zei: Moet je hem eens zien! Waarom kruip je zo in je schulp?

Tweede Mevrouw giechelde en stelde geen vragen meer. Toen we bij de dorpsweg kwamen, hoorden we de machine opeens weer tot leven komen. Een doordringend lawaai dat alle avondgeluiden overstemde. Tweede Mevrouw ging met een zucht op een rotsblok bij de kruising zitten, en ik begreep dat ze al die tijd over iets had lopen piekeren. Laten we hier maar op ze wachten, zei ze. Luister, horen jullie ook hoe dat geluid van de bergen weergalmt?

De Iependorpvallei werd gevuld door motorgeronk.

Tweede Mevrouw keek in de richting van de oude graanschuur, haar gezicht overgoten door maanlicht, een gloed op haar neus en lippen. Ze had niet in de gaten waar ik naar keek, en Wuling ook niet, omdat ik me in de schaduw had teruggetrokken, zwijmelend in de aanblik van haar voet op het maanverlichte stenen pad. Hij piepte onder haar rokzoom vandaan, als een konijntje, een wezel, een vogeltje met zijn vleugels tegen zijn flanken gevouwen.

Wuling riep: Die herrie gaat dwars door mijn ingewanden!

Tweede Mevrouw zei: Ditmaal blijft-ie het doen.

Maar hij stopte alweer, en de vallei werd in een beklemmende stilte gedompeld. Wuling en ik durfden amper adem te halen en stonden daar bij Tweede Mevrouw, aan de rand van het dorp. Het duurde niet lang of we zagen het schommelende licht van een lantaren, dat gevolgd werd door het gefluit van Grote Weg.

Tweede Mevrouw zei: De mond van Meneer Weg is net een fluit.

Ze vrolijkte zichtbaar op, en Wulings stemming steeg met de hare, al wist ze zelf niet waarom. Grote Weg en Tweede Meester hadden zo te horen ook een goed humeur. De enige die dat niet had was ik. Ik was zo neerslachtig als wat, omdat mijn kans verkeken was om Tweede Mevrouw gezelschap te houden, en stiekem te genieten van de beheksende geur van haar haar.

Ik haatte die twee mannen op het pad.

Ik wist zelf ook wel dat dit onzin was.

Maar mijn haat was er niet minder om.

Dat soort dingen slaat echt nergens op.

Nu staat ze hier pal voor me.

Ik kan haar zo aanraken.

Ik ruik het aroma van haar lichaam.

Jij ook?

14 MAART

Tweede Meester ging met een stel mannen de Berg Van Jade op, waar ze een heleboel dennen en sparren kapten en in de Zwarte Rivier gooiden om ze naar de fabriek te laten afdrijven. Communearbeiders liepen op beide oevers met de stammen mee, met lange haakstokken om ze in het midden te houden en opstoppingen uiteen te duwen. Ze bleven steken in de bocht bij de oude graanschuur, en namen daar wel twintig are water in beslag. Grote Weg bouwde hier samen met een timmerman een laadboom, legde er twee stroken van ingevette ijzeren platen naast en hing er een takel aan. Hierdoor werd het voor twee man mogelijk om een stam uit het water te hijsen en over de gladde ijzerplaten naar de graanschuur te laten glijden, en dan door een opening in de muur naar binnen. De ijzeren glijbanen leken net twee reuzenslangen die zich naar de rivier uitrekten om te drinken. Het geheel deed de dorpelingen inzien dat die buitenlandse duivel, die hen niets anders dan een parasiet van de Cao-familie had geleken, in werkelijkheid een bijzonder slimme en vaardige man was.

Tweede Meester diepte een paar rollen donkerbruine stof op uit de opslagruimte, en liet daar voor elke arbeider een werkpak van maken. Overalls noemde hij deze dingen, en Grote Weg en hij droegen ze zelf ook. Ze zagen er eigenaardig uit, buitenlands noch Chinees, weinig meer dan zakken met van boven een gat om je hoofd doorheen te steken, en geen knopen of mouwen. Maar ze waren netjes gestikt en zagen er allemaal precies hetzelfde uit. Ik kreeg er geen. Als lijfeigene kon ik geen communearbeider zijn. Mijn taken bleven beperkt tot het halen van thee voor Tweede Meester en Grote Weg, het zorgen voor water, het doorgeven van berichten, en het bewaaieren en van handdoeken voorzien van de werkers.

Als ik zin en tijd had, mocht ik hen wel een handje helpen.

Ik was dol op mijn werk maar had weinig op met de mannen die Tweede Meester in dienst had genomen. Alle hardwerkende pachters hadden al bijbaantjes bij de slachterij, de waaierfabriek of de papiermolen, waardoor er alleen nog leeglopers beschikbaar waren geweest. Eerste Meester had weliswaar aangeboden om personeel van de andere bedrijven af te staan, maar Tweede Meester had zijn mensen per se onder die slampampers en straatslijpers uit naburige dorpen willen werven. Wat voor lui denk je dat hij koos?

Dikke Berg had schurft. Over zijn hele lichaam had hij puisten waar gele viezigheid uit lekte.

De ouders van Dubbel Ei waren allebei verlamd.

Zwarte Os had zes koters verwekt.

Hemelwater was een zuiplap.

Schrale Oogst was niet helemaal goed bij zijn hoofd.

Kort Van Begrip had zo veel schulden dat het een raadsel was waarom hij zichzelf nog niet verhangen had.

In totaal waren het er twaalf of dertien, en er zat niet één normale vent tussen. Maar Tweede Meester noemde hen stuk voor stuk communearbeider. Hij had gezegd dat de commune een familie was, wat dus betekende dat dit stelletje ongeregeld de zonen van die familie waren. En wat was hij zelf?

Hij vond zichzelf kennelijk de stamvader.

Grote Weg had hij als een soort van kinderjuf zijn familie binnengehaald.

En ik?

Ik was de waakhond.

Tweede Meester zei tegen zijn zonen: Alle mensen zijn gelijk en horen elkaar lief te hebben. Vanaf vandaag doen we allemaal hetzelfde werk, eten hetzelfde eten en verdienen hetzelfde loon. Jullie moeten me geen Tweede Meester meer noemen. Noem me maar bij mijn eigen naam. We zijn familie, en we hebben onze toekomst zelf in handen. Het is zinloos om op de Hemel te vertrouwen, of op de Keizer. Zelfwerkzaamheid, dát hebben mensen nodig. Zolang je van je werk houdt en van de mensen om je heen, zul je gelukkig zijn, en voor niemand ter wereld hoeven onderdoen.

Niemand die dit gebazel ook maar één moment serieus nam. De arbeiders knikten beleefd maar keken hem aan met de blik waarmee je een gevaarlijke gek in de gaten houdt. Zijn familie, zijn echte familie, had een vermogen uitgegeven om hem in het buitenland te laten studeren, maar in plaats van nuttige kennis had hij er allerlei wereldvreemde ideeën opgedaan. Het hele Iependorp vond dat Oude Meester weinig waar voor zijn geld had gekregen.

Maar de communearbeiders spraken hem niet tegen. Ze luisterden o zo gedwee.

Want ze wilden een zo'n groot mogelijk slaatje uit deze toestand slaan. Hun lonen waren gelijk aan die van de werkers in de papiermolen en de waaierfabriek, maar zij kregen ook nog eens gratis middageten, gratis werkkleding en meer van dat soort extraatjes. Alleen een idioot zou niet gedwee zijn. Hun enthousiasme was Tweede Meester een balsem voor de ziel. Die eeuwige frons trok een beetje van zijn gezicht, en ik dacht af en toe zelfs dat ik hem zag glimlachen. Tweede Mevrouw, Yunan, kon onmogelijk tegen die commune op waar het de verkwikking van zijn idealistische hart betrof.

Het kon haast niet anders of hij was bezeten geraakt, daar in Frankrijk!

En jij, wat denk jij dat er mis met hem was?

Utopisme?

Ik weet wat dat betekent, ja.

Hij was net zoals de Partij.

Precies, maar dan nog warhoofdiger.

Juist, juist, nog dommer dan de Partij.

Hij had geen ruggengraat, was vanaf zijn geboorte een weekneus geweest. Als hij een ruggengraat had gehad, was hij de wijde wereld ingetrokken om naam te maken. Waarom zou je in het Iependorp blijven hangen? Een echte kerel had zichzelf niet in die ouwe graanschuur opgesloten om lucifers te maken. Die zou erop uit zijn getrokken om zich aan te sluiten bij een strijdgroep.

In die tijd was elke kerel van stavast voor de Keizer aan het vechten. Wat bezielde hem om zich in zijn eigen dorp te vestigen en lucifers te gaan maken? Een stuk of wat arme slampampers uit de goot helpen, was het hem daarom te doen? Welnee, hij deed het voor zichzelf, deed het om van de stenen af te komen die in zijn hart waren opgehoopt. Hij was precies hetzelfde als zijn gebeden prevelende moeder en tonicum slurpende vader.

Hij piekerde dag in dag uit, tobde over van alles en nog wat.

En hij was klunzig genoeg om met zijn eetstokjes in zijn neusgaten terecht te komen.

Geen wonder dat hij zo graag met niksnutten omging.

Hij was er zelf een.

Al had hij een goed hart, daar niet van.

Ik maakte me zorgen om wat ik in de ogen van die buitenlander zag.

En de blik in Tweede Mevrouws ogen beviel me ook niet.

Maar Tweede Meester had alleen maar oog voor zijn commune. Het was commune voor en commune na.

Jongeman, neem één ding aan van deze ouwe sok.

Heb nooit medelijden met hoorndragers.

Sukkels zijn het.

En ze krijgen wat ze verdienen.

De papiermolen stond stroomafwaarts. Als je op de drempel van de oude graanschuur stond, kon je de droogschuren achter het bos zien liggen. En het waterrad dat ze gebruikten om pulp te maken. Het water was er bezaaid met bamboesnippers. Het waaier- en schrijfpapier dat er gemaakt werd, was beroemd tot ver buiten de vallei. Het was stevig genoeg om bruikbaar te zijn voor staatsexamens en mandarijnenverklaringen, en als het rood werd geverfd, kon je er geschenken in verpakken.

Tweede Meester koos dit papier voor zijn luciferdoosjes.

De slachterij stond weer stroomafwaarts van de papiermolen, een bocht of zes verder in de rivier. Maar je kon niettemin het gegil horen van de varkens die er gekeeld werden, en als je op het dak van de graanschuur klom kon je zien dat het water van de Zwarte Rivier er bloedrood was. De slachters hadden allerlei messen. Die om varkens mee te slachten waren heel anders dan die om geiten mee te slachten, en die voor het slachten van kippen waren heel anders dan die voor het slachten van ganzen. De messen voor het afmaken van ouwe ossen of paarden leken een beetje op hakblokken, klein maar zwaar.

Het grootste mes in het Iependorp werd gebruikt om stro te snijden. Als stalknecht had ik er hooi voor de paarden mee gesneden. Dat was gemakkelijk werk geweest, maar des te moeilijker was het om zo'n mes te slijpen. Ik had altijd maar een paar halen tegelijk kunnen doen met de slijpsteen, waarna ik droop van het zweet en op adem moest komen.

Maar toen onze luciferfabriek op poten stond was de strosnijder niet langer het zwaarste mes van het Iependorp. De messen die de ronddraaiende stammen besneden waren zowel breder als dikker, en ze moesten ook vaker geslepen worden. Grote Weg had een slijptoestel waar niemand aan mocht zitten. Alleen hij mocht het bedienen. In plaats van water gebruikte hij olie voor de steen, die niet halvemaanvormig was, zoals we in het Iependorp gewend waren, maar plat. En zo zwart als sandelhout. Als Grote Weg het toestel beklom en die slijpsteen heen en weer haalde, dansten en bolden al zijn spieren. Het leek wel of er onder zijn huid een beest rondkroop. Maar de anderen werkten veel te hard om het te zien. Ik was de enige die zijn ogen niet van die blote rug kon afhouden. De enige man. Ik maakte er een gewoonte van om naar die rug te kijken omdat ik ontdekt had dat Tweede Mevrouw dat ook deed. Ik wilde ontdekken wat haar er zo aan fascineerde, wat er het aantrekkelijke van was.

Er was zweet.
De vallei van zijn ruggengraat was diep.
Botten zag je niet.
De spieren waren verdeeld in banden, bundels en ballen.
En ze dansten en rolden allemaal.
En wat nog meer?

Tweede Mevrouw zat in een bamboestoel in de schaduw een boek te lezen en haar hoofd om de paar zinnen op te heffen om naar de werkende mannen te kijken. Af en toe legde ze haar boek neer om wat rond te lopen over het erf, met Wuling die een parasol boven haar hoofd hield. Op een keer wilde ze de lappen afgesneden schors helpen opruimen, maar daar wilden de communearbeiders niks van weten. Sommigen vielen op hun knieën en smeekten haar op te houden. Wuling trok haar zachtjes weg, waarop ze glimlachend naar Tweede Meester liep, die aan het ene uiteinde van een trekzaag stond te werken. Hij was vreselijk stuntelig, en zijn overall was doorweekt van het zweet. Tweede Mevrouw bette zijn gezicht met haar zakdoek, helemaal tot achter zijn oren en onder zijn kin. Omdat hij aan het werk wilde blijven en verlegen werd door alle aandacht die het tafereel trok, probeerde hij haar weg te krijgen. Pas op, zei hij, straks stoot ik je nog in je maag met dat ding.

Zijn nepvlecht hing over het hek. Zijn eigen, kortgeknipte haar was overdekt met zaagsel. Afgezien van zijn bleke gezicht, dunne armen en klunzige bewegingen verschilde hij amper van de arbeiders die hij in dienst had genomen. Hij zag er deerniswekkend uit, eerlijk gezegd. Een aan lager wal geraakte prins.

Tweede Mevrouw keerde zich om en liep naar haar stoel terug, raapte haar boek op en begon weer te lezen. Tijdens haar ommetje over het erf had ze dit en dat gedaan, en hier en daar een kijkje genomen, maar nog niet de vluchtigste blik op Grote Weg geworpen, die hijgend en puffend de messen sleep. Ze was zo ver mogelijk bij die harige beer uit de buurt gebleven, en verschool zich nu achter haar boek. Maar ik was er zeker van dat ze grote moeite had om haar ogen van hem af te houden, want toen ik langs haar stoel liep en haar vanuit mijn ooghoeken bespiedde, zag ik haar blik over de rand van het boek kruipen en de rug van de buitenlander zoeken.

Bewijzen kon ik het niet.
Maar ik had er iets liefs onder durven verwedden.

Tweede Mevrouw had geen afkeer van mannen.

Al was ze nu ook weer geen wellustelinge.

En jij, ben jij een wellusteling? Jonge vriend, als jij op een zomerse dag uit wandelen gaat, kijk je dan nog naar iets anders dan naar vrouwenrokken? Jazeker. Naar hun benen kijk je, en naar elke afzonderlijke muggenbeet op die benen. Maar dat geeft niet, hoor. Gelijk heb je. Er is niks mis met je. Zolang je niet plat op je buik gaat liggen om klodders vrouwenspuug te bekijken is er niks mis met je.

Jij bent geen wellusteling.

Ik wel.

Ik heb wel op mijn buik gelegen om de voetafdruk van Tweede Mevrouw te besnuffelen.

Echt waar.

15 MAART

Als Grote Weg zijn geduld verloor, kwam zijn woede op een rare manier tot uiting. Hij gooide nergens mee, hij schreeuwde niet, hij brieste niet. Hij ging alleen maar sneller praten dan normaal, en hij haalde onophoudelijk zijn schouders op, en kauwde op zijn sigaar alsof die een groentestengel was, tot er niks meer van over was. Menigeen had niet eens in de gaten dat hij kwaad was. Ze dachten dat hij gewoon last had van de hitte.

De machine gaf er de brui aan. Hij schaafde geen hout meer. Grote Weg greep met een grote tang een stam beet, draaide hem om op de transportband en liet er met de hand het mes op zakken. Het hout hoorde er in dunne stroken vanaf te komen, maar het spatte alle kanten op, in stukken en brokken die allesbehalve dun waren. Sommige stukken knalden zelfs tegen de plafondbalken en veroorzaakten een regen van stof. Hij probeerde het nog eens, en nog eens, maar tevergeefs.

Ik zag zijn lippen trillen toen hij de machine ten slotte maar afzette. Tweede Meester kwam erbij staan en begon een verhaal af te steken. Grote Weg kauwde ondertussen op zijn sigaar, legde zijn hoofd in zijn nek en spuwde een klont tabak metershoog de lucht in. Toen hij even later opnieuw zo'n klont uitspuwde, hield Tweede Meester op met praten en luisterde alleen nog maar.

Grote Weg sprak veel sneller dan anders, zijn schouders pompten op en neer en hij stak voortdurend drie vingers in de lucht. Wat dat laatste te betekenen had wist ik niet. Toen hij zijn sigaar zowat had opgekauwd, verschenen Tweede Mevrouw en Wuling ten tonele, met de bedienden die het middageten kwamen brengen.

Hun komst deed Grote Weg stilvallen. Hij beende door de opening in de muur naar buiten en volgde de ijzeren glijbanen naar de dobberende stammen, waar hij behendig als een houthakker overheen liep om uiteindelijk in het water te duiken en in de richting van de andere oever te zwemmen.

Wat is hier aan de hand? vroeg Tweede Mevrouw aan Tweede Meester.

Tweede Meester antwoordde: Hij weigert te geloven dat de machine kapot is.

Tweede Mevrouw vroeg: Wat zei hij dan?

Tweede Meester antwoordde: Dat het hout niet deugt.

Tweede Mevrouw vroeg: Maar heb je hem dat dan kwalijk genomen?

Tweede Meester antwoordde: Welnee, maar hij maakt zichzelf verwijten. Volgens mij zit hij in de rats. Hij zou na drie maanden weer naar huis terugkeren, maar het ziet er niet naar uit dat hij dat gaat redden.

Iedereen verdrong zich in de muuropening om Grote Weg door het water te zien ploegen. Die drie opgestoken vingers hadden voor drie maanden gestaan. Moet je je voorstellen, een kerel als een boom die de hele dag vrolijk fluitend zijn werk doet, en dan blijkt hij opeens heimwee te hebben. En die blik in de ogen van Tweede Mevrouw, dat was medelijden.

Ze zei: Jut hem dan maar niet op. Doe kalm aan met hem.

Tweede Meester antwoordde: Als ik geweten had dat hij hier niet tegen kon, had ik hem nooit meegenomen. Hij blijft maar klagen, maar die machinerie is nu eenmaal oud en dat wist hij bij voorbaat. Ik wil nu wel eens resultaten zien.

Het gezicht van Tweede Meester betrok. Ik kon zien dat hij verontwaardigd was. Tweede Mevrouw hield haar hoofd schuin en staarde zwijgend naar zijn kin. De arbeiders kregen door dat er iets ernstigs aan de hand was. Als die machine moest worden afgedankt, konden ze geen lucifers gaan maken. Op zich kon hen dat geen moer schelen, maar het zou betekenen dat hun rijstkommen leeg bleven! Dus pakten ze allemaal een ouwe lap en begonnen als bezetenen die machine te poetsen. Niemand die zich nog om het middageten bekommerde. Ze leken af te wachten tot Grote Weg weer op het droge zou stappen, en dat maakte Tweede Meester woedend.

Hij zei: Wat heeft dat gepoets voor zin? Jullie hebben je eigen taken, en poetsen hoort daar niet bij!

Snap je nou wat ik bedoel? Zwetsen en nog eens zwetsen over de gelijkheid van communearbeiders, maar als het even tegenzit gaat die gelijkheid gelijk het raam uit. Dan is de meester nog steeds de meester, of hij nu wel of niet met zijn slaven mee-eet en hetzelfde werk doet. Bij hem vloeit nou eenmaal het bloed van een meester door zijn aderen.

Ik ben nooit iets over Grote Wegs achtergrond te weten gekomen, behalve dat hij familie was van de man die in Frankrijk Tweede Meesters huisbaas was geweest. Een neef of zo. Ik weet niet of hij een betrekking had opgegeven om naar het Iependorp te komen of dat hij werkloos was geweest. Had hij een vrouw? Kinderen? Ik zou het je niet kunnen vertellen. Wel wist ik dat hij daar in Frankrijk een oude moeder had, omdat hij haar op zekere dag een brief had geschreven. Die had ik met mijn eigen ogen gezien. Hij hield de envelop omhoog en zei in het Chinees: Mama! Hij sprak het woord precies goed uit. Wat hij daar ook voor leven geleid had, aan de manier waarop hij zich op zijn werk stortte kon ik zien dat hij niet uit een bevoorrechte stand kwam.

Ik durf te wedden dat hij ook een slaaf was!

Hij boerde bij het eten.

Hij zwom in de rivier met zijn broek aan.

Hij sliep met zijn ogen open.

Hij loerde naar Tweede Mevrouws middel en heupen als ze niet keek.

Hij stond rechtop in zijn badkuip en rukte zich af.

Hij was van lage afkomst!

En dat betekende dat er maar weinig verschil tussen ons was. En toen ik inzag dat hij niet in de rivier was gesprongen omdat hij het heet had maar omdat er iets aan hem knaagde, omdat hij huis en haard miste, omdat hij zich eenzaam voelde, toen werd de afstand tussen ons nog kleiner. Maar er zou altijd één ding blijven dat me niet beviel aan hem. Hij was veel te groot en sterk. Als ik naast hem stond leek ik wel een pasgeboren kuikentje. Als Tweede Mevrouw in de buurt was, zorgde ik er altijd voor dat ik een eindje van hem af ging staan. En was dat niet mogelijk, dan ging ik als het even kon op een houtblok of een stenen trede staan. Als we toch allebei slaven waren, waarom moest ik dan lager zijn dan hij?

Grote Weg maakte nog steeds geen aanstalten om uit de rivier te komen, dus liep ik naar de waterkant, wees op een plek vlak bij hem en riep: Slang!

Dat woord kende hij.

Hij schrok zich een ongeluk en zwom zo snel als hij kon naar de kant.

Ik keek met een samenzweerderige grijns achterom naar de muuropening, waar ik een glimlachje van Tweede Mevrouw verwachtte als beloning. Maar wat ik zag was een van angst vertrokken gezicht. Dus zat er niks anders voor me op dan over de oever heen en weer te gaan rennen en stokken te gooien naar een niet-bestaande slang. Pak aan, vuil pokkenbeest! gilde ik op de toppen van mijn longen. Weg jij! Ik bleef er net zo lang mee doorgaan tot ik zelf begon te geloven dat er een slang in de rivier zwom, dat de hele rivier krioelde van de grote groene wurgslangen.

Ik wist wel dat het gewoon een stuk bamboe was, maar dat maakte niet uit.

De gedachte alleen al was beangstigend.

Haar gezicht was zo wit als gebleekt bot.

Ik begreep niet waar ze zo bang voor was.

Ik begreep het werkelijk niet.

Die avond vlocht ik een streng bijvoet om de muggen uit de kamer van Grote Weg te verjagen. Hij zat bij zijn lamp een brief te schrijven en vroeg me nog even te wachten. Dus ging ik op de treden bij de deur zitten en staarde naar het lamplicht aan de andere kant van de vijver. Tweede Meester en Tweede Mevrouw zaten schaak te spelen op de galerij. Zij zat in de stoel die anders altijd voor Grote Weg was. Wuling had me al verteld dat haar mevrouw zich nu ook bekwaamd had in die buitenlandse vorm van schaken.

Toen hij klaar was met zijn brief kwam Grote Weg naar buiten en wapperde met de envelop. Mama! zei hij. Mama! zei ik hem na, om de indruk te wekken dat ik blij voor hem was. Maar hoe kon ik blij zijn als ik zelf geen mama had? Ik stak de bijvoet aan en ging met de streng door zijn kamer lopen. De rook sloeg op mijn keel en ik moest er zo hard van hoesten dat er tranen in mijn ogen kwamen.

Toen ik me op mijn knieën liet zakken om de ruimte onder zijn bed uit te roken, zag ik zijn leren schoenen staan, heel eenzaam, en als schuiten zo groot. Ik vroeg me af wat zijn moeder nu deed in dat verre land. Zou ze huilen omdat ze haar zoon miste? Die gedachte maakte me weemoedig, en ik kreeg diep medelijden met Grote Weg, die zo ongelukkig was en zich kapot moest werken aan machines die het nooit deden. Ik poetste zijn schoenen met mijn mouw.

Om te voorkomen dat de badkuip een broedplaats voor muggen werd, hield ik er de streng in. Hij was schoongeschrobd, net als de muur erachter. Grote Weg had al een tijdje de gewoonte om zich in de Zwarte Rivier te baden en maakte er geen gebruik meer van.

Aan de andere kant van de vijver werd mijn naam geroepen.

Ik liep erheen met de smeulende streng.

De maan stond groot en helder aan de hemel.

De tranen bleven uit mijn brandende ogen stromen. Mijn medelijden met Grote Weg sloeg om in zelfmedelijden en ik bleef stilstaan in het maanlicht. Tweede Mevrouw zat nog op de galerij en ik wilde niets liever dan een praatje met haar maken. Ik, de slaaf die altijd maar in de weer was, van zonsopgang tot zonsondergang, met dingen die nooit iets om het lijf hadden. De rook van de bijvoet begon me onpasselijk te maken. Het beste bewijs dat ik zelf ook maar een mug was.

Tweede Meester riep: Oren, hoor je me niet roepen?

Ik zei: Ik kom eraan. Wat wilt u?

Hij zei: Je hoeft morgen niet naar de graanschuur te komen. Ik wil dat je de brief van Meneer Weg naar de christelijke kerk in het Acaciadorp brengt, en Vader Ma vraagt om hem met de kerkpost mee te sturen. Heb je me begrepen?

Ik zei: Jazeker, meester.

Hij zei: Dan is het nu je bedtijd.

Ik zei: Ja.

Tweede Mevrouw en hij zaten nog altijd schaakstukken heen en weer te schuiven. Alles wat ik wilde was naast haar gaan staan en iets zeggen. Eén zin zou genoeg zijn. Wat ik wilde zeggen was: Er zijn muggen, vanavond. Mag ik u toewaaieren om ze weg te houden?

Ik weet niet wat ze daarop gezegd zou hebben. Maar een glimlach alleen had me al dolgelukkig gemaakt.

Ik smeet de bijvoetstreng in de vijver en hoorde hem sissend uitgaan.

In mijn kamertje ging ik op bed naar mijn eigen zware ademhaling liggen luisteren. Ik moest denken aan de woorden van Oude Meester Cao: Wat heeft het voor nut, het leven?

Midden in de nacht, ik was al diep in slaap, klopte Grote Weg op mijn deur. Ik liet hem binnen en stak de lamp aan. Hij zag er afgetobd uit. Zittend in mijn bamboestoel lukte het hem om zich met veel handgebaren een beetje duidelijk te maken. Hij zei dat hij niet kon slapen, en dat hij besloten had zelf naar die kerk te gaan, en hij vroeg me of ik hem de weg wilde wijzen. Ik toonde mijn bereidheid met een paar enthousiaste knikken waar hij blij op reageerde. Maar hij bleef zitten. Het was duidelijk dat hij nog niet weg wilde, maar hij kon de woorden niet vinden om te zeggen wat hij op zijn lever had. Zijn gezicht kleurde rood van frustratie. Ik kon zien dat hij een beklemd gemoed had, en dat hij het dolgraag wilde luchten. Maar dat ging niet. Het leek hem kennelijk verkeerd om me te vertellen wat er allemaal in hem omging, maar dat hij het ook helemaal niet kón zeggen maakte het nog erger. Hij zoog paffend aan zijn sigaar, fronste zijn wenkbrauwen en schudde zijn hoofd, en uiteindelijk glimlachte hij maar wat, tot hij het niet langer uithield en opstond. Hij maakte het teken voor de opkomende zon.

Ik zei: Ik snap het.

Hij zei: Dankjewel, Oren!

Hij struikelde over mijn drempel, maar hervond zijn evenwicht en verdween in het donker. Het werd snel weer stil in de uitbouw. Toen het geluid van de nachtwaker kwam overwaaien vanaf de dorpsstraat, *bong bong*, voelde ik mijn oogleden zwaar worden. Ik wist wel wat hem kwelde. Hij voelde zich leeg vanbinnen. Hij had helemaal geen heimwee. Hij was bang. Het viel hem steeds zwaarder om weerstand te bieden.

Hij wilde maken dat hij wegkwam.

Hij wilde geen narigheid veroorzaken.

Was het niet zonneklaar wat er gaande was?

Hij was verliefd!

Er viel niets meer aan te doen.

De liefde had hem te pakken.

Het lot had beschikt dat er geen uitweg was.

Hij was de klos!

16 MAART

Acacia was een gehucht dat ongeveer een kilometer ten oosten van het Wilgendorp lag. In het midden stond de christelijke kerk, verreweg het grootste gebouw, met een toren die de hemel doorboorde. Hij was gebouwd van donkergroene baksteen, had gebrandschilderde ramen en was bereikbaar via een brede straatweg. Die was verlaten geweest toen we er aankwamen, op een paar zwerfhonden na.

Ik zat op mijn hurken in de schaduw van een boom tegenover de kerk op Grote Weg te wachten. Hij was naar binnen gegaan, waar Vader Ma enkele tientallen mensen toesprak, langzaam en zachtjes. Zijn stem was weinig meer dan een gegons, geheimzinnig, een beetje griezelig, dat door de open deur naar buiten kwam zweven.

Toen hij ophield begon een man of tien te zingen.

De rest viel aarzelend in.

Een kip die zojuist een ei had gelegd, fladderde omhoog naar de bamboe schutting van de kerk, kakelde een paar keer, sprong er weer af en rende naar het midden van de straatweg.

De christelijke gelovigen kwamen de kerk uit en liepen naar alle kanten weg. Ze zagen eruit als mensen die zojuist hun buik gevuld hadden met heerlijk eten dat anderen niet konden krijgen. Heel voldaan waren ze, maar dat wilden ze niet te erg laten blijken en ze zwegen tot ze uit het zicht waren. Toen kon je ze pas horen babbelen en lachen.

Grote Weg was niet met hen mee naar buiten gekomen, dus ging ik naar binnen om hem te zoeken. Hij zat roerloos op de achterste bank. Met zijn ogen dicht. Het was donker in die kerk, en het stonk er naar zweet en kippenstront.

Ik ging weer naar buiten om te wachten tot hij uit zijn roes zou bijkomen.

Toen hij ten slotte samen met Vader Ma de kerk uit kwam, bleven ze een poosje met elkaar staan praten. Grote Weg had een pot in zijn hand. Vader Ma had hem kennelijk iets cadeau gegeven. Er zat een luchtje aan die pot, dat ik niet kon thuisbrengen. Hij rook nog het meest naar gepekelde tofoe.

Het was kaas.

Op weg naar huis proefde hij ervan en vroeg of ik ook wat wilde.

Ik zei nee.

Bij nadering van het Wilgendorp zagen we het lijk van een hongerslachtoffer langs de kant van de weg liggen. Op de heenweg was het ons niet opgevallen. Toen hadden we het waarschijnlijk voor een dor stuk hout aangezien, want het had amper nog iets menselijks. Een gebeente met een vel erom, en nog wat losse kledingflarden. Het vel was donkerbruin, de kleur van tungolie. In de gapende mond kon je nog een paar witte tanden zien zitten.

Grote Weg had tot dan toe van zijn kaas genoten maar hield nu op met eten. Bij de dorpsgrens werden we omsingeld door een groep hongerlijders die ons al van verre hadden zien aankomen. Ze smeekten ons om voedsel. Voor Grote Weg in de gaten had wat er gaande was, werd de pot kaas uit zijn handen getrokken. Hij schrok er niet eens van en werd ook niet boos, stond alleen maar bedremmeld te kijken hoe ze erom vochten. Het kon natuurlijk niet uitblijven dat die pot op de grond viel. Hij brak in stukken en de inhoud werd door talloze voeten in het zand getrapt. Al die uitgemergelde stumpers wierpen zich erop en propten de kaas met zand en al naar binnen. Sommigen likten zelfs de grond af. Nu schrok Grote Weg alsnog en hij week achteruit. Ik was ook bang. Ik wist dat die hongerige duivels elk moment konden gaan denken dat wij ook eetbaar waren!

We haastten ons naar de Oostelijke Straat, richting kade. Die straat werd omzoomd door hoge houten huizen die maar een smalle strook hemel overlieten, en maar heel weinig zonlicht. Onder de dakranden zagen we vrouwen met ingevallen gezichten. Hoeren. Toen ze ons zagen kwamen ze in koppels en groepjes op ons af en giechelden zo verleidelijk als ze maar konden. Grote Weg vertraagde zijn pas om hen beter te kunnen zien. Een van die brutale wijven greep mij bij een mouw en zei: Broertje, breng die buitenlander maar bij ons binnen voor een kopje thee. Dan maken we het extra lekker voor jullie.

Ik zei: Ik heb geen geld.

Jij misschien niet, zei ze, maar hij wel.

Ik zei: Nee, hij ook niet.

Zij zei: Weet je wat? We spreken een speciaal tarief af. Laat die buitenlander maar voor zichzelf betalen, dan mag jij voor niks. Lijkt je dat wat? Kom, Broertje, wat valt er te vrezen als je de God Van De Rijkdom aan je zijde hebt? Jij mag helemaal voor niks.

Ik zei: Maar ik weet niet hoe het moet.

Dat was gewoon de waarheid, maar die hoeren lachten zich te pletter. Toen Grote Weg stil bleef staan om mij te bekijken en te zien waar ze zo'n lol om hadden, begonnen ze hem als vliegen te omzwermen. Een hand trok de sigaar uit zijn mond, een andere pakte zijn hoed. Maar hij toonde geen spoor van ongerustheid en nam ze een voor een glimlachend op. Het was me een raadsel wat er in hem omging. Het meisje dat bij mij was komen staan, pakte mijn hand en legde hem op haar borst. Het voelde zo zacht als een handvol riviermodder. Ze stond niet toe dat ik hem terugtrok, dus liet ik hem maar liggen, terwijl mijn hart als een razende tekeerging. Je hebt van die dingen waar je moeiteloos de hele dag aan kunt denken, maar als je ze eenmaal doet is het net alsof je in je eigen vlees snijdt.

Ze vroeg: Hoe voelt dat?

Ik zei: Ik heb geen geld.

Ik zag hoe de anderen Grote Weg naar de ingang van zo'n huis voerden. Hij keek nog steeds van de een naar de ander. Er was een dromerige, glazige blik in zijn ogen gekomen, en het leed geen twijfel dat zijn weerstand zowat gebroken was.

Ik riep: Grote Weg, laten we gaan!

Hij draaide zich om en keek naar me. Alle leven was uit die ogen geweken.

Kom op! riep ik. We gaan naar huis!

Een van die hoeren, een lange vrouw, streek hem door zijn baard. Het was Wit Paard. Toen ze zich tegen hem aan drukte liet hij zijn blik hemelwaarts gaan, en keek vervolgens om zich heen alsof hij iets zocht. Zijn gezicht was vuurrood en ze hadden zijn haar helemaal in de war gemaakt.

We hebben belangrijke dingen te doen, zei ik tegen ze. We komen een andere keer wel terug.

Niks is zo belangrijk als dit, zei de hoer die bij me stond. Dat weet je best. Zo jong ben je nou ook niet meer.

En ze greep tussen mijn benen.

Ze pakte hem zomaar beet!

De andere hoeren kwamen niet meer bij.

Grote Weg stond ook te lachen.

Ik gilde: Naai je ouwe moer!

De hoeren hielden op met lachen.

Ik zei het nog een keer. Naai je ouwe moer!

Ze liet me los.

Ze begrepen er niks van, en zelf begreep ik het eigenlijk ook niet. Maar ik wist dat ik hoe dan ook mijn waardigheid had gered. Ik draaide me om, wat Grote Weg deed moest hij zelf maar weten, en beende regelrecht naar Bofkonts Theehuis voor een kop Smaragden Schelpthee. Nog voor ik mijn eerste slokje had genomen, kwam hij de Oostelijke Straat uit gerend, gevolgd door het geschreeuw van de vrouwen. Ik holde naar de deur van het theehuis. Je hoed! riep ik. Waar is je hoed?

Hij verstond me niet, bleef stilstaan en keek verdwaasd om zich heen. Wit Paard kwam met die hoed op hem toe gerend, en voor een kade vol met mensen begon ze weer door zijn baard te kroelen. Hij liet haar een minuut of wat begaan, maar toen greep hij haar bij haar keel. Iedereen dacht dat het maar spel was, maar opeens hoorde ik haar krijsen en ik begreep dat hij te hard kneep. Zo lang als ze was stond ze op de toppen van haar tenen, met haar kin helemaal omhoog. Hij tilde haar zowat de lucht in! En toen liet hij los, haalde wat muntjes uit zijn zak en hield die voor haar op. Ze was te bang om ze aan te pakken, dus bukte hij zich en legde ze voor haar op de grond. Daarna kwam hij het theehuis binnen en dronk thee met me terwijl we naar de boten op de Groene Rivier staarden, zonder een woord te wisselen. Bofkont vertelde ons de nieuwtjes die hij hier en daar had opgepikt. Een ervan was nogal ernstig. Hij zei dat de Blauwe Hoofddoeken vier graanboten van de Keizerlijke Garde tot zinken hadden gebracht, en dat er in de districtshoofdplaats al mensen werden opgepakt. Het leek definitief gedaan met de rust.

Hoe gaat het met je Oude Meester Cao? vroeg hij.

Ik antwoordde: De oude heer maakt het uitstekend.

Hij zei: Iedereen zegt dat je buitenlandse vriend zo'n bekwame man is. Klopt dat?

Ik antwoordde: Kom maar eens naar het Iependorp als je tijd hebt, dan kun je met eigen ogen zien wat hij allemaal voor elkaar heeft gekregen.

Hij vroeg: Wanneer kunnen we die lucifers van jullie gaan gebruiken?

Een paar dagen nog, hooguit, antwoordde ik.

Dat was natuurlijk maar gepoch van me. We hadden nog niets gezien dat ook maar in de verste verte op een lucifer leek, en het zou nog wel even duren eer het zover was. Maar ik wilde niet dat buitenstaanders om de Cao-familie lachten. Het zou me al met al een zorg wezen dat er in de districtshoofdplaats mensen werden opgepakt. Voor mij telde alleen maar dat onze commune nu zo snel mogelijk lucifers ging opleveren.

Zonder lucifers zou niemand een rustig gemoed kunnen hebben.

En als de gemoederen niet rustig waren, kwam er gegarandeerd gedonder.

En als dat gedonder eenmaal uitbrak, zou er geen weg terug zijn.

Oude Meester Cao begon weer de oude te worden. Niemand wist hoe die doodsschakelaar in zijn hoofd was omgedraaid, maar hij fleurde langzaamaan op en zat weer aan zijn werktafel om waaiers te beschilderen. Vroeger of later zou die schakelaar vanzelf weer terugdraaien, en dan misschien wel voor het laatst. Zolang hij nog narrig en gemelijk was ging het allemaal wel, maar als hij een tijdlang in een goed humeur was kon je erop wachten dat die doodsangst weer toesloeg. De angst dat hij zijn eigen poppenkast zou doorzien.

Hij zei: Oren, brand eens wat paardenstaartharen voor me.

Ik deed wat hij vroeg.

Zijn ketel borrelde en pruttelde.

Zijn vertrek vulde zich met de geur van brandend haar.

Hij slurpte gretig van zijn stinksoep.

Hij begon steeds meer op een kind te lijken, die ouwe man.

Hij vroeg me wat ik gezien en gehoord had, of er nog iets interessants gaande was daarbuiten. Ik vertelde hem over de opstand van de Blauwe Hoofddoeken.

Hij zei: Ze hebben allemaal een doodswens, die lui.

Ik zei: Ze kunnen oproer maken wat ze willen, maar ze zullen altijd bedwantsen tussen de nagels van de keizer blijven. Ik kan jullie laten gaan, zal hij zeggen, of ik kan jullie zomaar fijnknijpen.

Ik vertelde hem ook over de lucifercommune.

Hij zei: Allemaal spel. Op een dag gaat het hem zijn keel wel uithangen.

Hij zei het onaangedaan. Dit soort dingen had totaal geen betekenis voor hem. Als hij in een goeie bui was, kon niets hem uit zijn evenwicht brengen. Dan was het alsof hij was gestorven en wedergeboren, en niets er meer toe deed. Ik had liever dat hij aan doodsangst leed.

Dan hoefde ik alleen maar medelijden te tonen.

Er kwam geen eind aan de tegenslag rond de fabriek. Er kwam nog steeds geen bruikbaar schaafsel van die schaafmachine. Grote Weg weet dit aan het hout. Tweede Meester weet het aan de machine. In het begin hadden ze met dat ding tussen hen in staan redetwisten, maar nu spraken ze allang niet meer met elkaar. Grote Weg haalde keer op keer de hele boel uit elkaar om elk afzonderlijk onderdeel schoon te maken. Niemand mocht hem daarbij helpen. Ik ook niet. Maar toen Tweede Mevrouw op een keer haar hulp aanbood, slikte hij zijn afwijzing in. Haar armen, zo zacht en bleek als lotuswortels, zaten al snel onder de smeerolie, maar dat weerhield haar er niet van om zich vol overgave op het werk te storten. Het mocht niet baten. Integendeel. Als de machine weer in elkaar was gezet, kwam zij sputterend op gang en begon gelijk weer grillige spaanders rond te strooien, waarop Grote Weg haar maar weer uit elkaar haalde, bedachtzaam en ongehaast. Als hij naar Tweede Mevrouw opkeek, lag er een duidelijke boodschap in zijn ogen: er zat niks anders voor hem op dan zichzelf ook maar als een machineonderdeel te beschouwen.

Tweede Mevrouw poetste de onderdelen met dezelfde zorgvuldigheid die ze bij haar borduurwerk toonde. En anders dan de mannen, die zich verloren in hun gemopper en gefoeter, had zij onder het werk de tegenwoordigheid van geest om Wuling met water voor iedereen te laten rondgaan, en mij te zeggen dat ik Grote Weg en Tweede Meester koelte moest blijven toewuiven. Ik kon zien dat haar grootste aandacht niet bij de machine lag, maar bij haar echtgenoot.

Tweede Meester was een zenuwinzinking nabij.

Hij gaf de arbeiders de rest van de dag vrij en begon als een dolende ziel tussen de houtstapels rond te sjokken. Toen Grote Weg de machine voor de zoveelste keer op gang wilde brengen, trok hij wit weg en liep van het erf af, waar iedereen bij was. We zagen hem pas terug toen de machine het allang weer begeven had, en toen zag hij eruit als iemand die zojuist uit zijn doodkist was geklommen.

Hij mompelde in zichzelf.

Niemand durfde hem nog aan te spreken.

Tweede Mevrouw zei: Oren, ik heb gehoord dat jij je oren kunt bewegen. Laat eens zien! Guanghan, kijk Oren eens.

Ik wist waar ze op uit was en bewoog mijn oren uit alle macht, en toen nog een keer afzonderlijk van elkaar. Tweede Mevrouw lachte er smakelijk om. Wuling ook. Grote Weg keek niet eens op. Toen Tweede Meester eindelijk naar mijn oren keek, bewogen ze allang niet meer. Maar hij staarde er toch naar, en zei: Dat heb ik me nooit kunnen voorstellen.

Hij zei: Geen moment heb ik me dat kunnen voorstellen.

Hij had het over heel iets anders.

Vanaf dat moment lachte Tweede Mevrouw niet meer.

Al had ik mijn oren laten dansen, dan had ik haar nog niet aan het lachen kunnen brengen.

Lachen was wel het laatste wat ze nog wilde.

Tweede Meester was de hele dag diep in zichzelf gekeerd, liep rond met zijn hoofd tussen zijn schouders, alsof hij vreesde dat de hemel naar beneden zou komen. Als hij over de weg liep, sprong hij vaak zomaar opzij, alsof hij wilde voorkomen dat hij op een mier stapte, als om een vuistslag te ontwijken. Tweede Mevrouw hield haar gezicht in de plooi, maar ik kon aan haar ogen zien dat ze ongerust was. Ongerust en een beetje bang. Bang, denk ik, dat er iets onverwachts te gebeuren stond.

Het kon niet uitblijven. Op een dag was Tweede Meester zomaar verdwenen.

Hij was voor zonsopgang van huis gegaan, ogenschijnlijk voor een ochtendwandeling die hooguit bij de oude graanschuur zou eindigen. Maar toen Grote Weg en ik die ochtend naar het werk gingen, zagen we hem nergens. We namen aan dat hij naar de heuvels aan de voet van de berg was gelopen. Toen Tweede Mevrouw rond het middaguur eten kwam brengen, hoorden we dat hij niet thuis was gekomen, en we begrepen dat dit weinig goeds voorspelde. We stuurden de communearbeiders op pad om hem te gaan zoeken, maar ze kwamen met lege handen terug. We vroegen de bediende die de weg in de gaten moest houden of hij Tweede Meester misschien in de richting van het Wilgendorp had zien lopen. Dat had hij niet. Toen de avond viel zat er voor Tweede Mevrouw niets anders op dan Huismeester Bing met het onrustbarende nieuws naar Oude Meester Cao te sturen.

Eerste Meester was op inspectiebezoek bij een van de familiebedrijven, dus hij was niet thuis.

Ik ging ervan uit dat Oude Meester zou schrikken van het bericht, en hevig zou gaan jammeren of iemand de huid volschelden. Maar nee. Hij zat in een leunstoel in de familiekamer en zag er uitgeput uit, te moe om te praten. Zijn gezicht werd verlicht door een olielamp op de bijzettafel naast hem, maar ik kon niet zien of hij ongerust of bedroefd was.

Hij zei: Het is een hopeloos geval. Ik had nog zo gehoopt dat een huwelijk hem wat verantwoordelijker zou maken.

En hij vervolgde: Hij heeft altijd al de neiging gehad om zich te verstoppen. Als klein jongetje al. En hoe harder je hem riep, des te langer hij bleef zitten. Het was maar het beste om hem te negeren. Ga hem maar zoeken, als jullie dat per se willen, maar vertel niks aan zijn moeder.

De woorden waren zijn mond nog niet uit of Oude Mevrouw kwam binnen. Ze had er kennelijk lucht van gekregen.

Tweede Mevrouw begroette haar heel eerbiedig.

Oude Mevrouw zei niets terug, Haar vastenperiode was voorbij, maar nu had ze een gelofte van stilte gezworen voor een periode van negenenveertig dagen. Dit was niks nieuws voor ons. Deed ze elk jaar. Huismeester Bing gaf mij een teken met zijn lippen en ik legde snel een kussen voor de voeten van Tweede Mevrouw, die even nadacht en vervolgens voor haar schoonmoeder neerknielde.

Oude Mevrouw huilde.

Tweede Mevrouw zei: Het is allemaal mijn schuld. Ik had met hem mee moeten gaan.

Oude Mevrouw wees naar het gezicht van Tweede Mevrouw.

Tweede Mevrouw staarde naar de vinger.

De jaden kraal viel uit de mond van Oude Mevrouw. Die stopte ze altijd in haar mond als ze ophield met praten. Klein, rond en groen, net een vogeleitje. Toen hij de vloer raakte stuiterde hij een heel eind weg. Ik rende erachteraan maar werd een halt toegeroepen door Oude Mevrouw.

Staan blijven! riep ze.

En toen zei ze tegen Tweede Mevrouw: Hij komt vast niet meer terug, en dan lijkt het me het beste als *jij* ook niet meer terugkomt.

Ze zei het met stramme tong, en er liepen tranen over haar wangen. Tweede Mevrouw knikte, stond op, boog naar Oude Meester en Oude Mevrouw en liep de kamer uit. De dienstmaagd van Oude Mevrouw had ondertussen de kraal gepakt en veegde hem schoon. Oude Mevrouw opende haar mond opdat haar dienstmaagd hem weer voorzichtig op haar tong kon leggen. Haar tranen bleven stromen. Misschien wel uit spijt omdat ze gesproken had.

Oude Meester had de hele tijd volkomen sereen in zijn stoel gezeten.

Hij wist dat zijn zoon niets overkomen zou. Niemand kent een zoon zo goed als zijn eigen vader. Oude Meester wist dat Tweede Meester Guanghan het lef niet had om weg te lopen of in de rivier te springen. Als hij daar wel het lef voor had gehad, was hij geen zoon van Oude Meester Cao geweest.

Die avond trok het halve dorp onder aanvoering van Huismeester Bing naar de Berg Van Jade om Tweede Meester te gaan zoeken. Grote Weg en Tweede Mevrouw liepen met hen mee. Ik ging naar het Wilgendorp. Onderweg keek ik naar het licht van al die toortsen in de vallei. De mensen riepen om Tweede Meester, soms zacht, dan weer hard alsof ze zijn ziel terugriepen. Tweede Mevrouw riep Guanghan! Guanghan! tot haar stem het zowat begaf.

Tweede Meester had haar nog moeten horen als hij in de dodenwereld had vertoefd.

Bofkont had Tweede Meester niet gezien, zei hij. Ik dacht dat hij misschien op een boot stroomafwaarts was gestapt, maar Bofkont zei: De Keizerlijke Garde heeft de rivier afgesloten, dus hij kan onmogelijk op een boot zitten. En waarom zou hij ook vluchten? Hij heeft toch geen misdaad gepleegd? Als ik zo veel geld aan machines en fabrieksknechten had uitgegeven zonder dat het me één lucifer opleverde, zou ik mezelf gewoon verzuipen in de Zwarte Rivier. Waarom zou je in leven willen blijven na zo'n afgang?

Toen ik me terughaastte naar het Iependorp keek ik naar de rotsen die boven het water van de Zwarte Rivier uitstaken, wit in het bleke maanlicht, en ik had voortdurend het gevoel dat er een in beweging zou komen en het opgezwollen lijk van Tweede Meester zou blijken te zijn.

Vrijwel iedereen ging ervan uit dat hij dood was.

En wel om één simpele reden.

De tegenspoed stond die man op zijn voorhoofd geschreven.

Ik was tegen het ochtendkrieken weer in het Iependorp. Ik weet niet hoe lang Tweede Mevrouw toen al terug was, maar toen ik de linkeruitbouw binnenkwam zat ze op de galerij, met een slapende Wuling naast zich. Ik liep naar haar toe en vertelde wat ik in het Wilgendorp had vernomen. Ze vroeg me hoe ik aan een buil op mijn voorhoofd kwam, en ik zei dat ik op de terugweg gestruikeld was. Ik was bang dat ik in huilen zou uitbarsten als ze nog zoiets liefs vroeg. Ze veranderde gelukkig van onderwerp.

Ze zei: Oren, ik wil je iets vragen, en je moet me beloven dat je eerlijk antwoord geeft.

Ik had nog nooit zo'n donkere blik van haar gezien. Grijs en bewolkt.

Ze vroeg: Had Tweede Meester soms vreemde gewoonten voor we trouwden? Ik wil dat je me alles vertelt over zijn eigenaardigheden.

Ik zei: Tweede Meester is geen gedegenereerde!

Ik had het nog niet uitgesproken of ik wist dat ik het nooit had moeten zeggen. De ogen van Tweede Mevrouw vernauwden zich tot ze schuilgingen achter haar wimpers.

Ze zei: Ik vroeg niet of hij gedegenereerd was. Ik vroeg naar zijn eigenaardigheden. Maar vertel, wat weet je?

Ik wilde niet.

Ze keek me doordringend aan, en ik was als was in haar handen.

Ik keek naar Wuling.

Ze stuurde Wuling weg, en ik begon haar te vertellen over Tweede Meesters vreemde gedragingen, waaronder zijn scheikundige proeven en die ene lugubere uitspatting waarbij hij zichzelf bijna gewurgd had. Ik had daar nog nooit iets over losgelaten, tegen niemand, zelfs niet tegen Oude Meester. Terwijl ze het aanhoorde lekten er tranen uit haar ogen.

Ik luchtte mijn hart. Ik vertelde haar alles.

Ik zei: Tweede Meester is een goed mens.

Ze zei: Dat weet ik.

Ze probeerde te glimlachen, maar haar tranen bleven biggelen.

Ze vroeg: Hij wilde helemaal niet trouwen, hè?

Ik zei: Dat was het niet. Hij was bang!

Ze vroeg: Maar waarvoor dan?

Ik zei: Dat weet ik niet.

Tweede Mevrouw sloeg haar handen voor haar gezicht en begon te snikken.

Ik heb me in mijn leven voor heel wat stommiteiten moeten schamen, al vond ik achteraf soms ook wel dat ik zo stom nog niet geweest was. Maar ik heb nooit meer het gevoel gehad waarmee ik op dat gesprek terugkijk. Het was niet alleen maar stomheid. In wat ik zei scholen motieven die ik zelf niet eens begreep, en ook later nooit begrepen heb. Dingen die niks te maken hadden met het zaaien van tweedracht, en al helemáál niet met het misbruik maken van een kwetsbaar gemoed.

Ik was een lijfeigene, een slaaf.

Ik zou je onmogelijk kunnen vertellen wat ik hoopte te bereiken, maar het kwam gewoon niet bij me op om mijn bek te houden, zelfs niet nadat ze zo hartverscheurend begon te huilen. Ik vertelde alles. Wat moet dat me voor iemand gemaakt hebben in haar ogen? Vond ik soms dat Tweede Meester niet raar genoeg had gedaan?

Misschien dacht ik zelf inmiddels ook wel dat hij dood was.

Zou dat het zijn geweest?

Ik ben nog stommer dan ik dacht!

18 MAART

Drie dagen later, rond het middaguur, keerde Tweede Meester terug. Grote Weg had me die ochtend gevraagd om de communearbeiders naar de oude graanschuur te laten komen om alle stammen op het droge te trekken. We waren daar net mee klaar toen een witte populier, zo dik als een mannendij, de bocht van de Zwarte Rivier in kwam drijven. En toen nog een, en nog een, tot er vijf tegen de kant lagen. Grote Weg had er een poosje verbouwereerd naar staan kijken toen hij opeens op en neer begon te springen en wijzend op die stammen Cao! Cao! riep.

Onder het middageten zaten we Tweede Mevrouw over die populieren te vertellen toen Tweede Meester door de muuropening naar buiten kwam strompelen. Hij was vuil, doodmoe en zag eruit alsof hij het zwaar te verduren had gehad. Zonder iemand aan te kijken mompelde hij iets in het Frans tegen Grote Weg, tuimelde omver en knalde met zijn hoofd op een ijzeren glijbaan.

We tilden hem op en droegen hem naar de schaduw, waar Tweede Mevrouw zijn hoofd in haar armen nam en hem ging zitten wiegen. Uiterlijk verschilde hij weinig van de vluchtelingen in het Wilgendorp. Zijn wangen waren ingevallen, zijn lippen zaten vol barsten en blaren.

Grote Weg hurkte bij hem neer en floot in zijn gezicht.

Iedereen haalde opgelucht adem.

Tweede Mevrouw hield zich groot, maar ze wreef hem over zijn gezicht alsof ze zich ervan wilde verzekeren dat hij nog leefde. Grote Weg kwam overeind en liep naar een plekje achter de machinerie, waar hij een sigaar opstak en naar Tweede Meester ging staan kijken, zoals hij daar in de armen van Tweede Mevrouw lag.

Grote Weg! riep ik.

Daar schrok hij van op.

Op mijn rug? stelde ik voor.

Na wat handgebaren begreep hij me, en toen ik me vooroverbukte hielpen de anderen Tweede Mevrouw bij het optillen van Tweede Meester. Ze legden hem op mijn rug en ik droeg hem de hele weg terug naar het grote woonverblijf. Ik voelde me nog steeds bezwaard, een verrader, en die zware sjouwpartij bood enige verlichting.

Tweede Meester bleef tot de volgende dag diep in slaap. In de tussentijd zette Grote Weg de mannen aan het werk en ze produceerden de eerste witte luciferhoutjes, doopten ze in een chemisch goedje en legden ze in de droogkamer, waar ze in prachtige ivoorsplinters veranderden. Ik nam er een handvol van mee naar de linkeruitbouw en vroeg Wuling ze naast zijn hoofdkussen te leggen.

De dag daarop vroeg ik haar wat hij gezegd had toen hij ze zag.

Geen woord, zei ze. Hij had ze in kleine stukjes gebroken en er als een dwaas naar liggen staren. Tweede Mevrouw had erbij staan huilen. Wuling zei dat Tweede Mevrouw vreselijk met Tweede Meester te doen had.

Was dit allemaal mijn schuld?

Een loslippige slaaf is geen goede slaaf.

Gemorst water ben je voor altijd kwijt.

Kijk, je kunt natuurlijk zeggen dat het weinig voorstelt, een paar luciferhoutjes breken. Gewoon een kinderachtige driftbui, meer niet. Maar wie de achtergrond kende, wist dat dit een heel veeg teken was. De ondergang van Tweede Meester was door het lot beschikt. Maar dat Tweede Mevrouw hem nu met heel andere ogen bezag, dat was mijn schuld. Hij kon niets meer voor haar verborgen houden, nog niet de kleinste vingerbeweging. Wie van beiden had ik kwaad berokkend? Ik had ze allebei kwaad berokkend!

En zo denk ik er nog steeds over.

Het was te laat, maar ik had een belangrijke les geleerd. Als iemand aan wie je gehecht bent wil dat je de waarheid spreekt, en jou lijkt dat een slecht idee, lieg dan. Liegen is soms het enig juiste wat je doen kunt. Kun je me volgen?

Leer jezelf de kunst van het verhullen, beste jongen!

Nu de Keizerlijke Garde de kades van de Zwarte Rivier had afgegrendeld, voeren er geen boten meer. Eerste Meester was op weg geweest om rekeningen te innen en zag zijn weg naar huis afgesloten. Zijn concubine kon niet langer op zijn thuiskomst wachten en baarde zijn nieuwste kind. We hoorden het huilen achter de tussenmuur en ik zei: Alweer een juffertje! Huismeester Bing draaide op zijn hakken om en gaf me een oplawaai, waarna ik mijn bek hield.

Maar ik had wel gelijk. Het was een meisje. Huismeester Bing bleef me nog dagenlang vuil aankijken, alsof hij dacht dat ze niet uit de schoot van haar moeder maar uit mijn mond was gekomen. De poort tussen de grote binnenplaats en de rechteruitbouw werd ontgrendeld, zodat de boreling aan Oude Meester en Oude Mevrouw kon worden getoond, en daarna ging hij meteen weer op slot. In een zeldzaam gebaar van welwillendheid gaf Oude Meester het kind een naam, maar die vergrendelde tussenpoort bewees dat hij niet in zijn sas was met de gang van zaken. Over het algemeen kon het doen en laten van andere mensen hem niet schelen, maar acht kleindochters op rij leek zelfs hem te gortig.

Zo heeft ieder mens wel momenten waarop hij zich afvraagt of de Hemel het op hem gemunt heeft.

Wat meestal het teken van een onrustig geweten is.

En kom je tot de slotsom dat je toch echt niks misdaan hebt, dan is er altijd nog de vraag of je in een vorig leven een ploert bent geweest. En als je zelf al niet de neiging hebt om je in zulke vragen te verliezen, dan zorgen anderen daar wel voor, tot je het gevoel krijgt dat je de hele wereld in het verderf hebt gestort. De dienaren en pachters van de Cao-familie waren verzot op dit soort bespiegelingen, en ik vormde geen uitzondering op die regel. Maar in tegenstelling tot de anderen verheugde ik me nooit in de tegenspoed van de Cao's. Ik had juist geweldig met Eerste Meester te doen toen hij eindelijk thuiskwam, afgemat van de zware reis, en te horen kreeg dat hij er een dochter bij had. Ik zag de teleurstelling op zijn gezicht, maar hij wilde de sfeer niet bederven en maakte er een grapje van. Hij zei: Het is maar goed dat ik heel voorzichtig ben geweest daarginds, en de hele tijd met mijn kop in mijn broek heb gezeten, anders had ik nooit een blik op haar kunnen werpen! Zijn schallende lach was altijd aanstekelijk. Al hadden ze dezelfde ouders, het verschil tussen Eerste en Tweede Meester had niet groter kunnen zijn. Wij slaven verbaasden ons daar telkens weer over.

Toen hij hoorde dat zijn jongere broer zowaar eens wat lucifers had vervaardigd, onthaalde Eerste Meester alle communearbeiders op een feestmaal, waarbij de meesten stomdronken werden. Tweede Meester zat de ene lucifer na de andere aan te strijken. Kijk eens! zei hij. Moet je eens even zien, Guangman!

Ik zie het, zei Eerste Meester. Brand nu maar niet je hele voorraad op, ik zie heus wel dat je geweldig werk hebt verricht.

Grote Weg lachte zwakjes, en kotste zijn hemd onder.

Hij was niet gewend aan rijstwijn.

Eerste Meester begon te vertellen over een gevangenisuitbraak door leden van het Genootschap Van De Blauwe Hoofddoek, en Tweede Mevrouw spitste haar oren. Zijn er doden bij gevallen? vroeg ze.

Massa's! zei Eerste Meester. Onder wie zes Blauwe Hoofddoeken. Hun hoofden hangen nu op een gardeboot.

Hangen? vroeg iemand. Hoe dan?

Eerste Meester zei: Hoe ze hangen? Aan een paal, natuurlijk.

Niemand zei meer wat. Tweede Meester, die nu ook dronken was, bleef lucifers aanstrijken. Omdat de koppen uit verschillende chemicaliën bestonden, brandden sommige groen en andere blauw, maar de gezichten rond de tafel kregen er elke keer iets spookachtigs door. Behalve dat van Tweede Mevrouw. Zij was mooier dan ooit in de gloed van die lucifers. Grote Weg keek naar haar en glimlachte zwakjes.

En hij kotste opnieuw over zijn hemd.

Hij keek me aan en zei: Ik wil naar huis.

En nu kotste hij over mijn hemd.

Eerste Meester was niet dronken, maar zijn tong was dik alsof er een wesp in had gestoken. Hij zei tegen zijn broer: Nu is het jouw beurt. Probeer jij de jouwe maar eens een zoon te laten baren.

Hij was dan wel niet dronken, maar hij praatte als een zatlap.

Tweede Meester vroeg: Wat voor naam moet ik die lucifers eigenlijk geven?

Eerste Meester zei: Wat dacht je van Oolong, Zwarte Draak? Die naam had ik voor mijn zoon bedacht, maar die heeft zich nog steeds niet laten zien. Het is zonde om zo'n mooie naam te verkwisten, dus neem jij hem maar. Maak maar mooie lucifers onder die naam. Dan zullen zij de zonen van de Cao-familie zijn!

In die sfeer van dronkenschap werd een naam gekozen.

Oolong, je hebt toch ook een thee die zo heet?

Toen iedereen weer nuchter was en ze erachter kwamen dat ze niet zo'n beste naam hadden gekozen, had niemand meer de moed om een andere te bedenken.

Die nacht zat iemand in het grote woonverblijf lucifers aan te strijken. De een na de ander. Ik had het vermoeden dat het Tweede Mevrouw was, niet Tweede Meester, maar vraag me niet waarom ik dat dacht. Na een poosje wilde ik het met alle geweld weten, dus klom ik op het dak. De zitkamer was leeg. De gloed kwam uit de slaapkamer. Daar kon ik niks anders zien dan een geborduurde schoen, uitgetrapt kennelijk, die heel eenzaam een eind van het bed af op de vloer lag. Het schijnsel van de lucifers beefde terwijl ze langzaam opbrandden.

En ten slotte bleef het er aardedonker.

Die schoen zat inmiddels in mijn hart.

Ik tuurde ingespannen naar wat ik niet zien kon.

Zelfs in mijn dromen.

Die schoen begon zich te roeren.

19 MAART

Grote Weg wilde vertrekken, maar de Cao-familie wilde daar niks van weten. De kwaliteit van de lucifers liep nog te veel uiteen. Goeie partijen werden afgewisseld door slechte. De slechte lucifers braken af voor ze tot ontbranding kwamen, of anders spatten de brandende koppen uiteen zodat je kleren in de hens vlogen. Tweede Meester zei: We kunnen hem nog niet laten gaan. Als hij nu gaat, is al zijn goede werk binnen de kortste keren tenietgedaan.

Eerste Meester zei: Geen punt. We geven hem gewoon meer geld.

Maar geld zei Grote Weg niet zo veel. Hij wilde zo zielsgraag naar huis dat hij na verloop van tijd zelfs de rijst niet meer at waar hij zo dol op was. Hij wachtte op een brief. Ik ging opnieuw met hem naar het Acaciadorp, waar de postbeambte zei dat er geen brief voor hem gekomen was. Dit bericht viel hem zwaar op zijn maag en hij sjokte naar de lege kerk en bleef er een eeuwigheid zitten. Vader Ma, die best een geschikte kerel was, gaf hem nog een pot kaas, die hij ditmaal uit handen van de hongervluchtelingen wist te houden maar waar hij nu een diarree van opliep die hem dagenlang in bed hield. Dagen waarin de machinerie in de oude graanschuur gesmeerd bleef lopen. Telkens als ik hem iets te eten bracht, schudde hij alleen maar zijn hoofd en zuchtte. Hetzelfde! zei hij. Jij, hij, ik, hetzelfde!

Wat hij bedoelde was dat die machinerie met of zonder hem even goed liep.

Ik zei: Jij bent dit! En ik stak mijn duim naar hem op. Maar hij schudde mismoedig zijn hoofd.

Wij zijn dit! En nu hield ik mijn pink omhoog. Hij glimlachte.

Hij worstelde nog steeds met hetzelfde probleem.

Hij was erg op Tweede Mevrouw gesteld, en was bang dat hij misschien wel al te erg op haar gesteld was.

Het was een martelgang voor hem.

De Cao's hadden hem van verre laten overkomen, hadden zijn vaardigheden benut, hadden hem gevoed, warm gehouden in de winter, en koel in de zomer, maar niemand van hen had ook maar een ogenblik bij zijn behoeften stilgestaan. Als je zo iemand werkelijk als een mens van vlees en bloed wilde behandelen, moest je zo nu en dan met hem naar de Oostelijke Straat in het Wilgendorp. Maar toen ik er met hem verzeild was geraakt, had hij geen keuze kunnen maken. Had hij gedacht dat ze onrein waren? Minderwaardig? Tja, dat stond hem natuurlijk vrij. Ik nam hem er nogmaals mee naartoe, en ditmaal bleef hij strak voor zich uit kijken, toonde niet de minste belangstelling.

Hij gaf er de voorkeur aan om moederziel alleen in zijn badkuip te staan.

Zoiets noem je geloof ik standvastigheid om jezelf voor ontaarding te behoeden.

Het zei in elk geval iets over zijn karakter.

Het was toch vanzelfsprekend dat hij heimwee had?

Ja, ik kom daar steeds op terug. Nou en?

Alles heeft een reden.

En die reden?

Die moet je zien te achterhalen.

Dat valt niet mee!

Het is zoiets als over je kont wrijven om een staart te vinden. Niet dat die staart er niet meer is.
Hij is alleen maar in iets anders veranderd.
En op een andere plek gaan zitten.

Op een nacht toonde Tweede Meester eindelijk zijn ware aard. Omdat het hem eindelijk mee leek te zitten, misschien. Of misschien juist wel omdat hij ongelukkig was. Ik lag te draaien in mijn bed toen ik plotseling een gil hoorde. Van een vrouw. Het was niet eens zo'n luide gil, eerder de kreet van iemand die bijna op een duizendpoot was gestapt, of onder een steen naar krekels zocht en een schorpioen vond, zoiets. De volgende ochtend vroeg ik Wuling: Was jij het die vannacht zo gilde?

Ze bloosde en hakkelde iets onverstaanbaars.

Ik zei: Probeerde er soms iemand onder je dekens te kruipen?

Ze zei: Donder op, jij!

Ik zei: Als je het niet vertelt, kom ik 's nachts doen alsof ik een spook ben en maak ik je gek van angst! Nou, vertel op, waarom krijste je zo?

Ik was het niet, zei ze. Het was Tweede Mevrouw.

Ik vroeg: Wat was er met haar?

Ze zei: Ik zal het je vertellen, maar verder mag niemand het weten.

Toen Wuling die gil had gehoord, was ze naar de slaapkamer van Tweede Meester en Tweede Mevrouw gehold, maar ze had niet kunnen zien wat er gaande was. Ze had te horen gekregen dat ze weg moest gaan, en dat deed ze. In de zitkamer zag ze vervolgens een aantal kommen op de vloer, en een satijnen band die aan de bovendorpel van de tussendeur hing. Ze vertelde dat die band eruit had gezien als een strop, en die kommen hadden net offerschalen geleken. Ze had zich afgevraagd of die twee erover dachten zelfmoord te plegen.

Ik zei: Dat heb je allemaal niet echt gezien. Het was maar inbeelding.

Niks daarvan! siste ze. Toen ik de kamer inliep bungelde die strop nog heen en weer. Ik heb de rest van de nacht geen oog meer dichtgedaan. Niet met zo'n bungelende strop. Doodsbang was ik!

Geloof me nou, zei ik, je hebt het je allemaal ingebeeld.

Volgens mij niet, zei ze.

Ik zei: Maar hou dan in ieder geval op met zwetsen over dingen die je níet hebt gezien. Mij mag je ermee lastigvallen, maar als je die onzin aan iemand anders vertelt, wurg ik je.

Ik maakte een knijpgebaar met mijn handen. Ze was zo goedgelovig, Wuling. Er was maar weinig voor nodig om haar bang te maken. Haar angst om gewurgd te worden was net zo groot als de angst om haar mond voorbij te praten. Ze keek zo benauwd dat het leek alsof ze die strop zelf had opgehangen.

En zo wilde ik het ook precies hebben!

Die dag was Tweede Meester druk in de weer in de lucifercommune, zoals hij dat elke dag was. Hij werkte aan de chemische mengmachine, duwde de hendel heen en weer en gaf doorlopend opdrachten en aanwijzingen. Hij wist van geen ophouden. Maar toen Tweede Mevrouw het middageten kwam brengen, zag hij er opeens hondsmoe uit, nog te moe om op te kijken. Tweede Mevrouw was evenmin zichzelf. Ze wilde niemand aankijken. Grote Weg niet, Tweede Meester niet en zelfs mij niet. Toen iedereen zat te eten pakte zij een hark en begon de schorsflarden bijeen te harken waarmee het erf bezaaid lag. Wuling pakte er ook een en volgde haar voorbeeld. Het was zo ongewoon dat ze er de aandacht mee trok van de etende mannen. Anders ging ze altijd in een rieten stoel zitten om in de schaduw een boek te lezen. Ik liep op haar toe en zei: Waarom laat u dat die kerels niet doen? Rust even uit. Ik heb uw stoel voor u schoongeveegd.

Maar het enige wat ze zei was: Ga maar aan je werk, Oren.

Er was iets in haar ogen wat me verdrietig maakte. Ze kon zien dat ik doorhad dat er iets loos was, en dat ze voor mij geen mooi weer kon spelen. Aan de buitenkant was ze nog steeds mooi en elegant, maar vanbinnen moest ze de wanhoop nabij zijn. Een twintigjarige vrouw, hoe wereldwijs ook, kon onmogelijk bestand zijn tegen zulk bizar gedrag van haar echtgenoot. Na een opleiding aan een meisjesschool en haar huwelijk met een man die in het buitenland had gestudeerd, moest ze geblaakt hebben van zelfvertrouwen. Het kon niet anders of ze had zichzelf zowat als een Onsterfelijke beschouwd. Maar haar mooie toekomstdromen waren op slag voorbij nu ze zulke krankzinnige dingen had meegemaakt.

In de eerste weken van haar huwelijk had ze vrijwel elke dag een glimlach op haar gezicht gehad. De glimlach van een argeloze maagd. Tweede Meester had haar die glimlach voorgoed ontnomen. Hij had in woelig water naar een stuk hout gegrepen, en toen hij inzag dat hij maar een strohalm beet had was hij kopje-onder gegaan. Zijn huwelijk kon hem niet redden. Er was niet één vrouw die hem kon redden. Zijn lot lag in de handen van de Hemel, die hem zijn gezicht had zien verliezen tegenover de hele Cao-familie. Hij had laten zien hoe diep de zoon van een voorname familie zinken kon.

Toch had hij het lef om heel bedachtzaam de chemicaliën voor zijn lucifers te blijven mengen.

Toch had hij het lef om mij bevelen te blijven geven als: Haal eens een stoel voor Meneer Weg!

Toch had hij het lef om elke ochtend zijn vader en moeder te groeten.

Toch had hij het lef om Grote Weg tot potjes schaak uit te dagen.

En wat nog het brutaalst was: Hij had het lef om het bed met Tweede Mevrouw te blijven delen.

Waarom had hij niet gewoon doorgezet en zichzelf opgehangen?

Maar waar haalde ik het lef vandaan om me zo op te winden? Kon ik hem soms de les lezen en de toegang tot Tweede Mevrouws bed ontzeggen? Ik, die nog minder was dan een mug in haar bedgordijn?

De glimlach keerde op haar gezicht terug toen haar oudere broer Zheng Yusong een bezoek bracht aan het Iependorp. Ze ontving hem op de galerij voor het grote woonverblijf.

Hoe gaat het met je? vroeg hij.

Ze zei: Uitstekend. Wat dacht je dan?

Hij vroeg: Is het niet benauwd, hier in die vallei?

Ze antwoordde: Benauwd? In het Iependorp zijn we tenminste vrij van de chaos die overal elders heerst.

Hij vroeg: Je man slaat je toch niet met de bezemsteel, hè?

Ze zei. Maar natuurlijk slaat hij me! Nog veel harder dan jij jouw vrouw slaat. Ik ren krijsend de hele wereld over, zo hard krijg ik er van langs.

En ze schaterde het uit. En met haar lachten alle anderen die naar de galerij waren gekomen om kennis te maken met haar broer. Tweede Meester en Grote Weg waren er natuurlijk ook. Ze lachte met zo veel plezier dat ze net een ontluikende bloem leek. Maar ik wist dat het maar spel was. Ze wilde niet dat haar schoonfamilie de pijn in haar hart zou kennen, laat staan haar eigen familie. Het was jammer dat haar broer weer zou gaan en dan haar glimlach zou meenemen. Na zijn vertrek zou het zelfs met haar gespeelde lach gedaan zijn.

Haar broer was blij voor haar, en hoe kon hij ook anders?

Ze speelde haar rol met allure.

Weinig vrouwen hadden het haar nagedaan.

Ze kropte alles op.
O, wat bewonderde ik haar!

20 MAART

Behalve zijn zuster bezoeken kwam Zheng Yusong nog iets anders doen in het Iependorp. Hij kocht een paar honderd pond gerookt spek bij de slachterij en tweehonderd waaiers bij de waaierfabriek. De dragers die hij bij zich had waren breedgeschouderde, rondbuikige kerels met een verende tred. Bij de luciferfabriek vroeg hij zijn nieuwe zwager wat het woord 'commune' op het bord betekende. Tweede Meester kwam aarzelend en hakkelend tot een antwoord. Fantastisch! zei Zheng Yusong. Als ik op een dag met wat mensen mijn eigen bedrijf begin, zal ik dat woord ook gebruiken. Het heeft stijl, en zeggingskracht!

Hij was de eerste die enthousiast op het woord 'commune' reageerde. Toen ik later hoorde dat hij de leider van de Blauwe Hoofddoeken was, vond ik dat niet zo verbazend meer.

Tijdens het feestmaal die avond probeerde Zheng Yusong ook nog zwavel te kopen van Eerste Meester, maar dat gesprek verliep nogal stroef. Eerste Meester zei dat hij hem met plezier zilver of goud zou geven, gratis en voor niks, maar dat er van een verkoop van zwavel geen sprake kon zijn. Het was tegen de wet om zonder vergunning in zwavel te handelen.

Zheng Yusong zei: Goed, dan koop ik het niet, zodat jij het niet hoeft te verkopen! Dan doen we alsof ik een bedelaar ben en geef je me gewoon wat. Hoe lijkt je dat?

Eerste Meester vroeg: Waar heb je het voor nodig?

Zheng Yusong zei: Mijn vader wordt over een paar dagen zeventig. Ik wil wat vuurwerk voor hem maken.

Eerste Meester vroeg: Is vijf pond genoeg?

Zheng Yusong zei: Dat moet je zelf uitmaken. Maar ik hoopte eerlijk gezegd op honderd.

Eerste Meester zei: Waarom neem je niet gewoon mijn hoofd?

De beide mannen lachten ontspannen en liepen de treden van de galerij af. Wuling draaide zich naar me toe en mompelde iets over de Cao's die zulke vrekken waren. Wat weet jij er nou van? beet ik haar toe. Voor de handel in zwavel is toestemming van de gouverneur nodig. En als we alles weggeven, hoe moeten we dan lucifers maken?

Ze zei: Jullie hebben een reusachtige voorraad. En dan geeft hij maar vijf pond?

Ik zei: Da's genoeg voor tientallen voetzoekers, hoor. Meer dan genoeg.

In alles wat ik zei had ik gelijk, maar diep in mijn hart vond ik eigenlijk ook wel dat Eerste Meester vrekkig deed. Tweede Meester kreeg een boze uitdrukking op zijn gezicht en ik vroeg me af wat er door hem heen ging.

Toen Zheng Yusong afscheid nam zei Eerste Meester: Als ze die zwavel ontdekken en jij spreekt van een transactie, dan zeg ik dat je alles gestolen hebt.

Zheng Yusong zei: Waarom zou ik van een transactie spreken? Ik zeg gewoon dat het uit een goudmijn komt die me verkocht is door die zwendelaar van een Cao Guangman. Dan kunnen ze me niks maken.

Hier werd hard om gelachen, maar er was een ondertoon van ergernis. Even later hadden de broers Cao een gedempt gesprek op de binnenplaats, en ik hoorde Eerste Meester zeggen: Ben je gek geworden? Weet jij veel wat hij van plan is? Ken je hem dan zo goed?

Tweede Mevrouw liep hen stilletjes voorbij.

Ik begreep niet goed waar ze het over hadden.

Ergens in de verte klonk het gefluit van Grote Weg.

Afgezien van zijn heimwee kon hij doorgaan voor de gelukkigste mens van heel het Iependorp.

En wie zou de ongelukkigste zijn geweest?

Oude Meester Cao?

Oude Mevrouw?

Tweede Meester?

Yunan?

Hoe je het ook bekijkt, voor die titel was er maar één kandidaat.

Ik!

Ik was het ongelukkigst!

Vraag me niet waarom.

Niet vragen.

Droefheid is een belangrijke factor in het bereiken van een hoge leeftijd.

Wat zei ik nou net? Niet vragen!

Enkele dagen later vergezelde ik Tweede Meester en Tweede Mevrouw naar het Wilgendorp. Ze waren op weg naar het Moerbeidorp aan de andere kant van de rivier, om schoonvader Zheng geluk te wensen met zijn verjaardag. Op het kadeplein stond een vlaggenmast, en aan die vlaggenmast was een tros bloederige mannenhoofden opgehangen. De mast werd bewaakt door gardesoldaten, maar die waren blijkbaar te moe om in de houding te staan en zaten op hun hurken te roken. Op de gevel van Bofkonts Theehuis hing een aanplakbiljet van de overheid. Passagiers voor de rivierboten verdrongen zich ervoor en een van hen las luidkeels de tekst op. Het ging weer over dat Genootschap Van De Blauwe Hoofddoek. Ditmaal hadden ze op de Groene Rivier een overheidsboot gekaapt, waarna ze gepakt waren, en voor straf onthoofd.

Ik had die hoofden al vanuit de verte gezien en wilde de draagstoeldragers zeggen dat ze tot in het dorp moesten doorlopen. Maar die mensenmassa op het plein dwong hen de stoel op de kade neer te zetten en toen Tweede Meester en Tweede Mevrouw uitstapten konden ze de aanblik onmogelijk missen. Zij draaide zich onmiddellijk om, maar hij kneep zijn ogen toe, liep op de mast af en bekeek bij elk hoofd aandachtig het gezicht. Er waren geen bekende gezichten bij. Hij leek Tweede Mevrouw totaal vergeten te zijn en liep er nogmaals omheen, met toenemende fascinatie, alsof hij maar niet snapte hoe ze die dingen bevestigd hadden.

Even later kwam de veerboot aan en konden ze hun reis naar het Moerbeidorp vervolgen. De draagstoel was volgeladen met geschenken voor Tweede Mevrouws familie, waaronder honderd dozen Zwarte Draak-lucifers. Toen ze aan boord gingen keek Tweede Mevrouw nog even steels naar de vlaggenmast. En dat terwijl ze niet tegen bloed kon. Ik wist nog hoe ik haar vergezeld had toen ze op een keer de slachterij wilde bezichtigen, en hoe haar enthousiasme verdampt was zodra ze het varkensbloed op de Zwarte Rivier zag drijven.

Bloederigheid is nooit goed.

Mensen hebben geen hoofd gekregen om het aan een vlaggenmast te laten ophangen.

Hoewel er natuurlijk een reden was waarom ze daar hingen.

Toen ik de veerboot tot halverwege de rivier had nagekeken, ging ik naar Bofkonts Theehuis voor een kop thee. Er waren maar weinig klanten, wat waarschijnlijk te maken had met de nabijheid van die hoofden. Bofkont foeterde: Ze hadden die dingen overal kunnen ophangen. Maar nee hoor, het moest uitgerekend pal voor mijn raam! Kijken wij naar hen of kijken zij naar ons? Moet je die klootzak daar zien. Het enige wat hij nog heeft is een kop, maar evengoed een grijns op zijn smoel!

Een van zijn klanten zei: Uitmoorden, dat hele zootje. Allemaal om zeep helpen, dat zou het beste zijn.

Bofkont vroeg hem: Waar heb jij het nou weer over?

De klant zei: Dat ze een driejarig snotjong op de keizerlijke troon zetten, daar heb ik het over! Een bewijs te meer dat hun dagen geteld zijn. Wat denken ze nou te bereiken door een paar mannen te vermoorden?

Bofkont zei: Hou je bek! Dat soort taal wil ik hier niet horen. Als je zo nodig je eigen stem wilt horen, vertel je maar over je hoerenloperij. Ze zijn machtig genoeg om van een driejarig kind jouw grootvader te maken, of je verre voorvader als ze willen, zonder dat jij daar ene moer aan verandert.

De klant zei: Goed, goed, ik rot wel op. Ik zal mijn kop afhakken en hem daar voor je ophangen, nou goed?

Bofkont zei: Dat zou nog genadig zijn voor iemand als jij. Pas maar op dat ze je niet in de kokende olie gooien!

Boven de vlaggenmast klapwiekte een kraai die zo te zien op een van de hoofden wilde neerstrijken, maar de wachtposten en omstanders verjoegen hem met luid geschreeuw. Toen hij wegvloog was er grote hilariteit.

De hoofden waren nog maar net afgehouwen, dat kon je zien aan het bloed op de grond. Zo te zien waren het allemaal nog jonge mannen geweest, maar ze werden snel ouder. Toen ik het theehuis verliet waren het al ouwe knarren met mummelmondjes.

Ze hingen aan de uiteinden van blauwe hoofddoeken.

Het kenmerk van hun genootschap.

In tijden van rust droegen ze die doek trouwens om hun middel, als een soort sjerp.

Om hun hoofd ging-ie pas als ze in opstand kwamen.

En nu hingen diezelfde hoofden eraan te bungelen.

Vier dagen later stond ik opnieuw op de kade, om Tweede Meester en zijn vrouw op te halen. Maar Tweede Mevrouw keerde in haar eentje terug. Ze zei dat hij met Zheng Yusong naar de districtshoofdplaats was, om vergunningen te regelen voor de verkoop van lucifers. Ze liep met gebogen hoofd over de kade, gevolgd door de gulzige blikken van de wachtposten.

De soldaat die de leiding had riep opeens: Hé, blijf eens staan, lekkere del!

Tweede Mevrouw bleef niet staan, maar ik wel.

De soldaat zei: Ik zei niks, hoor.

Ik keek hem strak aan, en mijn knieën knikten.

Hij zei: Een van die koppen zei het. Zeg je meesteres maar dat ze vannacht door acht spoken wordt bezocht.

Toen hij zag dat niemand om hem lachte, gaapte hij, draaide zich om en liep weg. De hoofden waren in zwarte bollen veranderd, net verrotte pompoenen, of wespennesten.

Tragisch was het!

Echt, verschrikkelijk tragisch!

Niemand maakte zich nog druk om de kraaien die erop zaten.

Je hoorde ze pikken met hun snavel.

Ke-tsjunk!

Een van die pompoenen spleet open.

Van die dag af was de Keizer mijn doodsvijand.

DEEL TWEE

Maart-april 1992

21 MAART

Toen Tweede Meester ook weer thuiskwam was er iets veranderd in zijn blik. Tot dan toe waren zijn ogen afwisselend kil en dof geweest, omdat hij altijd wel een reden had om zich sikkeneurig te voelen. Maar één uitstapje met een mannetjesputter als Zheng Yusong en zijn ogen waren hard. We hadden geen idee wat er daarginds met hem gebeurd was. Hij leek zelfs korter, alsof hij een zwaar stuk ijzer moest torsen. Hij liep met gebogen schouders, wat die harde blik in zijn ogen des te onheilspellender maakte.

Zijn leren schoenen zaten onder de modderkorsten.

Een schoen miste de zool.

Terwijl bij de andere de punt kapot was.

Hij was uit de draagstoel gestapt en door de hoofdpoort naar binnen gestrompeld. De Cao-bedienden zeiden dat hij van kop tot teen onder het vuil had gezeten. Hij had wel een bedelaar geleken, of zo'n geleerde uit vroeger eeuwen. De meesten waren geenszins verbaasd dat Tweede Meester zo'n sloeber was geworden. Maar ik vond hem er juist op vooruitgegaan. Er was iets nieuws in zijn ogen.

Hij zei: Oren, ga Huismeester Bing eens halen.

Ik antwoordde: Huismeester Bing is ziek. Hij ligt in bed.

En hij zei met stemverheffing: Niks mee te maken! De lonen zijn al dagenlang niet uitbetaald en ik duld geen uitstel meer. Vertel hem maar wat ik gezegd heb, dan wacht ik hier op antwoord.

Hij stond voorovergebogen en zijn ogen stonden spijkerhard. Hij zag eruit als een man met een lang gekoesterd vermetel plan, die zich opmaakte om het eindelijk ten uitvoer te brengen.

Geen moeite was hem meer te veel.

De avond daarna kwamen de bewoners van de linkeruitbouw bijeen op de galerij, voor het gebruikelijke potje schaak. Maar na afloop daarvan raakten Tweede Meester en Grote Weg in een fel gesprek verwikkeld.

Tweede Mevrouw zat bedremmeld van de een naar de ander te kijken.

Ik kon niet verstaan wat ze zeiden, maar ik wist wat er in Grote Weg omging, en ik wist ook hoe Tweede Meester daarover dacht. Grote Weg wilde vertrekken. Tweede Meester wilde hem behouden. Het gesprek werd hoe langer hoe luidruchtiger.

Ik begon rekening te houden met een scheldpartij.

Tweede Meester zei iets in de buitenlandse taal en herhaalde het twee keer.

Grote Weg schreeuwde.

Tweede Mevrouw zei: Rustig nou, Guanghan.

Ze zaten even star tegenover elkaar, zonder iets te zeggen. En toen stond Tweede Meester op en liep naar binnen. Hij kwam terug met een houten kistje ter grootte van een Chinees boek, zette het op tafel en haalde er tot verbazing van de beide anderen een aantal goudstaven uit, die hij stuk voor stuk naar Grote Weg schoof. Hij sprak hem even zachtjes toe. Grote Weg begroef zijn gezicht in zijn handen, schudde zijn hoofd en slaakte een diepe zucht. Maar hij zei geen woord.

Grote Weg stond op en liep de galerij af.

Hij had die goudstaven met geen vinger aangeraakt.

Tweede Meester staarde ijzig naar de kap van de olielamp. Naast hem waren de ogen van Tweede Mevrouw bedeesd en ingetogen. Ze was zichtbaar op haar hoede, een beetje angstig zelfs, alsof ze bang was dat Tweede Meester iets verschrikkelijks zou gaan doen. Ik was ook bang, dat hij stapelgek zou worden. En dat was zo vergezocht nog niet, want die ogen van hem, zwart en scherpgerand als dadelpitten, maakten duidelijk dat het niet goed met hem ging.

Grote Weg riep me vanaf de andere kant van de vijver, en zei dat hij een bad wilde nemen.

Hij zei: Oren! Ga water koken!

Ga water koken! Hij sprak de woorden perfect uit, zonder enig accent. Ga water koken! En niet alleen perfect maar met gezag. Alsof hij een blunder had begaan en zich op mij moest afreageren om zijn stemming een beetje op te vijzelen.

Ik zei: Het komt eraan!

Een drager pompte water en kookte het, waarna ik hem met mijn lantaren voorging naar de uitbouw. Ik had de kuip nog maar net met heet water gevuld, er moesten nog een paar emmers koud bij, toen hij zich al tot op zijn onderbroek uitkleedde en ongeduldig ging staan stampvoeten. Toen de laatste emmer koud water gebracht werd, lag hij er al in.

Zijn hoofd leek op het dampende water te drijven.

Ik zette die laatste emmer naast de kuip neer, en voor ik weg kon lopen pakte hij hem en goot dat koude water over zijn hoofd. De lantaren doofde bijna door het gespetter. Ik vroeg me af hoe dat voelde, ijskoud water op bloedheet. Zijn kin beefde in de dampige lucht en zijn stem trilde.

Eén jaar! zei hij.

Ik begreep niet wat hij bedoelde.

Hij herhaalde het: Eén jaar! Ik! Eén jaar!

Hij stak een priemende vinger omhoog.

Tweede Meester wilde hem nog een jaar houden.

Ik zei: Geweldig!

Ik stak mijn beide duimen naar hem op, hoefde niet te zien of hij dat gebaar op prijs stelde en maakte dat ik de deur uit kwam. Ik had allang gezien hoe ellendig hij zich voelde. Ik voelde me ook ellendig. Maar ellende varieert van mens tot mens. Bij jou zal het misschien je teen zijn die pijn doet, bij een ander is het zijn tong. En vraag het een derde en hij zal je zeggen dat hij pijn in zijn kloten heeft. Geen mens is hetzelfde, zo is het nou eenmaal.

De goudstaven waren met veel geraas op de stenen galerijvloer gevallen. Het had geklonken als klokgebeier. En mijn hart was ook gevallen. Die dingen waren meer geld waard dan ik in mijn hele leven verdienen zou. Nu was ik natuurlijk maar een huisslaaf, dus voor mij was geld niet zo belangrijk. Ik zou niet eens geweten hebben wat ik met veel geld aan moest. Maar toen die staven op de vloer kletterden had mijn hart een harde smak gemaakt.

Ik besefte opeens hoe weinig ik eigenlijk voorstelde.

En ik besefte dat er iets mis was met mijn zienswijze.

Dat besef hardde me, vanbinnen en vanbuiten.

Tweede Meester was verantwoordelijk voor het mengen van chemicaliën, het roeren van dit mengsel en het indopen van de luciferhoutjes.

Grote Weg ging over de machines. Ik ging over de droogkamer. Tweede Mevrouw ging over het lijmen van de luciferdoosjes. Het was haar taak om met communearbeiders naar het dorp te gaan om de vrouwen van arme boertjes te leren hoe ze met spaanders, bamboepapier en lijm doosjes konden maken. Voor die mensen betekende dat een beetje extra geld. Ze liep de hele dag de graanschuur in en uit, met opgerolde mouwen en armen die onder de lijm en het fosfaat zaten. Ook haar kleren zaten onder. Haar gezwoeg ontging Tweede Meester. Hij lette niet op haar. Hij was in iets heel anders verdiept.

Zijn aandacht ging alleen maar uit naar de draagstoelenschuur van het familiehuis.

En naar de stal.

Ik had het van verschillende mensen gehoord, maar ik kon het gewoon niet geloven. Dus volgde ik hem op een dag naar de schuur en zag hem steels naar binnen gaan. Hij stond er de wand te besnuffelen en schraapte er vervolgens met zijn mes een schilfertje af, dat hij in zijn mond stak. Mijn ruggengraat verstijfde van ontzetting. Ik glipte haastig weg.

Ik had niet echt de behoefte om het Oude Meester Cao te vertellen.

Maar het leek me verraad om het voor Tweede Mevrouw geheim te houden.

Ik vertelde het haar.

Ze keek er niet eens van op.

Ze zei: Hij wordt wel weer de oude, laat hem maar even begaan.

Toen Tweede Meester genoeg kreeg van dat gedoe in de draagstoelenschuur en de stal, verlegde hij zijn aandacht naar de houtskoolovens van de boertjes. Hij kwam om de haverklap thuis met een zwaar beroet gezicht, zo zwart als de onderkant van een braadpan, met alleen zijn mond en ogen nog zichtbaar. Zo kwam hij dus elke keer door het Iependorp gelopen, en hij had maling aan de spottende blikken van de dorpelingen. Maar wij hadden dat niet. We kregen het op onze zenuwen van zijn rare gedrag en van die starende ogen in het dorp. We zaten steeds meer met Tweede Meester in onze maag. We vonden dat het zo niet langer kon, dat zijn gedrag een klap in het gezicht van Tweede Mevrouw was. Maar wat konden wij eraan doen?

Helemaal niks!

We konden alleen maar vaststellen dat de Cao-familie steeds meer gezichtsverlies leed door zijn toedoen.

Op een dag zei Huismeester Bing: Hij eet aarde!

Hij beefde over al zijn leden, onze huismeester.

Hij zei: Aarde eet hij, die ellendeling!

Ik was daar minder van onder de indruk dan hij.

Ik kon me er eigenlijk niet eens meer druk om maken.

Ik dacht alleen maar: nou zeg, dat heeft Oude Meester zelfs nog nooit gegeten.

En ik vroeg me af hoe lang het nog zou duren eer hij het ook uitprobeerde.

Ik ging de draagstoelenschuur binnen, liep op de tast naar de wand, krabde er een schilfertje af en legde het op mijn tong.

Het was rul.

En bitter.

Vreselijk bitter!

Mijn tong zwol helemaal op.

Ik had een splinter in mijn vinger gekregen, die er niet meer uit wilde. Toen Wuling met een leeg etensblik naar buiten kwam en naar de poort liep, riep ik haar en zei dat ze me moest helpen. Ze volgde me mijn kamertje in, waar we onder het venster gingen zitten om mijn pijnlijke vinger te bekijken. Ze had een naald tussen haar vingers, maar durfde hem niet te gebruiken. Ze zag er bleekjes uit en was weinig spraakzaam. Er zat slaap in haar ogen.

Wat is er met je? vroeg ik. Loopt er een rups over je rug?

Nee, zei ze. Ik heb slaap, da's alles.

Ik vroeg: Hoe komt dat zo?

Ze gaf geen antwoord en wijdde zich aan mijn vinger. Ik bleef doorvragen en zag tot mijn verbazing dat haar ogen rood werden en zich met tranen vulden. Toen ik vroeg waarom ze huilde, wilde ze ook dat niet vertellen. Dus vroeg ik maar niks meer. En toen begon ze tussen haar snikken door te vertellen. Ze zei dat het met Tweede Meester van kwaad tot erger werd. Hij had ergens een zweep gevonden, en Tweede Mevrouw gevraagd hem daarmee af te ranselen. Hij had gehuild en geschreeuwd dat hij een niemendal was, die het niet verdiende te leven, en dat hij haar liefde onwaardig was.

Ik kon zien dat Wuling de waarheid vertelde.

Het beeld van een zweep deed me aan een slang denken en mijn hart sloeg over van schrik.

Wat moest Tweede Mevrouw geschrokken zijn!

Ik had vreselijk met haar te doen.

En ik vond het ellendig om Wuling zo te zien huilen.

Hoe had het toch allemaal zo bizar kunnen worden?

Ik wist niet wie me het meest deed walgen.

Ik vroeg Wuling: En, heeft Tweede Mevrouw hem geslagen met die zweep?

Wuling zei: Dat weet ik niet.

Ik vroeg wat Tweede Mevrouw gezegd had.

Wuling zei: Dat weet ik ook niet. Ik heb niks meer gehoord.

Ik wist niet wie ik het meest moest verafschuwen.

Dus verafschuwde ik Wuling, omdat ze me zoiets vertelde. En ik verafschuwde mezelf omdat ik dit soort dingen wist. Ik walgde van mezelf omdat ik mijn hand niet over haar mond had geklemd. Ze huilde weer. Haar tranen spoelden de slaap uit haar ogen.

Ze zei: Toen ik niks meer hoorde, werd ik bang dat Tweede Mevrouw dood was.

Ze wroette met die naald in mijn vinger. Het begon pijn te doen.

Ze zei: Toen ik vanochtend wakker werd en Tweede Mevrouw zag, wenste ik dat ik voor haar had kunnen sterven.

Mijn vinger begon te bloeden. Ik zoog een mondvol koude lucht naar binnen. Zij ook. En toen stak die domme troel zomaar mijn vinger in haar mond. Wat was haar tong zacht! Voor het eerst van mijn leven voelde ik de tong en tanden van een vrouw. Haar verhemelte was ruw, met allemaal kleine bobbeltjes, net een pompoenschil. Ze perste haar lippen op elkaar om mijn vinger stil te houden en zoog er het bloed uit. Haar greep verslapte pas toen ik haar tong naar beneden duwde.

Ik keek uit het raam en zag Tweede Mevrouw.

Zij zag ons niet.

De morgendauw was weggebrand, maar er hing nog een nevel over het huis, waardoor ze leek te zweven terwijl ze over de bochtige galerij liep. Haar lichaam was lang en recht. De pastelgroene jurk deed haar gezicht op een lotusbloem lijken. Maar lotusbloemen horen fris en smetteloos te zijn, en zij oogde verwelkt. Haar verdriet toonde zich niet in haar gezicht maar in haar ogen. Het waren haar ogen die huilden. Ik bestudeerde dat gezicht met die mooie regelmatige trekken en zag de diepte van haar verdraagzaamheid. Maar haar gezicht gaf me ook het gevoel dat er in de toekomst dingen zouden komen die ze niet kon verdragen. Als die dag kwam, zou ze alleen nog haar tranen hebben.

Ik moest onwillekeurig aan de glimlach denken die anders altijd haar gezicht sierde.

Wat een prachtige glimlach was dat toch!

De onnatuurlijke kalmte op haar gezicht liet nu geen glimlach toe.

Haar aanblik deed Wuling opnieuw in huilen uitbarsten.

Ik huilde niet.

Maar tranen vulden mijn verdorven hart.

Tweede Meester wilde dat ze hem afranselde!

Een man die zich niet als man gedroeg.

Mijn vinger woelde rond in Wulings mond, over haar tong, langs haar tanden, de binnenkant van haar lippen en wangen. Ik zei: Laat nu maar los.

Ik proefde haar speeksel. Het smaakte vies.

Mijn vingers waren nat van haar tranen.

Ik zei: Vertel het niemand, dat van die zweep.

Ze schudde verwoed haar hoofd.

Mijn neus begon verschrikkelijk te steken.

Geen wonder.

Wat konden wij eraan doen dat iemand op wie we zo gesteld waren zo'n miserabel bestaan had?

Helemaal niks.

Maar ik zeg je, jonge vriend.

Het was onverdraaglijk.

Een stekende neus was alles wat ik had.

Da's een belangrijke factor in het bereiken van een hoge leeftijd, zo'n steekneus.

Probeer het zelf maar.

Tweede Meester gaf een metselaar opdracht een tweede huis voor hem te bouwen, tegen de westelijke muur van de oude graanschuur. Het werd een groot huis, dat de rest van het oeverterras besloeg. Maar het had slechts één woonvertrek, met een bakstenen verhoging die tegelijkertijd als *k'ang*-bed en fornuis fungeerde. Een kniehoog muurtje voor het stookgat moest de kamer tegen de vlammen beschermen. De hoofddeur van het huis kwam uit op het pad naar de Berg Van Jade, dat parallel aan de oever liep. De westelijke muur van de graanschuur werd opengebroken voor een tweede deur die rechtstreeks toegang bood tot de mengkamer voor de luciferchemicaliën. Deze stond vol met kruiken en glaswerk, en er hing een stank die je zowat tegen de vlakte deed slaan.

Toen de bouw klaar was riep Tweede Meester twee communearbeiders bij zich. De een was Schrale Oogst, die amper bij zijn verstand was en een kleverige overall droeg omdat hij de hele dag liep te kwijlen. De ander was een doofstomme die ze Gat In De Grond noemden. Een bekwame kerel, maar zo koppig als een ezel. Eén blik op deze mannen en je wist dat ze geen van beiden tot boeiend en aangenaam werk waren voorbestemd.

Ze sleepten zakken vol houtskool het huis in, die ze fijnstampten en zeefden en te drogen legden op de k'ang, waarna ze het gruis uitharkten tot het fijn als poeder was.

Vervolgens schepten ze de draagstoelenschuur en de stal van het familiehuis leeg, en sjouwden het vuil naar Tweede Meesters nieuwe huis, waar ze het in ketels met water gooiden en uitkookten. De uitgekookte prut werd daarna over het terras uitgegoten, en droogde er op tot een wit gruis dat wel wat op zout leek.

Het was salpeter.

Ze vijzelden ook dit gruis tot poeder.

En hun laatste karwei was het vijzelen van grote brokken zwavel.

De andere communearbeiders sloegen geen acht op al dit noeste werk, dat hen niet erg bijzonder leek. Ik volgde het wel, maar ook ik ging ervan uit dat Tweede Meester gewoon een nieuwe samenstelling voor zijn luciferkoppen had bedacht.

En zo leidde hij ons allemaal om de tuin!

Ik was trouwens blij voor hem. Want ik begreep nu dat zijn geproef niks met een perverse eetlust te maken had gehad, maar dat hij naar salpeter had gespeurd. Er was dus niks abnormaals aan geweest. Ik vertelde dit aan Huismeester Bing en ook hij was blij voor hem.

En zo viel Huismeester Bing, een wereldwijs man toch, net als alle anderen ten prooi aan Tweede Meesters bedrog. Hij zei tegen Eerste Meester: De ingrediënten voor die luciferkoppen zijn erg duur. Het zou ons een hoop geld besparen als ze een manier vonden om ze zelf te maken.

En zo werd Eerste Meester dus ook misleid. Hij zei: Zolang een man niet serieus is, krijgt hij niks voor elkaar. Ik ben blij dat hij nu ook oog heeft voor de kosten. Dat is alleen maar goed.

En zo leefde iedereen in de veronderstelling dat Tweede Meester serieus aan het werk was.

Hadden ze het maar geweten!

Salpeter.

Zwavel.

Houtskool.

Tweede Meester was buskruit aan het maken!

Hij was bezig zijn eigen hoofd aan zijn riem te hangen.

En iedereen liet zich foppen.

Niemand had in de gaten dat hij met zijn leven speelde.

Oude Meester liet me komen en vroeg of ik nog iets eigenaardigs gezien of gehoord had, of dat er iets gebeurd was wat hij moest weten. Ik vertelde dat ze in de slachterij een gecastreerd varken hadden opengesneden en in zijn buik een driepotige big met één oog hadden ontdekt. Het hartje van dit kleine monster had nog geklopt tot ze het eruit haalden.

Oude Meester vroeg: Heb je het met eigen ogen gezien?

Ik zei: Nee. De slachters vonden het een slecht voorteken en ze hebben de beide beesten bij de rivieroever begraven.

Oude Meester boog zijn hoofd en bleef een poosje zitten peinzen. Zijn gezicht was een beetje pafferig, de randen van zijn oren en neus glommen en de zakken onder zijn ogen waren als noedels zo dik. Ik vermoedde dat hij te veel talkpoeder in zijn soep had gegooid.

Het zijn idioten, zei hij ten slotte. Het was geen gecastreerde beer maar een zeug.

Wat heb je nog meer gehoord? vroeg hij.

Ik zei: Er wordt gezegd dat er een vreemde nieuwe ziekte in het dorp heerst.

Hij vroeg: Iets met botzwellingen?

Ja, zei ik. Ze zeggen dat je gewrichten bol gaan staan als druiven.

Hij zei: Dat heb ik ook gehoord, ja. Het water daar deugt niet.

Ik wist precies wat er in hem omging als hij zoiets zei. Hij bukte zich en begon zijn knieën te kneden.

Wij hebben hier beter water, zei hij.

En daarna zei hij niks meer. Hij was klaar met zijn knieën en kneedde zijn ellebogen, en zijn enkels, zijn polsen, zijn schouderbladen, zijn schedel, en ten slotte zijn ribben, een voor een. En toen hij geen lichaamsdelen meer over had om te kneden, nam hij zijn ene hand in de andere en zoog erop alsof hij zich gebrand had.

Ik stond ondertussen zwijgend op de terugkeer van zijn kalmte te wachten.

Ik voelde dat hij nog iets wilde zeggen, en de ervaring leerde dat het de opdracht zou zijn om iets medicinaals voor hem op te snorren. Maar om de een of andere reden kreeg hij het niet over zijn lippen, en ik wist wel beter dan te vragen of hij nog iets wenste. Ik deed er het beste aan rustig af te wachten of hij zijn wens onder woorden zou weten te brengen. Soms was zelfs hij daar niet toe in staat, en bleef mij een hoop moeite bespaard.

Ik hoopte dat het iets nieuws zou zijn, iets wat hij nog nooit geslikt had.

Maar aan de andere kant was het dan misschien moeilijk te krijgen.

Mijn geest bewoog zich in twee richtingen, en daar kwam natuurlijk ruzie van!

Eén innerlijke stem zei: Hou nou eens op, ouwe, je hebt nu wel genoeg uitgeprobeerd.

Maar een andere zei: Ach vooruit, slik maar raak!

Waarop de eerste stem zei: Je vergiftigt jezelf nog eens!

En de tweede zei: Toe maar, eet stront voor mijn part!

Ik zag dat Oude Meester het toch nog ging zeggen.

De spanning steeg.

Maar wat hij zei deed me geenszins schrikken.

Het deed me blozen.

Hij wilde bloed tot zich nemen.

Menstruatiebloed.
Hij zei: Maar het moet zuiver zijn. Van een maagd.
Hij zei: Doe je best en haal het voor me. Maar wees voorzichtig.
Oude Meester bloosde zelf ook.
Hij kreeg een bloedkleur.
Zijn ketel pruttelde en stoomde.
Ik kreeg het gevoel dat hij zijn eigen slijm aan het koken was.
Dat of zijn snot.
Er was maar weinig wat hij nog niet geprobeerd had.
Hij zei: Wees voorzichtig, Oren.
De tijd van de drastische middelen was nabij.
Dat voelde hij ook en hij waarschuwde zichzelf!
Wees voorzichtig!
Nu komt het bloed.
O wee!
O wee!

Ik dacht aan de dorpsmeisjes. Hoe ze liepen met van die kuise stapjes, met langs elkaar schurende dijen. Nee, dat was niks. Oude Meester had gezegd dat ik voorzichtig moest zijn, en dat vond ik zelf ook. Ze met een vies grapje aanspreken, dat zou nog wel gaan. Maar in hun broek tasten en die lap wegtrekken, vergeet het maar! En toen dacht ik aan Wuling. Ja, daar lag mijn beste kans.

Ik zei: Wuling, ik wil iets van je lenen.

Ze vroeg: Iets lenen? Wat dan?

Ik zei: Iets wat je wel eens draagt.

Ze vroeg: Wat ik draag? Waar dan?

Ik zei: Tussen je benen.

Dat begreep ze natuurlijk verkeerd. Ze spuugde naar me en beende weg. Ik merkte tot mijn verbazing dat ik het woord niet durfde te zeggen. Op het pad naar de graanschuur riep ik dat ze moest stoppen. Aan de noordzijde van dat pad groeide heuphoog struikgewas. Ik stapte ertussen en zei dat ze me moest volgen. Ik ging ervan uit dat ze dit zou weigeren, en dan was ik weer terug bij af. Maar ze volgde me.

Ik vroeg: Wil je me nou helpen of niet?

Ze zei: Natuurlijk, Oudere Broer Oren. Zeg maar wat je lenen wilt.

Ik kon het nog steeds niet uit mijn bek krijgen.

Maar uiteindelijk lukte het: Je vrouwendoek.

Ze vroeg: Waar heb je die voor nodig?
Ik zei: Dat gaat je niet aan.
Ze zei: Je bedoelt toch een maandverband, hè?
Ik zei: Ja.
Ze zei: Ik heb er geen, maar Tweede Mevrouw wel.
Ik zei: Het maakt me niet uit van wie. Ik wil er gewoon een lenen.
Wuling vreesde me, maar ze was ook wel op me gesteld. Ze had gedacht dat ik op iets lichamelijks uit was, en nu ik alleen maar zo'n verband bleek te willen, kwam het natuurlijk niet bij haar op dat het me eigenlijk om bloed ging. Wat ik wilde was bloed, wat ik kreeg was weliswaar iets wat Tweede Mevrouw op haar lichaam droeg, maar dat ook schoon gewassen was. Wat moest ik nu?
Die nacht duwde ik mijn neus in het damesverband en snoof diep.
Het rook zoet naar dure buitenlandse zeep.
Ik beet op mijn tanden en beukte met mijn neus op de vensterbank.
En ik hield het verband tegen mijn neus om het bloeden te stelpen. Ik bloedde zo hevig dat de stof al snel doorweekt raakte. Het voelde warm aan mijn vingers en ik werd bang. Als die bloedneus nu eens niet te stelpen was? Maar ik kalmeerde toen de troostrijke gedachte bij me opkwam dat mijn bloed in dezelfde doek lekte die ook het bloed van Tweede Mevrouw had opgevangen. Ik vond dit helemaal geen vies idee.
Natuurlijk niet!
De volgende ochtend bekeek ik het verband en zag dat mijn bloed tot een zwarte klont was gestold. Het was precies het varkensbloed dat je overal in de slachterij zag. Ik bracht de lap naar Oude Meester Cao, die hem in een kom met koud water liet weken tot de klont zich oploste en het water purper kleurde. Zijn handen beefden toen hij de kom oppakte.
Hij zei: Mooi zo, het is nog vers!
Je kunt gaan, Oren, zei hij.
Ik hoorde het geluid van het bloedwater dat in de ketel werd gegoten.
De rillingen liepen over mijn lijf.
Het was hartstikke kleverig geweest, dat bloed.
En het had naar varkensbloed geroken.
Ik voelde me beroerd.
Jongeman.

Kun je me vergeven?
Ik had mijn eigen bloed vergoten, en het diende tot niets.

23 MAART

De rieten manden voor de lucifers leken op lantarens, maar dan langer. Er gingen tien doosjes in een stapel, tien stapels in een pak, en tien pakken in een mand, in oliepapier gewikkeld en verzegeld. De lucifers waren zo licht dat de dragers wel acht manden aan een stok konden hebben. Meerdere dragers liepen schouder aan schouder en namen de hele weg in beslag.

Elke drie of vier dagen verliet zo'n stoet dragers de graanschuur. Brede, gespierde kerels. Mannen van Zheng Yusong. Het strijkvlak van de Zwarte Draak-luciferdoosjes was beter tegen vochtigheid bestand dan de gewone grootkoppige rode lucifers, en omdat we maar kleine voorraden maakten was het niet moeilijk om telkens alles verkocht te krijgen. Nu wilde dat niet zeggen dat de Cao's er een vermogen mee verdienden, maar dat hoefde ook niet. De familie was niet eens van winstgevendheid uitgegaan. Het was al heel wat dat er geen geld op toegelegd hoefde te worden. Zheng Yusong nam trouwens alle afzetkosten voor zijn rekening, en hij stond garant voor eventuele verliezen van de commune.

De mensen van het dorp dachten dat die buitenlander wel medeeigenaar zou zijn van de lucifercommune. En de Zheng-familie dacht dat ook. Maar ze hadden het mis.

Grote Weg was gewoon een arbeidskracht.

Zheng Yusong, dát was een zakenman. Hij was weliswaar ruimhartiger dan andere zakenlieden, guller met zijn geld, maar dat wekte bij niemand verbazing. Tweede Meester was immers zijn zwager, dus zo buitenissig was het niet om hem bij te staan.

Vooral niet omdat Zheng Yusong dol was op zijn zuster.

Hij hield zielsveel van zijn zuster. Hij aanbad haar. Maar op een keer sloeg hij vlak voor haar neus een theepot aan gruzelementen! In de herfst gebeurde dat, tegen de oogsttijd, in het familiehuis van de Cao's. Eerste Meester was op pad om pacht te innen en Zheng Yusong was door Huismeester Bing op een maaltijd vergast en vervolgens naar de galerij van de linkeruitbouw gebracht om nog wat na te zitten voor het grote woonvertrek. Ik was net terug uit het Wilgendorp met medicinale kruiden voor Oude Meester, en Huismeester Bing duwde me een theepot in handen en stuurde me naar de galerij om onze gast verpozing te bieden. Zheng Yusong wist dat ik in het Wilgendorp was geweest en vroeg of ik de hoofden had gezien. Ik zei dat ik ze al zo vaak had gezien en dat het me verbaasde dat ze er nog steeds hingen. Al het vlees was er inmiddels vanaf gepikt. Wat had het voor nut om daar een stelletje witte doodskoppen te laten hangen?

Hij zei: Het Keizerlijk Hof gebruikt ze om de mensen bang te houden. Hoe zit het met jou? Word jij er bang van?

Ik zei: Nee. Ik voel altijd alleen maar medelijden.

Hij vroeg: Medelijden? Met wie?

Ik zei: Met de mannen die hun hoofd zijn kwijtgeraakt. Het is zo wreed! Wat moeten hun familieleden wel niet denken als die hen zo zien hangen? Dood ze als het niet anders kan, maar begraaf ze daarna. Waarom moet je hun hoofden aan zo'n mast hangen? Dat is alleen maar wreed. Vreselijk gemeen!

Hij zei: Jouw hart zit op de juiste plaats. Als mijn hoofd daar op een dag hangt, zul je dan ook met mij te doen hebben?

Ik was te verbijsterd om te antwoorden.

Hij vervolgde: Luister, als die dag komt hoef je met mij geen medelijden te hebben. Als je durft, kijk dan omhoog en zeg iets tegen me. Dan zullen we zien of ik je horen kan. Wat denk je, kunnen we dat afspreken?

Het klonk niet als een grapje en ik wist niet wat ik erop zeggen moest. Toen ik eindelijk mijn mond opende voor een antwoord, barstte hij in lachen uit en begreep ik dat het toch een grapje was geweest. Ik kon me trouwens niet voorstellen waarom je zou willen dat je hoofd daar kwam te hangen. Het moest ook wel een grapje zijn.

Ik zal nooit vergeten hoe hij daar naar me op zat te kijken en brulde van het lachen. Hij had een grote adamsappel, groter dan die van andere mannen, net een echte appel.

Hij zat nog steeds te lachen toen Tweede Mevrouw de uitbouw binnenkwam.

Ze vroeg: Waar zit jij zo om te lachen?

Haar broer zei: Om jou. Omdat je zo mager wordt. Hoe komt dat?

Ze zei: Ik word helemaal niet magerder. Guanghan komt zo.

Haar broer zei: Ik duld niet dat Guanghan je zo laat zwoegen. Kijk je handen eens, ze zitten onder de lijm. Als hij geen geld voor personeel heeft, schiet ik het wel voor.

En hij schoot weer in de lach.

Tweede Mevrouw lachte niet met hem mee. Dat kon ze niet. Ik zag hoe ze aan de stenen tafel kwam zitten en hoe haar ogen vochtig werden, en ik schuifelde achteruit. Ik wachtte af, maar ze zei niets tegen me, dus draaide ik me om en ging naar mijn kamertje, waar ik op mijn bamboebrits ging liggen. Ik was moe. Na een poosje hoorde ik rumoer, en omdat het niet bij me opkwam dat ze misschien wel ruziemaakten, opende ik mijn deur en stapte naar buiten, waar het geschreeuw van Zheng Yusong me tegemoetkwam.

Hij zei: Dit is mannenwerk!

Tweede Mevrouw zei: Je kunt daar iedereen voor krijgen die je wilt. Maar nee, hij moet het zo nodig doen.

Zheng Yusong zei: Hij wil het zelf! Kijk, het is mooi als je hem beschermen wilt, maar begin niet op mij te schelden.

Tweede Mevrouw zei: Je hebt er niet eens bij stilgestaan of hij wel geschikt is voor zoiets. Als je het iemand anders moet laten doen, ben je beter af met mij dan met hem. Waarom heb je het mij niet gevraagd?

Zheng Yusong zei: Ik zeg je toch, dit is mannenwerk! Vrouwen moeten zich niet inlaten met dit soort dingen. Ben je onze familietraditie soms vergeten?

Tweede Mevrouw zei: Dit is de Cao-familie.

Zheng Yusong begon zijn geduld te verliezen. En wat dan nog? riep hij uit.

Hij hief zijn vuist op en sloeg met één klap de theepot aan scherven.

De thee spatte op hun gezichten.

Het was Tweede Mevrouw die me bij de vijver zag staan.

Ze vielen stil.

Net op dat moment kwam Tweede Meester thuis van de graanschuur. Zijn schouders hingen terneer en hij had een harde blik in zijn ogen. Hij bleef even bij de stenen tafel staan en ging toen met Zheng Yusong naar binnen om iets te bespreken. Tweede Mevrouw bleef op de galerij zitten, met haar ogen op een punt van de dakrand gericht. Ik kwam schuchter op haar toe met een stoffer en blik, en begon de scherven van de theepot op te vegen. Ik wist niks te zeggen maar kon me niet beheersen.

Maakt u zich geen zorgen, zei ik. Als u iets gedaan wilt hebben, wat dan ook, zeg het mij dan en ik zal het voor u doen.

Ze zei: Als je klaar bent kun je teruggaan naar je kamer, Oren.

Ze keek me niet eens aan.

Er lag een scherf onder een van haar voeten.

Ik liet me op mijn handen en knieën zakken.

Ik zei: Kunt u uw voet ietsje optillen?

Ze tilde haar voet op. Er kleefde wat zaagsel aan haar zool. In haar katoenen kous zaten schorsvezels. Mijn hart kromp samen toen ik de scherf pakte. Ik wilde niets liever dan de rest van mijn leven op handen en knieën aan haar voeten blijven liggen. O, wat wilde ik graag haar voet strelen!

Ik zei: Niet verdrietig zijn, hoor.

Zij zei: Wat weet jij er nou van, Oren?

Ze had gelijk. Ik wist niks.

Ik was een slaaf. Ik hoorde ook niks te weten.

Maar ik kon er niet tegen om haar zo verdrietig te zien, met tranen in haar ogen.

Ik wilde in de vijver springen en mezelf verzuipen.

Later die dag liet Tweede Meester Zheng Yusong uit. Ik stond bij de hoofdpoort en maakte een diepe buiging toen zijn draagstoel voorbijkwam. Wel thuis, riep ik. Zheng Yusong tilde het gordijntje op en nam me monsterend op. Hij dacht misschien wel terug aan die keer dat hij me een zilverstuk had toegeworpen en ik me niet gebukt had om het op te rapen.

Hij zei: Niet vergeten, hè? Als ze ergens mijn hoofd ophangen, kom je me opzoeken en zeg je iets om na te gaan of ik je nog horen kan. Niet vergeten, afspraak is afspraak.

Ik zal het niet vergeten! beloofde ik.

Hij wendde zich tot Tweede Meester: Dat jochie heeft pit. Daar kun je op bouwen.

Zijn draagstoel vloog zowat over de straatweg het dorp in. Tweede Meester stond op de hoge stoep van het poortgebouw en keek me doordringend aan. Dacht hij na over de woorden die zijn zwager zojuist gesproken had? Ik stond beneden en keek hem recht in de ogen. Je mag dan de tweede meester zijn, dacht ik bij mezelf, maar één voet van Tweede Mevrouw is meer waard dan jij. En toen kwam er iets beangstigends in zijn blik en ik sloeg als eerste mijn ogen neer.

Ik hoorde hem een zucht slaken.

Hij vroeg: Wat neemt Oude Meester de laatste tijd in?

Ik zei: Engelkruid.

Hij vroeg: En wat nog meer?

Eierschalen, zei ik.

Hij keek me nog even aan, en vlak voordat hij zich omdraaide om naar binnen te gaan werd zijn blik iets milder. Net genoeg om me in herinnering te brengen dat hij een goed mens was, wat ik soms wel eens vergat. Met die gebogen schouders van hem leek hij wel te krimpen terwijl hij over de grote binnenplaats liep, alsof er iets op hem drukte wat zou blijven drukken tot hij onder de grond verdwenen was. En dat beeld riep het beeld van Zheng Yusongs hoofd op.

Het hing overal. Het omspande de hele wereld.

Het maakte me sprakeloos.

Die bloederige hoofden waren mijn dagdromen binnengedrongen.

Alle levende mensen in die dromen zaten nu onder het bloed.

Doet het pijn? vroeg ik.

Welnee, zei het hoofd. Ik voel me prima zo.

En hij lachte bulderend, die onverschrokken man.

Nu Tweede Meester een nieuw onderkomen had, kwam hij bijna elke dag te laat thuis, en soms zelfs helemaal niet. Hij liet er 's nachts twee mannen de wacht houden, en dat werden er al snel drie, maar hij bleef tobben over brandgevaar. Hij liet de ramen van de chemische mengkamer aftimmeren tot er nog maar een vuistgroot stukje glas overbleef. Vervolgens liet hij de tussendeur naar zijn huis aftimmeren tot er nog maar een opening ter grootte van een mannenhoofd over was, waar je nog net een arm doorheen kon wurmen. Daarna liet hij voor die deur nog een bakstenen muur optrekken, en op de binnenplaats liet hij enkele hokken ter grootte van een kippenren bouwen, waarin hij zijn jutezakken met houtskool en salpeter opborg. Maar hij bleef bezorgd. Hij liet een aantal vaten komen, in verschillende maten, waarin hij alles wat hij verder nog had opborg, waarna hij de grote vaten afdichtte met de kleine, en de kleine van een stevige deksel voorzag.

Niemand mocht zijn mengkamer betreden. Elke ochtend kwam hij eruit met een houten emmer vol chemische troep, die hij in een trog uitgoot en omroerde tot hij er tevreden over was. Daarna sloot hij de deur van de mengkamer af en liep door de openstaande deuren van de graanschuur onder het naambord van de commune door naar buiten, om de buitenrand van het terras heen naar de hoofddeur van zijn nieuwe huis, die hij binnenging en achter zich vergrendelde. En als niemand hem riep, kon hij daar de hele dag blijven zitten. Er waren dagen waarop hij niet eens zijn deur opende voor de bediende die hem zijn eten kwam brengen. Die moest het dienblad dan op de grond bij de deur achterlaten. Zelfs als Tweede Mevrouw met hem kwam praten, opende hij zijn deur maar op een kiertje. Voorzichtig, zei hij dan. Ik wil hier geen brand krijgen. Er zat een zenuwtrek in zijn wang, alsof die brand al woedde en de vlammen aan zijn bleke gezicht likten.

Mijn taken dwongen me vaak om op zijn deur te kloppen.

En dan riep hij: Voorzichtig! Ik wil hier geen brand krijgen!

En dan zei ik: Grote Weg wil u even spreken.

Of ik zei: Tweede Mevrouw wil u even spreken.

En dan vroeg hij: Waarom?

En dan zei ik: Het mengsel is te dik vandaag.

Of ik zei: Er is hier iemand die iets komt halen.

En dan kwam hij naar buiten, draaide de deur op slot en volgde me terwijl hij het stof van zijn kleren, schoenen en sokken sloeg. Zijn gezicht was asgrauw en zijn hoofd zat diep tussen zijn schouders. Ik vond het treurig om hem zo te zien, alsof hij elk moment een gruwelijk onheil verwachtte.

Ik had geen idee waarom hij zo bangelijk was.

Ik moest steeds terugdenken aan die keer dat hij zichzelf had staan wurgen, met die kommen chemicaliën voor zich op de grond.

Ik vermoedde dat hij weer zoiets buitenissigs van plan was.

Hij had Schrale Oogst en Gat In De Grond weer aan het werk gezet in de commune, en iemand vroeg Schrale Oogst wat Tweede Meester zoal deed in zijn onderkomen. Waarop die halve zool zei dat hij er de hele dag chemicaliën mengde, dat hij lucifers probeerde te maken die zwart brandden, en paars. Niemand geloofde daar iets van, maar we gingen er wel van uit dat het iets met lucifers te maken had. Ook Grote Weg twijfelde daar niet aan, voorzover hij er al over dacht. Je moest immers wel gek zijn om pal naast een lucifercommune met explosieven te experimenteren.

En Grote Weg dacht niet dat Tweede Meester gek was.

Hooguit een beetje zonderling.

Hij sloeg sowieso weinig acht meer op Tweede Meester. Wat hem betrof mocht zijn gastheer doen en laten wat hij wilde. Als ze mij gevraagd hadden een gek aan te wijzen in de lucifercommune, dan zou mijn keuze niet op Tweede Meester zijn gevallen. Dan had ik die blauwogige, grootneuzige buitenlander aangewezen. Hij had alleen nog maar oog voor Tweede Mevrouw. Hij was ver heen, inmiddels!

Tweede Meester had een harde blik in zijn ogen.

Maar hij was niet hard.

Hij was alleen maar koppig.

Hij had de ogen van een lammetje.

Kijk, dit was de blik waarmee hij mensen aankeek.

Hoe zou jij die blik beschrijven?

Een wolf?

Mij best, een wolf dan.

Ik was de eerste om het te zien.

Misschien wel omdat ik ook een wolf was.

Ik kon die buitenlander wel vermoorden.

Ik geef het toe.

Het was jaloezie.

Da's duidelijk zat, hè? Daar hoeven we het verder niet over te hebben.

Maar vergis je niet. Je bent niet zo slim als je denkt, jongetje.

24 MAART

Tweede Meester zei dat ik hem de volgende ochtend moest vergezellen. Hij zei niet waar we heen gingen, alleen maar dat het heel belangrijk was, en ik mocht het aan niemand vertellen. Wat kon ik verklappen als hij er niets over zei? Nadat ik de halve nacht had liggen woelen stond ik op, ging naar een bevriende kok en vroeg hem of hij die ochtend het ontbijt voor Grote Weg wilde verzorgen. Terug in mijn kamer begon ik me af te vragen wat Tweede Meester van plan was, maar ik kon niks bedenken. En toen moest ik aan Zheng Yusong denken, aan hoe hij die theepot had verbrijzeld en ruzie had gemaakt met zijn zuster.

Tweede Mevrouw had gezegd: Als je het iemand anders moet laten doen, ben je beter af met mij dan met hem.

En Zheng Yusong had haar toegesnauwd: Ik zeg je toch, dit is mannenwerk! Vrouwen moeten zich niet inlaten met dit soort dingen.

In mijn argeloosheid had ik aangenomen dat Tweede Meester en Zheng Yusong iets onbetamelijks hadden gedaan op hun gezamenlijke reis naar de districtshoofdplaats. Maar in die nachtelijke uren drong het tot me door dat die ruzie betrekking moest hebben gehad op de geheimzinnige dingen die Tweede Meester in zijn onderkomen deed. Het bleef me niettemin een raadsel wát hij dan wel deed, laat staan dat ik wist wat hij met mij wilde gaan doen. Ik was niet bang, maar des te nieuwsgieriger, en vastbesloten om uit te vinden wat er allemaal gaande was. Het bizarre beeld van Tweede Meester die zichzelf probeerde te wurgen bleef door mijn hoofd malen, en ik wist haast wel zeker dat me nog meer verrassingen te wachten stonden. Ik was nog steeds te gespannen om te kunnen slapen en besloot een ommetje te maken. Heel stilletjes klom ik op het dak.

Er brandde nergens een lamp.

Het hele familiehuis was in duisternis gedompeld.

Ik trok mijn schoenen uit en zocht blootsvoets mijn weg over de dakpannen. Het mos erop gaf me het gevoel dat ik over duivenpoep liep. Ik bleef een eeuwigheid boven de slaapkamer van Tweede Meester en Tweede Mevrouw staan fantaseren over wat zich daar afspeelde. Er lag een slangachtige zweep in het grote bed. Tweede Meester pakte hem en probeerde er Tweede Mevrouw mee te wurgen. Of nee, zichzelf. Ze lagen allebei te gillen, maar smoorden het geluid met hun gewatteerde deken. Tweede Meester zoog aan een tepel van Tweede Mevrouw. Hij zoog haar malse borst helemaal leeg. Hij lag boven op haar en plette haar tot ze weinig meer was dan een vel dat over het bed lag uitgespreid. Maar ze bleef gillen. Haar gegil was net zo mooi om te horen als haar lach. Met een kronkeling van zijn lichaam veranderde Tweede Meester in een slang. Het gegil van Tweede Mevrouw scheurde dwars door het dak.

Ik had een dagdroom in het holst van de nacht, daar op het dak. Ik bleef lang, heel lang boven hun hoofden staan. Zo lang, dat de dakpanranden pijnlijk in mijn voeten begonnen te drukken. Maar ik zag niks. En er viel niks te horen. Ik stond helemaal alleen onder de hemel van het Iependorp. Een ziel die zich aan alles en iedereen ontworsteld had.

Ik gaf alleen nog om mijn eigen genot.

Wat er in de wereld gebeurde kon me niks meer schelen.

Ik wist precies wat ik wilde en wat ik moest doen.

Omgeven door mijn droom van Tweede Mevrouws gegil begon ik te vliegen.

In extase was ik!

We gingen voor dag en dauw op pad. De hemel stond nog vol met sterren, die een voor een begonnen te doven. Toen de zon eindelijk zijn opwachting maakte waren we helemaal naar de Ossenhoornvallei gelopen, ten westen van onze eigen vallei. De bomen stonden hier zo dicht op elkaar, dat er al wel wat zonlicht doorheen sijpelde maar dat de zon zelf nog onzichtbaar bleef. We waren beiden bepakt, van voren zowel als van achteren. Mijn ransels waren gevuld met zakjes houtskool en salpeter. Hij droeg zakjes zwavelpoeder en allerlei gereedschap. Toen we door de achterpoort naar buiten waren geglipt, had hij me op het hart gedrukt om rustig te lopen en nergens tegenaan te botsen met mijn bepakking. Daarna had hij geen mond meer opengedaan.

We hadden geen lantaren meegenomen, zodat we ons in het begin op het licht van de sterren hadden moeten verlaten. Hij liep heel langzaam, alsof hij zo bang voor vuur was dat hij geen vonken wilde maken met zijn schoenzolen. Ik had een buik vol vragen maar hield ze allemaal binnen. Achter hem aan lopend zwoer ik een eed dat ik alles zou doen wat hij me opdroeg. Ik hield er ernstig rekening mee dat hij zich levend wilde laten begraven, of zoiets.

In het licht van de ochtendzon leek Tweede Meester opeens een heel ander mens. Alleen al omdat hij er niet meer zo verfomfaaid uitzag. Hij had zijn nepvlecht weliswaar thuis gelaten, maar zijn haar viel gladgekamd tot op zijn schouders, als een gordijn. Hij droeg het zwarte kostuum dat hij bij zijn terugkeer uit Europa gedragen had, en er was geen kreukeltje in te bespeuren. Zijn gezicht was nog bleker dan anders, maar ook schoner, en er school een grote kalmte in zijn ogen. Ik had hem nog nooit zo sereen gezien.

In de Ossenhoornvallei liep hij naar een grote platte rots toe, nog gladder dan een deurpaneel, die midden in een droge rivierbedding stond. We legden onze bepakking af en namen wat van de gedroogde etenswaren die we hadden meegebracht. Hij keek me voor het eerst aan.

Hij vroeg: Wat heb je tot nu toe lopen denken, Oren?

Ik zei: Ik heb nagedacht over hoe ik mijn meester het best kon dienen.

Hoe had ik kunnen zeggen wat ik werkelijk dacht? Dat kon ik aan niemand vertellen, en al helemáál niet aan hem. Ik moest mijn gedachten maar gewoon voor me houden.

Hij vroeg: En wat nog meer?

Ik zei: Ik heb nagedacht over wat ik nog meer kon doen.

En dat was niet gelogen.

Hij vroeg: Waarom zou je nog meer willen doen?

Ik zei: Om mijn waarde te bewijzen.

Vind jij de samenleving rechtvaardig? vroeg hij.

Ik zei: Ja.

En toen vroeg hij: Wat is jouw dierbaarste wens?

Ik zei: Dat het de Cao-familie goed gaat en dat we overal hoog in aanzien staan, dat we trots kunnen zijn!

Wat maakt jou trots? vroeg hij.

Dat snoerde me de mond. Goeie vraag! Waar kon een slaaf trots op zijn? Zijn kille reactie op mijn antwoorden leek een teken dat ik hem er weinig plezier mee deed. Hij bleef er sereen uitzien, maar dat was de buitenkant. Na een korte stilte zei hij wat zijn zienswijze was.

Ben je verbaasd? vroeg hij.

Nee, zei ik.

Ik wist niet of hij me wel gehoord had. Hij staarde naar de zon die boven de boomtoppen begon uit te komen.

Ik vroeg: En u?

Hij zei: Ja. Meer dan ik je zeggen kan.

Wat gaan we zo meteen doen? vroeg ik.

Hoe oud ben jij? vroeg hij.

Zeventien, antwoordde ik, volgens de Chinese telling.

Hij zei: Ik ben drieëntwintig.

Meer zei hij niet. Hij begon zijn ransel uit te pakken. En ik werd nerveus. Er was iets mis met wat hij zei en deed. Wat hadden al die vragen te betekenen? Hij spreidde een vel bamboepapier uit over de rots, goot er wat houtskoolpoeder op en streek het gelijkmatig uit met een houten kam. Vervolgens goot hij daar wat salpeter op en streek ook dat uit. Een laag zwavelpoeder volgde, waarna ik te horen kreeg dat ik verderop achter een grote zwerfkei moest gaan staan. Ik verroerde geen vin en verklaarde plechtig dat ik bij hem zou blijven. Hij greep me bij een arm en kwam overeind. Hij was sterker dan ik gedacht had. Toen hij me weg begon te sleuren zette ik me schrap, maar ik hield het niet lang vol. Zijn ogen waren die van een dode. Zo kon ik hem onmogelijk achterlaten.

Ik vroeg: Tweede Meester, wat bent u van plan?

Hij zei: Oren, je bent een hond. Een schooierende hond ben je.

Ik vroeg het opnieuw: Tweede Meester, wat gaat u doen?

Hij zei: Je houdt je ogen open en je bek dicht. Als ik je roep, kom je. Roep ik niet, dan blijf je waar je bent. Begrepen?

Ik verzette me niet langer.

Hij had me een hond genoemd. Nou, dan kon ik me maar het best als een hond gedragen. Dus zocht ik dekking achter die zwerfkei en keek toe, als een gehoorzame hond.

Hij haalde die kam nog een paar keer door het poedermengsel, schepte dit vervolgens in een porseleinen kruikje met een hoge, smalle hals, en propte daar met een twijgje iets in dat van afstand een lampenpit leek. Hierna plakte hij de hals van het kruikje af, greep zijn ransel en kwam bij me staan. Hij droop van het zweet.

Hij veegde met de rug van zijn hand over zijn gezicht. Zijn vingers beefden.

Hij zei: Oren, als het verkeerd afloopt, ga je Guangman zeggen dat hij mannen moet sturen om me te begraven. Maar voor de rest hou je tegen iedereen je mond over wat je hier te zien krijgt. Ach, laat ook maar! Vergeet alles wat ik je gezegd heb. Waarom heb ik je ook meegenomen?

Hij sloeg zijn handen voor zijn gezicht en wreef er ruw overheen.

Hij zei: Ik ben benieuwd hoe het klinkt.

Hij mompelde nog iets en liep schoorvoetend terug naar de rots, waar hij zich vermande en zonder dralen een lucifer aanstreek. Het was er een met een slechte kop en de vonken vlogen alle kanten op. Tweede Meester sprong achteruit, struikelde, hervond zijn evenwicht en zette het op een lopen. Er gebeurde niets. Hij hurkte naast me neer, hijgend als een blaasbalg. De linkerkant van zijn gezicht zat vol blaren en wondjes van de vonken, zijn wenkbrauw was lelijk geschroeid. Er kwam een verstikt geluidje uit zijn keel, dat het midden hield tussen een lach en een snik. Nu zag ik zijn ware gedaante weer. De luchthartigheid van eerder op de ochtend was verdwenen. De zenuwtrek was terug in zijn wangen. Hij pufte om zichzelf te kalmeren, maar zelfs het gepuf trilde.

Hij zei: Oren, wat er ook gebeurt, mondje dicht! Gaat het mis, dan wacht je tot Zheng Yusong langskomt en breng je hem naar deze plek.

Hij zal dan zelf wel weten wat hij doen moet. Je bent een hond, Oren. De samenleving is rechtvaardig, zeg je? Waarom ben jij dan een hond?

Hij schaamde zich voor zijn stunteligheid en daarom kreeg ik er van langs. Ik greep hem beet en weigerde los te laten. Hij stond op het punt zijn verstand te verliezen. Hoe kon ik hem loslaten?

Tweede Meester, zei ik, laat mij het doen.

Maar het enige wat hij zei was: Rechtvaardig, zeg je? Hond die je bent!

Hij gaf me een trap tegen mijn enkel, en toen ik krimpend van pijn neerviel rende hij weg als een bezetene. Vanwaar ik lag kon ik niks zien, maar ik hoorde een paar verschrikte vogels opvliegen. En vervolgens hoorde ik het sissen van de lont, en het geluid van rennende voeten. Maar ik hoorde ook hoe hij struikelde en stokte en haperde. Hij rende veel te langzaam. Hij was verstijfd van angst.

Voor mijn geestesoog zag ik zijn witte gezicht, helemaal vertrokken.

Ik gilde: Tweede Meester! De Hemel bescherme u!

Whoemmm! Het was oorverdovend, het was verlammend. Het was het hardste geluid dat ik ooit had gehoord. Het kon niet anders of Tweede Meester was er geweest. Maar nee, dat was hij niet. Toen ik mijn ogen opende stond hij naast de zwerfkei, met open mond, alsof hij huilde. Ik kon niks uitbrengen. Hij ook niet. Zijn jas was aan de achterkant zowat in tweeën gescheurd. De flappen wapperden als vaandels in de wind. Hij beefde over al zijn leden, maar hij verspilde geen tijd en zette snel weer een nieuwe bom in elkaar, die hij ditmaal zonder problemen tot ontploffing bracht. Eindelijk wist ik waar hij op uit was, en ik zag hem erin slagen. Hij kon zeggen wat hij wilde, maar in mijn ogen was hij ten dode opgeschreven. Alles wat hij deed overtuigde me ervan dat hij een lafhartige gek was, die het leven had opgegeven.

Toen we naar huis terugkeerden besloot hij de oude graanschuur te mijden. Dus liepen we vlak langs de boomgrens terug naar het Iependorp, zonder te bevroeden dat er midden in de herfst nog iemand een bad zou nemen in de Zwarte Rivier. Grote Weg rees poedelnaakt uit het water op en bezorgde ons zowat een doodsschrik.

Oren! Cao! schreeuwde hij olijk.

De woorden waren zijn mond nog niet uit of hij verstarde. Hij zag het geschonden gezicht en de gescheurde kleren van Tweede Meester. Die verstarde ook. Ik was benieuwd wat hij tegen Grote Weg zou zeggen. Maar hij zei niks. Hij draaide zich om en beende weg.

Grote Weg vroeg: Oren, wat is er gebeurd?
Ik zei: Dat weet ik niet.
Je liegt! zei hij.
Ik zei: Ik weet van niks.
En ik liep ook weg.
Grote Weg schreeuwde iets in de buitenlandse taal.
Ik wist dat hij stond te vloeken.
In het Frans kun je iemand ook naar de hel wensen.
Ik wist wel niet hoe.
Maar ik hoorde het hem doen.

25 MAART

Ik voelde aan dat Grote Weg doorhad dat er iets niet in de haak was, en ik vreesde dat hij elk moment uit zijn vel kon barsten. Maar hij hield zich in. Die avond stak hij een lantaren aan op de galerij, zette de schaakstukken neer en wachtte de komst van Tweede Meester af.

Huismeester Bing had Tweede Meesters verwondingen beschreven aan Eerste Meester, die het op zijn beurt aan hun ouders had verteld. Dus kon Tweede Meester er niet onderuit om zijn vader en moeder te bezoeken en zijn gehavende gezicht te laten zien. Tweede Mevrouw ging met hem mee. En Grote Weg zat ondertussen moederziel alleen op de galerij, als een weggegooid stuk hout, dus ging ik bij hem zitten, en ik gaf steeds hetzelfde antwoord op zijn gevraag. Dat Tweede Meester geëxperimenteerd had met nieuwe ingrediënten, en dat die in zijn gezicht waren ontploft. Dat was wat Tweede Meester me gezegd had te zeggen, en wat hij zelf tegen zijn ouders zei. Grote Weg was zo van streek dat hij niet wist of hij me geloven moest of niet. Hij was inmiddels door zijn sigaren heen en Huismeester Bing had hem een pijp gebracht die Eerste Meester niet langer gebruikte. Het ding had een steel van sandelhout, een mondstuk van jade en een kop van kopernikkel. Grote Weg rookte hem aan één stuk door, alsof hij zijn leven lang niets anders gedaan had. Die avond klopte hij uit verveling de kop uit op het tafelblad en stampte de asproppen fijn met een schaakstuk. Maar eindelijk kwamen Tweede Meester en Tweede Mevrouw dan toch de galerij opgelopen. Ze gingen aan de tafel zitten en Tweede Meester, die een zakdoek tegen de linkerkant van zijn gezicht hield, begon uitleg te geven aan Grote Weg. Ik kon niet verstaan wat hij zei, maar het scheen Grote Weg niet te bevredigen. Hij klopte voor het laatst zijn pijp uit en liep naar zijn kamer. Tweede Meester haalde zijn schouders op en ging ook naar binnen.

Tweede Mevrouw bleef nog lang zitten, en hoewel ik vreesde dat de koude herfstwind haar ziek zou maken, durfde ik niet naar haar toe te gaan. Ik bleef staan waar ik stond, in de hoek van de uitbouw, en keek naar haar. In het hele huis klonk het gesjirp van krekels. Als de herfst straks overging in de winter, waren die ten dode opgeschreven.

De volgende dag vertrok Tweede Meester in een draagstoel, vergezeld door vijf dragers die elk acht manden droegen. Hun lading was veel zwaarder dan anders. Hun stokken bogen vervaarlijk door onder het gewicht van de manden en hun sandalen zakten weg in het zand. Tweede Meester zei dat hij in de districtshoofdplaats zijn verwondingen ging laten nakijken, en dat hij over een paar dagen terug zou zijn. Hij zei dat hij voldoende ingrediënten gemengd had om de commune draaiende te houden. Zoals bij al zijn reizen buiten het Iependorp gaf hij de sleutel van de mengkamer aan Tweede Mevrouw.

Ik liep de stoet achterna. Vanwaar hij zat in zijn draagstoel kon hij me niet zien volgen. Nadat ze het dorp achter zich hadden gelaten, namen ze het pad naar de Berg Van Jade. Ik kon me niet langer inhouden en riep: Meester Guanghan, pas goed op uzelf!

Hij stak zijn hoofd uit het raampje, maar gaf de dragers geen bevel te stoppen.

Hij zei: Vergeet de graanschuur niet te bewaken, 's nachts.

En hij vervolgde: Pas goed op voor brand. En ga nu maar weer terug, Oren.

Ik zei: Kom snel terug, Tweede Meester.

De stoet klom steeds hoger tegen de berg op. In het helle zonlicht leken ze net een ketting vol goudkralen. Ik hoorde een laag gerommel, als verre donder. De draagstoel was er nog. En de dragers ook. Toch had ik het nare gevoel dat hij nooit meer terug zou komen.

Grote Weg werkte elke dag, maar hij oogde lusteloos. 's Avonds bracht ik hem zijn maaltijd op een dienblad en zette alles op zijn tafel, maar hij bleef op de rand van zijn bed zitten, als in een roes, en wilde niet eten.

Hij scheen niet te horen wat ik tegen hem zei. Op een avond ging ik halverwege zijn bed en de badkuip op mijn hurken zitten en stak mijn handen in mijn mouwen. Hij slaakte een zucht. Ik ook. Hij zei dat hij trek had in iets te drinken, dus bracht ik hem een kruik brandewijn. Daarvoor kwam hij wel aan tafel zitten. Een paar slokjes maakten zijn tong los. Hij hief zijn pink naar me op, wiebelde ermee en zei: Oren, je valt me tegen.

Natuurlijk, zei ik. Ik deug niet.

Je hebt tegen me gelogen, zei hij.

Nietwaar! protesteerde ik.

Hij zei: Iedereen hier liegt tegen me.

Niemand liegt tegen je, zei ik.

Hij zei: Zheng... Yu... Nan!

De woorden kwamen met moeite over zijn lippen en hij knipperde triest met zijn ogen. Ik wist niet wat hij dacht, maar ik was bang dat iemand hem haar naam zou horen uitroepen. Wat zouden ze daar wel niet van denken? Ik wees op mijn keel, ten teken dat hij zachter moest spreken.

Zij liegt ook tegen me, zei hij.

Hij zei dit zachtjes, maar de blik in zijn ogen verraste me. Er liep een straaltje drank over zijn kin en langs zijn hals, maar hij veegde het niet weg. Hij greep zijn eetstokjes, maar ze vielen uit zijn hand. Hij was vreselijk terneergeslagen. En hij begon vreselijk dronken te worden. Ik vreesde dat hij nog maar een paar slokken van een uitbarsting verwijderd was, dus was ik blij toen ik hem de kruik van zich af zag schuiven. Opeens floot hij schril en spreidde zijn armen uit om een ontploffing na te doen. En toen stond hij op en begon zijn spullen in te pakken. Zijn beerachtige gestalte zwaaide in het lamplicht, alsof zijn schoenen te groot voor hem waren.

Ik vroeg: Wat doe je daar, Grote Weg?

Hij zei: Ik kan er niet meer tegen.

Ik vroeg: Wat ga je doen dan?

Hij zei: Ik wil... ik wil hier niet sterven.

Ik rende de deur uit, de galerij op en riep naar Wuling dat ze Tweede Mevrouw moest gaan halen. Ik zei dat Grote Weg dronken was en wilde vertrekken. Ze kwam onmiddellijk, met een zoete geur in haar kielzog. Ze had die dag weer hard gewerkt in de voorraadkamer van de graanschuur, maar ze zag er niet moe uit in haar schone kleren.

Ze stond op de treden van de galerij en zei iets tegen Grote Weg in de kamer.

Ik hoorde hem antwoorden met een schorre, klagelijke stem.

Tweede Mevrouw zei: Kom mee naar binnen, Wuling.

Ze gingen Grote Wegs kamer binnen. Ik bleef op de galerij staan omdat ze mij niet gevraagd had mee te komen. Ik zou trouwens ook geen woord hebben verstaan van wat ze tegen elkaar zeiden. Ze wilde kennelijk niet dat hun gesprek gevolgd kon worden en sprak in het buitenlands tegen hem. Heel moeizaam. Maar Grote Weg begreep haar blijkbaar.

Zijn stem werd luider en luider. En opeens schreeuwde hij: Blaas maar op! Blaas alles maar op! Achter het papieren gordijn zag ik hem bewegen als een griezelige schaduwpop. De gestalte van Tweede Mevrouw bleef roerloos. Maar toen ze ten slotte een arm ophief werd het stil in de kamer.

Ik zag dat ze het laatste restje brandewijn uit zijn kom gooide.

Ze gooide het in zijn richting.

Wuling zei later: Ze gooide die drank recht in zijn gezicht.

Ik vroeg: Waarom deed ze dat?

Wuling zei: Dat weet ik niet. Ik heb er geen woord van verstaan.

Die nacht lag ik tijdens mijn wacht in de oude graanschuur te draaien en te woelen, gekweld door de gedachte dat Grote Weg iets oneerbaars moest hebben gezegd. Of had hij misschien geklikt over Tweede Meester? Hierop begonnen mijn gedachten alle kanten op te schieten en zag ik allerlei samenzweringen in het heldere maanlicht. Ik begon zelfs Tweede Mevrouw te verdenken. Het werd zo erg dat ik dol werd van ongerustheid en als een paard in galop terugging naar het Iependorp. Ik had het voorgevoel dat er iets verschrikkelijks stond te gebeuren in de linkeruitbouw, en ik was degene die het moest zien te voorkomen, tegen elke prijs. Ik klom via de buitenmuur van de rechteruitbouw op het dak, en sloop over het familiehuis, dat zo stil was als een kerkhof. Pas toen mijn voeten de dakpannen van de linkeruitbouw voelden, drong het tot me door hoe belachelijk ik me aanstelde. De uitbouw was geruisloos en aardedonker. Ook de vijver, die baadde in de maneschijn, was doodstil. Alles was zoals het elke nacht was. Ik ging naast het dakraam liggen om te waken over degene die ik niet uit mijn gedachten kon bannen. Was het Tweede Meester? Was ik het zelf? Wat was ik eigenlijk voor iemand?

Na een poosje krabbelde ik overeind en sloop weer terug naar de lucifercommune.

Grote Weg ging die ochtend in alle vroegte aan de slag.

Hij liep regelrecht naar het onderkomen van Tweede Meester en gooide water over alles wat hij er aantrof. Toen het er kletsnat was, pakte hij een pikhouweel en sloopte de k'ang en de schoorsteen, waarna hij aan de muren begon. Ik had liggen ronken op een stapel schors in de graanschuur en schrok pas wakker toen ik het beuken van dat houweel hoorde. Ik rende erheen.

Wat doe jij nou? gilde ik.

Hij schreeuwde: Ik red mezelf! Ik wil leven! Ik wil niet dood!

Ik zei: Maar dit is het eigendom van Tweede Meester. Dat kun je toch niet zomaar verwoesten? Wacht maar tot hij thuiskomt!

Maar hij zei slechts: Maak dat je wegkomt!

En hij smeet me in een hoek van de kamer. Ik rende terug en sloeg mijn armen om zijn been, wat weinig uithaalde, want hij sleurde me gewoon met zich mee terwijl hij alles aan puin sloeg. Ik begon te huilen. Vraag me niet waarom.

Ik schreeuwde: Hij is niet eens thuis! Hoe kun je dit nou doen?

Oren, zei hij, maak dat je wegkomt.

Het duurde niet lang of Tweede Mevrouw verscheen ten tonele, maar ze bleef op een afstandje staan kijken. Ze ging niet eens hulp halen. Toen ik zag dat ze geen enkele moeite deed om hem te stoppen, moest ik nog harder huilen. Ik was wel een enorme jankerd, hè? Maar ik kon er gewoon niks aan doen.

Tweede Mevrouw zei: Laat hem maar, Oren. Hij moet het zelf maar weten. Wees niet zo'n huilebalk.

Ik liet Grote Wegs been los.

Hij schepte al het zwavelpoeder uit de hoek van de kamer en gooide het naar buiten, wat enorme stofwolken gaf. En al die tijd brulde hij als een wild beest, en braakte een stroom van buitenlandse woorden uit die me nog het bangst maakte van alles.

Ik ging ervan uit dat Tweede Meester inmiddels al aan stukken was gereten bij een enorme ontploffing.

Ik had zijn eer niet verdedigd. Ik had hem vreselijk in de steek gelaten.

Maar wacht eens even…

Hoezo in de steek gelaten?

Wat een onzin was dat eigenlijk!
Naar de hel met hem!

Tweede Meester was tegen de middag thuisgekomen. Zijn reis was rustig verlopen en hij was goedgehumeurd geweest. Vlak voordat hij naar de commune zou gaan, was Huismeester Bing verslag komen doen van Grote Wegs sloopwerk. Hij had het nieuws kalm opgevat en was op weg gegaan naar zijn nieuwe onderkomen, of wat daar sinds een paar dagen van over was. Hij had er kwiek en monter uitgezien toen hij Tweede Mevrouw om de sleutel van de mengkamer vroeg. Ik had dit alles niet met eigen ogen gezien omdat ik buiten het Iependorp vertoefde. Oude Meester Cao had me naar het vervallen kerkhof op de verre oever van de Zwarte Rivier gestuurd, om padden te vangen. Eerst vil je ze en snij je ze open, en dan hak je ze in tweeën en gooi je ze in de ketel terwijl het water nog koud is. De boven- en onderkanten zwemmen dan onafhankelijk van elkaar in het rond, steeds sneller naarmate het water warmer wordt, tot ze ten slotte om en om buitelen als het gaat koken. Dan en pas dan doe je het deksel op de ketel om ze te laten koken. Het vlees was dit keer uitzonderlijk blank, de bloedvaten waren zo blauw als de hemel. De paddenpootjes maalden rond als eetstokjes en plasten en ploeterden door het water. Oude Meester Cao kon zijn geluk niet op. Ik bleef bij hem tot hij de deksel op de ketel deed, en ging toen naar buiten om de paddenvellen over de stenen treden uit te spreiden, zodat ze konden drogen in de zon. Als ze droog waren, zou ik ze tot poeder vermalen en kon Oude Meester ze met water innemen.

De zon was al aan het ondergaan toen ik weer in de linkeruitbouw terugkwam. Ik hurkte neer om het keienpad te effenen. Ik peuterde er de verzakte stenen uit, gooide wat kalk in de gaten en zette ze weer terug. Wuling en Tweede Mevrouw kwamen ook thuis, even later gevolgd door Grote Weg. En toen hoorde ik de voetstap van Tweede Meester. Ik was blij dat hij niet aan stukken was gereten. Blij en ook een beetje ongerust. De linkerkant van zijn gezicht was met gaas verbonden en hij droeg een bril met ronde glazen en een zwart montuur. Zijn lippen waren opmerkelijk rood. Ik stond op en maakte een buiging voor hem.

Ik zei: Goedemiddag, Tweede Meester!

Hij zei niks en liep langzaam verder over het pad. Dus hurkte ik weer neer om mijn werk af te maken. Ik voelde dat hij achter me bleef staan.

Ik nam aan dat hij wilde zien wat ik met de steen ging doen die ik in mijn hand had, dus stak ik ijverig mijn tong uit en plaatste hem zorgvuldig terug in het gat. Maar hij bleef daar staan, en ik snapte niet waarom, en de verleiding werd groot om mijn hoofd op te heffen en hem aan te kijken. Plotseling was er een harde klap in mijn nek, precies op de knobbel tussen mijn hoofd en mijn rug. Terwijl ik voorover tuimelde verwierp ik de gedachte dat hij me geslagen had. Dat kon gewoon niet. Ik rolde om en wilde overeind krabbelen toen mijn neus leek te ontploffen. Nu zag ik met eigen ogen dat hij me wel degelijk sloeg. Maar waarom? Het had vast te maken met zijn verwoeste onderkomen, en ik wilde roepen dat hij mij niet moest hebben, dat ik er niks aan kon doen. Maar ik klemde nog net op tijd mijn kaken op elkaar en gaf geen kik. Want hoe kon ik zoiets roepen? Wist ik veel waarom hij me sloeg? Misschien was hij wel gek geworden. Hij bleef me uit alle macht slaan en ik zag verrukking in zijn dansende ogen. Ik probeerde mezelf niet te beschutten, boog mijn hoofd niet eens. Ik liet gewoon het bloed uit mijn neus lopen, over mijn kin, mijn boord in. Ik telde elke klap, en toen ik bij elf was kwam Wuling naar buiten en zag wat er gebeurde. Ze begon te krijsen als een speenvarken, en ik hoorde de stem van Tweede Mevrouw.

Hou op! riep ze. Hij had er niks mee te maken!

En toen riep ze: Oren, maak dat je wegkomt! Nu!

Maar waarom moest ik vluchten? Voor de twaalfde klap had hij mijn neus weer uitgekozen en ik rolde achterover. Ook nu richtte ik me weer op, maar het bloed stroomde inmiddels mijn keel in en sproeide door mijn mond naar buiten. Een fontein van rood die mijn knieën deed knikken. Net op dat moment kwam Grote Weg naar buiten gestormd. Hij greep Tweede Meester bij een mouw en trok hem van me af.

Wat gebeurt hier? schreeuwde hij.

Tweede Meester staarde wezenloos naar zijn hand, die besmeurd was met mijn bloed. En toen keek hij naar mij. Mijn hoofd was een kapotte pompoen. Hij streek met de rug van zijn hand over zijn hoofd, alsof hij zich iets probeerde te herinneren wat hem telkens ontglipte.

Grote Weg schreeuwde: Sla mij! Sla mij!

Hij duwde de verdwaasde Tweede Meester naar de galerij. Ik wist dat ik niet toonbaar was en holde naar mijn kamer, waar ik wat katoen uit mijn gewatteerde deken trok om in mijn neusgaten te proppen. Daarna maakte ik mijn gezicht schoon en veegde mijn handen af aan mijn jas. Mijn oren suisden. Het laatste wat ik wilde was me nog bewegen, laat staan naar buiten gaan. Wuling kwam binnen om te zien hoe het met me ging, en de aanblik van al dat bloed deed haar in tranen uitbarsten.

Ik zei: Waar jank je om? Hij heeft jou toch niet geslagen?

Wat is er toch met Meester Guanghan? snikte ze.

Weet ik niet, zei ik. Ik denk dat hij een slechte bui heeft.

Ze vroeg: Is hij wel goed bij zijn hoofd? Is hij wel normaal?

Hou op met die flauwekul! snauwde ik. Ga liever Grote Wegs avondeten halen. Ik kan zo de deur niet uit. En was mijn kleren, die moet ik morgen weer aan.

Ik nam aan dat hij me geslagen had in de overtuiging dat ik loslippig was geweest tegen Grote Weg. Maar dan had hij het mis. De enige die over hem gepraat kon hebben was Tweede Mevrouw. Als zoiets al een aframmeling rechtvaardigde, had zij die moeten krijgen. Kortom, ik had een pak slaag voor haar geïncasseerd. Mij best! En Tweede Meester had waarschijnlijk heus wel geweten wat hij deed. Hij had mij alleen maar voor de schijn in elkaar gemept, een onschuldige te pakken genomen om de schuldige te laten schrikken. En waarom dan mij? De blik in zijn ogen had in één woord duidelijk gemaakt waarom: hond!

Hond!

In wezen had hij toch de juiste te pakken genomen.

Ik had mijn verdiende loon gekregen, welbeschouwd.

Maar met de smaak van mijn eigen bloed nog in mijn mond drong de gedachte zich aan me op dat ik hem vermoord zou hebben als hij Tweede Mevrouw zo geslagen had! Dan had ik hem geen twaalf klappen verkocht, zoals hij mij, maar één dodelijke. Dan had hij zijn onbesuisdheid met zijn leven moeten bekopen. De rest van de avond stelde ik mezelf keer op keer de vraag of ik dat werkelijk gedurfd zou hebben.

Zou je daar nou echt het lef voor hebben, zo'n hond van een slaaf als jij?

En elke keer luidde het antwoord: Reken maar!

Maar Tweede Meester, die zo onverhoeds in een barbaar bleek te kunnen veranderen, krenkte Tweede Mevrouw geen haar. Nooit. In dat opzicht was hij een voorbeeldig echtgenoot. Wuling vertelde dat hij die avond in het schijnsel van de lamp had gestaan, met de zweep in zijn hand, en doorlopend had gezucht en gejammerd en dat hij zichzelf voor alles en nog wat had uitgemaakt: een ellendeling, een man die nog minder was dan een varken of een hond. Maar ditmaal had hij Tweede Mevrouw niet gevraagd om hem te geselen met die zweep. In plaats daarvan had hij zijn hand om het lampenglas gehouden, wat hem een blaar zo groot als een kippenei had opgeleverd. Wuling zei dat ze zijn huid had horen kissen en de geur van verbrand vlees had geroken!

Een maniak was het!

Wat kun je zeggen van zo iemand?

Je zou van alles willen zeggen, maar dat kan niet.

Dat kan gewoon niet.

Je kunt alleen maar zeggen dat het koeler wordt en dat de herfst zich aandient.

Ik had met hem te doen.

26 MAART

Huismeester Bing vroeg me wat er met mijn neus was. Hoe kwam die zo krom? Ik zei dat het niets was, dat ik gestruikeld was over een trede en op de drempel van een deur was gevallen. Hij zei dat we heel wat trappen in het familiehuis hadden, en dat ik wat voorzichtiger moest zijn. Ja, zei ik, ik zal beter uitkijken in het vervolg. Ik wilde niet dat iemand te weten kwam hoe ik was afgetuigd als een zwerfhond. Als de pachters het hoorden, zouden ze de rest van mijn leven op me neerkijken. Dus liep ik rond met opgeheven hoofd, alsof er niks gebeurd was.

Tweede Meester kwam er evenmin op terug en deed ook alsof er niks was voorgevallen. Maar telkens als hij me aankeek, leek hij te speuren naar wonden die hij op mijn gezicht had achtergelaten, of plekken die hij een volgende keer kon raken. Ik wist dat ik op mijn hoede moest blijven. Hij was op zoek naar iemand die hij de fijne kneepjes van het mengen kon bijbrengen, maar onder de communearbeiders vond hij niemand die voldeed, dus kwam hij ten slotte bij mij uit.

Ik had er weinig trek in. Het beviel me niet dat hij altijd in een staat van verdwazing raakte als hij met zijn mengsels in de weer was. Ik was bang dat die verdwaasdheid mij ook zou bevangen, want ik was ook verzot op chemicaliën. En daar kwam bij dat ik allerminst verzot was op explosies. Hij was in meer dan één opzicht een wandelende tijdbom die zomaar kon afgaan. Ik had liever wat afstand tussen ons.

Dus zei ik: Maar wie moet er dan voor Grote Weg zorgen?

Hij zei: Niemand. Hij kan uitstekend voor zichzelf zorgen.

Ik zei: Maar hij zweet zo erg bij zijn werk dat iemand voortdurend zijn handdoeken moet wassen.

Dat kan Wuling doen, zei hij.

Goed, zei ik, leert u het mij dan maar.

Ik volgde hem naar zijn mengkamer, die eerder een spookhol leek. Het duurde even voor ik aan het slechte licht gewend was. Hij ijsbeerde bedachtzaam door de kamer en sprak zo zachtjes dat zijn stem hees en hoog was als van een oud dametje. Hij leerde me het verschil voelen tussen talk, glaspoeder en gips, door die stoffen tussen mijn vingertoppen te wrijven. Hij liet me aan hars, paraffine, mangaanpoeder en zwavel ruiken. En al die tijd dempte hij zijn stem tot een fluistertoon, alsof hij in zijn slaap praatte, of iemand achter zijn rug belasterde.

Hij zei: Zolang je deze stoffen apart houdt is er niets aan de hand, maar mengen is een ander verhaal.

Maar, voegde hij eraan toe, ze zullen doen wat jij wilt dat ze doen. Je hebt het allemaal zelf in de hand.

En toen zei hij: Oren, je moet jezelf beschouwen als een onderdeel van dit alles.

Oren, zei hij, nies nooit in de mengkom.

Veel meer dan dit had dat mengen niet om het lijf, maar hij bleef er over doorzaniken tot mijn hoofd ervan gonsde. Toen de tijd kwam dat ik alleen mocht werken, hoorde ik zijn gedrens nog steeds uit alle hoeken en gaten van de kamer komen. Al moet ik zeggen dat het prettiger klonk dan zijn normale, ijzige stemgeluid. Als hij zijn ingrediënten mengde, werd hij een kalme, bijna milde man. Dan leek hij opeens weer de Tweede Meester die ik gekend had voor zijn vertrek naar Europa. Maar ik verloor nooit het gegeven uit het oog dat hij zomaar kon omslaan, zoals wanneer hij zijn mengsels afstak, of bij de buien die ons altijd zo verbijsterden.

Tweede Meester begon steeds vaker uitstapjes te maken buiten het Iependorp, voor medische behandelingen, of om dingen te kopen, vrienden te bezoeken, jaarmarkten bij te wonen. Na verloop van tijd werd hij een bekende verschijning in de hoofdplaatsen van het district en de provincie. Zijn taken in de lucifercommune werden waargenomen door de buitenlander. Eerste Meester en Huismeester Bing leken zich weinig zorgen te maken over zijn omzwervingen. Huismeester Bing vermoedde dat het huwelijksleven hem de keel uithing en dat hij ergens een hoer had zitten. Dat doen idealisten ook, hoor, zei de huismeester. Daar hoef je geen aards karakter voor te hebben. Elke man kan voor zulke verleidingen bezwijken. En het is ook helemaal niet erg, zolang je je echtgenote niet verwaarloost.

Huismeester Bing vroeg me: Wat denk jij, kan Tweede Mevrouw hem niet langer bekoren?

Ik zei: Dat weet ik niet, maar ik zie ze altijd zoenen en knuffelen op de galerij.

Dat was gelogen. Ik fantaseerde vaak dat ze zoenden, maar ik had het ze nooit zien doen. Wat ik niet lang daarna wél zag was heel iets anders, en het gebeurde niet op de galerij maar op een heel andere plek. En wat het zo erg maakte was dat Tweede Meester er niks mee van doen had.

Het gebeurde in de machineruimte van de oude graanschuur. Grote Weg zat op een omgekeerde bamboe mand achter de schaafmachine. Tweede Mevrouw zat op een andere mand achter de ontschorsingsmachine. Ze zaten niet meer dan een stap of vijf, zes van elkaar af, en ze keken elkaar in de ogen. Ze waren in de greep van een verlangen om iets te doen wat anderen niet mochten zien. Ze wilden zoenen! Maar daarvoor was de afstand tussen hen te groot, en het enige wat ze konden doen was elkaar aankijken en hun lippen tuiten. Grote Weg was de eerste die zijn lippen tuitte, en toen was het de beurt van Tweede Mevrouw. Heen en weer ging het, eerst de een en dan de ander. Hij zat te fluiten. Zij probeerde het ook, maar kon het niet. Maar ze bleef het proberen. De herrie van de machines was te groot om te horen of ze wat voor geluid dan ook maakte, maar uiteindelijk hield ze haar lippen getuit en leek alsnog een deuntje te fluiten, een deuntje dat niemand horen kon.

Haar volle, vlezige lippen, zo zacht en rood, vormden een volmaakte cirkel, waar Grote Weg naar staarde alsof hij er elk moment door opgeslokt kon worden. De gedachte bekroop me dat ze nog steeds niet floot en dat het allemaal deel uitmaakte van een rampzalig complot. Ze geloofden dat niemand hen doorhad. Maar ik had ze door. Ik omgaf hen als het stof dat door de graanschuur warrelde. Geen beweging ontging me. En dat hadden zij juist niet door! Ze konden de waarheid niet voor me verbergen. Ik had ze helemaal in mijn macht!

Het was een leugen geweest toen ik Huismeester Bing vertelde dat ik Tweede Meester en Tweede Mevrouw vaak zag zoenen. Een leugen waar ik natuurlijk wel toe verplicht was geweest. En het gevolg was dat ik nu deelnam aan dat complot.

Ik wilde kijken.

Zien zonder gezien te worden.

Ik wilde zien hoe ze datgene deden waar ik dag en nacht naar hunkerde. Ik wilde zien of de hemel dan naar beneden zou komen, of dat de aarde zou opensplijten. Ik wilde zien hoe de godin van mijn dagdromen kreetjes van genot zou slaken.

Mijn oren werden gevuld door het gekoer van duiven.

Ik kon er niet langer tegen.

Ik moest nu toch werkelijk eens ophouden met die dagdromen.

Ik nam het me heilig voor.

Toen Schrale Oogst en ik die nacht de wacht hielden in de graanschuur, kwam dat vreselijke voorgevoel weer bij me op en het duurde niet lang of ik rende over de dorpsweg terug naar huis, alsof een duivel me op de hielen zat. De hemel zat vol met duistere wolken. Herfstdonder rolde over de Berg Van Jade en joeg koude windvlagen voor zich uit. Ik kon nauwelijks zien waar ik liep en lag om de haverklap op mijn gezicht. Toen ik het dorp binnenstruikelde begon het te regenen, en het kostte me de grootste moeite om omhoog te klimmen tegen de glibberige iep bij de buitenmuur van de rechteruitbouw. Het kirrende gelach van Eerste Meester en zijn vrouw en concubine mengde zich met het ruisen van de regen. In hun donkere slaapkamer maakten ze elkaar voor trut en secreet uit, en gingen dan weer schaterend over tot de dingen die ze daar lagen te doen. Mijn blote voetzolen begonnen te tintelen op de koude dakpannen, en die tintelingen kropen steeds verder omhoog, langs mijn ruggengraat naar mijn hart. Toen ik de muur van de linkeruitbouw bereikte kwam de regen met bakken naar beneden. De bomen binnen en buiten het huis zwaaiden en huilden in de wind.

De herfstige nachthemel werd opengescheurd door een bliksemflits. Onder me lag het keienpad dat door de tuin naar de tussenpoort liep, en ik dacht dat ik er iemand op zag lopen, ter hoogte van de sierheuvel. Er klonk een serie donderslagen maar een nieuwe flits bleef uit. Ik bleef roerloos op de muur staan, me vasthoudend aan een boomtak. Misschien was het alleen maar de schaduw van een boom geweest. Maar misschien ook niet. Liep er iemand in de tuin rond bij dit noodweer?

Hij en zij? Ze waren zo nauw met elkaar verstrengeld dat ze een grote vis hadden geleken, spartelend in ondiep water. Ik kreeg een gewaarwording alsof de wind me optilde, licht als een veertje. Weer een bliksemflits. Ach kijk, het was toch alleen maar de kronkelige schaduw van die ouwe boom aan de andere kant van de muur. Wat er ook bewogen mocht hebben op het ondergelopen keienpad, het was nu weg. Voorgoed. Was het gezichtsbedrog geweest? Waren mijn hondenogen ten prooi gevallen aan mijn dagdromen?

Ik sprong op het pad en ging op mijn buik in de nattigheid liggen snuffelen. Niets dan bladeren, gras en keien. Ik tastte rond. De regen geselde de rug van mijn handen, en ik voelde niets dan keien, bladeren en modder. Ik was een vervloekte idioot, een bezetene, een dwaas die dacht dat hij de warmte van Tweede Mevrouws lichaam kon bespeuren. Ik rolde om en om door het water. Eerst was het koud, maar het voelde al snel kokendheet.

Ik riep de naam van Tweede Mevrouw. Hij galmde even hard als die ontploffing in de Ossenhoornvallei! Wat ik gezien had gaf me gevoelens van verrukking. Een van haar lange benen stak hoog boven het Iependorp uit, door de wind en de regen tot in de hemel, heen en weer zwaaiend als de stam van een jonge boom, ontschorst en wit als melk.

Wat had ik nou eigenlijk gezien?

Niks.

Een vluchtige hersenschim in een herfstige regenbui.

Was ik maar blind, dacht ik.

Dat been was helemaal geen been.

Er was een bloem ontloken aan de binnenkant van mijn oogleden.

Doe je ogen dicht, jongen. Probeer het ook maar eens.

De plaatselijke mandenmaker had die middag een nieuwe voorraad manden afgeleverd bij de ingang van de oude graanschuur. Het waren er wel vijftig of zestig, hoog opgestapeld tegen de muur. Ze waren zo licht dat je er wel vijf in één hand kon pakken. Aan het eind van de dag liepen de communearbeiders naar de waterkant om een populier te pakken die vastzat in de takel. Ik ging niet mee. Met gloeiende wangen van opwinding hurkte ik neer bij de ingang en kroop weg achter twee rijen manden. Dat had ik al tijden eens willen doen, maar ik was er steeds weer op het laatste nippertje voor teruggedeinsd. Beneden hoorde ik de mannen schreeuwen terwijl ze de boom lostrokken en met veel geraas terug in de rivier duwden. De gaatjes in het vlechtwerk van de manden toverden het erf en de schuur om in een mozaïek van losse beelden, alsof je door een zeef keek. Ik was bang dat iemand me zou ontdekken, en me als een gevluchte kip te voorschijn zou trekken om me in mijn gezicht te spuwen als straf voor mijn onwaardige gedrag. Maar nu ik er eenmaal verscholen zat, durfde ik niet meer op te staan.

Na een eeuwigheid waren alle arbeiders vertrokken. Nu was er alleen nog de nachtwaker van dienst, die sloffend door de poort kwam gelopen. Maar wacht eens, er kwam nog iemand! Ruisende stappen, alsof er met een droge handdoek over kleding werd geveegd. *Swisj swisj swisj*. Een dijbeen die langs een rok streek? Een kuit? Als je goed luistert, kun je van alles en nog wat opmerken. Ik luisterde zo ingespannen, dat ik een schildpad langs de muur hoorde kruipen, en mieren door de manden hoorde scharrelen.

De nachtwaker van dienst was Grote Weg.

De andere persoon was Tweede Mevrouw.

Eerst had ik ze gehoord.

Nu zag ik ze ook.

Hij delfde met zijn pijpenkop in zijn tabakszak en tuurde met toegeknepen ogen naar de westelijke hemel. De zon was net aan het ondergaan achter de bergen, en er was nog maar een enkele rode streek zichtbaar, als een vurige tong. Tweede Mevrouw stond de treden van de poort te bezemen, af en toe stevig porrend als er een houtkrul vastzat in een spleet. Ze voerden een ontspannen gesprek over ditjes en datjes. Ik kon het niet allemaal volgen, maar het ging onder meer over het maken van lijm uit huiden en botten van de slachterij. En over het loon van Schrale Oogst, de fabrieksknecht. Dingen waar ze het overdag ook over hadden. Maar overdag zaten ze een eindje van elkaar af, en leerde hij haar deuntjes fluiten, terwijl ze nu vlak bij elkaar waren. Grote Weg was intussen bij zijn schaafmachine neergehurkt en tastte zonder te kijken naar zijn moersleutel. Toen Tweede Mevrouw hem die sleutel aanreikte, pakte hij haar hand. En ze trok hem niet terug. In plaats daarvan staarde ze wezenloos naar de leren transportband. Haar gezicht werd krijtwit, alsof ze een hevige innerlijke strijd voerde, zichzelf wilde dwingen om zich eindelijk gewonnen te geven.

De ondergaande zon wierp een rode gloed over haar witte gezicht. Een rood waas ook over de rondingen van haar lichaam, dat haast wel licht leek te geven. Zelfs haar haar, met hier en daar een houtkrul, werd rossig.

Wat een ongelofelijke schoonheid!

Ik wilde zo'n bom van Tweede Meester pikken en mezelf opblazen.

Want wat was dit een prachtig moment om jezelf uit dit leven weg te rukken.

Wat jammer dat je zo'n moment niet voor eeuwig kon vasthouden.

Grote Weg maakte aanstalten om zijn pijp op te steken, maar Tweede Mevrouw vroeg hem dat niet te doen, dus stopte hij de tabak weer met een zucht terug. Ze stond met haar rug naar hem toe. Hij keek speurend om zich heen. Ik dacht dat hij een stuk gereedschap zocht om verder te werken, maar in plaats daarvan vestigde hij zijn blik op haar rug. Hij liep langzaam op haar toe. Ik wist niet of ze hem hoorde aankomen, maar ik zag haar schouders verkrampen en haar hoofd voorover buigen. Ze bleef doorgaan met bezemen.

Grote Weg sloeg zijn armen om haar heen. Een hand duwde haar kin omhoog, en met de andere arm trok hij haar tegen zich aan. Ze deed een halfhartige poging om los te komen, maar hij tilde haar van de grond. Ze liet haar hoofd achterovervallen en staarde naar de rode horizon. Er liepen tranen over haar wangen.

Ik kneep mijn ogen dicht, daar in mijn schuilplaats.

Ik was zo opgewonden dat mijn hoofd ervan tolde.

Ik voelde me vreselijk.

Mijn hart was als een aardewerken kom die aan scherven was gevallen.

Ik hoorde het geluid van gezichten die elkaar raakten.

Ik hoorde het geluid van gulzige lippen die elkaar vonden.

Ik hoorde het geluid van lichamen die zich tegen elkaar drukten.

En het geluid van iemand die zich op een berg schors liet zakken.

Ze waren de droogruimte binnengegaan.

Een rek met houten stoppen viel met een klap om!

De geluiden bleven maar komen.

Het klonk alsof daar primitieve bergmensen met hun voeten stonden te stampen.

Ze waren aan het dansen!

Ze zongen en dansten als waren ze de enige twee mensen op de hele wereld.

Ik dook ineen als een verschroeid insect en kroop stilletjes uit mijn schuilplaats. De poort was afgesloten, en het hek in de schutting ook. Dus deed ik wat een hond zou doen, sloop langs de schutting tot ik een spleet vond en wurmde me naar buiten. Maar ik keerde niet terug naar het Iependorp. Als een op hol geslagen paard rende ik naar de Berg Van Jade, ploeterend door het kreupelhout, struikelend en buitelend door de manshoge alsem. Ik wilde naar een plekje op de berg waar nog zonlicht was, waar ik tot mezelf kon komen. Maar de rode vleugen trokken uit de lucht en duisternis omgaf de berg terwijl ik me druipend van het zweet door het bos op de helling worstelde. Ik zocht troost in de gedachte aan het almaar gekkere gedrag van Tweede Meester. Maar toen zag ik hem voor me, eenzaam op de oever van de Groene Rivier, heimelijk in de weer met zijn explosieven, en in plaats van troost welden er tranen bij me op.

Ik fantaseerde dat ik het was die Jonge Mevrouw van de grond tilde, en dat ik het was die de lont van een bom aanstak. Het was een bevrijdende huilbui, daar op de Berg Van Jade. En toen ik was uitgehuild drong het in alle duidelijkheid tot me door dat ik het een noch het ander had gedaan. En toen brak de dam pas echt door. Mijn tranen stroomden harder dan ooit en ik vergat heel het Iependorp en heel de Cao-familie. Mijn hart bood alleen nog plaats aan de zon die zojuist was ondergegaan, en aan de vrouw die rood gebrand had in de late zonnestralen.

Ik dagdroomde dat ik haar van achteren beetgreep.
Haar botten bogen door en knapten.
Ze lag gebroken op de grond, als een hoop verkreukelde kleren.
Nu is ze in modder veranderd.
Modder heeft geen parfumgeur.
En maakt geen geluid.
Zelfs geen rottingsgeur.
Ik kan haar nog steeds niet uit mijn gedachten bannen.
Wat was ze mooi toen ze haar echtgenoot bedroog.
Het kan me niet schelen dat ze in modder is veranderd.
Ik hou van noedels.
Ik zal nooit afkerig zijn van de geur van modder, zolang ik leef.
Ik zou er handenvol van kunnen opeten.
Dan zou ik haar opeten!
Maar waar is ze?
Zeg het me, jongen.
Waar is ze?
Ik zou haar in tweeën willen breken als een houtje.

Wie weet, misschien zou ik nog wel iets anders kunnen ook.
Ja ja, het gaat alweer.
De pijn is weg.
Even pauze maar, nu.
Wees voorzichtig als je ooit overspel pleegt, jongeman.
Let goed op dat er achter je rug geen dolk wordt opgeheven.
Als je eenmaal gestoken bent, is het te laat!

27 MAART

Met het kouder worden van het weer werd het minder druk op de kade van het Wilgendorp, vooral omdat de hongervluchtelingen nu langs de benedenloop van de Groene Rivier trokken, op zoek naar warmere streken. Op een dag kocht ik er in de apotheek een pond geweischilfers voor Oude Meester Cao, na een omweg langs de kerk in het Acaciadorp te hebben gemaakt. Vader Ma had me een zak brood voor Grote Weg meegegeven, en een brief die voor hem was binnengekomen. Ook moest ik hem zeggen dat het weldra Kerstmis was. Dan zou die luie machinist zelf wel weten wat hem te doen stond.

De priester had het niet makkelijk, dat kon je wel aflezen aan zijn benige gezicht, maar tegen mij deed hij altijd heel vriendelijk. Bij het afscheid had hij me over mijn bol geaaid en gezegd: Doe de hartelijke groeten aan Meester Cao, mijn zoon, en aan alle andere brave mensen daar. Ik zal de Heer vragen om over jullie te waken. Er was een muffe lijflucht uit zijn gewaad gekomen en ik dacht: die heer kan maar beter over jou waken! De muren van zijn kerk zaten vol barsten en elke windvlaag kon volgens mij fataal zijn. Toen ik hem zo voor die vervallen kerk zag staan, had het me duidelijk geleken dat hij slechte tijden tegemoet ging. En toch maakte hij zich drukker om iets wat een landgenoot van hem moest doen. Nou, volgens mij wist die landgenoot maar al te goed wat hij moest doen! En hij deed het met veel plezier!

Ik liep naar het theehuis voor een kop thee en de laatste roddels van Bofkont en zijn klanten. Er hingen geen schedels meer aan de vlaggenmast, alleen nog haarslierten en flarden van blauwe hoofddoeken, wapperend in de wind als slierten verdroogd wier. Bofkont vertelde me dat de doodskoppen bij de laatste najaarsstorm waren losgewaaid. Toen ze de kasseien raakten waren ze als witte en gele theepotten aan diggelen gegaan. Het kadeplein had vol botscherven gelegen. Hij zei dat mensenschedels net walnoten waren, maar dan slechte. Onvolgroeide, verschrompelde walnoten, zwart en droog. Een klant was het hier niet mee eens.

De man zei: Walnoten? Ik vond het meer kalebassen!

Gaan we bijdehand doen? zei Bofkont. Noem het dan drollen met een korstje!

De klant zei: Nou, da's lang geen gekke vergelijking. Mensenhoofden zitten vol stront, in elk geval.

Hou jij je bek dan maar dicht, zei Bofkont. Dan kan jouw stront niet weglopen!

Hierna ging het gesprek over wat er stroomafwaarts gaande was. Het woord bom viel regelmatig. Aan de noordelijke kade van de districtshoofdplaats was een bootje ontploft. Het had een kajuit gehad en een zeil, maar niemand had de schipper gezien. Het had de hele dag aangemeerd gelegen en was 's avonds opeens uit elkaar geknald. De plaats ernaast was voor de magistraat bestemd geweest, maar die had na zonsondergang niet meer willen aanleggen en was doorgevaren.

Bofkont zei: Dat bootje lag daar natuurlijk niet zomaar. Er moet een moordenaar van de Blauwe Hoofddoeken in de kajuit hebben gezeten, maar in plaats van de magistraat heeft-ie zichzelf opgeblazen!

Ik vroeg hem: Is het bekend wie erin zat?

Hij zei: Nee. Als er al iets van hem is overgebleven, zal het te klein zijn geweest om herkenbaar te zijn.

Ik vroeg: Maar waarom heeft-ie zijn bootje opgeblazen terwijl de magistraat verder voer?

Tja, bommen zijn onvoorspelbare dingen, zei Bofkont. Als je ermee smijt alsof het watermeloenen zijn, moet je niet raar opkijken als ze afgaan. Ze zijn veel gevaarlijker dan die buitenlandse granaten. De plaatselijke garde heeft een stel kanonnen gekregen van het provinciebestuur. Heeft iemand van jullie ze al gezien?

Een van de klanten zei: Het zijn maar kleintjes, hoor. Niet veel groter dan monnikentrommels.

Bofkont zei: De afmeting zegt weinig. Als ze er granaten mee over de rivier kunnen schieten, hebben die Blauwe Hoofddoeken niet eens de kans om weg te rennen.

Ik snauwde: Misschien rennen ze wel niet weg! Je weet maar nooit wie er straks wie te grazen neemt!

Ik kwakte de theeblaadjes uit mijn kopje, gooide wat muntjes op tafel en liep naar buiten. Bofkont staarde me na alsof hij me nog nooit gezien had. De gedachte aan die arme donder in dat bootje maakte me verdrietig. Kon het Tweede Meester zijn geweest? Natuurlijk niet! Die kon onmogelijk zo stom zijn geweest. Het leed geen twijfel dat de man in kwestie op het laatste moment zijn kalmte had verloren. Hij was er niet eens in geslaagd zijn missie ten uitvoer te brengen, en je kon alleen maar medelijden met hem hebben.

Het deed me goed dat ik zo was uitgevaren in het theehuis. Alsof ik een bom met een kort lontje was, en zomaar kon ontploffen als je iets zei wat me niet beviel!

Op de terugweg naar het Iependorp bekroop me toch weer het knagende gevoel dat het misschien wél Tweede Meester was geweest in dat bootje. Waarom niet, eigenlijk? Was het niet typisch iets voor hem om zich in zo'n kajuit onder een lading springstof te verstoppen? Hij was toch pas tevreden als hij groot gevaar liep? Maar nee, ik had hem zelf bezig gezien in de Ossenhoornvallei, en ik kon me niet voorstellen dat hij nu in duizend stukjes in de Groene Rivier dreef, als uitgestrooid visvoer. Dat was niet de manier waarop mannen als hij aan hun eind kwamen. Maar mijn mening sloeg weer om toen ik aan Grote Weg en Tweede Mevrouw dacht. Misschien was het juist wel goed als hij zo gestorven was. Ik was in zijn plaats liever in duizend stukjes uiteengespat dan dat ik thuis had moeten komen in de linkeruitbouw. Het was nog steeds dezelfde uitbouw, van hetzelfde huis, met dezelfde mensen. Maar de sfeer was er totaal veranderd.

Grote Weg deed aan een goedgeoliede machine denken, of een weldoorvoed werkpaard. Ik had hem nog nooit zo opgewekt gezien. Wat hij ook deed, werken, wandelen of baden, hij floot onophoudelijk. En wie hij ook zag, iedereen kreeg een blije, guitige glimlach. Maar ik zag als enige de schaamte achter die glimlach. Als het werk erop zat struinde hij het dorp in en nam het eerste kind dat hij tegenkwam op zijn schouders, voor een ommetje waarbij hij al snel een horde joelende kinderen om zich heen had, die Grote Neus tegen hem riepen. En als hij dan in het rond graaide en ze bij hun vlecht of de kont van hun broek greep, gierden ze het uit van schrik en pret.

Tweede Mevrouw was precies het tegenovergestelde. Zij had angst in haar ogen. Angst voor de dorpelingen. Angst voor de communearbeiders. Angst voor de hoofdpoort van het familiehuis. Angst voor de staartzwiepende vissen in de vijver. Angst voor de stenen tafel op de galerij. Angst voor de buitenlander met zijn gespierde paardenrug. Angst zelfs voor haar eigen schaduw. Volgens mij was er niets op de wereld waar ze niet bang voor was. Maar als ze terugdacht aan wat er was voorgevallen, vergat ze iedereen om zich heen en kon je aan haar voldane glimlach zien wat er werkelijk in haar hart leefde. En dan was ze nog mooier dan anders, mooier nog dan toen ik haar voor het eerst had gezien. En dat wekte dan een grote teleurstelling bij me, een grotere teleurstelling dan wanneer mijn dagdromen niet uitkwamen. Voor mij was de godin niet langer de godin die ik ooit gekend had. Ze was bezoedeld!

Ze was opgehouden een godin te zijn toen ze Grote Weg zijn zin had gegeven.

Anderen konden die angst in haar ogen niet zien, maar ik wel. En dat maakte míj weer bang! Mijn angst was nog groter dan de hare. Ik kon haar aanblik niet meer verdragen, en kon ook niet meer naar Grote Weg kijken. Alsof ik het was geweest, en niet zij, die zich te buiten was gegaan. Als ik even niks te doen had, sloot ik mezelf op in mijn kamertje en ging met mijn ogen dicht op mijn brits liggen, mijn oren volgepropt met katoen. Dan wilde ik niks zien of horen, alsof ik de grootste booswicht ter wereld was.

De brief voor Grote Weg was pas de tweede sinds zijn komst naar het Iependorp. Hij had al die tijd scheel van ongeduld op post gewacht. Maar toen ik hem dan eindelijk die brief kon geven, had zijn hart een ander thuis gevonden, ergens ver weg. Ik had verwacht dat hij buiten zinnen zou raken van vreugde. Maar hij scheurde bedachtzaam de envelop open en het leek wel alsof ik Tweede Meester een brief van een oude schoolvriend zag lezen. Nadat hij hem tweemaal had doorgenomen, ging hij achterover op bed liggen en staarde verzaligd naar het plafond. Ik zei hem wat Vader Ma me gevraagd had te zeggen, maar hij wekte niet de indruk dat er ook maar iets van doordrong. Helemaal ondergedompeld in het genot van zijn gedachten.

Hij had haar de droogkamer binnengedragen.

Hij had haar neergelegd op een bed van boomschors.

Terug achter de gesloten deur van mijn kamertje dacht ik aan wat er gebeuren zou als Tweede Meester thuiskwam. Het was al vreselijk genoeg dat hij bedrogen was, maar het zou nog erger worden als hij het bedrog ontdekte. Stel je voor dat hij erachter kwam! Wat moesten we dan beginnen? Ik sloot mijn ogen en propte mijn oren vol katoen, en het voelde alsof er een ontploffing was geweest in mijn eigen hoofd, alsof mijn eigen verschrompelde walnoot aan stukken was gesprongen.

Ik kon me niet voorstellen hoe dat bootje eruit had gezien nadat het ontploft was.

Er leek een doodsgeur door het familiehuis te trekken.

De communearbeiders kregen een dag vrijaf om Oude Mevrouw de komst van een nieuwe godheid te helpen vieren. Het hele Iependorp en alle pachters waren uitgelopen voor de feestelijke gebeurtenis. Ze omzoomden de weg vanaf de Berg Van Jade naar het familiehuis. Voor het poortgebouw stonden muzikanten op hun trommels te slaan en op hun toeters te blazen, en het geluid galmde door de hele vallei alsof er overal getrommeld en getoeterd werd. Alle bewoners van het familiehuis stonden in hun mooiste kleren de aankomst van de godheid af te wachten. Ik stond onder aan de stoep van het poortgebouw, had als altijd de taak om de gasten te begroeten en een plek te wijzen voor hun draagstoelen. Maar er waren niet veel gasten dit keer, en de devote boeddhisten onder hen waren het hele stuk vanaf de Berg Van Jade komen lopen. Op de helling verscheen de draagstoel van de godheid. Met zijn rode kap en rode gordijntjes leek hij net de draagstoel waarin Tweede Mevrouw destijds naar het familiehuis was gekomen. Ook het onthaal was vergelijkbaar. De pachters en hun vrouwen en kinderen juichten uitbundig en hun schrille gefluit vulde de lucht. Halverwege het dorp hielden de dragers halt en vier bedienden snelden toe om het beeld, vervaardigd in opdracht van de Cao-familie, uit de draagstoel te tillen. Heel voorzichtig, alsof het van eierschalen was gemaakt. Ze was zo groot als een kind van een jaar of vijf, gesneden uit sandelhout en bekleed met bladgoud. Ze zat in lotushouding en haar vele armen staken zijdelings uit haar romp, zoals bij een duizendpoot. Elke handpalm was ingelegd met een open oog, en al die ogen staarden naar de jubelende mensen in de dorpsstraat. Vier mannen, acht sterke armen, droegen haar hoog boven hun hoofden naar het familiehuis, gevolgd door de nu lege draagstoel, en daarachter weer een tiental sober geklede monniken met kaalgeschoren hoofden, die als kalebassen in de mensenmassa leken te drijven.

Oude Mevrouw en Oude Meester kwamen naar het poortgebouw om de processie te verwelkomen. Huismeester Bing vertelde me dat de nieuwe godheid de Duizendhandige En Duizendogige Kwan Yin was, de Godin Van Het Mededogen, een van de helderste sterren aan het boeddhistische firmament, die haar vele handen en ogen ten dienste stelde aan de mensheid. Dat laatste wekte mijn verwondering. In haar meditatiekamer dacht Oude Mevrouw alleen aan zichzelf, dus waarom haalde ze deze verbluffende godin dan in huis? De enige reden die ik kon bedenken, was dat ze het beeld als een soort prothese wilde benutten, die de menslievende daden tot stand moest brengen waar ze zelf niet toe in staat was.

Oude Mevrouw en Oude Meester knielden neer op de hoogste trede van de stoep om de langzaam naderende godheid eer te bewijzen. Het gezicht van Oude Mevrouw was spierwit, haar huid glad en glanzend. Omdat ze nooit meer buiten kwam, scheen de tand des tijds geen vat op haar te hebben. Dus bekeken de dorpelingen haar met nog meer ontzag dan de nieuwe godheid. Oude Meesters gezicht was heel donker, zwart bijna, met een groenige weerschijn. Heel het Iependorp wist dat hij het hele jaar door allerlei wondermiddeltjes slikte, maar als dat al tot een wonderbaarlijke gezondheid leidde, dan was het hem niet aan te zien. Sommigen bekeken hem met verbazing, anderen met medelijden, en weer anderen stonden zich zichtbaar te verkneukelen. Op mijn positie, onder aan de stoep, kon ik al die verschillende gelaatsuitdrukkingen heel goed zien. Maar wat ik niet zag, was dat er in de leeggestroomde dorpsstraat een man verscheen. Hij liep langzaam op het huis toe, met zijn mantel over een schouder. De stalen plaatjes onder zijn zolen klikten op de kasseien. Ik kreeg hem pas in de gaten toen hij achter de muzikanten stond en als in trance de toeteraars gadesloeg.

De sombere, melancholieke Tweede Meester was terug.

Hij was iets langer dan een week weggebleven, maar in die korte tijd was alles in het familiehuis volkomen veranderd. Hijzelf was ook compleet veranderd. Hij zag er vreselijk uit. Gesloopt. Het was wel duidelijk dat er iets helemaal fout was gelopen. De linkerkant van zijn gezicht was nog steeds niet helemaal geheeld, het lange litteken was nog rozerood, en nu lag de rechterkant ook aan flarden! Alles was met verbandgaas afgedekt, zelfs zijn rechteroog en oor.

Ik was met stomheid geslagen.

Zijn gepijnigde blik leek te zeggen dat hij alles al wist.

Hij zag eruit alsof hij elk moment kon toeslaan.

Ik wilde het liefst maken dat ik wegkwam.

Ik wilde Tweede Mevrouw gaan zeggen dat hij er weer was.

Teruggekomen om wraak te nemen.

Maar ik verzette geen stap. Ik toverde een glimlach op mijn gezicht en maakte een knieval ter begroeting. Hij bleef nog een poosje naar de toeteraars staan staren, en staarde daarna nog een tijdje naar de trommelaars, en toen stapte hij trekkebenend op mij af.

Hij vroeg: Wat is hier gaande, Oren? Wat een gedoe allemaal.

Ik zei: Oude Mevrouw heeft een nieuwe godheid in huis gehaald. Kwan Yin. Wilt u haar zien?

Nee, zei hij. Ik ben moe. Ik wil rusten.

Ik vroeg: Wat is er met uw gezicht, Tweede Meester?

Niks, zei hij. En nu geen vragen meer.

Ik verliet mijn post om hem naar het grote woonverblijf te vergezellen. We gingen het huis niet door de hoofdpoort binnen maar door een zijpoort. Op de binnenplaats liet hij zich gewillig naar de tussenpoort van de linkeruitbouw voeren, wat des te duidelijker maakte hoe vermoeid hij was. Hij was zo slap als een eind touw en zijn kleren roken schimmelig. Ik moest aan dat bootje denken waar Bofkont over verteld had, en vroeg me af of Tweede Meester misschien toch aan boord was geweest en er op het laatste nippertje vanaf was gesprongen. Misschien had hij dagenlang verdwaasd rondgezworven eer hij de weg naar huis had gevonden.

We naderden de tussenpoort. Van rechts klonk het gezang van de monniken voor het poortgebouw. Maar hun monotone gedrens werd opeens vermengd met de lach van Grote Weg. Hij liep over de binnenplaats naar de hoofdpoort, had ons niet opgemerkt en maakte een grimas en zwiepende handgebaren naar iemand aan de andere kant van de poort, kennelijk om de spot te drijven met de Duizendhandige Kwan Yin. Ik wist dat die ander alleen maar Tweede Mevrouw kon zijn en mijn hoofd begon te gonzen. Stel je voor dat zij nu lachend en gebarend op Grote Weg kwam afrennen!

Op datzelfde moment kreeg Grote Weg ons in de gaten. De glimlach bleef nog een ogenblik op zijn gezicht hangen en was toen spoorloos verdwenen. Hij wierp een vluchtige blik in de richting van de hoofdpoort, maar voor hij iets kon zeggen kwam Tweede Mevrouw op hem toegelopen. Ze had niet kunnen zien wie hem zo aan het schrikken maakte, maar nu ze zelf Tweede Meester zag bleef ze stokstijf staan.

Mensen lopen elkaar zo vaak onverwacht tegen het lijf. Dit was wel een heel vreemde reactie. Grote Weg had een schuldige oogopslag. Tweede Mevrouw ook. En die oogopslagen deden me verlangen naar een mierennest waarin ik kon wegkruipen tot ze weer een normaal gezicht zouden trekken. Misschien waren ze alleen maar uit hun doen omdat Tweede Meester er zo beroerd uitzag, maar ze oogden er niet minder benepen om. Maar toen de man die ze bedrogen hadden op hen af kwam lopen, kwam er ook een koppige flonkering in hun ogen.

Opeens leek het ook tot Tweede Meester door te dringen dat er iets eigenaardigs aan de hand was. Ook hij bleef stilstaan.

Ze keken elkaar aan.

Niemand zei wat.

Ik hoorde het gemurmureer van de monniken en probeerde het uit alle macht te verstaan.

Grote Weg zei: Hoe gaat het, Cao?

Tweede Meester antwoordde: En met jou?

Tweede Mevrouw vroeg: Wat is er met je gezicht gebeurd, Guanghan?

Tweede Meester kneep zijn onbedekte linkeroog dicht en negeerde de vraag. Het was wel duidelijk dat hij geen zin meer had om met hen te praten. Hij slaakte een zucht en sloeg met bevende vingers wat stof van zijn kleren. Hij greep mijn arm, draaide moeizaam om zijn as en liep waggelend de treden van de tussenpoort op.

Hij had hun ondubbelzinnig zijn rug toegekeerd.

Tegen mij zei hij: Ik heb me een beetje bezeerd, maar zeg dat niet tegen mijn moeder.

En toen zei hij: Ik ga even liggen, Oren. Ga maar weer aan je werk.

Ik draaide me om, maar durfde niet naar de twee mensen te kijken die daar bedremmeld waren achtergebleven. Met mijn rug gekromd en mijn kop tussen mijn schouders liep ik weg, langs de muur schurend als een schuwe rat. Grote Weg en Tweede Mevrouw leken ook wel twee ratten. Ik hoefde hen niet te zien om te weten dat wanhoop zich met angst had verenigd om hun harten in een omklemming te nemen. Tweede Meester was de kat. Ik hoorde hoe een kat zijn klauwen sleep aan het gezang van de monniken, en ik was doodsbang dat iemand zich een angstschreeuw zou laten ontglippen.

Die schreeuwer was ikzelf.

In mijn dagdroom had iemand me bij mijn strot gegrepen.

Hij zei: Vertel op! Voor de draad ermee!

Doe me geen pijn alstublieft! smeekte ik.

Die wazige figuur, wie het ook zijn mocht, begon alle leven uit me weg te knijpen.

Ik wist dat de dood de enige uitweg was. Ik was ervan overtuigd dat Tweede Meester een bom bij zich droeg. Hij wachtte tot ze met z'n allen op de galerij rond het schaakbord zouden zitten, en dan zou hij de lont aansteken en alles en iedereen wegvagen! En tot die tijd moest ik ervoor zorgen dat het een verrassing bleef, en mijn mondje dichthouden.

Nou, ik wist van niets.

Al knepen ze mijn strot dicht.

Ik wist dat hij de grootste stumper van het hele Iependorp was geworden.

Maar ik wist van niks!

Vreselijk. Echt verschrikkelijk.

Nu was ik nog medeplichtig ook!

28 MAART

Dankzij de dennen en sparren van de Berg Van Jade werden de gure winterwinden verzacht als ze de vallei van het Iependorp binnenvielen.

Naast de draagstoelenschuur hadden we een houtskoolkeet die wel half zo groot was als een woonvertrek, en alle komforen in het familiehuis konden elke dag volop branden. Met elkaar zorgden ze voor een rooksluier die het hele huis omgaf. Voor ons lijfeigenen was het een hemels genot om op winterdagen naar binnen te gaan en onze handen boven zo'n komfoor te warmen.

Tweede Meester deed geen stap buiten het familiehuis. Zijn ouders wilden zelfs dat hij dag en uur binnen bleef om zijn wonden te laten helen. De eerste paar dagen deed hij dat ook en zat als een stenen beeld in zijn zitkamer, maar daarna zocht hij regelmatig de galerij op. Niemand zei iets tegen hem terwijl hij daar in een stoel zat of op en neer liep. Hij was zo diep in gedachten verzonken dat niemand hem durfde te storen. Op een dag werd de saaiheid hem kennelijk te veel en kwam hij naar de lucifercommune. Daar liep hij heen en weer tussen de arbeiders, met zijn hand op het gaas om de rechterkant van zijn gezicht vrij van zaagsel te houden. Tweede Mevrouw zei dat hij beter terug kon gaan, maar hij keek haar alleen maar even vluchtig aan en sjokte weer verder over de schors, het zaagsel en de afgerukte takken. Voorheen had hij de arbeiders dikwijls verveeld met zijn beuzelpraat over de gelijkheid van alle mensen, maar daar was nu geen sprake van. Hij deelde alleen maar schouderklopjes uit om zijn waardering te tonen, en bleef zo stil dat ze zich gingen afvragen of hij misschien ook iets aan zijn tong had. Niemand had enig idee wat er in hem omging en wat hij van plan was. Net als zijn familieleden vonden ze zijn gedrag zo vreemd dat ze hem bezorgd en argwanend in de gaten hielden.

Ik sloot uit voorzorg de deur van de mengkamer af en ging ijverig zitten ontschorsen. Maar hij kwam bij me staan, legde zijn hand op mijn schouder en voerde me met zachte dwang terug. En ik liet me leiden, gedwee, alsof ik onder hypnose was.

Tweede Mevrouw zei: Oren, wil jij Tweede Meester naar huis terugbrengen?

Ik zei: Natuurlijk, mevrouw.

Maar toen ik me wilde omdraaien, gaf hij me een zet in de richting van de mengkamer, die me bijna omver deed tuimelen. Als de gehoorzame dienaar die ik was haalde ik de sleutel uit mijn zak, en ik zag vanuit mijn ooghoeken dat iedereen ons gespannen stond te volgen. Ze hadden gezien hoe nijdig hij me geduwd had.

Ik zuchtte diep en zei: Tweede Meester, ik kan u hier niet binnenlaten. Uw wonden zijn nog niet genezen.

Hij gaf me zo'n harde zet dat ik met mijn kop tegen de muur sloeg.

Ik zei: U kunt nog geen lucifers maken in uw toestand. Ik heb opdracht van Oude Meester en Huismeester Bing om u hier niet toe te laten, en dat zal ik dus ook niet doen.

Ik zei geen woord over Tweede Mevrouw en Grote Weg. Het leek me verstandiger om hen erbuiten te houden. Maar hij ontplofte toch. Hij klemde woedend zijn tanden op elkaar, smeet me tegen de grond en begon me te trappen. Het was een herhaling van het pak slaag dat hij me eerder had gegeven, en hoewel ik hem ditmaal probeerde af te weren raakte hij me in mijn buik en trapte mijn darmen zowat uit mijn lijf. Ik krulde me als een garnaal en sloeg mijn armen over mijn hoofd. Het voelde alsof ik door tien man tegelijk werd getrapt. Hij sprong hijgend om me heen en schopte me waar hij me raken kon en hij klonk alsof hij zich kostelijk vermaakte.

Groot tumult.

Tweede Mevrouw gilde het uit van ontzetting.

Guanghan, riep ze, wat doe je nu?

Tweede Meester schreeuwde: Donder op! Laat me gaan!

Niemand zei nog iets.

Een nieuwe trap raakte me vol op mijn achterhoofd. Mijn oren suisden en ik begon te zweven. Het kabaal loste zich op.

Opdonderen?

Wie?

Tweede Mevrouw?

Grote Weg?

Ik?

Enkelen van die zwijgende mensen trokken Tweede Meester weg. Donder op! brulde hij. Ze werkten hem de graanschuur uit. Iemand probeerde me overeind te trekken. Ik werd overal bevoeld en betast. Ik verroerde geen vin. Ik zoog koude lucht naar binnen door mijn opeengeklemde tanden. Alles deed pijn. Mijn hoofd nog het meest. Hete golven, alsof ik met gloeiende ijzers werd bewerkt. Ik wilde niet overeind komen. Ik wilde dat Tweede Meester terugkwam om zijn karwei af te maken. Ik wilde zien of die gek me werkelijk dood kon schoppen. Lukte hem dat niet, dan was het mijn beurt. Een hond kan jankend ineenkruipen als je hem schopt, maar hij kan ook opspringen en zijn tanden in je keel zetten. Ik bleef daar op de koude vloer van de graanschuur liggen, één arm over mijn hoofd en de andere voor mijn maagstreek. Ik beet op een stuk schors, beet het dwars doormidden.

Ik dacht dat ik doodging!

Ik begreep wel dat ik het niet was die hij had staan schoppen. Die trappen waren voor iemand anders bedoeld geweest, al had ik ze geïncasseerd. Als slaaf moet je zulke dingen niet te serieus nemen. Je moet een oogje toeknijpen. Meesters zijn nu eenmaal anders dan anderen. Maar toch, ik wist dat ik er niet meer tegen kon. De Cao's hadden mij beter opgevoed dan alle andere slaven en knechten van mijn leeftijd. Maar de maat was vol. Ik pikte het niet langer!

Ik zon op wraak.

Hij had mijn kop zowat aan diggelen geschopt!

Ik wist wat me te doen stond.
Vanaf nu ging ik de dwaas uithangen.
Tegen iedereen.
Dat was de enige weg die me nog openstond.
Van nu af aan was ik een dwaas!

Het kostte me trouwens weinig moeite om de idioot uit te hangen. Als iemand iets tegen me zei, duurde het een eeuwigheid eer het tot me doordrong. En als ik zelf iets wilde zeggen, kon ik geen woorden vinden en stond ik daar met open mond. Als dat geen dwaas of idioot is, dan weet ik het ook niet meer! Misschien was er bij die laatste trap werkelijk iets kapotgegaan in mijn hoofd. Dus trok ik me bij thuiskomst in mijn kamertje terug en bleef de hele dag plat op bed liggen. Er kwamen massa's mensen bij me kijken, maar ik wist niet precies wie, en ik negeerde ze allemaal. Ik staarde alleen maar naar het plafond, knipperde hooguit met mijn ogen. En nogmaals, dat was niet eens opzet. Ik had echt het gevoel dat Tweede Meester iets kapot had geschopt. Toen zijn schoenpunt zowat door mijn schedel ging, waren mijn hersens er gewoon mee uitgescheeën. En waarom zou ik ze dwingen om weer aan het werk te gaan? In deze toestand hoefde ik tenminste tegen niemand meer beleefd te zijn.

De vrouw van Huismeester Bing kwam me een nieuwe jas brengen.

De tranen van dat ouwe mens lieten me koud.

Ik negeerde haar.

Huismeester Bing zei: Onze oude meester heeft Tweede Meester geweldig op zijn donder gegeven.

En hij zei ook: Ik heb met je te doen, Oren.

Ik negeerde hem.

Grote Weg probeerde elk Chinees woord dat hij kende, maar niet één bracht een reactie bij me teweeg. Hij schonk me een kameraadschappelijke grijns en floot een vrolijk deuntje voor me. En daarna ging hij een pijp zitten roken, geduldig wachtend tot ik iets zeggen zou.

Tevergeefs.

Ik negeerde hem.

Tweede Mevrouw duwde mijn deur open en kwam ook binnen. Grote Weg stond haastig op uit de stoel, zodat zij kon gaan zitten. Hij deed een stap naar achteren en bleef staan, had niet door dat ze wachtte tot hij weg zou gaan, stond daar maar, ongewenst. Toen hij het eindelijk doorkreeg keek hij nog even verward om zich heen en liep besmuikt naar buiten. Als je die twee zo zag, leken het wel volstrekte vreemden, of doodsvijanden. Ik bekeek hun gezichten met de ogen van een dwaas, de twee gezichten die zich zo innig tegen elkaar hadden gedrukt, en ik kreeg een heel voldaan gevoel. Waarom? Daar kon mijn verwarde brein geen antwoord op geven.

Negeer haar! hield ik mezelf in stilte voor.

Tweede Mevrouw zei: Oren, dat had Meester Guanghan je nooit mogen aandoen. Maar wees niet boos op hem. Hij is vreselijk humeurig de laatste tijd, en dat weet hij zelf ook wel. Ik kom je in zijn plaats om vergiffenis vragen. Wees ruimhartig, alsjeblieft. We moeten toegeeflijk zijn, Oren. Je kent Meester Guanghan. Hij is zoals hij is, en geen mens kan hem veranderen. We zullen alleen voorzichtiger moeten zijn in onze omgang met hem. Snap je me? Zeg eens, heb je nog pijn?

Ik zei mooi niks.

Ik keek haar niet eens aan.

Ze stond op en liep weg.

Ik lag op mijn rug en voelde me als een lege pot. Er kwam niets binnen en er ging niets uit. Mijn neus had de hele tijd gestoken toen ze bij me zat, maar ik had geen traan gelaten. Niet één. Ze vond dat ik voorzichtiger met hem moest zijn. Maar wat had ik dan verkeerd gedaan? En waarom moest ik trouwens voorzichtiger zijn? Híj kon maar beter voorzichtiger zijn! Verdomd voorzichtig, zelfs! En ze wilde dat ik toegeeflijk was. Nou, ik was een slaaf, dus toegeven zat me in het bloed. Was ze soms bang dat ik hem met gelijke munt zou terugbetalen? Dat ik hem zou afmaken? Als ik daar het lef voor had, zou ik niet zijn wie ík was. Nee, ik kon helemaal niks. Behalve de dwaas uithangen.

Na een tijdje begon ik in te zien dat dwazen het zo slecht nog niet getroffen hebben.

Alleen dwazen krijgen dingen te horen die hen eigenlijk niet aangaan.

En dwazen hebben de beste dagdromen.

De volgende dag was een herhaling van de eerste. Niet eten, niet drinken, niet naar de plee, alleen maar op mijn rug liggen en naar het plafond staren. Wuling werd naar me toe gestuurd om voor me te zorgen. Ze zat de hele tijd naast mijn brits te snotteren en te sniffen, en vol verwachting te hopen dat ik weer in mijn broek zou schijten, zodat ze de kans kreeg om die naar beneden te trekken. Maar ik was niet in de stemming om mezelf te vernederen. Nog geen scheet liet ik! Toen ze mijn gezicht schoonveegde met een handdoek begon ze pas echt te huilen.

Ze zei: Hij heeft je wel vreselijk mishandeld, Oudere Broer Oren.

Ze zei: Zeg alsjeblieft iets, Oudere Broer Oren.

Ik walgde van dat stomme wicht met haar stinkadem.

Maar er biggelden opeens tranen over mijn wangen.

Wat waren ze heerlijk koel!

Die nacht glipte Tweede Meester als een spook mijn kamer binnen. Hij stak een lucifer aan om de lamp te vinden, die op de vensterbank stond, en stak hem aan met een tweede lucifer. Nadat hij zich over me heen had gebogen om mijn gezicht te bekijken, sleepte hij mijn zelfgemaakte bamboe stoel naar mijn brits, die kraakte toen hij ging zitten. Dat omzwachtelde gezicht van hem was doodeng in het schijnsel van de lamp. Zijn goede oog fonkelde en leek dolken van licht te werpen, die het vlees van mijn botten sneden.

Ik sloot mijn ogen en negeerde hem.

Het bleef een hele poos doodstil in mijn kamertje.

Er plofte iets zwaars op mijn deken. Een slang! Ik schrok me een ongeluk. Maar toen besefte ik dat het geen slang was, maar die krankzinnige zweep van hem. Ik hield mijn adem in en wachtte tot hij iets zou zeggen. En wat hij uiteindelijk zei was wel het laatste wat ik verwacht had te horen.

Hij zei: Jouw beurt, Oren.

Hierop volgde een lange stilte, die hij ten slotte verbrak met een ontboezeming die niet voor mij bestemd leek, of voor wie dan ook.

Hij zei: Ik ben een stuk stront. Ik deug nergens voor. Ik ben geboren om vertrapt te worden, ben op de wereld gezet om iedereen te beschamen. Waardeloos ben ik. Ik heb nog nooit iets tot een goed einde gebracht. Waarom leef ik eigenlijk? Waarom moet ik zo lijden? Ik span me in voor anderen, mensen die net zo waardeloos zijn als ik. Maar het lijken alleen maar mensen. In wezen zijn het beesten op twee benen. Dus waar doe ik het voor? Hoe kan er ooit rechtvaardigheid zijn met al die tweebenige beesten op de wereld? En waarom zou er ook rechtvaardigheid zijn? Waarom zou dat uitschot een plekje onder de zon verdienen? Ik zal ze wegvagen. Ik ben het ergste stuk stront van allemaal. Waarom leef ik? Waarom maak ik er geen eind aan? Waarom snij ik mezelf niet aan reepjes of blaas mezelf op? Omdat ik daar het lef niet voor heb. Ik heb er het lef niet voor, Oren. Ik verdien het niet dat ik een lichaam heb, of zelfs maar een schaduw. Pak die zweep maar, Oren, en ransel de adem uit mijn lijf. Ik ben toch maar een beest, ik verdien elke zweepslag die ik van je krijg, van jou en alle anderen. Ik smeek het je. Waarom negeren jullie me allemaal? Vooruit, doe het!

Wat een gezemel! De grootste dwaas ter wereld had er zijn ogen nog bij opgeslagen. Ik gaapte hem aan. Hij schreeuwde het niet, maar mompelde alsof hij in zijn slaap praatte. Hij zat met gebogen hoofd te kwijlen en naar de vloer te staren alsof hij een diepe afgrond zag en bang was om erin te vallen. Hij beefde over al zijn leden. Deze bizarre aanblik kreeg Tweede Mevrouw dus regelmatig te verduren. De glans in zijn onbedekte oog was niet menselijk meer. Het was inderdaad het oog van een beest. Zijn waanzin keerde zich tegen hemzelf. Ik speelde heel even met de gedachte om op te staan en hem er ongenadig van langs te geven met die zweep. Maar toen vloeiden er tranen uit het beestenoog. Het was alsof hij zichzelf levend aan het villen was met al dat gepraat. Maar tegelijkertijd leek het hem ook op te luchten, leken die tranen iets weg te spoelen wat in zijn hart had vastgezeten.

Alles bij elkaar was het om te kotsen, zo walgelijk.

Als ik hem met die zweep sloeg, zou ik alleen maar zijn ziekelijke lusten bevredigen.

Nee, hem er van langs geven was wel het laatste wat ik wilde.

In plaats daarvan besloot ik hem met woorden te treffen.

Het was tijd om mijn dwazenhouding te laten varen.

Ik zei: Tweede Meester, waarom stelt u zich zo aan?

Dit leek me het gemeenste wat ik zeggen kon.

En ik kreeg gelijk! Het effect was tienmaal erger dan een zweepslag. Het was verwoestend.

Hij zat in die bamboe stoel, liet mijn woorden tot zich doordringen, en beefde heviger dan ooit.

In wat voor droom hij zich ook verloren had, hij was nu weer wakker!

Hij legde zijn hoofd in zijn handen en bleef zo zitten tot de lamp uitging. Toen raapte hij zijn zweep op en trekkebeende naar de deur. Als ik niks gezegd had, was hij waarschijnlijk ook wel op zijn verzoek teruggekomen. Het laatste wat hij zei raakte me recht in mijn hart.

Hij zei: Het spijt me, Oren.

En daarna zei hij: Ik ben een waardeloos mens. Negeer me maar.

Hij liep de deur uit, de nacht in.

De rest van die nacht liep hij als een rusteloos paard over de galerij. Hij liep er nog toen ik de volgende ochtend wakker werd. In zijn ontreddering had hij het verbandgaas van zijn gezicht gerukt, compleet met alle wondkorsten. De rechterkant was een landkaart van roze, bloeddoorlopen vlees. De waanzin in zijn blik was groter dan ooit.

Tweede Meester was niet meer te redden.

Het was gedaan met hem.

29 MAART

Op een dag in de twaalfde maanmaand kwam de Cao-familie in de grote eetkamer bijeen voor de traditionele Acht Schatten-pap. Onder het eten stond Tweede Mevrouw plotseling van tafel op en liep de kamer uit. Door het raam zag ik hoe ze achter een zuil van de galerij glipte, dubbelsloeg en overgaf. Na de maaltijd was ze als eerste weg en liep haastig naar het grote woonverblijf in de linkeruitbouw. Maar ze haalde het niet. Op het pad in de binnentuin hurkte ze neer en gaf opnieuw over. Ditmaal was het alleen maar witte, kleverige troep, omdat ze na de eerste keer niks meer gegeten had. Tweede Meester kwam langs en vroeg wat er aan de hand was.

Tweede Mevrouw zei: Niets. Er zat iets in mijn keel.

Hij liep verder, maar na een paar stappen zag ik hem een ingeving krijgen. Hij bleef staan, draaide zich om en nam haar aandachtig op. Ze was te beroerd om overeind te komen en bleef op haar hurken zitten. Haar schoenen zaten onder de braakselspetters. Zonder iets te zeggen liep hij weer door. Ik vroeg Wuling of Tweede Mevrouw nog iets anders gegeten had dan de Acht Schatten-pap. Nee, zei ze, met een gezicht dat wit was van bezorgdheid. Tweede Mevrouw braakte niets meer op, maar ze bleef zitten kokhalzen. Haar hoofd hing moedeloos omlaag en haar rug kromde zich bij elke keer dat haar maag omhoogkwam.

We hoorden iemand fluiten. Grote Weg. Tweede Mevrouw sperde haar ogen open. Ze zette een hand tegen de muur en werkte zich overeind. Toen hij ons zag zwaaide hij met zijn nieuwe waaier, die Oude Meester Cao met een motief van grote dadels had beschilderd. Vanuit de verte leek het eerder alsof een reus er vieze vingerafdrukken op had achtergelaten.

Grote Weg zei: Dadels! Die zaten ook in de pap!

Hij liet ons trots zijn waaier zien.

Tweede Mevrouw knikte.

Ze glimlachte zwakjes.

Ze was verbijsterend mooi.

Ze zei: Prachtig zijn ze. Net echt.

Grote Weg had niet door dat er iets met haar aan de hand was. We liepen verder en bij de vijver aangekomen gingen we uiteen. Toen Tweede Mevrouw de treden van de galerij beklom leek ze niets meer te mankeren. Ik sloeg haar gade en vroeg me af waarom ze zich groot hield. Natuurlijk, ze had er vreselijk uitgezien toen ze zat te braken, met haar hoofd omlaag en haar mond wijdopen als een zieke eend. En dan die onsmakelijke geluiden. Maar het zat me dwars dat ze zo was omgeslagen bij het verschijnen van Grote Weg.

Ik riep haar na: U moet Huismeester Bing de dokter laten halen.

Ze zei: Ik voel me uitstekend, Oren. Maak je toch niet altijd zo bezorgd. Het is kil, dus doe maar wat extra houtskool in het komfoor van Meneer Weg. Maar zeg hem wel dat hij zijn raam op een kier zet, anders bevangt de rook hem nog. Ga nu maar, Oren, ik ben prima in orde. En wees ook voorzichtig in je eigen kamer.

Voorzichtig? Waarvoor? Als slaaf mocht je na het eten nog wat houtskool stoken, maar de rest van de avond moest je je maar zien te redden. De warmte van het eten in je buik moest volstaan. En die aanwijzingen voor Grote Weg waren ook niet nodig. Ze wist heus wel dat ik hem van voldoende houtskool voorzag en dat zijn kamer goed geventileerd werd. Het hinderde me dat ze zo over hem inzat. Ze wist alles te verbergen, maar die bezorgdheid niet. Dat was niet goed.

De avonden van Grote Weg waren vrijwel onveranderd. Hij ging nog steeds bijna elke dag in bad. Zo ook deze avond. Ik stookte twee komforen hoog op en zette ze aan weerszijden van zijn kuip. Op een van de komforen had ik een koperen kan met water staan, zodat ik zijn badwater kon bijverwarmen. Dit betekende dat ik in zijn kamer moest blijven zolang hij in bad zat, want als ik in en uit zou lopen, kwam er te veel koude lucht binnen. Ik zat gehurkt bij de muur en als hij zei dat er heet water bij moest, stond ik op en pakte de kan. In de tussentijd zat hij daar met zijn hoofd net boven de rand van de stenen kuip, zwijgend, met zijn ogen dicht, in gedachten verzonken. En ik tuurde naar zijn gezicht en probeerde te raden wat voor gedachten er door dat hoofd gingen, dat zo vlak boven het water nog groter leek dan het al was. Zijn neus en kin leken me veel te dik, en zijn oogleden ook. Het was niet bepaald een knappe kerel. Maar toch had dat gezicht zich tegen het gezicht van Tweede Mevrouw mogen drukken, en die lippen hadden aan de hare gesabbeld. En dat grote lijf had boven op haar gelegen!

Het was overal behaard, dat lijf.

En dat van Tweede Mevrouw?

Dat was een smetteloze ranke lotuswortel.

De gedachte alleen al. Doodziek werd je ervan! Maar het ergst van alles vond ik de zorgeloosheid van Grote Weg. In de eerste dagen na Tweede Meesters terugkeer had hij benauwd en mistroostig uit zijn ogen gekeken. Maar toen had hij het schaakbord alweer te voorschijn gehaald en was hij Tweede Meester gaan opzoeken. Ze speelden op de galerij of op de binnenplaats van het hoofdhuis, aan de stenen tafel of aan een achthoekige tafel of waar dan ook. Behalve de geur van houtskool had hij altijd het parfum van Tweede Mevrouw aan zijn kleren hangen, en op zijn gezicht zag je altijd een geruststellende glimlach. Het was me niet duidelijk wie hij nu precies gerust wilde stellen, Tweede Mevrouw of zichzelf. Maar Tweede Meester in elk geval niet!

Als hij schaak speelde droeg hij een masker.

Als hij in bad zat, toonde hij zijn ware gezicht.

Dan liepen er diepe groeven van zijn neusvleugels naar zijn mondhoeken.

De vrouw van Huismeester Bing noemde het verbitteringslijnen.

Het hart van die man is vol bitterheid, zei ze.

Grote Wegs lichaam rees op het badwater. Zijn kont kwam me tegemoet terwijl hij zich aan de rand optrok om ruimte te maken voor nieuw heet water. Hij keek angstig achterom, bang dat er hete spetters op zijn rug zouden komen. Kwam de duivelse gedachte bij me op om dat gloeiende water over hem heen te gieten?

Nee, dat kan ik me tenminste niet herinneren.

Hij zei: Gooi er maar flink wat bij, Oren.

Er kwam wel een andere gedachte bij me op. Geen boosaardige maar een jaloerse. De gedachte hoe heerlijk het zou zijn als dat grote sterke lichaam van mij was! En dat om maar één reden. Dan zou ik mijn eindeloze dagdromen kunnen waarmaken.

Waar het Tweede Mevrouw aanging waren mijn gedachten onverbeterlijk!

Ik zocht Huismeester Bing op en zei hem dat er in de boekenopslag meer ratten waren dan ooit. Ze vraten er de lijm op die Oude Meesters boeken bij elkaar hield. Hij vroeg me waar alle gif gebleven was die hij me al gegeven had. Had ik die soms zelf opgegeten? Even later liep ik met de sleutel en een nieuwe pot gif door de tuin aan het eind van de binnenplaats, op weg naar de boekenopslag. Ik had niet eens gelogen over die ratten, had het probleem alleen maar overdreven. Ik maakte de deur open en liep regelrecht naar de boekenkasten. In het stof op de vloer liepen hier en daar sporen van kleine pootjes, als borduurwerkmotieven, en elk spoor eindigde bij een gat of spleet in de muur. Ik strooide wat gif en begaf me naar de plank met mijn favoriete boek. Ik sloeg de indrukwekkendste illustraties op en bekeek ze nauwkeurig. Er stond geen komfoor in deze opslagruimte, maar het duurde niet lang of het hele vertrek werd één groot komfoor, en ik was een brandend houtskoolbrok, of een dadeltak die oprees in de vlammen en stijf overeind bleef staan, in weerwil van de verzengende hitte.

Ik verbrandde tot as, samen met de mannen en vrouwen in die prenten.

Ik merkte pas dat er iemand binnen was gekomen toen ik een kuchje achter me hoorde. Ik keek om en zag Tweede Mevrouw, bij het begin van de boekenkast, sober gekleed, een vage glimlach om haar lippen. Ik werd zo rood als een biet en liet bijna het boek uit mijn poten vallen. Het was net een droom. Waarom was ze uitgerekend op dit moment naar de boekenopslag gekomen? De mannen en vrouwen in mijn handen werden op slag verfoeilijk. Onverdraaglijk lelijk en smerig. En zelf veranderde ik in een spin, een afzichtelijke spin in zijn stinkende web. Ik was niet langer menselijk.

Tweede Mevrouw zei: Ik liep door de tuin en zag de deur op een kier staan en wilde een kijkje nemen. Wat een verrassing om jou hier te zien! Wat lees je? Je neus is helemaal stoffig. Ik kijk gewoon wat rond, lees maar rustig verder.

Ik haalde opgelucht adem en zette het boek terug op zijn plek.

Tweede Mevrouw bleef stilstaan voor het gedeelte met medische boeken.

Ik kon slechts een deel van haar gestalte zien, en haar profiel. Mijn hart klopte in mijn keel. Kokend lood was een zalfje voor mij! Stond ik warempel wéér naar een erotische voorstelling te kijken.

Ze bleef daar maar staan.

Ik hield het niet meer uit, ik moest weg!

Ik zei: Ik moet gaan, Tweede Mevrouw. Wilt u straks de deur afsluiten? Het is hier vreselijk koud. Blijf niet te lang.

Ze vroeg: Wie moet ik de sleutel geven?

Ik zei: Huismeester Bing.

Ze zei: Goed.

Ze stond al te lang in de kou, zo te zien. Ze zag er niet best uit en ik nam aan dat ze moe was. Het kwam niet bij me op dat er een andere reden kon zijn. Wat was er zo boeiend aan die medische boeken? Het kwam niet bij me op dat ze een reden kon hebben om ze zo aandachtig te bekijken. Dat erotische boek had mijn hersens week gemaakt en al mijn verstand opgeslorpt. Ik had niet eens door hoe diep ik ontaard was.

Een dag of wat later hoorde ze dat ik naar het Wilgendorp zou gaan en ging naar me op zoek. Ik had net Grote Weg met zijn bad geholpen en liep door de binnentuin om de emmer en de koperen waterkan naar de keukens terug te brengen. Ze stond op het pad en riep zachtjes mijn naam. Kom eens hier, Oren. Ik hoorde een trilling in haar stem. Ze stond daar kennelijk al lang in de koude wind. Die gierde om onze oren terwijl ik haar volgde naar het einde van het pad, waar ik voor haar ging staan om haar te beschutten. Ik nam aan dat ze me iets wilde vragen, maar dat bleek een vergissing. Ze reikte me een opgerold papiertje aan. Ik voelde haar vingernagels toen ze het in mijn hand drukte.

Ze zei: Dit is een recept dat mijn familie vaak gebruikt. Je hoeft het niet te lezen. Ga er straks mee naar de apotheek als je in het Wilgendorp bent, en laat het direct bereiden. Maar zeg niet wie het je gegeven heeft.

Ik vroeg: Is het voor uzelf?

Geen vragen, zei ze. Je bent een goede jongen, Oren. Kun je gewoon doen wat ik zeg?

Ik zei: Komt voor elkaar, Tweede Mevrouw.

Ik begreep dat dit iets belangrijks was en het verbaasde me dat ze zo veel vertrouwen in me stelde. Verbazen? Het benam me de adem! Ik ging net zo zacht praten als zij, als een stiekeme dief. Als ze me op dat moment gevraagd had om iemand te vermoorden, zou ik het zonder dralen hebben gedaan. Ik voelde aan dat ze een of ander probleem had.

Dat beven van haar stem, zoals ze daar ineengedoken stond in de kou, het deed me bijna in tranen uitbarsten. Ze stopte wat zilveren munten in mijn hand en vouwde er mijn vingers omheen. Mijn ziel vloog mee met de woorden die ze sprak. Ik voelde me zweven, als een dronkaard.

Ze zei: Dit moet genoeg zijn voor het medicijn. Wat ervan overblijft mag je houden.

Ik zei: Ik heb niks aan geld.

Ze verstarde.

Ik verbeterde mezelf haastig: Het is voor mij al genoeg om u van dienst te kunnen zijn. Ik hoef geen geld.

Ze stak een hand uit en raakte mijn gezicht aan.

Hier links, vlak boven mijn kaak.

Ze zei: Je bent een betrouwbare jongen. Het spijt me dat ik je zo veel last bezorg. Je hebt het al zo druk.

Uw gezondheid gaat voor alles, zei ik. U moet snel weer beter worden.

Ze zei: Geen vragen, Oren.

Ik voelde me ontredderd.

Tweede Mevrouw had mijn gezicht aangeraakt!

Voor mij was dat de koestering van een moeder.

Mijn hart nam een hoge vlucht.

Ze zei: Meneer Weg heeft een hardnekkige hoest. Zeg hem dat hij minder moet roken. We willen niet dat hij zieke longen krijgt, nietwaar? Ik zie hem de laatste dagen met zijn been trekken. Je zou eens moeten kijken of er een spijker door zijn zool zit. Zo ja, haal die er dan uit voor hem. Of zeg anders dat hij andere schoenen moet aantrekken. Wees straks voorzichtig met dat medicijn, Oren. Niet morsen.

Daar zweefde ik hoog door de wolken, en zij moest zo nodig over Grote Weg beginnen! Ik kwam met een smak weer op aarde neer. Maar mijn hart was nog heet, al stond ik nu in mijn eentje op dat koude tuinpad. Ik hurkte neer bij mijn emmer en waterkan. Ik kneep in dat rolletje papier. En langzaam, heel langzaam, kwam ik weer bij mijn positieven.

Ik zoog mijn longen vol met koude lucht.

Dat medicijn, het zou toch geen vergif zijn, hè?

En zo ja, voor wie was het dan bestemd?

Tweede Meester?

De buitenlander?

Dat rolletje papier in mijn hand veranderde in een slang.

Ik wilde het weggooien, maar durfde niet.

Onderweg naar het Wilgendorp rolde ik het recept uit en las het. Sommige ingrediënten herkende ik, zoals saffloer en angelica, maar de meeste waren nieuw voor me; een wortelstok van het een of ander, ossenkniewortel en zo nog een stuk of zes dingen. De baas van de apotheek moest grinniken toen hij het las.

Hij zei: Niemand kan meer zeggen dat mijn medicijnen geen effect hebben. Na alles wat hij geslikt heeft is je oude meester in een vrouw veranderd! Dit is een recept voor het opwekken van de menstruatie. Waar heeft hij nu weer last van? Een bloedstolsel in zijn buik dat hij wil oplossen? Te veel vermiljoen geknabbeld?

Val dood, man! zei ik. Dit is voor een dienstbode van ons. En nu geen lolligheid meer, alsjeblieft.

De apotheker zei: O, vergeef me, edele heer! Zal ik mezelf een schop onder mijn hol geven?

Zijn geestige reactie nam mijn woede weg.

Maar ik voelde me nog lang niet op mijn gemak.

Ik moest aan de slanke buik van Tweede Mevrouw denken.

Zat daar een bloedklont in?

Het kwam geen moment bij me op dat ze misschien wel zwanger was.

Kun je nagaan hoe stom ik ben!

30 MAART

Een van die potige lucifermanddragers van Zheng Yusong kwam Tweede Meester een brief brengen. Wat erin stond ontstak een lichtje in zijn dode-vissenogen. Toen hij vertrok zei hij dat hij met een paar dagen terug zou zijn, op tijd voor het Chinese nieuwjaar. Maar in het Wilgendorp ging hij aan boord van een boot met stroomafwaartse bestemming en stuurde zijn draagstoeldragers terug naar huis. Eerste Meester had gehoopt dat hij ze mee zou nemen om hem bij te staan en een oogje in het zeil te houden. Maar tot zijn ergernis kwamen ze dus zonder hem terug. En omdat hij zelf ook de Groene Rivier moest afzakken om inkopen te doen, waren we van het ene moment op het andere de beide broers kwijt, een flinke domper op de feeststemming. Kort daarna hoorden we dat de Blauwe Hoofddoeken weer eens hadden toegeslagen, ditmaal in de Stenen Torenbocht bij de provinciehoofdstad, en dat de Garde al het bootverkeer op de Groene Rivier had stilgelegd. Er waren nog wel waaghalzen die het water op gingen, maar die werden steevast gepakt en het duurde niet lang of er hingen weer bloedige kalebassen op het kadeplein. Het nieuwjaarsfeest stond nu voor de deur en de sfeer in het familiehuis was ronduit miserabel. Het operapodium dat voor het poortgebouw was opgetrokken, werd gesloopt voor er een noot was gezongen. Huismeester Bing en ik gingen om beurten naar het Wilgendorp, maar we kwamen geen beiden met goed nieuws terug. Oude Meester Cao bracht zijn dagen door bij zijn komfoor met de medicijnenketel. Hij had een mes met zilveren handvat in zijn hand, maar sneed geen papier, snoeide geen planten, keelde geen dieren, deed helemaal niks. Iedereen was bang dat de naargeestigheid hem te veel zou worden en dat een van ons hem met doorgesneden polsen en zijn kop in die ketel zou aantreffen.

Op een dag zei ik: Sta me toe, Oude Meester.

Ik nam het mes uit zijn hand en begon er de oude deegroller van onze kok mee te schrapen. De houtvlokken en deegresten liet ik in de ketel vallen. Ik wist precies wat ik deed. Dit schraapsel werd Duizend Dagen-poeder genoemd en Oude Meester had het al dikwijls tot zich genomen. Maar hij was niet in de stemming. Er was te veel somberheid in zijn hart. Hij trok de deegroller uit mijn handen.

Hij zei: Iedereen zegt dat Guanghan jou een pak op je donder heeft gegeven. Is dat waar? Dan heeft hij je hersens zeker flink door elkaar geschud. Je hoort te schrapen, geen brandhout te hakken!

Het duurde even eer hij me weer aan wilde kijken met die schapenogen van hem. En toen het zover was keek ik naar dat grijze oude hoofd terug met de blik van een gezeglijk lammetje. Ik wist dat hij op het punt stond om voorgoed af te knappen.

Hij zei: Mijn vader en grootvader zijn beiden aan het eind van het jaar gestorven. Mijn beide broers stierven ook tegen de jaarwisseling. Voor ons Cao's is het kennelijk moeilijk om ongeschonden het nieuwe jaar binnen te gaan. Jaarwisselingen zijn al sinds mensenheugenis een vloek voor onze familie. Ik vrees dat Guanghan en Guangman meer pech dan geluk zullen hebben op hun reizen.

Ik zei: Maakt u zich niet bezorgd, Oude Meester. Ze komen terug zodra de kades weer opengaan.

Hij zei: Het zal erom spannen. Het nieuwe jaar staat voor de deur.

Hij liep naar zijn werktafel om een waaier af te schilderen. Hij schilderde uitsluitend dadels nu. Maar hij had zijn hoofd er zelden bij. De grotere dadels leken op paardenvijgen, de kleinere leken op geitenkeutels, nooit leken ze ook maar in de verste verte op dadels.

Toen mijn taken bij Oude Meester erop zaten, haastte ik me naar de lucifercommune. Omdat ze het bezwaarlijk vonden mij nog in de mengkamer te laten werken, was dit nu de plek van Tweede Mevrouw. Het moeilijkste werk was niet het mengen van de chemicaliën maar het maken van het hechtmengsel. Dat moest precies goed zijn, niet te nat en niet te droog. En het omroeren ervan kostte veel kracht. In die laatste dagen van het maanjaar werkte Tweede Mevrouw als een bezetene. Ze liet Wuling de luciferdoosjes maken en nam zelf het zware werk voor haar rekening. De heuphoge roerspaan was aan een rek bevestigd, met het brede onderste deel in het roervat en de bovenste helft als handvat. Het omroeren van het hechtmengsel was beulswerk dat eigenlijk door twee man moest worden gedaan. Maar ze sloeg alle aangeboden hulp af. Van mij en van Grote Weg. Ze wilde het per se alleen doen. Het ontging me niet hoe hij in de schemerige ruimte bij haar kwam staan en zijn hand op haar pols legde, maar ze schudde hem resoluut af.

Jij hebt je eigen dingen te doen, zei ze. Wegwezen hier!

Hij was volkomen verbouwereerd.

Hij vroeg me: Wat is er met haar, Oren?

Hij begreep niet waarom ze zo deed. Ik begreep het ook niet. 's Nachts sloop ik naar het dakraam van de slaapkamer, waar ze nu alleen was, en rook er een medicinale lucht. En daar snapte ik nog minder van. Iemand die zo hard werkte als zij kon onmogelijk ziek zijn. Het leed geen twijfel dat ze daarbeneden het medicijn bereidde dat ik voor haar gekocht had. Maar slikte ze het zelf of gaf ze het aan iemand anders? Overdag liep Wuling erbij als een meisje van wie de ziel uit haar lichaam was gevlogen. Zij leek me eerder in aanmerking te komen voor een kuur.

Wat is er toch met Tweede Mevrouw? vroeg ik haar.

Er is helemaal niks met haar, zei ze.

Als er niks met haar is, zei ik, waarom slikt ze dan medicijn?

Ze slikt geen medicijn, zei ze.
Als zij het niet slikt, zei ik, dan slik jij het.
Ze zei: Oudere Broer Oren, ik weet nergens van.
Ik zei: En of je ervan weet!
Ik weet niks, zei ze. Hou op met dat gevraag.
De tranen brandden haar in de ogen, dus drong ik maar niet meer aan.

Op de dag voor de commune vrij kreeg voor de jaarwisseling ging Tweede Mevrouw van haar stokje in de oude graanschuur. Ze had net wat hakhout naar de muur gesleept toen ze zomaar neerviel. Ze belandde tussen de rieten manden, die alle kanten op vlogen. Gat In De Grond, de doofstomme, droeg haar op zijn rug terug naar de linkeruitbouw. Grote Weg, die niet te dicht bij haar in de buurt durfde te komen, volgde ons door het dorp, waar prompt een oploop ontstond. Over de hoofden van de mensen heen zag ik haar roerloze gestalte, de houtkrullen en stukken schors die aan haar kleren en haren kleefden. Ze leek wel dood.

Kalm aan, zei Grote Weg. Niet zo snel.

Hij zei het zo zacht dat niemand het kon horen. Niemand behalve ik dan. Maar ik kon zelfs zijn hart horen slaan! Toen ik naar zijn diepliggende blauwe ogen keek en zijn beukende hartslag hoorde, was het net alsof hij die aan het bewusteloze lichaam van Tweede Mevrouw wilde doorgeven.

Kalm nou, zei hij nogmaals. Rustig aan!

Het was net alsof ik zijn hart hoorde snikken.

Die avond liet Oude Meester me naar zijn vertrek komen en vroeg wat er met Tweede Mevrouw gebeurd was. Ik zei hem dat het niks ernstigs was. Ze was gewoon moe, zo moe dat ze gestruikeld was en gevallen. Waarop hij vroeg waarom ze dan zo moe was. En ik zei hem dat ze het werk van een man deed. Nu Tweede Meester op reis was kon niemand haar daarvan weerhouden. Oude Meester zuchtte diep en zei: Die Zhengdochter, da's een bijzondere vrouw. Daar boft Guanghan maar mee.

Hij had weer een van zijn aanvallen.

Hij werd verteerd door doodsangst.

Hij lag in bed, met de deken opgetrokken tot aan zijn oren. Zijn ogen waren zwarte gaten in het schijnsel van de lamp. Hij had zich niet eens uitgekleed voor hij in bed was geklommen. Zijn schoenen staken bij het sandelhouten voeteneind onder de deken vandaan. Het komfoor was uitgegaan. Er sudderde niks in de ketel, waar slechts een ijl wolkje stoom vanaf kwam. Er hing een geur van gekookte hoef in de kamer. Geitenhoef of anders varkenshoef. Gesneden paardenhoef kon ook. Eerst roosteren en vervolgens koken tot hij papperig wordt. Als de kledder is afgekoeld kun je hem op je navel smeren, of onder je voetzolen, of in je oksels, tegen een veelheid van kwalen.

Oude Meesters nieuwste kwaal had te maken met zijn urinewegen. Eerst had hij een hele tijd niet kunnen pissen, en nu het weer op gang was gekomen, had hij het gevoel dat hij meer uitpiste dan pis alleen, dat hij ook nog bloed kwijtraakte.

Hij zei: Ik ga dood, Oren.

Ik zei: Welnee.

Oren, zei hij, dit overleef ik niet.

Er is niks mis met u, zei ik. Zegt u maar wat u wilt eten of drinken, dan zorg ik ervoor. Als u hebt ingenomen wat u wilt, bent u zo weer de oude.

Hij zei: Oren, ik wil de urine van een zuigeling drinken.

Dat ga ik meteen regelen, zei ik. U kunt erop wachten.

Heb je al een dokter gehaald voor Tweede Mevrouw? vroeg hij.

Ik zei: Met haar is ook niks mis. Ze is alweer op de been.

Onder de honderd dagen, zei hij. Als het kind meer dan honderd dagen oud is, heb ik er niks aan. Jonger dan een maand is ideaal. Is er deze maand nog een geboorte in het dorp geweest?

Ja zeker, zei ik. Wacht u maar, dan ga ik ervoor zorgen.

Een piespot leek me niet handig. Ik ging naar de keuken, vond er een flesje en spoelde het om. Daarna ging ik naar de vrouw van Huismeester Bing en vroeg haar wie er in het dorp bevallen was in de voorbije maand. De vrouw van Dik IJs, zei ze. Die heeft pas een tweeling gekregen. Met mijn flesje in de hand ging ik er meteen naartoe.

Dik IJs was een pachter, en een stommere boer was er in de hele vallei niet te vinden. Toen hij hoorde dat het familiehuis iemand om pies van zijn nieuwe kroost stuurde, kon hij zijn blijdschap amper bedwingen. Er mochten geen vreemden in de kraamkamer komen, dus gaf ik hem het flesje en zei dat ik erop zou blijven wachten. Hij vroeg me of de pis van een volwassene ook goed was. Ik vroeg hem of ik helemaal naar zijn huis zou zijn gekomen als de pis van een volwassene ook goed was. Natuurlijk had ik daar niks aan! Maar als die koters nou niet hoeven?

vroeg hij angstig. Ik zei dat hij zich niet druk moest maken. Ik zou desnoods de hele nacht blijven wachten.

Die koters waren hulpvaardiger dan hun vader. De ene was nog niet uitgepist of de ander was begonnen.

Dik IJs zei: Wat stinkt dat spul, zeg! Wat gaan jullie ermee doen?

Ik zei: De planten begieten.

Het was een koude nacht en het flesje leek haast wel te bevriezen in mijn hand. Toen ik binnenkwam gaf ik het niet aan Oude Meester maar zette het tegen het komfoor aan om een beetje op te warmen. Oude Meester zei dat het al laat was en hij stuurde me naar bed. Dus gaf ik hem het flesje en vertrok. Er stonden twinkelende sterren aan de hemel, en een iel streepje maan. Ik bleef op de galerij staan, bij het raam, en hoorde aan de andere kant het geklok van iemand die schielijk stond te drinken. Als een dorstige wandelaar aan de oever van de Groene Rivier.

Oude Meester dronk de pis van die pasgeboren tweeling, tot de laatste druppel.

Hij doofde zijn lamp. Geen idee wat hij daar verder nog deed in het donker.

Ik ging op een holletje terug naar de linkeruitbouw. In de kamers waar Tweede Mevrouw en Grote Weg sliepen brandden ook geen lampen meer. Geen idee wat zij nu deden. Ik moest er niet aan denken om nu nog de daken op te klimmen. Veel te moe! Pis is pis, dacht ik bij mezelf, ook al is het van een pasgeboren tweeling. Dat gulzige geklok van Oude Meester had zo onsmakelijk nog niet geklonken. Misschien moest ik het ook maar eens proberen.

Ik stierf van de dorst.

Geen wonder, na al dat heen-en-weergeren.

Ik wist dat er niks loos was met Oude Meesters urinewegen.

De enige kwaal die hij had zat in zijn beenderen.

Er knaagden maden aan zijn merg.

31 MAART

Het was de eerste dag van het nieuwe jaar. Een feestdag die stilletjes voorbij was gegaan in het familiehuis. Maar kort voor middernacht hoorde ik vrouwengegil in de rechteruitbouw, soms kort, dan weer langgerekt. Het was de vrouw van Eerste Meester Guangman, die hem zijn negende kind ging schenken. In het Iependorp werd hier en daar nog vuurwerk afgestoken en het geknal begeleidde haar gegil tot in de kleine uurtjes. Het was een zware bevalling, van wat uiteindelijk een dood kindje bleek te zijn. Een meisje. Haar verblijf in het huishouden van de Cao's was als een luchtbel op het water geweest. *Pop* en weg was ze weer.

Op de ochtend van de tweede gingen Grote Weg en ik naar de oude graanschuur om de oppassers af te lossen. Onderweg kwamen we twee knechten uit de rechteruitbouw tegen. De een droeg een spade, de ander had het doodgeboren kindje over zijn schouder geslagen. Hij hield het vast bij een voetje, zoals een jager een gevild konijn zou dragen. Grote Weg zoog zijn adem in toen hij het zag.

Ze hebben het niet eens kleertjes aangetrokken, zei hij toen de mannen voorbij waren.

Het is dood geboren, zei ik, dus het telt niet als persoon.

Wat gaan ze ermee doen? vroeg hij.

Ze gaan haar ergens begraven, zei ik.

Op het kerkhof? vroeg hij.

Ik zei: Nee, ze was geen persoon, dus komt ze ergens in het bos terecht.

Ik liep verder naar de graanschuur en Grote Weg holde de begravers achterna, de berg op. Ik zag hem het lijkje van de knecht afpakken en onder zijn mantel stoppen, een nieuwjaarsgeschenk dat de vrouw van Huismeester Bing speciaal voor hem gemaakt had. De buitenkant was van zwarte satijn, de voering van blauwe katoen en ze had hem gevuld met pluizige buitenlandse watten. Hij leek er nog groter en forser mee dan in zijn westerse kleren. Op zijn rug gezien was hij net een beer op zijn achterpoten, die elk moment tussen de bomen kon verdwijnen met zijn buit. De knechten zongen een luchthartig begrafenisliedje. Het ging ongeveer zo:

Jong ding, ga maar gauw, des te eerder ben je terug.
Niet treuzelen onderweg, want je moeder maakt rijstepap.
Als je er straks weer bent, kun je meteen eten.

Grote Weg zal de woorden wel hebben kunnen volgen, en toen ik hem achter een heuveltje zag verdwijnen, behoedzaam over dat lijkje gebogen, wist ik bijna zeker dat hij een stekende neus had. Het was een bekend liedje, maar ik hield er niet zo van. Ik had immers geen moeder, dus wie moest er voor mij rijstepap maken terwijl ik onderweg was? Grote Wegs moeder zat in Frankrijk op hem te wachten, en het was onzeker hoe lang hij nog moest blijven treuzelen.

Omdat er toch geen werk te doen was, ging ik bij de graanschuur tegen een muur in het zonnetje zitten. Het duurde een eeuwigheid eer Grote Weg klaar was met die begrafenis, en toen hij eindelijk kwam opdagen, was de voering van zijn mantel verdwenen, plus een flink stuk van de vulling. Hij vertelde me dat ze de baby een plekje hadden gegeven op de top van een heuveltje, onder een grote boom, met uitzicht op de vallei. Hij zei dat het een mooiere plek was dan het familiekerkhof van de Cao's aan de overkant van de Zwarte Rivier.

Ik zei: Wat een blunder! Je hebt haar midden in een wolvengebied begraven.

Wat? zei hij.

Ik zei: Je hebt haar aan de wolven gevoerd.

Hij zei: Nee, hoor.

Hij glimlachte, kneep in mijn oor en zei dat ze een rotsblok op het graf hadden gerold. Hij zwaaide met zijn armen om te laten zien hoe groot het was geweest.

Zo groot! riep hij uit.

Daarna had hij niets meer te zeggen. Hij liep weg en ging de machinerie oliën, onder het fluiten van een treurig deuntje. Ik bleef zitten waar ik zat, liet me lui beschijnen door de winterzon en begon te mijmeren over dat kindje in de grond. Lag ze daar wel gemakkelijk? Bofte je eigenlijk niet als je zo snel alweer ging? Ze zou de hele winter liggen slapen, knus ingepakt in de voering en al die watten uit Grote Wegs mantel, en als de lente kwam was er niets meer van haar over. Zo beroerd leek me dat niet. Ik dacht aan de vele manieren waarop mensen aan hun eind konden komen, en ik kwam tot de slotsom dat de doodsangst van Oude Meester Cao Ruqi eigenlijk wel terecht was, en zeker niet onbenullig.

Grote Weg en ik hadden alleen middagwacht en we haastten ons naar het familiehuis terug om getuige te zijn van de bestraffing van ene Zhao, een man die de leiding had in de papiermolen. Hij was aangegeven door een van zijn assistenten, die hem betrapt had bij het roken van opium in de voorraadschuur. Volgens de gedragscode die de Cao-voorvaderen aan het Iependorp hadden opgelegd, was het roken van opium een vorm van zelfmoord, en dus een misdrijf dat gelijkstond aan roof en overspel. Zhao, kortom, was er lelijk bij.

Daar lag hij. Een man van in de veertig, languit op zijn buik in de grote familiekamer, met zijn broek op zijn enkels en zijn bleke, meisjesachtige kont in de lucht. Twee bedienden striemden hem om de beurt met een bamboestengel. *Splat! Splat!* Het klonk alsof ze zich uitleefden op een volle jutezak. Oude Meester Cao en Oude Mevrouw zaten aan het hoofd van de kamer en alle andere aanwezigen stonden schouder aan schouder langs de wanden. Toen Grote Weg en ik binnenkwamen was Zhao's achterste al helderrood. We ontwaarden Tweede Mevrouw tussen de mensen aan de overzijde. Ze had haar ogen dicht, zag krijtwit en rilde bij elke slag alsof ze hem zelf voelde. Ze was niet de enige die het te kwaad had. Toen het vel van Zhao's kont openspleet en het bloed naar alle kanten spatte, zodat die kont wel een bloeiende chrysant leek, hapten sommige toeschouwers naar adem. Huismeester Bing deed zelfs een stap naar voren.

Stoppen! riep hij.

Oude Mevrouw, die zich wel vermaakte met het schouwspel, keek hem vuil aan.

Oude Meester zat met geloken ogen onderuit in zijn leunstoel, een satijnen deken om zijn schouders geslagen. Hij leek te dommelen, maar toen het gemep ophield was hij opeens klaarwakker. De aanblik van die bloederige massa aan zijn voeten deed hem huiveren. Hij opende zijn mond, wist niets te zeggen en bleef met open mond naar de vloer zitten staren, het kwijl terugslurpend dat over zijn lippen sijpelde. Huismeester Bing wachtte eerbiedig tot het familiehoofd zou spreken, maar toen het stil bleef besloot hij de gestrafte man een uitweg te bieden.

Hij zei: Welnu, Zhao, het is tijd voor een smeekbede. Smeek Oude Meester om lijfsbehoud!

Ik smeek Oude Meester om mij dood te slaan! zei de voorman.

Wat? zei Huismeester Bing. Ben je gek geworden? Vraag je om de dood?

De voorman zei: Mijn vernedering is te groot om in leven te willen blijven. Alstublieft, Oude Meester, sla me dood!

Huismeester Bing wist nu ook niet meer hoe het verder moest. Hij keek naar Oude Meester, en vervolgens naar Oude Mevrouw, en toen keek hij om zich heen in de hoop dat iemand iets in het voordeel van Zhao zou zeggen. Maar iedereen zweeg. Ze waren allemaal met stomheid geslagen. Oude Meester sloeg een been over het andere en trok met een kouwelijk gebaar de deken om zich heen. Hoewel hij er nogal timide uitzag, zei hij iets wat ons allemaal schokte.

Hij zei: Geef hem zijn zin dan maar.

En Oude Mevrouw zei: Maak je geen zorgen om je vrouw en kinderen. De Cao-familie zal goed voor hen zorgen. En man of spook, aanzien is belangrijk, dus ik zal wierook voor je branden.

En toen zei Oude Meester: Genoeg gepraat. Maak het maar af.

Op een handgebaar van Huismeester Bing kwamen de twee bedienden weer naar voren en hervatten hun ranseling van de voorman, maar nu beheerster, weloverwogen. Het was geen jutezak meer die ze raakten, maar een berg nat wasgoed. Zhao's achterwerk was een overrijpe watermeloen. Het bloed kroop in de linnen schoenen van de bedienden en vloeide uit over de vloertegels.

Ik voelde Grote Weg in beweging komen en greep hem haastig bij zijn mantel. Hij keek me aan. Zijn gezicht was wit weggetrokken. Zijn lippen trilden. Het leek wel of hij voor zijn eigen leven vreesde.

Hij zei: Dit kan niet waar zijn.

Ik vroeg: Wat kan niet waar zijn?

Ze gaan hem doodslaan, zei hij.

Hij rukte zich los en liep naar het midden van de kamer, naar de voorman en de twee bedienden. Met zijn armen hoog in de lucht zag hij er kolderiek uit. Maar niemand lachte. Ze waren te verbouwereerd.

Grote Weg riep smekend: Jullie maken hem dood! Jullie slaan hem nog dood!

De bedienden hielden op en keken vragend naar Huismeester Bing, die ook niet wist wat hij hiermee aan moest en op zijn beurt naar Oude Meester en Oude Mevrouw keek. Oude Meester zat weer onderuitgezakt maar oogde een stuk opgewekter. Nu er vlak voor hem een gezonde man werd doodgeslagen, kon hij zijn eigen doodsangst even vergeten.

Jullie vermoorden hem! riep Grote Weg.

Iedereen negeerde hem. Oude Mevrouw stond op uit haar stoel en werd door haar dienstbodes vergezeld naar haar meditatiekamer. De klepper in haar hand klepperde naar hartelust. Oude Meester keek nog even zwijgend naar de roerloze voorman en liep ook weg, op de voet gevolgd door de andere toeschouwers.

Grote Weg zei: Ze slaan hem nog dood!

Huismeester Bing zei: Hij is al dood.

Grote Weg stond bedremmeld te kijken terwijl vier bedienden Zhao bij zijn ledematen pakten en met zijn gezicht omlaag naar buiten droegen, een breed bloedspoor achterlatend. Plotseling drong het tot me door dat Tweede Mevrouw naar me stond te kijken. Ze stond tegen een pilaar geleund, leek net een dolende ziel in haar groene jurk. Ze zei: Oren, breng Meneer Weg maar naar zijn kamer en zorg ervoor dat hij goed uitrust. De feestdagen zijn zo weer voorbij.

Grote Weg en ik liepen als laatsten de zaal uit.

De binnenplaats was bezaaid met bloedspetters.

Bedienden lagen op hun knieën om het weg te vegen.

Ik stapte op een lillend stukje vlees zo groot als een walnoot.

Mijn hart bleef zowat stilstaan.

Grote Weg versnelde zijn pas en volgde het bloedspoor door de poort naar buiten.

Hij was de weg kwijt.

Hij wist niet meer hoe hij thuis moest komen!

Ik kon die nacht de slaap niet vatten, dus kleedde ik me aan om in weerwil van de gure wind een rondje over de daken te maken. Er stond maar een schilfertje maan aan de hemel, net genoeg om de contouren van het huis zichtbaar te maken. Op weg naar de sierheuvel liep ik langs de rand van de vijver toen daar opeens vreemde geluiden uit opklonken. De vissen waren het niet, maar het was wel iets levends. Iets wat door de dunne ijslaag brak. Ik bleef stokstijf staan, keek naar het water en ontwaarde er een zwarte, rechtopstaande vorm, als een rotsblok in het midden van een rivier. Voor ik kon bedenken wat die rots daar deed, kwam er beweging in, onder luid gekraak van het ijs.

Wie is daar? riep ik.

Wie ben jij? schreeuwde ik.

Geen antwoord. Ik werd bang. Ik rende terug en bonsde op de deur van Grote Weg. Hij stak zijn lamp aan en ik zag zijn spookachtige schaduw achter het papieren gordijn.

Hij riep: Wat is er, Oren?

Ik riep: Opstaan, snel!

De donkere gestalte in de vijver was geschrokken door al het rumoer en baande zich een weg terug naar de rand. Ik hoorde het ijs breken met een haastige regelmaat en begreep dat het een mens was, en meteen daarop daagde het besef dat het niemand anders dan Tweede Mevrouw kon zijn. Ik had geen idee wat ze daar deed, en wat ik daaraan moest doen, maar toen ik haar zo zag ploeteren bedacht ik me geen moment en rende ook de vijver in. Voor ik wist wat ik deed stond ik tot aan mijn navel in het ijskoude water, met een arm om haar middel geslagen en mijn andere hand om haar schouder geklemd. Uit angst dat ze voorover zou vallen en kopje-onder zou gaan hield ik haar stevig vast. Haar tanden maakten het geluid van rammelend aardewerk. Ze begon te praten.

Ze zei: Ik kom er zelf wel uit.

Ik vroeg: Wat doet u hier?

Ze zei: Ik kom zelf wel aan de kant.

Ik vroeg: Was u van het tuinpad afgedwaald?

Oren, beet ze me toe, bemoei je met je eigen zaken!

Toen we de rand van de vijver hadden bereikt, kwam Grote Weg aanrennen met een lantaren. Tweede Mevrouw was zo verkleumd dat ze er niet op eigen kracht uit kon komen, dus liet ik me in het water zakken en sloeg mijn armen om haar knieën. Terwijl ik haar optilde leek de vijver dampend heet te worden. Het voelde alsof mijn vlees gaargekookt van mijn botten zou vallen.

Zelfs op het droge kon ze zich niet staande houden. Ze liet zich op een knie zakken. Grote Weg was helemaal van slag en stond daar maar met zijn lantaren. Wat gebeurt hier? stamelde hij, terwijl het licht over haar gezicht en lichaam danste. Wat gebeurt hier? Wat gebeurt hier?

Ik zag dat de blik in haar ogen hem nog het meest van zijn stuk bracht.

Uit die blik sprak maar één woord. Dood.

Toen ik het water uit was, kon ik me ook niet meer bewegen.

Ik zei: Schiet op en draag haar naar binnen. Ze vriest nog dood hier!

Grote Weg zette zijn lantaren neer, nam haar in zijn armen en droeg haar naar haar kamer. Ik wilde volgen maar kreeg mijn benen niet op gang. Mijn kleren waren zo hard als plaatijzer en het vijverwater kleefde als lijm aan mijn vel. Ik hoorde hem over de galerij bonken, en de deur intrappen, en in het donker tegen stoelen en tafels botsen. Ik hoorde de stem van Wuling. Dat luie secreet was eindelijk wakker! Ze stak een lamp aan en ik hoorde haar een onderdrukt gilletje slaken. Ze zei iets en barstte in tranen uit.

Ik zag zo veel beweging achter het raam, dat ik niet wist wie wie was. Of wat ze daar deden.

In de rossige gloed van het komfoor leek Wuling Tweede Mevrouw uit haar natte kleren te helpen. De deur piepte en daar kwam Grote Weg naar buiten, met zijn kin op zijn borst. Hij kwam bedeesd mijn kant op gedrenteld.

Wat was dat allemaal? wilde hij weten.

Weet ik niet, zei ik.

Wat was ze aan het doen? vroeg hij.

Wat denk je zelf? vroeg ik.

Hij moet ik dat nou weten? antwoordde hij.

Je weet het heus wel! zei ik.

Ik haatte hem opeens, haatte hem zo erg dat mijn tanden er pijn van deden. Het was allemaal zijn schuld! Hij had haar naar de rand van de afgrond gevoerd. Ze was Tweede Meester ontrouw geweest, en het speet haar zo dat ze bijna met haar leven geboet had. En dan durfde hij nog te vragen wat er aan de hand was! Wat een zwijn! In mijn ogen kon hij zich alleen nog een man tonen door zelf in die vijver te gaan staan om zich te laten doodvriezen!

Ik wilde hem de huid volschelden maar mijn tong was een dood gewicht in mijn mond. Ik stikte er zowat in. Ik kon geen woord uitbrengen. Ik liep naar mijn kamertje, wat niet meeviel, maar ik haalde het, en trok mijn kleren uit. Ik kroop onder mijn dekens, maar het bleef ijzig koud en ik dacht met smart terug aan de hitte van het water. Ik kreeg spijt dat ik Grote Weg was gaan roepen. Had ik dat maar niet gedaan! Dan waren Tweede Mevrouw en ik samen doodgevroren in die vijver. Dan waren we in één wezen opgegaan. Of anders was ik het tenminste geweest die haar naar haar kamer had gedragen. Tweede Mevrouw tegen me aan gedrukt in de koude nachtlucht! De gedachte was mooier dan de mooiste droom die ik ooit had gehad.

Grote Weg kwam mijn kamertje binnen. Hij had zijn komfoor meegenomen, stak het aan, trok een stoel bij en ging zitten. Ik kon zien dat hij me iets te zeggen had, dus ik wachtte af. Terwijl hij daar zo zat met zijn pijp in zijn mond, zag ik steeds meer angst en ongerustheid op zijn gezicht komen. Wat hij me te zeggen had, was kennelijk erg belangrijk. Dus je kunt je mijn ergernis voorstellen toen hij eindelijk zijn mond opendeed en alleen maar die idiote vraag herhaalde.

Oren, vroeg hij, wat was dat nou allemaal?

Ik deed mijn ogen dicht en negeerde hem.

Ik wist toen nog niet wat ik nu weet: dat hij veel meer doorhad dan ik, en veel verder vooruitdacht.

Hij had verstand van vrouwen.

Hij was een zondaar, immers.

En wat begreep ik nou helemaal?

Niks. Nog geen hondenscheet begreep ik!

Het zaad was in het geniep tot ontkieming gekomen.

1 APRIL

Tweede Mevrouw verzette zich heftig tegen de gevolgen van haar ijsbad, maar moest ten slotte met hoge koorts naar bed, waar ze de ene stuip na de andere kreeg. Een slecht teken. Wuling hield Grote Weg en mij in het ongewisse, wilde niet zeggen of Tweede Mevrouw voor- of achteruit ging, zei alleen maar dat ze het bed hield en zich zo min mogelijk inspande. Maar uiteindelijk werd haar toestand zo erg dat Wuling in paniek naar me toe kwam. Haar ogen waren rood van het huilen. Ze was bang, zei ze, dat haar mevrouw niet meer beter werd.

Ik vroeg: Waarom heb je het zover laten komen?

Ze zei: Ze wilde de dokter niet lastigvallen.

Een goede dienstmaagd had dit niet geheimgehouden, zei ik. Dus hou op met dat gejank.

Ze zei: Jij wilt het allemaal aan mij wijten, maar ik ben niet de enige in deze uitbouw. Wat hebben jullie twee gedaan? Tweede Mevrouw hoeft maar één keer te zeggen dat ze met rust gelaten wil worden, en jullie blijven doodleuk weg. Volgens mij geven jullie niks om haar! O, Oudere Broer Oren, ik ben ten einde raad.

Dus volgde ik haar naar de slaapkamer van Tweede Mevrouw. Ze lag bewusteloos! In mijn onmacht wist ik niets anders te doen dan Wuling een klap in haar gezicht te geven. Ze wilde huilen maar verbeet zich en keek me alleen maar aan, met ogen die me smeekten om iets te doen. Ik schoot naar buiten, sprong van de galerij en over de jeneverbes en rende dwars door de tuin naar de tussenpoort. Aan de andere kant van de vijver kwam Grote Weg zijn deur uit en keek me verbaasd aan. Ik was bang dat hij poolshoogte zou gaan nemen bij Tweede Mevrouw en ik riep: Ga naar binnen!

Hij bleef niet-begrijpend staan.

Ik riep: Haar broer komt eraan!

Dat had het gewenste effect. Hij glipte schielijk naar binnen.

Hij had een kwaad geweten, die buitenlander!

Ik stelde Huismeester Bing op de hoogte en even later gingen we samen op weg om de dokter te halen. We jakkerden door de dorpsstraat, oude man en jonge knul, alsof we allebei in onze broek hadden gepist. De dorpelingen keken ons na en je zag ze denken: wat is er nu weer gaande in het familiehuis? De voorouders van de dokter waren pachters geweest van de Cao's, en dat maakte hem zo'n beetje de familiedokter. Hoewel hij de mensen in het dorp ook hielp, moest hij dag en nacht klaarstaan voor de Cao's, en komen zodra hij geroepen werd. Gelukkig voor hem had Oude Mevrouw meer vertrouwen in de Boeddha dan in medicijnen, en verkoos Oude Meester medicijnen boven doktoren, zodat het maar zelden voorkwam dat zijn hulp dringend gewenst was, waardoor hij zich vooral kon bezighouden met de kwalen en kwaaltjes van de dorpelingen. Toen we bij hem aanklopten was hij slaperig, maar het nieuws dat Tweede Mevrouw zwaar ziek was maakte hem klaarwakker, en zichtbaar nerveus.

Maar hij verstond zijn vak, daar niet van. Hij stelde onmiddellijk vast dat Tweede Mevrouw een zware kou had gevat. En vervolgens stelde hij vast dat ze zwanger was. Ik stond met Huismeester Bing op de galerij toen hij met de huismeestersvrouw naar buiten kwam. De dokter veegde met zijn mouw langs zijn voorhoofd. Mevrouw Bing had een brede glimlach op haar walnootvormige gezicht, en een receptbriefje in haar opgeheven hand. Ze draagt! riep ze uit. Ze draagt!

Ze draagt wat? vroeg Huismeester Bing.

Een kind! zei zijn vrouw.

Weet je dat zeker? vroeg Huismeester Bing aan de dokter. Heb je alles wel goed nagekeken?

Zelfs al zou hij wat vergeten zijn, zei zijn vrouw. Ik heb haar betast en er is geen twijfel mogelijk. Het is haar eerste keer, vandaar dat ze het zelf niet doorhad. Maar ik had beter moeten weten. Ik lette alleen maar op haar mooie figuurtje en had geen oog voor de verandering. Ga jij het Oude Meester maar vertellen, dan ga ik naar Oude Mevrouw. Ik hoop dat ze volop *yang* in haar buik heeft, zodat de Cao-familie kan voortbestaan. Oren, ga bij de tussenpoort staan en laat niemand binnen.

De dokter was allesbehalve blij. Toen we hem uitlieten slaakte hij een zucht en zei tegen Huismeester Bing: Ik heb een riskant recept uitgeschreven, met twee medicijnen. Het ene moet die kou verdrijven en het andere moet de vrucht verankeren. Maar als het een botst met het ander, kan ik niet instaan voor de gevolgen.

Huismeester Bing zei: Recept of geen recept, als het misgaat kost dat jou je kop!

De dokter mompelde: Dat zal wel, ja.

Hij veegde opnieuw met zijn mouw over zijn voorhoofd. Zijn sikje trilde als een rattenstaart. Toen hij weg was ging ik bij de tussenpoort staan om iedereen te weren, zoals me was opgedragen door de vrouw van de huismeester. Het duurde niet lang of de bedienden kwamen een voor een vragen wat er gaande was in de uitbouw.

Er is iemand de pijp uit, zei ik.

O ja? vroegen ze. Wie?

Iemand die het verdiende, zei ik. Wat dacht je dan?

Na een tijdje sloot ik de poort af en liep naar mijn kamertje om uit te rusten. Maar bij de deur bedacht ik me en liep naar de kamer van Grote Weg. Hij zat op zijn hurken, met zijn rug tegen een poot van zijn bed geleund, en maakte een zuigerstang schoon boven een schaal met petroleum. Die stang was zo lang als zijn onderarm, zo dik als zijn duim en bonkte luidruchtig tegen de rand van de schaal. Hij wist dat ik het was maar weigerde op te kijken, alsof hij zo een gesprek kon vermijden.

Ik zei: Ze is in verwachting.

Hij verstond me niet.

Ik zei: Ze is zwanger.

Wat? vroeg hij.

Ik zei: Er zit een kindje in de buik van Zheng Yunan.

Hij begreep me pas toen ik een bollend gebaar over mijn eigen buik maakte, maar hij bleef nog even doorgaan met die zuigerstang, al staarde hij nu verdwaasd voor zich uit. Zijn komfoor brandde, maar het was niet erg warm in zijn kamer. Toen de stang schoon was zette hij de schaal in het midden van de kamer op de grond, en streek een lucifer aan om het restje petroleum te laten opbranden.

Ik ging erbij staan om mijn handen te warmen.

Ik zei: Ze wist het zelf niet eens.

Wie wist wat niet? vroeg Grote Weg.

Tweede Mevrouw, zei ik.

Hij staarde besluiteloos in de kwijnende vlammen, en naar zijn besmeurde handen. Hij zag eruit als een oude pottenbakker, alleen in zijn atelier, die niet onder ogen wilde zien dat hij de slag kwijt was. Hij zat in zichzelf te praten in dat buitenlandse taaltje van hem. En omdat ik hem niets meer te zeggen had, keerde ik me om en wilde gaan.

Hij zei: Oren, wil je vanavond water voor me koken?

Goed, zei ik.

Hij ging weer op zijn hurken zitten en vouwde zijn handen over zijn achterhoofd. Zijn neus hing vlak boven de blauwe vlammetjes. Terug in mijn kamertje ging ik op mijn brits liggen om alles nog eens rustig te overpeinzen, om het verband te vinden tussen de vijver en die zwangerschap. Maar dat was te hoog gegrepen voor een zestienjarige huisknecht zonder levenservaring en zonder durf. Geloof het of niet, maar ik kwam tot de slotsom dat Tweede Mevrouw inderdaad niks van die zwangerschap had geweten, omdat ze anders nooit in die bevroren vijver was gestapt. Zoals ik het zag had ze uit wroeging om haar overspel zelfmoord willen plegen, maar was ze op het laatste ogenblik aan het weifelen geslagen zodat ze zichzelf alleen maar voor gek had gezet. En nu lagen de zaken heel anders. Nu moest ze haar zelfhaat ondergeschikt maken aan het kind dat ze droeg. Ik was er rotsvast van overtuigd dat het een kind van Tweede Meester was. Zeker, Grote Weg had ook met haar gelegen, maar een paar van die schaamtevolle ontmoetingen konden er natuurlijk nooit toe leiden dat het zaad van een buitenlander aansloeg in de buik van een Cao-schoondochter. Ondenkbaar was dat.

Tja. Wist ik veel.

Ook kreeg ik maar geen vat op die nervositeit van Grote Weg. Ik nam aan dat hij uit zijn doen was door die spookachtige blik in de ogen van Tweede Mevrouw. Daarom was ik hem het nieuws van haar zwangerschap gaan melden. Om hem op zijn gemak te stellen, om hem te laten weten dat ze zich nu nooit meer iets zou aandoen. En natuurlijk ook om hem ervan te doordringen dat er nu nooit meer iets tussen hen gebeuren kon. Dat het uit was met de pret. Wist ik veel dat hij intussen alles had uitgeknobbeld? Wist ik veel dat hij door zorgen gekweld werd waar ik geen benul van had?

Dankzij het recept van de dokter kreeg ik dat benul alsnog. Diezelfde dag al.

Huismeester Bing had het briefje aan Oude Meester laten lezen en kwam ermee naar mijn kamer. Hij zei dat ik als de weerlicht naar het Wilgendorp moest omdat we niet alle bestanddelen in huis hadden. Ik ging eerst langs Grote Weg om te zeggen dat ik misschien wel laat thuis zou komen en dat een ander dan zijn badwater moest koken.

Wacht, zei hij. Ik ga mee.

Hij had zich al gekleed op een bezoek aan de kerk in het Acaciadorp. Dat verbaasde me niks. Het lag voor de hand om op dit soort momenten te gaan bidden. Als je niks meer te zeggen hebt tegen de mensen op aarde, kun je altijd nog een gewillig oor zoeken in de hemel. Ik beschouwde die mistroostigheid van hem als een straf voor wat hij gedaan had. En als die buitenlandse god hem niet kon redden, was hij volgens mij verloren. Onderweg bleef hij maar achteromkijken naar de vallei die we achter ons lieten, en hij liep heel langzaam. Hij dwong zichzelf tot een gepijnigde glimlach. Toen we de Berg Van Jade over waren versnelde hij zijn pas. We wisselden geen woord, ijlden voort als een stel vluchtelingen.

Bij de kade van het Wilgendorp gingen we uiteen. Ik zei dat ik op de vaste plek op hem zou wachten als ik de medicijnen had gekocht. Hij klopte me zwijgend op mijn hoofd. Toen hij de Oostelijke Straat inliep keek hij nog eenmaal om en glimlachte naar me. Hij speelde nog steeds toneel. Maar niet erg overtuigend. Het leek wel of hij huilde.

Hij voelde natuurlijk wel aan dat zijn god hem de wind van voren zou geven!

In de apotheek ging ik op de harde bank zitten en keek toe terwijl de baas de medicijnen maakte. Ik was ongerust over Tweede Mevrouw, en toen mijn gedachten overgingen in een dagdroom kwam ze naar me toe gelopen, pakte mijn hand en legde die op haar buik.

Ik vroeg: Wie zit daarin?

Ze zei: Voel maar met je hand.

De apotheker zette met een klap een schaal op de toonbank en ik knapte zowat uit mijn vel van schrik. Het deed me terugdenken aan de vorige keer dat ik hier een medicijn voor Tweede Mevrouw was komen halen. Ook toen had een harde klap me uit mijn mijmeringen doen opschrikken. Ze was toen helemaal niet ziek geweest maar had me toch om een medicijn gestuurd, dat ze ook had ingenomen. Ditmaal was ze wel ziek, en zwaar ook, maar wilde dat juist voor iedereen verbergen. Waarom?

Voel maar met je hand, zei ze.

O ja! zei ik. Ik voel het! Ik voel het!

Ik kon een hoofd voelen. Ik draaide het naar me toe. Het was Grote Weg! Tweede Mevrouw giechelde in mijn oor. Grote Weg schaterde.

De apotheker vroeg: Waar zit je zo om te lachen?

Ik lach niet, zei ik. Wie zit hier nou te lachen?

Hij vroeg: Wie is er in verwachting bij jullie?

Ik zei: Geen idee. Ik krijg opdracht om hier medicijn te halen, dus doe ik dat. Ik ga niet vragen waarom en voor wie.

Heeft dat medicijn van de vorige keer nog geholpen? vroeg hij.

Hoe moet ik dat weten? zei ik. Ik heb het niet geslikt.

Wie dan wel? vroeg hij.

Ik zei: De stiefdochter van een dienstbode van ons.

En? vroeg hij. Heeft ze er een gehad?

Wat zou ze gehad moeten hebben? vroeg ik.

Een miskraam! zei hij.

Tja, het is zomaar een wicht uit een boerenfamilie, zei ik. Ik weet niet eens of ze het geslikt heeft.

Hij zei: Volgens mij was het gewoon je eigen vriendinnetje.

Let op je woorden. Je hebt het over het huishouden van de Cao's! schreeuwde ik.

O, geen kwaad woord over de Cao's! lachte hij. Ik zou niet durven. Daarvoor is jullie klandizie me te lief. Zeg je oude meester maar dat ik nieuwe geweischilfers binnen heb gekregen. Uit het noorden. Ik zal ze voor hem vasthouden, ook als hij ze niet meteen hoeft.

Ik zei: Wat een attente man ben je toch.

Ik ging naar Bofkont voor een kop thee, en keek door het raam naar de gardesoldaten die de kade op en neer liepen. De rivier was nu al een hele poos afgesloten, maar ze hadden nog steeds de moordlust op hun gezicht staan, alsof ze ieder wilden afslachten die hun pad kruiste.

Ik voelde me de grootste idioot van de wereld. Te stom voor dit leven was ik. Tijdens dat jolige gesprekje in de apotheek was er opeens een bliksemschicht door mijn hoofd gegaan, die een ware storm had ontketend. Medicijnen, lucifers, vijver, ijs, buik, geel haar, blauwe ogen, het hing allemaal samen! Ik had slechts kunnen raden naar de omgang van Tweede Meester met zijn vrouw, maar de omgang van zijn vrouw met die buitenlander stond me nu helder voor ogen. Hij had haar naar de droogkamer gedragen, waar ze de aarde hadden laten kreunen en de hemel hadden laten wenen. En nu stonden ze met hun rug tegen de muur. Geen uitweg. Geen beschutting tegen het onweer dat ging losbarsten.

Tweede Mevrouw had zichzelf willen vernietigen om zichzelf te redden. En de dood die Grote Weg toen in haar ogen zag, was niet alleen de hare geweest. Hij had vast ook de walm van zijn eigen lijk opgesnoven. Ik dacht aan de glimlach waartoe hij zichzelf dwong, en aan hoe hij die middag voortdurend over zijn schouder naar de vallei had gekeken, en het begon me allemaal steeds meer dwars te zitten. Na de terechtstelling van voorman Zhao had hij naar diens kapotgeslagen vlees gekeken en zijn heldere blauwe ogen waren dof geworden. Toen ik Tweede Mevrouw uit de vijver had getild, was zijn blik al niet anders geweest, alsof zijn schuldige hart ook gevuld was met ijswater. Ik begon te vermoeden dat hij wilde vluchten. Hij wilde op de loop voor de dood!

Hij wilde de benen nemen, die buitenlander!

Hij wilde ervandoor, die smeerlap!

Ik beende Bofkonts Theehuis uit.

Bofkont riep me na: Oren, je wisselgeld!

Hou maar voor de volgende keer, zei ik.

Ik stak het kadeplein over, liep de Oostelijke Straat door, op weg naar het Acaciadorp, steeds sneller, tot ik galoppeerde als een paard. Ik was natuurlijk al te laat. Vader Ma had hem vast al de kerkboot gegeven. Hij voer allang op de afgesloten Groene Rivier.

Ik sneed een stuk af en rende dwars door een groepje dode bomen en daar was hij. Grote Weg. Hij kwam mijn kant op gelopen. Ik bleef staan. Hij zag me en bleef ook staan. Hij had een brood onder zijn arm, uit de kerkbakkerij, en zijn pijp in zijn mond. Hij zag er kalm uit, bedaard. Zijn god had hem kennelijk precies gezegd wat hij wilde horen.

Hij vroeg: Wat doe jij hier?

Ik zei: Ik had geen zin meer om te wachten en ben je maar tegemoet gekomen.

Hij vroeg: Waarom rende je?

Ik zei: Ik had haast.

Hij vroeg: Waarom?

Daar had ik geen antwoord op. Mijn wangen gloeiden. Nadat we nog even tegenover elkaar hadden gestaan, kwam hij als eerste in beweging. Ik volgde hem. Ik had me belachelijk aangesteld, en ik was bang dat hij me doorzag. Hij bood me een stukje brood aan en ik sloeg het af en toen zeiden we niets meer. Hij haastte zich terug naar het Iependorp alsof het een toevluchtsoord was. Toen we de Berg Van Jade overtrokken ging de zon onder en vertraagde hij zijn pas. Even later bleef hij zelfs staan, helemaal in de ban van de zonsondergang. Ik was dat ook. Ik dacht terug aan die herfstdag toen Tweede Mevrouw gebrand had in de stralen van de stervende zon.

Grote Weg mompelde iets in zijn eigen taal.

Maar ik wist tegen wie hij sprak.

Als het lot wilde dat Tweede Mevrouw de zijne was, dan zou ze begrijpen wat er in hem omging.

En wat ging er dan in hem om?

Dat zou ik je niet kunnen zeggen.

Dat zou niemand meer kunnen zeggen.

2 APRIL

Op de elfde dag van het nieuwe jaar werd de Groene Rivier weer opengesteld. En twee dagen later keerde Eerste Meester Cao Guangman naar het Iependorp terug, met tientallen pakjes en pakketten vol nieuwjaarsgeschenken. Voor Tweede Mevrouw waren er rollen zijde en satijn, waaronder één in haar favoriete zachtgroen, en een buitenlandse koekoeksklok, zo groot als een boeddhistisch altaar, om aan de muur te hangen. Grote Weg kreeg een doos buitenlandse sigaren en een buitenlandse paraplu. Toen hij de doos openmaakte en die sigaren zag, gooide hij meteen zijn pijp weg. De paraplu was zwart van kleur, en opgerold was-ie dun genoeg om voor een wandelstok te kunnen doorgaan. In het begin paradeerde hij er alleen mee over de binnenplaats, maar na een tijdje nam hij hem ook mee op zijn wandelingen door de omgeving. Dan liep hij rond met een clownsgezicht vol zelfspot. De dorpelingen, voor wie hij inmiddels een bekende figuur was, lachten zich rot om die grote domme beer in zijn tent van een mantel, die in hartje winter met een paraplu liep. Kinderen grepen het achterpand van zijn mantel en lieten zich in een lange rij door hem voorttrekken. Alsof hij een zwiepende staart had. Hij had er in tijden niet zo gelukkig uitgezien.

Wuling kreeg een geborduurde zakdoek.

Ik kreeg een grote witte handdoek.

Wuling vroeg of ik wilde ruilen.

Waarom? vroeg ik.

Ik heb zo'n vette huid, zei ze. Ik kan hem mooi als kussensloop gebruiken.

Ik zei: Niks ruilen. Neem hem maar gewoon.

Goed, zei ze. Ik bedenk nog wel iets om je te geven.

Meer zei ze niet, maar de dankbaarheid glansde in haar ogen toen ze de handdoek aanpakte en ermee wegliep. Ze was een stuk volwassener geworden in de voorbije dagen, sinds de ontdekking van Tweede Mevrouws zwangerschap.

Met betrekking tot die zwangerschap werden er Onsterfelijken aangeroepen en voorspellingsloten getrokken. En er werd vastgesteld dat de aanstaande baby een jongetje was. Dit maakte de linkeruitbouw op slag tot het belangrijkste deel van het huis. De vrouw van Huismeester Bing kreeg opdracht om haar intrek te nemen in Wulings zijkamertje. Ze moesten om beurten voor Tweede Mevrouw zorgen. De huismeestersvrouw was een kranig mens en ze had ogen op steeltjes, die Tweede Mevrouw onophoudelijk volgden. Wuling hoefde maar te vergeten haar arm te pakken als ze over de drempel stapte, en ze kreeg een uitbrander. Dit was niet zomaar een bejaarde lijfeigene. Ze zag eruit als een onverbiddelijke schoonmoeder en zo gedroeg ze zich ook. Tweede Mevrouw had het niet langer voor het zeggen. En Wuling had het geen moment meer naar haar zin.

Grote Weg raakte zijn vrolijkheid ook alweer kwijt. Omdat het onbetamelijk zou zijn als Tweede Mevrouw zich nog op de galerij vertoonde, kon hij alleen nog naar haar verblijf aan de andere kant van de vijver staren. En veel kreeg hij niet te zien, eens temeer niet omdat hij moest doen alsof hij naar de vissen en de rimpelingen op het water tuurde, steentjes en stukjes dakpan in de vijver moest gooien, en dat alles tevergeefs, want ze kwam bijna nooit buiten en haar vertrouwde bleke gezicht leek van de aardbodem verdwenen. Ik hoefde maar uit het raam van mijn kamertje te kijken en ik zag hem daar staan.

In zijn westerse kleren was hij een indrukwekkende kerel, maar die Chinese mantel maakte hem dommig, een aandoenlijke figuur, een verdwaasde man. Hij veegde afwezig met zijn mouw langs zijn koude druipneus, wat hij nooit zou hebben gedaan als hij zijn Franse jas gedragen had. Als hij zijn handen in die wijde satijnen mouwen stak, kon je hem nauwelijks van Huismeester Bing of de mannen van het dorp onderscheiden. En ik maakte me sterk dat hij zelf ook niet meer wist wie en wat hij nu eigenlijk was.

Ik kreeg met hem te doen, en met mezelf. Ik verlangde naar de glimlach van Tweede Mevrouw, ik hoopte vurig dat er rust en ontspanning in haar gezicht en hart zouden komen. In mijn dagdromen vroeg ik haar keer op keer: Hoe gaat het nu, Tweede Mevrouw?

Grote Weg tobde over het doodsverlangen in haar ogen.

Vraag me niet waar ik over tobde. Ik zou het je niet met zekerheid kunnen zeggen.

Met de terugkeer van Eerste Meester verdween de naargeestigheid uit het familiehuis, en er kwam nieuw leven in het huishouden. Hij liep er monter en zelfverzekerd rond, rug recht, hoofd fier geheven, alsof er niets dan goede dingen waren gebeurd. Zijn negende kind was dood, maar daar viel niets meer aan te doen. Hij zou het blijven proberen, want hij weigerde te geloven dat hij geen zoon kon verwekken. Tijdens de sluiting van de rivier had hij van de nood een deugd gemaakt: enkele warrige familiezaken op orde gebracht en de banden met relaties aangehaald, dingen waarvoor hij anders nooit tijd zou hebben gehad. Over Tweede Meester maakte hij zich weinig zorgen, want hij ging ervan uit dat Guanghan heus nog wel wat geld in zijn zak had. En als hij zich geen zorgen maakte, wie zou dat dan wel moeten doen? Wat had je er trouwens aan om je zorgen te maken? Nee, Eerste Meester wachtte rustig af en zou wel zien wat er gebeurde.

Nu het Nieuwjaarsfeest zo'n domper was geworden, wilde Eerste Meester dat het Lampionfeest van de vijftiende onvergetelijk werd. Hij haalde een lading bamboepapier bij de papiermolen en verdeelde die kosteloos onder de pachters, om lampions van te maken in elke gewenste vorm. En om het familieprestige nog verder te verhogen liet hij de bedienden manden vol kaarsen naar de hoofdpoort slepen en uitdelen. Op de middag van de vijftiende wemelde de dorpsstraat van de kinderen die tot zonsondergang met hun lampions mochten rondlopen, en toen er sterren aan de hemel verschenen werden de lampions aangestoken die aan de dakranden hingen, waarna het hele dorp naar de oever van de Zwarte Rivier toog om er de komst van de Cao's af te wachten. Als zij er waren, mocht ieder zijn lampion op het water zetten en laten wegdrijven. Huismeester Bing stuurde mij er alvast heen om te zien hoe het met de wind en de waterloop was gesteld, en ik stelde vast dat er een noordelijk briesje stond en dat er geen enkele tegenstroom was. Het water kabbelde o zo zachtjes tegen de oever. Het leek wel alsof de Hemel zelf zich met het feest bemoeide.

Op de grote binnenplaats en in de uitbouwen zaten bedienden ijverig lampions te maken.

Wuling kwam ook bamboepapier halen en deed wat lijm in een kom. Ze zei dat Tweede Mevrouw tot tranen toe verveeld was en een lotusvormige lampion wilde maken.

Tegen middernacht kwam de Cao-familie in de grote eetkamer bijeen voor de traditionele rijstmeelnoedels. Oude Meester en Oude Mevrouw waren er. Eerste Meester had zijn vrouw en concubine meegenomen. Grote Weg was de enige buitenstaander aan tafel. De noedels waren bijna gaar toen Tweede Mevrouw binnenkwam, ondersteund door Wuling en de vrouw van Huismeester Bing. Ik was in geen dagen zo dicht bij haar geweest. Ze was aangekomen, en bleker dan ooit. Tot mijn verrassing had ze zelfs de schaduw van een glimlach op haar gezicht. Na de voorgeschreven beleefdheden boog ze haar hoofd en ging zitten. Eerste Meesters vrouw en concubine kwamen fluisterend en giechelend bij haar zitten.

Een van beiden vroeg: Hoeveel maanden al?

En de ander zei: Een maand of drie, zou ik zo zeggen.

De eerste zei: Met dat mooie figuurtje van jou is het niet eens te zien.

En de ander zei: Is het verwekt toen Guanghan herstellende was van zijn verwondingen? Neem jezelf goed in acht, zusje. Veel honing en vissenvellen eten, anders krijgt je kind dezelfde littekens als zijn vader.

Tweede Mevrouw knikte zwijgend en dwong haar lippen tot een vaag glimlachje. De noedels werden opgediend en de stoom dreef in een dikke wolk boven de tafel. Ik stond achter een pilaar en zag een donkere wolk over Tweede Mevrouws gezicht trekken toen iedereen zich vrolijk maakte over Grote Weg, die verwoede pogingen deed om een noedel tussen zijn eetstokjes te krijgen. Ze keek op, en toen haar blik de mijne kruiste keek ze snel van me weg. Ik ging achter een andere pilaar staan om haar nog wat langer te kunnen gadeslaan. Als ik dat maar lang genoeg volhield, kon ik misschien het raadsel van dat glimlachje ontsluieren.

Oude Meester oogde gezond. Hij zat op een gloeiend hete noedel te blazen.

Oude Mevrouw had een halve noedel in haar mond, en kauwde er zo langzaam op dat ik me afvroeg of ze hem ooit nog zou doorslikken.

Eerste Meester trakteerde iedereen aan tafel op loftuitingen, en iedereen schonk hem een beleefd lachje in ruil. En achter hun ruggen lachten de bedienden hen stiekem uit.

Ik luisterde niet naar wat hij zei.

Ik laafde me nog steeds aan de aanblik van Tweede Mevrouw. Toen ze zo'n witte noedel naar haar rode lippen bracht, flitsten er twee rijen smetteloze tandjes door de stoom heen. En toen dat ronde meelballetje achter die dunne rode lippen verdween, kreunde mijn hart van bewondering.

Op datzelfde moment zei Grote Weg iets wat iedereen verbaasd deed opkijken.

Oude Meester Cao, zei hij, ik hou van de mensen in uw familie.

En toen zei hij: Maar ik mis mijn moeder.

Er viel een stilte. Alle ogen waren op hem gericht.

Meneer Weg, heeft u soms plannen om terug te keren naar uw eigen land? vroeg Eerste Meester.

Grote Weg zei: Ja. Ja. Ik hou van jullie, maar ik wil naar huis.

Hij was zo nerveus dat hij zijn eetstokjes verschoof en zijn noedel viel op de grond. Toen hij zich bukte om hem op te rapen, schoot ik achter mijn pilaar vandaan, griste dat vieze ding van de grond en maakte me weer uit de voeten. Grote Wegs neus was bezaaid met zweetdruppeltjes. Zijn gezicht en hals waren rood. Eerste Meester legde hoffelijk wat eten in zijn kom. Het bleef doodstil. Tweede Mevrouw hield haar ogen stijf op haar kom gericht.

Eerste Meester zei: Guanghan heeft u in dienst genomen, en zijn afwezigheid maakt het nu moeilijk voor ons om u te laten gaan. U kent het temperament van mijn broer beter dan wie ook, dus ik zou willen voorstellen dat we nog even wachten tot hij weer thuis is. Kunt u zich daarin vinden?

Ik wist niet of Grote Weg hem had kunnen volgen, maar hij stotterde even en barstte toen los in een stroom van buitenlandse woorden. Toen hij besefte dat niemand daar een touw aan vast kon knopen, slaakte hij een diepe zucht, schudde beschaamd zijn hoofd en haalde sullig zijn schouders op. Tweede Mevrouw vroeg hem iets in het buitenlands. Eerst schrok hij daar even van, maar toen begon hij te praten, met veel drukke handgebaren. In het gesprek dat nu op gang kwam keken ze elkaar geen van beiden aan. Ze keken meestal naar de grote porseleinen noedelschaal, maar als Tweede Mevrouw zijn woorden vertaalde keek ze Oude Meester aan en sprak met grote wellevendheid.

Ze zei: Meneer Weg zegt dat de arbeiders nu uitstekend overweg kunnen met de machinerie en dat zijn vertrek geen wezenlijk effect zou hebben. Hij zegt dat zijn moeder al een jaartje ouder wordt en dat haar gezondheid te wensen overlaat, zodat hij stilaan naar huis terug moet. Hij vraagt u nederig om voorbereidingen te mogen treffen voor zijn spoedige vertrek uit het Iependorp. Hij kan 's nachts niet slapen van bezorgdheid.

Oude Meester knikte en keek naar Eerste Meester.

Eerste Meester vroeg: Wat vindt u ervan, Vader?

Ik ben onder de indruk van zijn liefde voor zijn moeder, zei Oude Meester. Ik vind dat we hem zijn zin maar moeten geven.

Grote Weg leek dit te begrijpen, maar Tweede Mevrouw vertaalde het niettemin en ze raakten opnieuw in een gesprek verwikkeld dat voor geen van de anderen te volgen was. Ik kon er evenmin iets van verstaan, maar ik wist dat ze deze kans aangrepen om andere dingen te bepraten. Ze spraken in korte zinnetjes nu, en ongehaast, hoewel ik kon zien dat er veel onderhuidse spanning was. Tweede Mevrouw kapte het gesprek af en glimlachte eerbiedig naar Oude Meester.

Ze zei: Meneer Weg zegt dat hij enig kind is. Ze pauzeerde even en keek naar Grote Weg.

En toen vervolgde ze: Meneer Weg zegt dat hij de mensen hier nooit vergeten zal, zolang hij leeft. Maar hij moet zo snel mogelijk terug naar zijn geboortegrond. Als u het geen bezwaar vindt, zou hij morgen al willen vertrekken. Dat is alles. Meer heeft hij niet gezegd.

Grote Weg wist ongetwijfeld dat ze hem nu woorden in de mond legde, maar hij kon er niets tegen doen.

Hij zei: Ik hou van jullie mensen!

Oude Meester zei: Gaat u dan maar. Voor Guanghan is die lucifercommune nooit meer dan een speeltje geweest, en ik kan zien dat u daar een hoge tol voor heeft betaald. Guangman, regel het maar voor hem. Goed, mensen, het is al laat. Laten we ons warm aankleden en naar de rivier gaan om die lampions te water te laten.

Zijn vrouw zei: Yunan, jij hoeft niet mee. Dan vat je misschien kou.

Het gezelschap ging van tafel, onder leiding van het oude echtpaar. Oude Meester bleef even stilstaan voor Tweede Mevrouw en nam haar van onder tot boven op. Ik kon zien dat hij haar hoog aansloeg.

Hij zei: Ik wist al dat je een geweldige steun voor Guanghan bent, maar ik had geen idee dat je ook nog vloeiend Frans sprak. Je bent onder je niveau getrouwd.

Tweede Mevrouw antwoordde: Het was Engels.

Oude Meester zei: Engels dan. Ook dat zul je een Chinese vrouw niet snel horen spreken. Mevrouw Bing! Mevrouw Bing! Zorg goed voor haar. Als haar ooit iets overkomt, zou ik niet weten hoe we de Zhengs nog onder ogen konden komen.

Oude Mevrouw was ondertussen al de eetzaal uit geschuifeld.

Met al die brandende rivierlampions leek de grote binnenplaats wel een hemel vol sterren. Vanaf de oever van de Zwarte Rivier kwamen de kreten van de dorpelingen, die ongeduldig begonnen te worden. Tweede Mevrouw riep me bij zich. Ze zei dat ze een lotusvormige lampion had gemaakt en ze wilde dat ik die voor haar op het water zette. Ik moest haar volgen naar de linkeruitbouw om hem te halen. Zij liep voor me met Wuling, en Grote Weg kwam naast mij lopen. Mevrouw Bing moest haar man ergens mee helpen en liep niet mee. Wuling en ik hielden onze kaken op elkaar en luisterden naar het onverstaanbare gepraat tussen Tweede Mevrouw en Grote Weg. Uit de toon van hun woorden viel niks af te leiden. Ze konden het over het weer hebben of ze konden hun ziel voor elkaar blootleggen. Maar wat ze ook zeiden, het kon onmogelijk zo neutraal zijn als de uitdrukking op hun gezichten. Ze speelden weer eens toneel, maar Wuling was de enige die erin trapte, ik niet. Toen we de galerij naderden versnelde ik tactvol mijn pas, zodat ik voor Tweede Mevrouw bij de treden kwam en zij moest stilstaan.

Ze zei: Wuling, ga jij maar met Oren naar binnen om de lampion te pakken.

Binnen draalde ik zo lang mogelijk. Ik zei Wuling dat ze garen moest gaan zoeken om de onderkant van de lampion te verstevigen. De lampion zelf was kunstig gelijmd, met drie lotusbloemen, bijeengehouden met bamboe. Twee bloemen stonden al in volle bloei, de derde moest nog uitkomen. De dikke kaars, vastgestoken op een bamboepen, zou kilometers lang blijven branden. Toen we die twee genoeg tijd hadden gegeven, droeg ik de lampion naar buiten, de galerij op, waar Tweede Mevrouw en Grote Weg aan weerszijden van de stenen tafel stonden. Geen van beiden zei nog iets of bewoog zich zelfs maar. Wat ze nog hadden willen zeggen, was kennelijk gezegd.

Ik zei: Die lotusknop aan de zijkant lijkt nogal zwaar. Ik hoop maar dat-ie zo niet omslaat.

Welnee, zei Wuling, we verplaatsen die kaars gewoon een beetje.

Ik zei: Ja, dat is het proberen waard.

Ik zette de lampion op de tafel, verschikte de kaars en vroeg Grote Weg om een lucifer. Hij reageerde niet, had me blijkbaar niet gehoord. Ik vroeg het nog eens en nu gaf hij me een lucifer. Toen ik de kaars aanstak kwamen de anderen erbij staan om een kijkje te nemen, en ik zag dat er tranen blonken in de ogen van Tweede Mevrouw. Heel mooi, zei ze. Heel mooi. Ze blies het vlammetje uit. Toen Grote Weg en ik op weg gingen naar de rivier, hoorde ik hem nog iets tegen Tweede Mevrouw zeggen, heel zachtjes. Hou je taai, misschien, of vaarwel. Het was een droevig moment. Ik begon behoorlijk van slag te raken door alles wat ik gehoord had.

Tweede Mevrouw zei: Oren, loop nog even mee als je hem op het water hebt gezet, en zorg ervoor dat hij niet vastloopt op de oever. Ik wil hem zo ver mogelijk weg laten drijven. Mijn voorspoed en geluk hangen ervan af, dus ik zou niet willen dat hij meteen al omsloeg. Omslaan doet hij uiteindelijk toch, maar dat moet ver van hier gebeuren. Help hem op weg, Oren, en wees voorzichtig.

Ik zei: U kunt nu maar beter naar binnen gaan.

Het was aardedonker nu, en mijn ogen vulden zich met tranen. Toen we bij de oever kwamen was de Zwarte Rivier bezaaid met lampions, als een langgerekte zwerm vuurvliegjes. Grote Weg en ik zochten een rustige bocht op om onze lampion te water te laten, en volgden hem daarna stroomafwaarts. Hij bleef maar naar de kant drijven, alsof hij niet verder wilde. En Grote Weg stapte er elke keer op af om hem weer terug te duwen. Zijn schoenen en broekspijpen waren kletsnat. Na een poosje vond ik een lange bamboestok, waarmee ik hem in het midden kon houden. Ervoor en erachter niets dan drijvende lampions. Sommige sloegen om en andere sukkelden naar de oever, waar hun kaarsvlam uitdoofde. Er waren er ook die midden op de rivier in brand raakten.

We volgden Tweede Mevrouws lampion tot voorbij het slachthuis, waar de stroom zich versnelde om bij de dam langs de kloof van de Berg Van Jade in een kolkende witte watermassa te veranderen. In plaats van om te slaan schoot de lotuslampion als een meteoor vooruit.

Dat was dat, zei ik. Laten we maar naar huis gaan.

Dat was dat, zei Grote Weg. Het is voorbij.

Hij stond aan de oever en stak een sigaar op.

Ik wist dat we pas terug zouden gaan als hij hem helemaal had opgerookt.

En in de tussentijd konden we niets anders doen dan tellen.

In totaal zagen we zesenveertig lampions omslaan.

De lotuslampion kwam het verst voor hij omsloeg.

DEEL DRIE

April 1992

3 APRIL

Ik dagdroomde heel wat af, maar hoe had ik ooit kunnen dromen dat de familie mij de leiding over de lucifercommune zou geven? Normaal gesproken lag zo'n eervolle post ver buiten het bereik van een lijfeigene. En ik was bovendien pas zeventien, een piepkuiken in de ogen van de pachters. Ik hield me in, maar vanbinnen jubelde ik. Mijn bestaan had plotseling zin gekregen!

Toen Eerste Meester me die dag bij zich liet komen, zag ik al aan zijn ogen dat me iets bijzonders te wachten stond. Hij was heel hoffelijk en vertelde me op minzame toon wat hij met me voorhad. Ik moest het zien als een blijk van waardering. Hij was nog niet uitgesproken of ik lag op mijn knieën en bonkte met mijn voorhoofd op de vloer.

Dank u, Eerste Meester! riep ik.

Hij zei: Meneer Weg gaat ons verlaten en Tweede Meester toont weinig belangstelling voor de familie. Hij is altijd maar op pad, zelfs nu zijn vrouw zwanger is. Huismeester Bing en ik hebben dit uitvoerig besproken, en niemand lijkt ons geschikter dan jij. Je bent gis voor je leeftijd en we verwachten dat je het prima zult doen. Doe je voordeel met de laatste dagen van Meneer Weg hier, zorg dat je nog zo veel mogelijk aan de weet komt over het reilen en zeilen van de commune. Doe je best, dan zullen wij altijd tevreden zijn, hoe het ook loopt. Je maandelijkse toelage gaat omhoog naar anderhalf ons zilver. Zodra Meneer Weg vertrokken is, kun jij je intrek nemen in zijn kamer, en als je verder nog iets nodig hebt, laat je dat maar weten aan Huismeester Bing. Je huidige taken kun je naar eigen inzicht overdragen aan anderen. Nou, wat zeg je ervan?

Ik dacht na terwijl ik met mijn voorhoofd de vloer bleef bewerken.

Ik zei: Oude Meester heeft me wel eens nodig om dingen voor hem te doen, en ik vrees dat niemand mij daarbij vervangen kan.

O, maar natuurlijk, zei hij. Wij vinden zelf ook dat je voor Oude Meester moet blijven zorgen. Wie zouden we dat beter kunnen toevertrouwen? Maar hij is gelukkig niet veeleisend, dus dat kun je er makkelijk bij doen.

Toen ik zijn kamer uit liep bloeide mijn hart op. Een stralende toekomst kwam me tegemoet. Er wachtte me niets dan voorspoed. Ik ging op mijn brits liggen, te opgewonden om te slapen. Hoe zou er vanaf nu naar me gekeken worden in het Iependorp? Ik wist nu al dat ik een andere houding zou hebben.

Ik was zo met mezelf ingenomen dat ik alle problemen in de uitbouw uit mijn geest bande. Ik moest me op mijn komende taak concentreren! Ik liep zwierig door de graanschuur, alsof ik er nu al de baas was, en negeerde de mistroostigheid waarmee Grote Weg rondslofte. Vaak zat hij onderuitgezakt, met zijn arm over zijn voorhoofd in de oude leunstoel die het favoriete plekje van Tweede Mevrouw was geweest. En dan staarde hij naar de plek waar ze in hun hartstocht het stoppenrek hadden omgegooid. Ik kon wel raden wat er in hem omging, maar daar liet ik mijn plezier niet door vergallen.

Ik had de leiding over de Iependorper Lucifercommune. Ik en niemand anders!

Ik!

Maar mijn blijheid was voorbarig.

Op de avond van de negentiende dag van de eerste maanmaand stopte er een draagstoel voor het poortgebouw. De passagier deed zijn best om niet herkend te worden, maar een bediende zei dat hij een gardeofficier tussen de dragers had gezien. Weldra werden er overal lampen aangestoken terwijl er mensen van het ene vertrek naar het andere beenden. Wij bedienden hadden geen idee wat er gaande was. Tweede Mevrouw was kennelijk ook van het rumoer geschrokken, want we zagen haar de grote binnenplaats oversteken, achter Wuling die een lantaren ophield. De volgende ochtend werd er vlak voor zonsopgang op mijn deur geklopt. Het was Huismeester Bing. Hij vertelde me dat Eerste Meester me in de grote familiekamer wilde zien en dat ik meteen moest komen. Op mijn vraag wat er aan de hand was, zei hij dat ik geen vragen moest stellen, dat ik het vanzelf wel zou horen.

Ik kreeg een akelig voorgevoel.

Mijn eerste gedachten waren voor Grote Weg en Tweede Mevrouw.

Was er dan toch geen uitweg uit de val van hun overspeligheid?

Ging dit levens kosten?

Ik durfde niet verder te denken.

Eerste Meester zat alleen in de kamer, in de stoel die normaal voor Oude Meester Cao was. Zijn ogen waren dik, alsof hij die nacht geen oog had dichtgedaan, en hij leek moeite te hebben met wakker blijven. Toen ik binnenkwam ging hij met een ruk rechtop zitten en nam zijn vertrouwde montere houding aan.

Ah, daar ben je, zei hij. Ga zitten.

Ik bleef staan.

Hij zei: Ga zitten, je bent nu een belangrijk man.

Dus ging ik zitten.

Hij vroeg: Vertel me eens, Oren, hoe behandelt Oude Meester jou?

Ik zei: Ik kan hem zijn goede zorgen nooit vergoeden.

Hij vroeg: En ik, Oren?

Ik zei: Ik zal nooit vergeten wat u allemaal voor me gedaan hebt.

Hij vroeg: En jij, Oren? Hoe heb jij ons behandeld?

Ik zei: Ik ben maar een baksteen in dit prachtige huis.

Hij knikte, pakte een wijnkalebas en nam een slokje.

Hij vroeg: Heb je misschien iets voor ons verborgen gehouden?

Nee, antwoordde ik.

Hij zei: Denk goed na, Oren. Echt niet?

Nee, zei ik. De bliksem mag me treffen als ik lieg.

Ik hield mijn gezicht in de plooi, maar kneep stiekem in het vel van mijn dijbeen. Ik was bang dat ik hier niet lang tegen bestand zou blijven, dat het bloed elk moment naar mijn wangen kon stromen. Eerste Meester keek me recht in mijn ogen. Ik beantwoordde zijn blik alsof er niets aan de hand was. Hij slaakte een diepe zucht.

Hij zei: Guanghan is gearresteerd op last van de garnizoensleiding.

Er ging een bom af in mijn hoofd. Het doek is gevallen, dacht ik bij mezelf. Maar er rolde tegelijkertijd een steen van mijn hart. Er was geen direct gevaar. De linkeruitbouw zou voor onheil gespaard blijven. Voorlopig althans.

Eerste Meester zei: Ze beweren dat Guanghan iets met de Blauwe Hoofddoeken van doen heeft. Sinds zijn terugkeer uit het buitenland heb jij voortdurend aan zijn zijde vertoefd. Weet je hier werkelijk niets vanaf?

Ik zei: Ik weet dat hij goed bevriend is met zijn zwager. Dat is alles.

Hij vroeg: En wat weet je dan van Zheng Yusong?

Ik zei: Niets, eigenlijk, behalve dat hij een koopman is die in goederen uit deze streek handelt.

Hij zei: Vertel me alles wat je weet over het doen en laten van Guanghan. Hou niets achter, want daar bewijs je niemand een dienst mee. Als we hier niet snel een uitweg voor vinden, zal zijn hoofd niet lang meer aan zijn romp zitten. En ik weet tot dusver van niets. Je zou me weinig dankbaarheid tonen door nu nog iets geheim te houden.

De blik in zijn ogen werd opeens keihard. Dat had ik nog nooit van hem gezien.

Ik overwoog of ik voor hem op mijn knieën moest vallen.

Moest ik hem over die explosieven vertellen?

Ik viel op mijn knieën.

Ik zei niks over die explosieven.

Maar ik vertelde hem wel over de chemicaliën.

Ik vertelde hem over die keer dat Tweede Meester zichzelf had staan wurgen.

Ik was nog lang niet uitverteld toen het gezicht van Eerste Meester lijkbleek werd.

Hij zei: Wat een ellendeling! Schaamteloos!

Ik zei: Als u me niets had gevraagd, had ik het voorval in mijn binnenste laten wegrotten. Tweede Meester verdient ons medelijden. Het is zijn schuld niet dat hij zo is.

Hij zei: Oren, je bent een rechtschapen jongeman. Ik wil je namens Oude Meester om een gunst vragen.

Wat het ook is, ik doe het, zwoer ik. Al kost het me mijn leven!

Hij zei: De Cao-familie zal je zeer verplicht zijn.

Mijn hart werd kil toen ik dat hoorde, en er liepen rillingen over mijn rug. Het onheil dat ik zo lang gevreesd had, ging zich toch nog voltrekken. En ik kreeg alles op mijn dak. Al mijn dagdromen zouden in rook opgaan. Achteraf realiseerde ik me dat die geheimzinnige bezoeker de provinciale garnizoenscommandant was geweest, een persoonlijke vriend van Eerste Meesters schoonvader. Die twee hadden alles bekokstoofd, en ze gebruikten mij als een pion, als iemand die ze zonder dralen zouden opofferen als hen dat uitkwam.

De volgende dag verscheen er een officier met twaalf soldaten aan de poort van de oude graanschuur. Ze doorzochten alles, ook het onderkomen van Tweede Meester. Alles en iedereen kreeg een rol in dit toneelstukje. Ze stopten monsters van alle chemicaliën in glazen flesjes en namen manden vol lucifers mee aan de lopen van hun geweren. In het familiehuis lieten ze hun theater achterwege. Ze liepen rechtstreeks naar de grote eetkamer, aten er hun buiken rond en dronken naar hartenlust. Niemand van hen zette ook maar een stap in de linkeruitbouw. Ik speelde ondertussen mijn eigen rol en ging overal afscheid nemen in mijn mooie nieuwe kleren.

Tweede Mevrouw had last van opgezette benen en mocht niet uit bed van Mevrouw Bing. Dus knielde ik neer bij de deur van de scheidingswand en sprak haar vanaf die plek toe. Af en toe ving ik een glimp van haar gezicht op door het muskietengaas. Dat gezicht bleef daarom een wazige vlek, maar haar stem was helder en duidelijk.

Ze zei: Pas goed op jezelf, Oren. Wees voorzichtig.

Ik vroeg: Moet ik nog iets tegen Tweede Meester zeggen?

Ze zei: Zeg hem dat zijn gezondheid boven alles gaat.

Verder nog iets? vroeg ik.

Ze dacht even na en ik wachtte af. Wat rook het heerlijk in deze kamer. Wat was ik er graag gebleven. Ik schatte mijn kans op een terugkeer op twee uit tien, hooguit.

Ze zei: Val hem maar niet lastig met familieaangelegenheden. Zeg maar gewoon dat het me goed gaat, dat het werk in de commune op rolletjes loopt en dat ik uitzie naar zijn thuiskomst.

Ik zei: Loop voorzichtig als u straks weer op bent, Tweede Mevrouw. Ik moet gaan.

Ik wierp nog een laatste blik op haar. Ik kon de ronding van haar gezwollen buik zien onder het beddengoed. Alles zag er normaal uit en ik hoopte dat mijn vermoedens geen van alle zouden uitkomen. Zo niet, dan stond haar nog onvoorstelbare ellende te wachten. Dan zou het ding in haar buik veel rampzaliger blijken dan de mengsels van Tweede Meester. Het zou tot de grootste ontploffing leiden die men hier ooit had meegemaakt!

Ik was een waardeloos stuk vreten.

Kon ik Tweede Meester redden?

Nee.

Kon ik wie dan ook redden?

Degene die ik het liefst had willen redden was Tweede Mevrouw.

Maar ik kon hen geen van allen redden.

De dood was onvermijdelijk.

Ik wilde net op weg gaan toen ik bij Oude Meester moest komen. Hij aaide me over mijn bol maar bleef lange tijd staan zwijgen alsof hij diepbedroefd was. Het deksel was van de ketel. In de kokende vloeistof lag een kleine koperen bel. Enkele dagen tevoren had ik een ladder beklommen om die voor hem uit een oude tempel ten zuiden van het dorp te stelen. Het water borrelde zachtjes. De bel klingelde gedempt. Maar de oude man bleef stil. Als dit nog langer duurde hield ik het niet droog meer.

Oude Meester zei: Ik had nooit gedacht dat de familie je nog eens op deze manier zou gebruiken.

Ik zei: Ik ben juist blij. Ik beschouw dit als een voorrecht.

Hij zei: Kom eens dichterbij, Oren. Ik wil je wat vragen.

Ik zei: Zegt u het maar zo.

Hij liet zijn stem dalen, boog zich naar me toe en zijn adem kietelde in mijn hals. Hij stonk uit zijn bek. Wat zijn rare brouwsels ook teweeg hadden gebracht, hij had er in elk geval een walgelijke asem door gekregen. Maar toen hij vroeg wat hij te vragen had, vloog alle verwarring uit mijn hart.

Oude Meester geloofde blijkbaar dat ik tegenspoed in voorspoed kon veranderen.

Hij verwachtte me terug.

Hij vroeg me wat spinnen en spinnenwebben mee te nemen.

Uit de gevangenis.

Het liefst uit de cel van een ter dood veroordeelde.

Het kan me niet schelen wat eraan vastgekleefd zit, zei hij.

Ik voelde me als bij toverslag volkomen ontspannen.

Grote Weg, die me bij de deur had staan opwachten, snapte niet waarom ik zo opgelucht leek. Het nieuws van Tweede Meesters arrestatie had hem zo van streek gemaakt, dat hij zijn vertrek had uitgesteld. Althans, dat zei hij. Maar mij nam hij niet in de maling. Ik wist wel waarom hij geen afscheid kon nemen, al kon ik slechts raden naar zijn voornemens.

Grote Weg zei: Doe hem de groeten van mij.

En toen zei hij: Zeg hem dat ik van plan ben weg te gaan.

Hij zag eruit als een afgetobde oude mandarijn, met zijn handen in de mouwen van zijn wijde mantel. Zijn loopneus had zijn snor bevuild en een van zijn ogen zat zowat dicht door de sigarenrook. Hij zag er miserabel uit. Een man die bedolven was geraakt onder zijn zorgen.

Ik zei: Vraag jouw god maar of die hem wil bijstaan.

Tot mijn verrassing deed dit hem in de lach schieten. Een schorre, hese lach.

Toen de soldaten zich hadden volgevreten en hun zilver hadden opgeborgen, bonden ze me vast met een dik touw. Huismeester Bing kwam stilletjes achter me staan en fluisterde: Vertel ze alleen het hoognodige. Maak ze niet wijzer dan ze hoeven te zijn. Dit is je kans om te bewijzen hoe slim je werkelijk bent.

Het klonk hardvochtig, maar ik zag dat zijn ogen nat waren.

Wuling was de enige die hardop voor me huilde. Toen ik de treden van de poort afliep, snikte ze: Kom gauw terug, Oudere Broer Oren. Omdat er nogal wat dorpelingen stonden te kijken, was ik bang dat ik gezichtsverlies door haar leed. Dus keek ik haar niet aan en liep met opgeheven hoofd weg.

Ik was verre van wanhopig.

Ik dacht aan spinnen en spinnenwebben.

En aan alle torretjes en motten die daarin gevangen zouden zitten.

Oude Meester had me gered!

Aan de dood dacht ik niet meer.

En terecht, zo bleek.

4 APRIL

Tweede Meester Guanghan was opgepakt in Water En Vuur Kamp, niet ver van de districtshoofdplaats. Dit dorpje stond bekend om zijn hoefsmeden, en er waren maar liefst tien smederijen. Ook was er een clandestiene wapensmederij voor de Blauwe Hoofddoeken. Toen de Garde daar op een avond een inval deed, waren de werkers als dolle paarden alle kanten op gevlucht, zonder Tweede Meester te waarschuwen. Hij zat in een opslagplaats voor Zwarte Draak-lucifers aan de rand van het gehucht, en toen ze daar binnenvielen had hij gezegd dat hij slechts een luciferfabrikant was, die de loods huurde als distributiepunt. Maar hij had voor dovemansoren gesproken, vooral nadat ze een pistool in zijn broekband hadden ontdekt. Op de vraag hoe hij daaraan kwam, zei hij dat het in een andere provincie was gemaakt en dat hij het geruild had voor honderd manden lucifers. Maar waarom moest hij zo nodig met een vuurwapen rondlopen? Als bescherming tegen bandieten en struikrovers. Zo had hij op elke vraag een plausibel antwoord gegeven, tot een van de soldaten daar genoeg van kreeg en hem met zijn geweerkolf een paar tanden uitsloeg. Ze hadden hem naar de gevangenis gebracht, waar hij opnieuw werd afgetuigd. Als een van zijn ondervragers hem niet herkend had als de tweede zoon van een rijke familie, hadden ze hem ter plekke doodgeslagen. Achteraf hoorde ik dat Tweede Meester, broodmager als hij was, de hele tijd had gelachen en gescholden. Hij was op slag een held geworden voor de andere gevangenen, en ook de soldaten zeiden dat ze nog nooit iemand hadden meegemaakt die zich zo kranig had gehouden onder een afstraffing. Een rijkeluiszoon nog wel! Ook hoorde ik, eveneens achteraf, dat Eerste Meester de arrestatie van andere familieleden had voorkomen door de garnizoenscommandant vele kilo's zilver toe te stoppen. Waarna ze mij als offer hadden uitgekozen. Ik zou vastgebonden en weggevoerd worden opdat de rest van de familie buiten schot bleef. Een pion was ik, zij het dat ik in één opzicht van een pion verschilde: ik kon praten, en ik wist precies wat ik moest zeggen en niet moest zeggen om mijn meester uit de brand te helpen. Achteraf, wederom achteraf, werd het me duidelijk dat die kilo's zilver veel belangrijker waren geweest dan mijn aandeel. Maar terwijl het speelde was ik ervan overtuigd dat de familie mij de baas van de commune had gemaakt om een zondebok te hebben voor de misdaden van Tweede Meester. En dat ik, als het erop aankwam, in zijn plaats moest sterven. Wat een mop!

Ik iemand die ertoe deed?

Een hond was ik, een hond die aan een touw was weggesleurd.

Spinnen verzamelen voor Oude Meester Cao, daar was ík goed voor!

Voor mijn vertrek uit het Iependorp had ik Eerste Meester gevraagd wat ik nu eigenlijk moest zeggen in de gevangenis. Met een berustende blik, voor hem heel ongewoon, had hij gezegd dat ik daar niet over in hoefde te zitten. Ga maar gewoon, had hij gezegd. Als het zover is vertelt iemand je wel wat je zeggen moet. Maar toen we in de districtshoofdplaats aankwamen en ik in een cel werd gesmeten, was daar niemand die me vertelde wat ik zeggen moest. Ik voelde me een onbeduidende bedwants die achteloos uit een laken was geslagen.

Het hoge plafond van de cel was bezaaid met spinnenwebben.

Maar ik wist niet hoe ik erbij moest komen.

Ik deelde die cel met veertien andere mannen.

Je moest er rechtop zittend slapen.

De anderen verdrongen zich om me en vroegen me wat voor misdaad ik gepleegd had.

Ik zei: Ik heb een man gedood.

Wie? vroegen ze.

Een vijand, zei ik.

Daarop verloren die ongure kerels meteen hun interesse en keken weer naar hun etenskommen. Ik had ook een kom gekregen, en toen de cipier langskwam volgde ik het voorbeeld van de anderen door hem tussen de tralies door te steken. Ik hoopte dat de cipier iets tegen me zou zeggen, maar hij negeerde me. Daarna wachtte ik tot de nachtcipier iets tegen me zou zeggen, maar hij negeerde me ook. Er was helemaal niemand die me vertelde wat ik moest gaan zeggen. Ik was vergeten. De cipier deed me aan een stalknecht denken, zoals hij tussen de cellen heen en weer liep. In de dagen die volgden werden er voortdurend mannen uit de cellen gehaald, lopend tussen twee cipiers. Als ze terugkwamen moesten die cipiers hen dragen. Er waren ook mannen die helemaal niet meer terugkwamen.

De martelkamer lag aan de andere kant van de binnenplaats. Er zat wel geen raam in onze celmuur, maar je kon het slaan en het gillen duidelijk horen, vooral 's nachts. Er zaten soms lange uithalen in het gegil, en je hoorde ze ook wel eens om hun vader of moeder roepen.

Op een nacht werd ik uit mijn slaap gehaald door een enorm geraas in de martelkamer. Eerst dacht ik dat ik droomde. Maar nee, ik was wakker en daar was dat rumoer weer, zachter nu, maar het leed geen twijfel wiens stem dat was.

Ik ruilde van plaats met de gevangene die tegen de celmuur zat en drukte er mijn oor tegen om te horen wat er gaande was aan de andere kant. Er kwam iets met een zware klap op vlees neer, maar ik kon niet horen of het een hard of een zacht voorwerp was. De man die zo geslagen werd was Tweede Meester! Elke schreeuw klonk als een donderslag.

Hij schreeuwde: Honden!
Hij schreeuwde: Honden! Au!
Hij schreeuwde: Au!
Hij schreeuwde: Au! Au!
En toen schreeuwde hij: Honden! Honden! Honden!
De slagen kwamen onregelmatig maar ongehaast.
Het was zijn vlees waar ze op neerkwamen.
Het waren zijn botten waar ze op neerkwamen.
Dat geluid van de slagen bleef maar doorgaan, zelfs toen het geschreeuw ophield.
Ik drukte me verbijsterd tegen de muur.
Ik zei: Het zilver van mijn meester is naar een stel honden gegaan.
Een medegevangene zei: Da's een taaie, hoor, die daar. Een geval apart.
Ik vroeg: Waar slaan ze hem mee?
Hij zei: Een rotting.
Ik vroeg: Doet dat erge pijn?
Hij zei: Daar kom je binnenkort zelf wel achter.
Ik vroeg: Kan het geen kwaad om zo geslagen te worden?
Hij zei: Zo'n afranseling wordt een buffel nog te veel. Wie haalt het nou in zijn hoofd om zo te schelden? Wat schiet je ermee op om je beul voor hond uit te maken? Die vent wil gewoon dood. Hoor je dat? Geen geschreeuw meer.
Die laatste drie woorden hingen nog in de lucht toen Tweede Meester weer begon met zijn getier.
Mijn celmaat zei: Die vent is gestoord!
Hou je bek! snauwde ik. Je bent zelf gestoord.
Hij vroeg: Is het soms je vader? Of je grootvader?
Ik zei: Het is jouw vereerde voorvader.
Hij snapte me niet, zakte onderuit en ging weer slapen. Ik drukte mijn oor weer tegen de muur en bleef luisteren tot alle geluiden ophielden. Ze hadden hem vermoord, ondanks al het zilver dat ze hadden aangepakt. Het had er niet beroerder voor kunnen staan. Ik wist niet wat ik nu te verwachten had, en er was niemand die me vertelde wat ik moest doen. Niemand hier had nog enige aandacht voor me, maar hoe zat het met Eerste Meester en Oude Meester? De lamp in de cel scheen op de spinnenwebben aan het plafond. Ik zag een iel spinnetje roerloos aan een draad hangen, en ik begreep dat ik alleen maar aan spinrag zou kunnen komen als ik op iemands schouders ging staan. Maar wie zou dat toelaten?

Later diezelfde nacht kwam de cipier me halen. Hij liep achter me met zijn lantaren, waardoor de binnenplaats een doolhof van plotseling opduikende muren leek. Toen we bij de martelkamer waren gekomen, hield hij me staande.

Hij zei: Alleen antwoord geven op de vragen. Dan stem je je ondervrager misschien wel mild. Maar het lukt niet altijd, hoor.

Ik vroeg hem: Maar wat moet ik dan zeggen?

Hij zei: Dat weet je vanzelf als het zover is. Maar denk erom, zeg niet meer dan wat ze je vragen.

Hij gaf me een zet naar binnen.

Daar was hij. Tweede Meester. Hij was bij zijn polsen opgehangen aan een poortvormig rek. Zijn tenen raakten ternauwernood de vloer. Zijn hoofd hing omlaag. Hij leek naar het grote komfoor te turen, dat midden in de kamer stond, maar toen ik dichterbij kwam zag ik dat zijn ogen dicht waren en ik nam aan dat hij bewusteloos was. Zijn haar, zijn lichaam, alles was besmeurd met bloed. Zijn nepvlecht was weg. Een man die aan zijn polsen is opgehangen, lijkt net een lappenpop. Aan een bureau aan de andere kant van het komfoor zat een vermoeid ogende officier met een officiële muts, compleet met veren. Hij keek gemelijk naar me op. Voor iemand iets zeggen kon viel ik op mijn knieën.

Hij vroeg: Weet jij wie dat is?

Ik zei: Ja.

Hij vroeg: Nou, wie is het dan?

Ik zei: De tweede meester van de Cao-familie.

Hij zei: Klets geen onzin!

Ik begon te beven. Ik zei niks meer.

Hij zei: Deze man is een van de leiders van de Blauwe Hoofddoeken. Wist je dat?

Ik zei: Nee.

Hij vroeg: Wat weet je dan wel?

Ik zei: Hij is de leider van de Iependorper Lucifercommune.

Hij vroeg: Wat is dat, een commune?

Een familie, zei ik.

Een familie? vroeg hij. Wat voor familie?

Ik zei: Met een vader en een moeder, en een vergunning van het Provinciale Bureau Voor Industrie. Als ik het lieg, Eerbiedwaardige Meester, mag u mijn pezen uitrukken!

Er begon iemand te grinniken.

Eerbiedwaardige Meester en zijn ondergeschikten keken naar Tweede Meester.

Hij was het die gegrinnikt had.

Ik kon zijn ogen niet zien.

Maar wel het gat waar ze zijn tanden hadden uitgeslagen.

Eerbiedwaardige Meester zei: Je pezen uitrukken? Die kende ik nog niet. Dat zou je me dan eerst moeten leren. Je hebt een radde tong, piepkuiken. Hang hem op, jongens. En dan wil ik dat je me alles vertelt wat je weet en niet weet. En ik bepaal wel of je liegt of niet.

Ze hingen ook mij bij mijn polsen aan dat rek, ongeveer een meter naast Tweede Meester. Maar ze gingen slordig te werk, want mijn voeten raakten de vloer helemáál niet en ik hing heen en weer te draaien. Tweede Meester lachte opnieuw. De gloed in zijn ogen die door zijn vooroverhangende haar scheen, maakte me doodsbang. Mijn armen voelden alsof ze elk moment konden afbreken en elk gewricht in mijn lijf kraakte en kreunde. Ik probeerde me ver genoeg uit te rekken om met mijn tenen bij de vloer te komen, en dat werd beloond met een striemende slag op mijn kuit. Alsof een gloeiende ijzeren staaf mijn been in tweeën knakte! Ik gilde van pijn. Ik kon het niet helpen. Ik gilde elke keer als ze me raakten, en trok dan weer angstig mijn benen op, en hing net zo lang heen en weer te draaien tot mijn benen weer uitzakten en alles overnieuw begon. Ik kon me niet voorstellen dat hier ooit nog een eind aan kwam.

Ik gilde: Ai-ya!

Zo had ik nog nooit gegild.

En ik gilde: Eerbiedwaardige Meester, spaar me alstublieft!

Ik gilde: Het doet pijn! Alsjeblieft, Vadertje!

Mijn gegil werd zo onsamenhangend dat ik zelf ook niet meer wist wat ik gilde. Ik wilde me beheersen, maar dat ging niet. Dus bleef ik gillen, en het duurde niet lang of ik begon te huilen. De tranen en het snot liepen mijn mond in, maar ik bleef gillen, alsof het mijn mond niet was die volliep met snot en tranen. Ik wist dat Tweede Meester nog steeds hing te grinniken. Ik kon de lucht door dat gat in zijn mond horen fluiten.

Als een krankzinnige was hij. Voor niets en niemand bang.

Eerbiedwaardige Meester vroeg me: Wie is die man naast je?

Ik zei: Dat is Tweede Meester.

Eerbiedwaardige Meester vroeg: Is hij de leider van de Groene Rivier Eenheid?

Ik zei: Nee!

Hij vroeg: Hoe weet je dat zo zeker?

Ik zei: Weet ik niet.

Geef hem er van langs! zei hij.

Ik zei: Ik weet het gewoon. Hij is het niet! Verlos me uit mijn lijden, Eerbiedwaardige Meester! Ai-ya! Eerbiedwaardige Meester, alstublieft, spaar me! U maakt me dood! Ik weet gewoon dat hij het niet is. Want... ik ben het! Is dat het goede antwoord, Eerbiedwaardige Meester? Vadertje! Vadertje!

Ik gilde en huilde zo hard dat ik er zowat in stikte.

De ondervrager en zijn rottingzwiepers werden moe. Ze keken me ongeduldig aan. Iemand gaf me een schop, en ik wist pas dat het Tweede Meester was toen hij iets fluisterde. Zijn stem was zo zacht als het gezoem van een mug. Gaat het een beetje, Oren?

Ik zei: Het doet pijn. Het doet vreselijk pijn.

Hij fluisterde: Gewoon je bek houden en aan iets anders denken.

Ik zei: Tweede Meester, ik wil dood. Ai-ya!

Van die laatste ai-ya schrok ik zelf. Het was een hard en hoog gekrijs, heel vreemd, niet menselijk meer. Die rotting scheurde mijn ingewanden open en sneed mijn botten uit, of nee, hij liet mijn vel heel maar verpulverde alles in mijn binnenste. Tweede Meester zei iets en de rotting verliet mijn lichaam, floot door de lucht en kwam op het zijne neer.

De officier zei: Hou jij je smoel, vuile rebel!

Tweede Meester gaf geen kik. Hij hief zijn hoofd op alsof hij iets zocht tussen de plafondbalken. Ik keek in dezelfde richting maar zag niets, behalve een spinnenweb zo groot als een rijstpan. De spin zelf was nergens te bekennen, alleen een paar zwarte torren die allang waren uitgezogen.

Tweede Meester zei: Denk aan iets anders, Oren.

Ik zei: Sla mij! Ik smeek u, Eerbiedwaardige Meester, sla mij!

Maar ze negeerden me, terwijl de flarden van Tweede Meesters kleren alle kanten op vlogen onder de regen van slagen. Zijn hoofd kantelde achterover en hij tuurde naar iets wat buiten het zicht van gewone stervelingen bleef. Zijn kapotte mond hing open. Hij vertoefde in een andere wereld. Zijn geest was oneindig ver weg. Hij was veel angstaanjagender dan die sterke kerels met hun rottingen.

Oren, zei hij, ik denk aan Parijs!

Hij zei: Ik denk aan haar!

Hij schreeuwde: Aan haar denk ik! Aan haar!

En toen schreeuwde hij: Kom! Kom hier!

Ik wist niet wie die *haar* was.

Ik wist alleen maar dat Parijs een land ergens overzee was.

Hij schreeuwde verder, maar nu in het buitenlands.

De officier keek naar hem en haalde zijn schouders op.

Ik hing nu zo lang dat mijn tenen de vloer raakten en het draaien ophield. De officier zei zijn mannen dat ze moesten stoppen met slaan en hij liet ze wat houtskoolbrokken uit het grote komfoor in twee kleinere doen, die ze onder onze voeten plaatsten. In paniek trok ik mijn benen zo hoog mogelijk op. Tweede Meester deed hetzelfde.

Ik snikte: Eerbiedwaardige Meester, onze Tweede Meester is onschuldig. Spaar hem, alstublieft, en spaar mij ook!

De officier was veel te moe om zich nog iets van me aan te trekken. Hij bleef maar gapen in zijn stoel achter het bureau, en hield zijn ogen op onze voeten gericht. Ik zei niets meer en probeerde het advies van Tweede Meester op te volgen en aan iets anders te denken. Ik dacht aan een paard dat ik als kind verzorgd had. Het was er verzot op geweest om over de oever van de Zwarte Rivier te galopperen. En toen dacht ik aan Wuling, wier ogen dik van het huilen waren geweest toen ik was weggevoerd. Ze had me door hete tranen gadegeslagen. En ten slotte dacht ik aan de eerste keer dat ik Tweede Mevrouw had gezien. Ze stond in de poort van de linkeruitbouw, geheel in het groen gekleed. Grote Weg en ik waren zowat tegen haar op gebotst met onze pasgevangen vissen. Wat een grote vissen! zei ze.

Die blote vis in mijn armen probeerde uit alle macht los te komen.

Hij zwiepte met zijn staart, hij kronkelde zich in allerlei bochten, en het duurde niet lang of hij veranderde in een rank mensenlichaam.

Ik hield de lachende en schreeuwende Tweede Mevrouw vast.

Tweede Meester zoog een mondvol lucht in.

De officier sprong overeind.

Ik rook de geur van schroeiend vlees. Ik voelde mijn opgetrokken benen uitzakken. Ik probeerde aan iets anders te denken, maar dat lukte niet meer. Ik zag Tweede Meesters voeten op die gloeiende houtskoolbrokken. Er kringelde blauwe rook langs zijn benen omhoog. Zijn gescheurde broekspijpen begonnen vlam te vatten. Tweede Meester staarde naar het plafond en er kwam een raar geluidje uit zijn keel. Hij probeerde te lachen, maar zo kwam het er niet uit.

Honden! zei hij. Honden!

Klootzak! zei de officier. Vuile klootzak!

Ik kon mijn benen niet langer omhooghouden. De mannen botsten tegen me aan toen ze met hun rottingen op Tweede Meesters broek insloegen om het vuur te doven. Ik voelde de gloeiende kolen tegen mijn voetzolen. Ik kon niet meer. Ik moest mijn benen strekken. Alsof ze met een vlijmscherp mes laag voor laag werden afgeschild, verdwenen mijn voeten in een zee van pijn. Ik gilde, en ik gilde nog eens, en opnieuw, en toen werd alles zwart. Ik kan me niet herinneren wat er daarna gebeurde, behalve dat die officier stond te brullen: Jij komt hier niet levend uit, hoor je me!

En Tweede Meester zei: Beloofd, hè?

Ik wilde zeggen dat ze mij ook moesten doden, dat ze me niet verder mochten laten leven.

Maar ik weet niet of ik dat nog heb uitgesproken voor ik van mijn stokje ging.

5 APRIL

In de dagen dat Tweede Meester en ik gemarteld werden, jakkerde Eerste Meester op en neer tussen de hoofdplaatsen van het district en de provincie. Onze ondervrager bleek noch bij de Provincie noch bij de Garde te horen. Hij was net benoemd tot districtsmagistraat, had dus niks gekregen van Eerste Meesters zilver en wist daar ook niks vanaf, maar ergerde zich wel aan de lauwe interesse van de andere officieren voor deze zaak, waardoor hij ons des te harder aanpakte, maar dit eindigde subiet toen hij ook iets kreeg toegestopt. Eerste Meester had er alles voor over om zijn broer te redden. Hij verkocht er zelfs enkele familiebedrijven voor. En hoewel we bleven vastzitten, kwam er een legerarts langs om Tweede Meesters verwondingen te behandelen, en tegelijk ook mijn brandwonden te verzorgen. We werden overgeplaatst naar een aparte cel, helemaal voor ons tweeën, waar we behoorlijk te eten kregen.

Tweede Meester, die er veel erger aan toe was dan ik, lag de meeste tijd op zijn brits. En hij had veel te veel aan zijn hoofd om te willen praten. Ik was weer als vanouds zijn dienaar, verzorgde hem, hield hem goed in de gaten en zei alleen het hoognodige om hem niet te hinderen in zijn kwetsbare toestand. Ik wist dat hij aan de gebeurtenissen op de Groene Rivier lag te denken. Hij was immers een Blauwe Hoofddoek. En Zheng Yusong was dat uiteraard ook, dat had ik al ingezien voor ik gevangen werd genomen. Maar ik hield mijn nieuwsgierigheid in toom en stelde geen enkele vraag. Door niets te vragen kon ik Tweede Meesters lijfknecht blijven. Als ik iets gevraagd had, was ik een buitenstaander geworden.

Op een dag in de tweede maanmaand, kort na zonsondergang, werd Tweede Meester uit de cel gehaald. Toen hij niet meteen terugkwam werd ik ongerust, en om mijn gedachten te verzetten ging ik op mijn brits staan en hield de vlam van de gevangenislamp bij een dikke zwarte spin in zijn web. Hij ontsnapte naar een spleet in de muur en ik kreeg hem niet meer te pakken, zodat ik alleen zijn rafelige web overhad. Dat haalde ik weg door het om een strootje te rollen, in de wetenschap dat die spin zo wel weer terug zou komen om een nieuw te maken. Er zat nog amper iets in. Alleen een paar bedwantsen. Wat deden bedwantsen zo hoog op die muur? Een mysterie was het.

Ik wachtte tot de spin weer te voorschijn kwam, zodat ik hem kon verbranden. Maar voor het daarvan kwam werd Tweede Meester teruggebracht. Hij keek mistroostig uit zijn ogen, maar omdat hij zonder een woord te zeggen naar bed ging, blies ik de lamp uit en volgde zijn voorbeeld. Hij lag een hele poos te woelen (heel langzaam, natuurlijk, met al die verwondingen) en toen hij eindelijk stil bleef liggen dacht ik dat hij sliep, dus was ik verrast toen hij me riep, met de sombere stem van een dolende ziel.

Wat doe je, Oren?

Ik zei: Ik lig hier alleen maar. Kan ik iets voor u doen?

Hij zei: Guangman is naar de gevangenis gekomen om me te bezoeken.

Gaat het goed met iedereen? vroeg ik.

Hij zei: Ze maken het uitstekend. Over een dag of wat komen we vrij.

Werkelijk? riep ik uit. Zijn ze klaar met hun onderzoek?

Hij zei: Ja, het is voorbij. Je hebt veel voor me geleden, Oren, en ik ben je veel dank verschuldigd. Maar nu komt alles weer goed.

Ik zei: Ik heb alleen maar mijn plicht gedaan, en ik ben juist blij als ik bij u mag zijn, onder wat voor omstandigheden ook.

Ik raakte ontroerd en mijn neus begon te steken. Maar Tweede Meester slaakte alleen maar een diepe zucht, alsof alles hem te veel was.

Hij zei: Vertel eens, wist jij het van Yunan?

Wat had ik van haar moeten weten? vroeg ik.

Dat ze zwanger was, zei hij. Wees eerlijk, wist je dat?

Ja, zei ik.

Waarom heb je dat dan niet verteld? vroeg hij.

Ik zei: U had al zo veel aan uw hoofd, ik wilde u niet ongerust maken.

Hoe had dat me nu kunnen verontrusten? vroeg hij. Ik word vader. Dachten jullie nu werkelijk dat ik daar niet blij om zou zijn? Of ben ik het vaderschap soms onwaardig? Zeg op. Waar waren jullie bang voor?

Ik zei: Tweede Meester, ik verdien te sterven!

Hou je bek! snauwde hij.

Ik kwam van mijn brits en viel op mijn knieën naast de zijne. Ik had geen idee wat ik zeggen moest. Hij verroerde geen vin, negeerde me en zei de hele nacht geen woord meer. Toen de pijn in mijn knieën niet meer te verdragen was, krabbelde ik overeind en ging maar weer achter die zwarte spin aan. Door een snelle uithaal met de lamp wist ik hem ditmaal te verschalken. Hij viel geschroeid op de vloer, waar hij vergeefs probeerde weg te kruipen op zijn verkoolde pootjes. Toen ik hem op mijn handpalm legde kreeg ik het beeld voor ogen van zijn zwarte bloed dat door de bijtende tanden van Oude Meester zou sijpelen.

En toen dacht ik aan het hart van Tweede Meester.

En daarna dacht ik aan de buik van Tweede Mevrouw.

En aan het donkere haar op het lijf van Grote Weg.

En aan mezelf.

Ik wenste dat ik in die cel kon blijven.

De winter was voorbij toen we werden vrijgelaten. Blauwe en gele bloempjes bloeiden op de drassige oevers van de Groene Rivier. We reisden stroomopwaarts naar het Wilgendorp op een vrijwel verlaten dubbeldeksboot. Bij Eendenkroosbocht moesten we even stilliggen om voorrang te verlenen aan een gardeboot die stroomafwaarts voer. Het was een kleine stoomboot met een ijzeren romp, rank en snel, met een wijde hanenstaart van een boeggolf. De passagiers op onze boot wilden geen gedonder en maakten dat ze benedendeks kwamen, maar ik gaf toe aan mijn nieuwsgierigheid en bleef heel stilletjes aan de reling staan. Er hing iets aan de mast van die overheidsboot. Eerst hield ik het voor een neerhangende vlag, maar toen ze naderbij kwamen bleek het een man te zijn, met zijn armen kruiselings op de ra, als een opvliegende vogel. Hij zat onder het bloed maar leefde nog wel, al leek het me uitgesloten dat hij nog kon praten. Toen we elkaar kruisten waren zijn stralende ogen op mij gericht, maar ik wist dat hij er niets mee zag, want zijn gezicht bleef uitdrukkingsloos. En opeens wist ik het, wist ik wie het was. Ik slikte mijn schreeuw in, uit angst dat er op me geschoten zou worden.

Het was Zheng Yusong.

Het was wel duidelijk dat hij niet lang meer zou leven.

Ik ging naar beneden om het Tweede Meester te vertellen. Eerste Meester was bij hem. Ze renden de trap op naar het bovendek, maar de overheidsboot was al een heel eind verder en het enige wat ze nog zagen was het silhouet van een man aan de mast. Ze bleven de boot staan nakijken tot hij in de rivierbocht verdwenen was. Ik wist dat Tweede Meester diepbedroefd was. Zijn gezicht was lijkbleek en hij staarde dof naar de watervogels op de rivier.

Eerste Meester vroeg me: Weet je zeker dat hij het was?

Ik keek hem aan en zei: Geen twijfel mogelijk.

Eerste Meester zei: Gemartelden zien er allemaal hetzelfde uit.

Tweede Meester zei: Nee, hij was het. Ik herkende zijn mantel.

We zeiden er niets meer over. Eerste Meester hield zijn broer nauwlettend in de gaten en voerde het ene gespreksonderwerp na het ander aan om zijn aandacht af te leiden. Maar er kwam geen verandering in zijn gelaatsuitdrukking. Het was dezelfde uitdrukking die hij in de gevangenis had gehad: koud en cynisch, alles verhullend wat er in hem omging.

Maar ik nam aan dat hij aan bommen dacht.

En vervolgens nam ik aan dat hij aan zijn kind dacht.

Hij dacht aan het kind in de buik van Tweede Mevrouw!

Het liep tegen middernacht toen we het Wilgendorp bereikten. Op de verlaten kade stond de grote familiedraagstoel klaar. Ik mocht er ook in, voor het eerst van mijn leven, omdat de brandwonden op mijn voeten nog niet helemaal geheeld waren. Toen onze kleine processie bij het poortgebouw aankwam was het ruim na middernacht. Het huis was in diepe rust, net als de omgeving. We werden opgewacht door Huismeester Bing en een stel bedienden. Huismeester Bing ging Tweede Meester en mij met een lantaren voor naar de linkeruitbouw. Tegen mij sprak hij met geen woord, dus liep ik rechtstreeks naar mijn kamertje. Het was precies zoals ik het achtergelaten, op mijn beddengoed na. Dat hadden ze gewassen en in de zon te drogen gelegd. Het rook heerlijk fris. Er klonken stemmen in het grote woonverblijf, en vervolgens in het zijvertrek ernaast. Ik wilde opstaan en een kijkje nemen. Wat had ik onze binnentuin gemist! Maar ik was te moe om mijn ogen open te houden.

Ik sliep als een blok tot ver in de middag.

Toen ik mijn deur uit stapte werd ik begroet door een vertrouwde aanblik. Grote Weg en Tweede Meester zaten op de zonovergoten galerij, tegenover elkaar aan de stenen tafel, met hun schaakstukken in slagorde opgesteld. Tweede Mevrouw zat tussen hen in en overzag het slagveld, met haar kin op haar hand. Wuling stond achter haar. Ze slaakte een kreet toen ze me zag.

Ze riep: Lekker uitgeslapen, Oudere Broer Oren?

Ik werd zo verlegen door haar begroeting dat ik het liefst weer naar binnen was geslopen. Maar de anderen keken nu ook naar me, met vreemde blikken in hun ogen. Grote Weg stond op, onwillekeurig waarschijnlijk, mompelde iets en ging weer zitten. Hij leek erg gespannen.

Goed dat je er weer bent, zei hij. Welkom thuis! O, eh, wil je naar ons spel komen kijken?

Ik zei: Straks misschien. Ik heb een hoop te doen.

Tweede Mevrouw schonk me een glimlach. Een lusteloze, treurige glimlach. Ze zag bleek en ik kon zien dat het schaakspel haar niet erg kon boeien. Toch had ze kennelijk een goede reden om daar te zitten, in weerwil van haar stemming. Haar gezicht was merkwaardig rond geworden, pafferig, en bezaaid met donkere vlekken. Ik werd er ongehoord verdrietig van. In de gevangenis had ik onafgebroken aan haar gedacht, maar dat zou ze nooit weten. Op dit eigenste moment denk ik ook aan haar. Maar hoe hard ik het ook probeer, die vlekken kan ik nooit meer wegdenken.

Ze zei: Je bent langer geworden, Oren.

Ik zei: Ik weet het. Komt door dat voedzame gevangeniseten!

Ze lachte, en Grote Weg ook. Tweede Meester lachte niet, en toch was hij duidelijk het meest ontspannen van de drie. Hij begon me toe te spreken. Bars. Erger nog dan in de gevangenis. Waarschijnlijk om de anderen nerveus te maken. Om diezelfde reden speelde hij schaak. Hij had er helemaal geen zin in, maar wilde dat die andere twee zich ongemakkelijk zouden voelen, zodat hij zelf minder last had van zijn buik vol schaamte.

Wat hang je daar nog rond? beet hij me toe. Mijn vader wacht op je!

Ik zei: Ja, Meester. Ik ga al.

Hij zei: En als je daar klaar bent, kom je me een kom eiersoep brengen. Ik heb honger.

Ik zei: Ja, Meester.

Zijn oogopslag maakte duidelijk dat ik Tweede Mevrouw en Grote Weg maar beter niet kon vragen of zij ook iets wilden. Dat was natuurlijk ook aan hem voorbehouden. Wuling stond daar met haar lippen van elkaar. Die stomme meid stond te glimlachen!

Grote Weg pikte een schaakstuk van Tweede Meester in.

Tweede Meester zei iets in de buitenlandse taal.

Het klonk als een vloek.

Grote Weg hoorde het aan zonder een spier te vertrekken.

Ik ging naar Oude Meester Cao, met het papieren zakje waarin ik de zwarte spin en zijn web bewaarde. Hij was in een goed humeur. In de lente was hij altijd in een goed humeur. Nadat hij me gevraagd had hoe het met me ging, bedolf hij me onder loftuitingen bij het openmaken van het zakje. Hij haalde er de dode spin uit en bekeek hem van alle kanten, als een kostbaar kleinood. Toen hij hem had opgepeuzeld, schudde hij het zakje leeg boven zijn ketel. Hij vertelde me dat hij als jongeman wel eens een heel bord spinnen had leeggegeten, alsof het een bord noedels was. Hij zei: Maar nu ben ik oud en nutteloos, net als die spin. Zie hoe zijn web uiteenvalt op mijn bouillon. Alles op deze wereld wordt slechter en slechter.

Oude Meester vroeg me: Oren, kun jij je Guanghan als een rebel voorstellen?

Ik zei: Nee.

Hij zei: Ik ook niet. Ze moeten zich vergist hebben.

Ik zei: Tweede Meester is taai als tuigleer.

Hij zei: Ja, hij kan keihard zijn als hij het op zijn heupen krijgt. Harder dan de hardste kei zelfs. Hij mag van geluk spreken dat ze hem niet hebben afgemaakt. Let voortaan maar goed op hem. Als hij er weer eens op uit trekt voor een of ander dwaas ideaal, volg hem dan.

Hij is een integer mens, zei ik.

Hij zei: Wie is dat niet in deze streek? Jij bent toch ook integer? Hou een oogje in het zeil. Als er iets gebeurt en ik kan hem niet vinden, geef ik jou de schuld.

Ik zal op hem letten, zei ik. Dat beloof ik u.

Dat stelde hem tevreden. Oude Meester was dol op deze tijd van het jaar. Als de lente kwam, werd hij een gelukkig man die de dood niet vreesde. Dat wil niet zeggen dat hij zijn rare eetgewoonten opgaf, maar hij werd wel minder kieskeurig. Hij roerde met zijn eetstokjes door het mengsel, op zoek naar spinrag. Maar hij viste niks op. Hij probeerde het opnieuw. Weer niks. Maar in plaats van boos te worden vulde hij zijn kom met de vloeistof en dronk hem in één keer uit. De dood was wel het laatste wat hem bezighield.

Niet gek, zei hij. Lang niet gek.

Het geurde inderdaad niet onaangenaam in zijn vertrek.

Ik vroeg me af welke gebeurtenissen de zwarte spin, nu een onzichtbare geest, zou gaan veroorzaken op zijn omzwervingen door het familiehuis. Ik zou zijn aanwezigheid wel een poosje voelen, daar was ik zeker van. Ik zou merken hoe hij zich te goed deed aan mijn bloed. Maar het kind in de buik van Tweede Mevrouw baarde me veel meer zorgen. In mijn dagdromen werd het langzaam aangevreten, in de ene tragische voorstelling na de andere, tot er niets meer van over was dan een plasje bloed en wat botjes.

De linkeruitbouw werd een onheilspellend oord.

Vraag me niet waarom. Ik zou het je niet kunnen zeggen.

Ik denk dat ik gezichtsverlies vreesde. Totaal gezichtsverlies.

Want als je ophoudt een persoon te zijn, word je vanzelf een spook.

6 APRIL

Na Tweede Meesters moeilijkheden met de autoriteiten kwamen er geen luciferdragers meer naar het Iependorp, waardoor onze verkoop een tijdlang stokte. Maar Eerste Meester had in de provinciehoofdstad meer gedaan dan pleiten voor onze vrijlating. Hij had bij zijn vrienden van de Kamer van Koophandel een vergunning losgepraat voor de verkoop van Zwarte Draak-lucifers in de omliggende provincies. In het Wilgendorp huurde hij nu enkele schuurtjes bij de kade, en hij nam dragers in dienst om daar onze dagproductie in op te slaan. Hierdoor had hij voor elke aanmerende handelsboot honderden manden lucifers klaarstaan voor transport over de rivier in beide richtingen. Of Tweede Meester dit nu waarderen kon of niet, en of ik het nu waarderen kon of niet, de handel liep weldra beter dan ooit. Maar Eerste Meester liet niet na te zeggen dat dit vooral de verdienste was van de buitenlander. Die had kunnen vertrekken toen het de familie tegenzat, maar dat had hij niet gedaan. Integendeel, hij was gebleven en hij had harder gewerkt dan ooit tevoren. Zulke toewijding was zeldzaam, dus besloot Eerste Meester hem te belonen met een bonus van extra zilver. Tweede Meester was hier niet voor of tegen. Hij hoorde het aan met een onbewogen gelaatsuitdrukking. Wel dacht ik dat ik hem op zijn onderlip zag bijten, maar dat kan ook gezichtsbedrog zijn geweest. Des te duidelijker waren zijn woorden.

Hij zei: Als hij wil, kan hij nu vertrekken.

Hij keek mij aan en zei toonloos: Ga Meneer Weg maar zeggen dat hij wat mij betreft kan gaan. Als hij nog steeds weg wil, moet hij zo snel mogelijk voorbereidingen treffen. De nachten zijn lang, de dromen zijn talrijk. Niemand kan voorspellen wat er nog gebeuren gaat op de Groene Rivier.

Ik zei: Maar de commune kan niet buiten hem.

Probeer je me soms te zeggen dat ik niks meer voorstel? vroeg hij.

Ik zei: Nee! Maar u heeft wonden die nog moeten helen.

En jij? zei hij. Hoe zit het met jou?

Ik zei: Ik stel niks voor. Ik ben nergens goed in.

Hij zei: Nou, da's niet helemaal waar. Je bent een verdomd goede leugenaar.

Tweede Meester! riep ik uit.

Hou je bek! snauwde hij. Hou je brutale smoel!

Hij wilde me niet aankijken, alsof hij bang was dat hij mijn ontreddering zou zien. En omdat ik mijn bek moest houden, durfde ik geen kik meer te geven, mijn zielenroerselen ten spijt. Ik wist precies wat ik voor hem verborgen hield, en dat ik een deel daarvan zou meenemen in mijn graf. Maar ik zou nooit toegeven dat ik tegen hem loog, net zomin als ik over zijn bommen had gepraat toen de houtskool mijn voeten schroeide. Die zwijgzaamheid was voor zijn bestwil geweest, en deze was dat ook. Ik kon hem toch geen dolk door zijn hart steken? Dat had hij zelf al vaak genoeg gedaan.

De eerste keer dat hij me gezegd had mijn bek te houden was in de gevangenis geweest. Het nieuws van de zwangerschap van zijn vrouw had hem blij moeten maken, en de angst was me om het hart geslagen toen het hem in plaats daarvan van streek had gemaakt. Ik had dat angstige voorgevoel niet meer kunnen afschudden. Dus had mijn verbazing niet groter kunnen zijn toen hij zo terloops opmerkte dat Grote Weg wat hem betrof kon vertrekken.

Grote Weg zal heel goed begrepen hebben dat dit een ideaal moment was om zonder problemen af te reizen.

Dat hij dat toch niet deed zal de wil van de Hemel zijn geweest.

De Hemel hield hem vast en wilde niet loslaten!

Met de eerste regen van dat jaar kwam ook het gerucht dat Zheng Yusong onthoofd was op het schoolplein van de districtshoofdplaats. De bevestiging liet niet lang op zich wachten. Zijn hoofd werd met veel vertoon over de Groene Rivier vervoerd en op het kadeplein van het Wilgendorp opgehangen. Niet lang daarna verscheen er een draagstoel uit het Moerbeidorp bij ons poortgebouw. De dragers zeiden dat ze Tweede Mevrouw kwamen halen, omdat haar vader op zijn sterfbed lag. Van hen hoorde ze ook het nieuws over de dood van haar broer, dat wij angstvallig voor haar hadden achtergehouden. Maar ondanks deze treurige berichten lieten Oude Meester en Oude Mevrouw haar niet gaan. Een laatste afscheid van haar vader was volgens hen minder belangrijk dan de bescherming van dat onzichtbare stuk vlees in haar buik, de stamhouder van het Cao-geslacht. Dus keerde die draagstoel weer ongevuld terug in de regen. Maar later die avond gebeurde er iets raars. Er werd een brief met een dolk aan de poortdeur gestoken. Een bediende bracht hem naar Huismeester Bing, die hem op zijn beurt naar Eerste Meester bracht. Niemand van ons wist wat erin stond, maar het ontging ons niet dat de knieën van Huismeester Bing knikten. Toen ik die nacht opstond om een plas te doen, zag ik enkele bedienden die zich verdekt hadden opgesteld in de binnentuin. Ik vroeg hun wat er aan de hand was, en ze stamelden iets over iemand die van plan was om een lid van de Cao-familie te vermoorden. Iedereen sliep die nacht met één oog open.

Het grote woonverblijf was in duisternis gehuld.

Het zijvertrek ook.

Dat zijvertrek was nu het onderkomen van Tweede Meester. Sinds zijn terugkeer meed hij het woonverblijf, want de vrouw van Huismeester Bing had gezegd dat Tweede Mevrouw verzwakt was en rust nodig had. Uit bezorgdheid voor haar sliep Tweede Meester nu alleen, en hij werd daar alom voor geprezen, want welke man had dat voor zijn zwangere vrouw over? Blind of stom waren ze, of allebei. Of misschien hadden sommigen heus wel door wat er werkelijk speelde en hielden ze dat voor zich. Maar zo ja, dan konden ze ook weer niet al te veel weten, want wie kan er nu in het hoofd van een ander kijken? Neem mij. Ik kon de hele tijd wel janken! Ik wilde het liefst maken dat ik wegkwam! Wisten ze dat? Nou dan!

Ik had trouwens al langer het vermoeden dat er iemand met moordplannen rondliep.

Mijn dagdromen dropen van het bloed.

Ik wist alleen niet wie er nu wie wilde vermoorden.

Later hoorde ik dat er maar vier woorden in die brief hadden gestaan.

Dood aan de rebel.

Dood... aan... de... rebel!

Ik zal me die woorden tot mijn laatste snik blijven herinneren.

Dood!

Stel je voor.

Er werd een schot gelost op een van onze koks, die naar de slachterij wilde gaan om vlees te halen. Hij was halverwege de stoep van de hoofdpoort toen er geschoten werd vanuit het bos op de helling van de Berg Van Jade. De kogel schampte zijn achterhoofd. Nadat hij de stoep was afgerold, voelde hij aan de pijnlijke plek en zag dat zijn hand onder het bloed zat. In de wetenschap dat het alleen maar een vleeswond was, zette hij een oorverdovende keel op. Van gezicht en bouw leek hij voldoende op Tweede Meester om iedereen te doen weten wie het eigenlijke doelwit was. Eerste Meester had zijn broer al gezegd dat hij in de linkeruitbouw moest blijven, onder de bewaking van de bedienden. Maar toen Tweede Meester hoorde wat de kok overkomen was, nam hij het niet langer. Hij beende met toenemende woede over de grote binnenplaats. Bij de poort hielden ze hem tegen.

Laat me gaan! zei hij. Ik zal ze een lesje leren!

Hij schreeuwde door de poort: Kom me maar halen, stelletje schoften!

Hij rukte zich bijna los, in een worsteling waarbij Huismeester Bing van ontzetting op zijn knieën viel. En toen ze hem eindelijk terug hadden gesleurd naar de linkeruitbouw, weigerde hij naar binnen te gaan en ging op de galerij zitten alsof hij iemand verwachtte. Ik had wel een idee wie die iemand was. Grote Weg en ik gingen stilletjes bij hem zitten, maar na een tijdje moesten we naar de oude graanschuur om te werken. Ik had nog altijd de leiding in de commune. We liepen alvast wat dingen door te nemen toen we een schot hoorden bij het poortgebouw. We renden erheen, bukkend uit angst voor verdwaalde kogels. Grote Weg kon me amper bijhouden.

Hij riep: Oren! Oren! Wat gebeurt er toch?

Weet ik niet, zei ik.

Hij vroeg: Wie heeft er zo'n hekel aan Cao?

Weet ik niet, herhaalde ik.

Hij glimlachte wrang en vroeg niets meer.

Er was zoveel dat ik niet wist. Sinds ze gehoord had hoe Zheng Yusong aan zijn eind was gekomen, zette Tweede Mevrouw geen stap meer buiten haar slaapkamer. Wuling vertelde me dat ze huilde noch sprak. Ze lag de hele dag in bed. Voordien had ze de vrouw van Huismeester Bing gehoorzaamd en alles gegeten wat haar werd voorgezet. Maar nu hield ze zich doof voor de oude vrouw, die regelmatig in tranen uitbarstte. Ik vroeg me af wat Tweede Mevrouw in haar huidige toestand tegen Tweede Meester zou zeggen als die haar kwam bezoeken. Ik vermoedde dat ze zich dan allebei in een aparte kamer terug zouden trekken om tegen zichzelf te praten. En wat ze dan zouden zeggen, of ze zichzelf zouden uitschelden of zouden overstelpen met zelfmedelijden, dat kon geen sterveling weten.

Toen Grote Weg en ik die middag van de graanschuur terugkwamen, zagen we dat de draagstoel uit het Moerbeidorp weer bij de hoofdpoort stond. En toen we even later over de binnenplaats naar de linkeruitbouw liepen, hoorden we geruzie in de verte. Het waren de stemmen van Eerste Meester en Tweede Meester.

Eerste Meester zei: Ze hoort nu bij de Cao-familie, dus haar mensen maken niet uit of ze naar het Moerbeidorp gaat! Ze is zes maanden zwanger en ze komt hier de poort niet uit, al sterft haar hele familie! Dat is de wil van Vader en Moeder!

Tweede Meester zei: Laat haar gaan. Doe het voor mij.

Eerste Meester zei: Guanghan, je bent niemand iets verplicht. Als je iets om onze familie geeft, luister je naar me. Ik wil niet dat jij of je vrouw ergens heen gaat. Blijf thuis en begeef je niet in alle trammelant die momenteel gaande is. Laat dat maar aan mij over.

Tweede Meester zei: Jullie verstikken me mijn hele leven al! Laat haar gaan. Haar vader ligt op sterven, dus laat haar afscheid van hem nemen.

Eerste Meester zei: Gebruik je verstand toch eens!

Tweede Meester zei: Als je haar niet laat vertrekken, zal ik vertrekken!

Rennende voetstappen. Tumult. Grote Weg en ik stapten stilletjes door de tussenpoort en zagen een groep bedienden met Tweede Meester worstelen, aan het eind van de galerij. Net op dat moment kwam Tweede Mevrouw naar buiten. Iedereen verstarde. Haar gezicht was ontstellend bleek en ze schuifelde traag over de galerij, gehinderd door haar dikke buik. Maar ze was waardig als altijd, en ging nog steeds gekleed in fleurige kleren. Ze had een brief in haar hand en liep ermee naar Eerste Meester, met een hartverscheurende glimlach op haar gezicht.

Ze zei: Jullie kunnen ophouden met ruziemaken. Ik ga nergens heen. Waar zou ik heen moeten? Zeg de draagstoeldragers maar dat ze deze brief meenemen naar mijn ouders. Guanghan heeft zwaar geleden in de gevangenis. Ik heb dit geschreven opdat ze geen verkeerde indruk van hem krijgen. Lees jij het maar eerst, dan kun je alles verbeteren wat je ongepast lijkt.

Dat zal niet nodig zijn, zei Eerste Meester. We geven die brief aan hen mee, dat beloof ik je.

Hij schonk haar een gepijnigde glimlach en zei de bedienden dat ze weer aan hun werk konden gaan. Toen ze door de tussenpoort waren verdwenen, waren alleen Tweede Meester, Tweede Mevrouw en Grote Weg nog op de galerij. Plus Wuling en ik, uiteraard. Maar wij waren buitenstaanders. Het was onwezenlijk stil. Niemand zei iets. Tot Grote Weg de stilte niet langer verdragen kon. Cao, zei hij, ik ga weg.

Tweede Meester zat bewegingloos in zijn stoel, alsof hij niks gehoord had.

Grote Weg zei: Je hebt Oren nu. Die kan alles. Ik kan hier nu wel weg.

Tweede Meester ontplofte.

Ga dan weg! snauwde hij. Ga maar meteen! Waar wacht je op? Heb je hier nog niet lang genoeg rondgehangen? Wat moet je hier nog? Wat had je hier nog willen uitvreten? Alsjeblieft, doe me een genoegen en donder op hier! Rot op!

Grote Weg kromp ineen en zijn lippen trilden. Hij kon geen woord uitbrengen, in welke taal ook. Hij kon alleen maar hard slikken. Tweede Meester leek zelf ook verbluft door zijn uitbarsting. Hij staarde naar zijn gebalde vuisten en leek zich af te vragen wat hij gedaan had.

Tweede Mevrouw zei: Guanghan, hij is onze gast.

Tweede Meester zei: Ik weet heel goed wat hij is.

Hij stond op en liep naar zijn vertrek. Tweede Mevrouw en Grote Weg stonden daar en keken elkaar aan, zonder nog oog te hebben voor Wuling en mij. Ze zei iets in het buitenlands, draaide zich om en liep weg. Hij keek haar na en liep ook weg. Ik had wel een idee wat ze tegen hem gezegd had. Je kon het in vier woorden vertalen. Tijd om te gaan.

Ze had het hem zowat gesmeekt.

Ik nam aan dat hij diezelfde avond nog zijn spullen zou pakken.

Maar dat deed hij niet.

Hij keek naar mij en zei: Kook wat water voor me. Ik ga in bad.

Hij zat bijna de hele avond in zijn kuip te weken, en onafgebroken te fluiten.

Aan dat gefluit kon je horen dat hij hemel nog aarde vreesde. Het geluid drong door tot in mijn kamertje en deed mijn hart jagen. In gedachten zag ik de betrouwbare, noeste werker Grote Weg uit zijn kuip stappen, kletsnat, en weer de grootneuzige barbaar worden. Spiernaakt zou hij door het huis rennen, naar de maan huilend als een wolf, vastbesloten om de hele Cao-familie en het hele Iependorp geen moment rust meer te gunnen.

Zijn gefluit omgaf me met hitte en vervulde me ermee.

Ik was als een zak die vol met lucht werd geblazen.

Ik voelde mezelf opzwellen.

Ik zocht Huismeester Bing op om hem te vertellen dat de boekenopslag te lijden had onder ratten die de winter waren doorgekomen, en dat het hoog tijd werd om er iets aan te doen. Hij gaf me de sleutel en wat rattengif en zei me dat ik ditmaal lang genoeg binnen moest blijven om uit te vinden waar ze de ruimte binnenkwamen. Zo niet, dan kon ik een hele mand gif strooien zonder dat het iets uithaalde. Ik zei dat ik zijn raad zou opvolgen en wachtte tot de zon bijna onder was eer ik erheen ging. Op de binnenplaats zag ik Wuling lopen, die net van de Zwarte Rivier terugkwam met een koperen emmer vol wasgoed. Ze had er ook haar haren gewassen, waarna ze haar schort om haar hoofd had gewonden. Het hing als een bruidssluier op haar rug. Normaal keurde ik haar amper een blik waardig, maar nu moest ik denken aan alle keren dat ze om me gehuild had, en opeens voelde ik me vreselijk eenzaam. Oudere Broer Oren! riep ze toen ze me zag. En ze glimlachte. En toen ze glimlachte brak ze de dam in mijn hart.

Ik wilde haar aanraken.

Ik zei: Wuling, ik was net naar je op zoek.

Echt? zei ze stralend. Waarom?

Ik zei: Zet die emmer neer en loop even mee naar de bloementuin.

Ons eerste samenzijn.

Ze volgde me zonder iets te vragen.

We liepen door de tuin heen en ik leidde haar de boekenopslag binnen, waar ik haar mijn favoriete boek wilde laten zien. Ik durfde geen lucifer aan te strijken en zocht het op de tast. Wuling liep vlak achter me, ze was bang voor het donker. Toen ze me vroeg welk boek ik zocht, haalde ik diep adem, vatte moed, en beschreef het haar tot in de kleinste details. Ze kon me niet geloven. Ik werd verlegen, en een beetje bang, en mijn hart ging als een razende tekeer. Ik snakte ernaar haar lippen op de mijne te voelen. Toen ik het boek niet vinden kon, maakte ik een bedje van boeken voor ons beiden. Nu wilde ik het boek Wuling openslaan. Beelden uit mijn dagdromen flitsten voor mijn ogen. Het lichaam van de kleine, donkere Wuling was romig wit en vrouwelijk.

Ik las mijn boek, bladzij voor bladzij.

Ik droop van het zweet.

Samen gingen we een andere wereld binnen.

Ik zei: Weet je wat Tweede Mevrouw en Grote Weg hebben gedaan?

Ja, zei ze.

Hoe weet je dat dan? vroeg ik.

Ik heb ze gezien, zei ze.

Waar dan? vroeg ik.

Ze zei: Achter de sierheuvel.

Ik vroeg: Alleen daar?

En op de galerij, zei ze.

En wat heb je ze zien doen? vroeg ik.

Dat vertel ik niet, zei ze. Het was te verschrikkelijk.

Ik zei: Je hoeft niks te vertellen. Ik weet het. En ik zal het je voordoen.

In mijn dagdromen had ik hier eindeloos op geoefend. Maar in het echt kreeg ik de slag niet te pakken. Ik was te gretig, te ruw. Er ging van alles door me heen. Ik ging tekeer alsof ik mijn mooie nieuwe boek aan stukken wilde scheuren. Wuling hijgde zo hard dat ik medelijden met haar kreeg. Maar ik kon mijn gevoelens niet beteugelen. Er zat niets anders op dan maar helemaal aan iets anders te denken.

Ik vroeg: Hoe ver is Tweede Mevrouw nu?

Ze zei: Volgens de vrouw van Huismeester Bing is ze zes maanden.

Ik vroeg: Weet jij wiens kind het is?

Ja, zei ze.

Ik vroeg: Is het van Tweede Meester?

Nee, zei ze.

Weet je het zeker? vroeg ik.

Ik slaap in het kamertje ernaast, zei ze. Natuurlijk weet ik het zeker.

Ik vroeg: Maar hoe kun je dan zo zeker zijn?

Ze zei: Tweede Meester en Tweede Mevrouw hebben heel lang in hetzelfde verblijf gewoond, maar ze sliepen apart. Hij had al heel lang een bamboebrits.

Ik vroeg: Waarom?

Ze zei: Tweede Mevrouw is bang voor alle rare dingen die hij doet. Hij wordt er zelf ook wel eens bang van.

Ik vroeg: Wat voor rare dingen doet hij dan?

Ze zei: Dat weet je best.

Ik zei: Nee, vertel nou.

Ze zei: Ik wil het niet zeggen, Ouder Broer Oren.

Ik zei: Zeg het, anders vermoord ik je.

Ze zei: Dan vermoord je me maar.

Er stond een prachtige maan, die nacht, en ik dacht bij mezelf dat het misschien wel goed was als ik ons allebei om zeep hielp. Maar terwijl ik aan de dood dacht verscheen er een gezicht als de volle maan voor mijn geestesoog. Ik stond op een wolk en riep: Yunan! Yunan! Yunan!

Ik was klaar om te springen.

Maar plotseling was daar de stem van Wuling: Maak me niet zwanger, Oudere Broer!

Ik verstarde.
Ik bekoelde.
Ik zag Tweede Mevrouw. Ze was stervende.
En toen zag ik Grote Weg. Hij was ook stervende.
En nu bekoelde ik pas echt.
Ik sloeg het boek Wuling dicht voor ik het uit had.
Ik was iemand geworden die alles wist wat er te weten viel.
Een afschuwelijke gewaarwording.
Want ik wist nog steeds niet hoe het was om dood te gaan.

7 APRIL

Het hoofd van Zheng Yusong hing dus te kijk in het Wilgendorp. De Cao-familie besloot dat het beter was als ze er geen van allen heen gingen. In plaats daarvan moest een van de lijfeigenen maar gaan kijken. De keus viel eerst op Huismeester Bing, maar die smeekte om niet te hoeven, omdat hij op zijn leeftijd niet goed bestand meer was tegen de aanblik van lijken, laat staan die van afgeslagen hoofden. Dus kwam Eerste Meester naar mij. Hij zei dat ik alleen maar een blik hoefde te werpen, verder mocht ik niks doen of zeggen. Ik wilde maar al te graag, vooral door de luchthartige opmerking die Zheng zelf nog eens tegen me gemaakt had: dat ik iets tegen zijn hoofd moest zeggen als dat er ooit werd afgehakt, om na te gaan of hij me nog kon horen. Hij was geen moment uit mijn gedachten geweest sinds de laatste keer dat ik hem gezien had, aan de mast van die gardeboot, met zijn stralende ogen op me gericht. Ik was er inmiddels van overtuigd dat hij me toen wel degelijk had herkend, maar me niet in gevaar had willen brengen door dat te laten blijken. Een bewijs van het soort man dat hij was geweest. Je kon zijn hoofd eraf hakken en laten rotten in de zon, maar zijn grootheid viel hem niet af te nemen.

Tweede Meester gaf me wat zilverstukken voor ik vertrok, om geestenpapier van te kopen in de begrafeniswinkel, dat ik verbranden moest waar niemand me kon zien. Ik wilde Tweede Mevrouw gaan vragen of ik voor haar ook nog iets kon doen, enkele woorden zeggen voor de geest van haar broer misschien. Maar Tweede Meester wilde dat niet hebben omdat ze zich al ellendig genoeg voelde.

Aan zijn terneergeslagen gezicht was goed te zien hoe ellendig hij zich zelf voelde.

Hij zei: Onthoud alles wat je ziet en kom het me allemaal vertellen.

En onthoud ook alles wat je hoort, voegde hij eraan toe.

En ten slotte zei hij: De mensen die mij op de korrel hebben, zullen ook op jou loeren, dus wees voorzichtig.

De kade van het Wilgendorp was druk als altijd, vol met boten en drommen mensen. Ook de vlaggenmast was hetzelfde, met soldaten die erbij neergehurkt zaten om de wacht te houden. Alleen was er nu maar één hoofd in plaats van acht, en het hing niet aan een blauwe hoofddoek maar lag in een vogelkooi van bamboe. De vlechtstaart hing eruit als een dode slang. Zheng Yusongs hoofd was rond en donker en nog lang niet aan het rotten. Hij zag er vredig uit, zijn ogen dichtgezakt tot spleetjes, de mondhoeken afgebogen. Het hoofd lag een beetje schuin, alsof hij aandachtig naar iets luisterde.

Ik kon wel janken.

Ik zat in Bofkonts Theehuis van een kop Smaragden Schelp-thee te nippen, en sprak door het raam tot Zheng Yusong. Ik hoorde of zag niemand om me heen. Al wat ik zag was die indrukwekkende jongeman die in zijn draagstoel stapte en snel als de wind naar de Berg Van Jade werd gedragen. En al wat ik hoorde was ons eindeloos lijkende gesprek.

Ik zei: Oudere Broer Zheng, ik ben gekomen om je te zien. Kun je me horen?

Luid en duidelijk, zei hij. Bedankt voor je komst.

Ik zei: Je ziet er niet best uit.

Hij zei: Ik heb pijn.

Ik kon wel janken.

Hij vroeg: Hoe gaat het met mijn zuster?

Ik zei: Die is zwanger.

En mijn zwager? Hoe gaat het met hem? vroeg hij.

Ik zei: Die wordt vader.

Hij vroeg: En hoe gaat het met jou, Oren?

Fantastisch! zei ik. Ik heb het eindelijk met een vrouw gedaan!

Ik was bijna in tranen.

Ik vroeg: Hoe heeft dit je nu kunnen gebeuren, Oudere Broer?

Een vriend heeft me verraden, zei hij.

Ik vroeg: Wie was het?

Hij zei: Dat weet ik niet.

Ik zei: Wat zal dat vreselijk voor je geweest zijn, Oudere Broer.

Hij zei: Nou en of.

Ik kon mijn tranen nauwelijks meer bedwingen.

Hij zei: Oren, je bent een man nu!

Ik zei: Oudere Broer, hoe moet ik mijn leven leiden nu ik een man ben?

Onthoud dit motto, zei hij. Dood aan ieder die het niet verdient te leven.

Ik vroeg: En heb je verder nog adviezen?

Hij zei: Als een vrouw je aanstaat, laat dan niet na haar te pakken!

Oudere Broer, zei ik, als je terugkomt als held, neem me dan mee op je omzwervingen.

Hij zei: Ik kom niet meer terug. Hoe moet ik terugkomen zonder lichaam?

Ik zei: Neem mijn lichaam dan maar.

Hij zei: Oren, als je zo blijft praten, wordt het nooit wat met je.

Mijn ogen werden vochtig. Het scheve hoofd van Zheng Yusong werd wazig. Maar hij luisterde nog steeds, had nog steeds zijn oren gespitst, al kon hij me niet meer horen. Zijn verdorde vlecht zwaaide heen en weer in de wind, alsof die vogelkooi een staart had.

Bofkont kwam bij me staan en zei: Waar zit je aan te denken, Oren?

Aan de kut van een witte merrie! zei ik.

Hij zei: Zoiets verwacht ik niet uit de mond van een fabrieksvoorman!

Ik zei: Het kwam ook niet uit mijn mond, het kwam uit mijn reet.

Hij spuugde op de vloer en beende weg.

Ik stak stiekem mijn bundeltje geestenpapier aan onder de tafel.

Zheng Yusong keek me sereen aan.

De tranen stroomden over mijn wangen.

Hoe hard je ook je best doet, het leven wordt nooit de moeite waard!

En altijd staat je de dood te wachten.

Tweede Mevrouws vader stierf niet lang na mijn bezoek aan Zheng Yusong. Tweede Mevrouw koesterde zich onder het prieel met de blauweregen in de linkeruitbouw, met een witte omslagdoek over haar groene kleren. De bedienden bewaakten het huis als een vesting, op bevel van Oude Meester. Geen buitenstaander mocht erin, en Tweede

Meester mocht er niet uit. In het begin had hij nog regelmatig in de binnentuin van de linkeruitbouw gezeten, op de sierheuvel zelfs als hij een goede bui had, maar hij was zich steeds meer in zijn kamer gaan terugtrekken en daar kwam hij nu alleen nog uit om zijn moeder op te zoeken in de meditatiekamer. Bij zijn vader kwam hij vrijwel nooit. Oude Meester bekommerde zich niet zo om de levens van anderen, en hij wenste zich zelfs niet te verdiepen in de levens van zijn naaste familieleden. Op een dag hoorde ik hem uitvaren tegen Eerste Meester. Ga die Blauwe Hoofddoeken wat geld brengen, mopperde hij, en vraag ze wanneer dat gedonder nu eens afgelopen is. En vertel de Zhengs dat als Guanghan zijn zwager echt verraden heeft, ze met hem mogen doen wat ze willen. Alles wat ze hem aandoen zal zijn verdiende loon zijn. Maar informeer toch ook maar hoeveel ze willen als we zijn leven eventueel kunnen afkopen.

Ik regel het wel, zei Eerste Meester. Maakt u zich maar geen zorgen.

Oude Meester zei: En houd Guanghan voor dat niemand de grens van zijn vermogens kan overschrijden. Als je weet dat een ander meer in huis heeft dan jij, trek je kop dan tussen je schouders en hou je koest. De familie rekent allang niet meer op hem. Het enige wat we nog vragen is dat hij ons geen last meer berokkent.

Maakt u zich maar geen zorgen, zei Eerste Meester. In de gevangenis zal hij zijn lesje heus wel geleerd hebben.

Oude Meester zei: Maar als ze zijn kop afhakken, zal die les voor niets zijn geweest. Hij wilde naar het buitenland, dus stuurden we hem naar het buitenland. Toen moest er met alle geweld een luciferfabriek komen, dus gaven we hem een luciferfabriek. Maar wat heeft-ie zich nu weer voor mallotigheid in zijn hoofd gehaald? We hadden gehoopt hem in het gareel te houden met een goede vrouw, maar tot dusver heeft-ie haar alleen maar verdriet gedaan. Deze familie is nog niet te gronde, maar als dat ooit gebeurt, zal het zijn schuld zijn! Het zal niet lang meer duren tot het jouw familie is, want ik heb mijn beste tijd gehad, dus zorg dat je orde op zaken stelt.

Oren! riep hij.

Meester! antwoordde ik.

Ga een aardworm voor me opgraven, zei hij.

Rood of wit? vroeg ik.

Rood, zei hij, met blauwe ringen.

Oude Meester had heel wat om zich zorgen om te maken, maar dat gold voor ieder familielid. Oude Mevrouw bad dag en nacht tot haar goden en maakte zich op voor de vastenperiode tot het Was De Boeddha-feest in de vierde maanmaand. Daarbij werd ze begeleid door een leermeester die haar al vaker onder zijn hoede had gehad. Eerste Meester had zijn handen vol aan zijn vrouw en zijn concubine, en zijn resterende energie ging op aan de zakelijke en financiële beslommeringen van de familie. Tweede Mevrouw, Zheng Yunan, staarde dag en nacht naar de strakgespannen huid van haar buik en vroeg zich angstig af wat er aan de andere kant aan het groeien was. De buitenlander lag elke avond te piekeren in zijn badkuip. Voor hij ging slapen, knielde hij naast zijn bed neer om iets tegen zijn god te mompelen. Dat gemompel was in mijn kamertje te horen. Het verschilde nauwelijks van de zangerige soetra's in de meditatiekamer, en het werkte me net zo op mijn zenuwen. Zelf was ik ook niet vrij van gepeins. Sinds mijn verovering van Wuling had ik geen trek meer om over de daken te sluipen. Er mocht dan van alles gaande zijn in de linkeruitbouw, niets woog op tegen de herinnering aan ons samenzijn. Ik begreep nog lang niet alles van haar lichaam en ik kon niet wachten tot ik het allemaal uitgedokterd had. Dus bleef ik haar meenemen naar de boekenopslag, waar we ons verpoosden op de analecten van Meester Kong. Maar telkens als het echt boeiend werd, gaf ze me een klap en zei: Maak me niet zwanger! Dat was blijkbaar het enige wat haar bezighield!

Voor haar telde alleen haar buik.

Ik kon de pot op.

Ik zette mijn nagels in haar vel.

Zij zette haar tanden in het mijne.

Het was gewoon geen doen op deze manier!

Ik zei: Jij bent net die jonge zeug van Schrale Oogst.

Zij zei: En jij bent net een jonge beer!

Voor haar was het allemaal maar een spelletje.

Mijn handen jeukten om haar een lel te verkopen!

Ik kon mezelf nog net inhouden.

En terwijl wij elkaar dag in dag uit het hoofd op hol brachten, was Tweede Meester weer aan het donderjagen in zijn kamer. Zijn vensterbank stond vol met flessen en blikken, vol met luciferchemicaliën. Hij dwong me die voor hem te halen in de oude graanschuur. Ik vertelde het aan Eerste Meester, maar die wilde er geen eind aan maken. Hij zei: We kunnen hem maar beter met dat spul laten spelen, anders zoekt hij misschien iets anders waar hij veel meer kwaad mee kan. Dus vooruit, haal het maar voor hem. Maar zet voor de zekerheid wel een ton met water bij zijn deur neer. En houd een oogje in het zeil.

's Nachts haalde hij iedereen uit zijn slaap met de rode, groene, blauwe en paarse lichtflitsen door zijn raam, en de walm van zwavel en fosfaat deed je naar adem happen. Soms ook rook ik de geur van kaarsvet of brandend dennenhout. Het was wel duidelijk dat hij niet zomaar aan het werk was. Hij was noester in de weer dan ooit. Uit eenzaamheid, uit verdriet over wat er van zijn leven was terechtgekomen. Ik had geen idee of hij zichzelf erbij stond te wurgen of af te ranselen, maar ik vond het prachtig zoals die flitsen de hele omgeving deden oplichten, alsof de dorpskinderen vuurwerk afstaken. Het gaf me een gevoel dat ik onmogelijk zou kunnen beschrijven, maar ik zag er in elk geval allerlei dingen bij, waaronder het scheve hoofd van Zheng Yusong, en de gestalten van Grote Weg en Tweede Mevrouw, verstrengeld in de gloed van de ondergaande zon. Dat laatste zal Tweede Meester er ook wel bij gezien hebben.

Elke keer dat die chemicaliën opvlamden stelde ik me voor hoe hij zijn eigen keel dichtsnoerde, steeds opnieuw, terwijl de tranen onstuitbaar uit zijn ogen stroomden.

Na zijn terugkeer uit de gevangenis had Tweede Meester zijn maaltijden een poosje in de familie-eetkamer gebruikt, maar nu liet hij ze naar zijn kamer brengen. Hij wilde niet meer met de anderen eten omdat hij zo veel tanden miste. Hij was bang dat hij er gek uitzag als hij at, en alleen in zijn kamer hoefde hij zich niet te generen als er eten door het gat in zijn gebit heen terug in zijn kom viel. In zijn kamer kon hij vrijelijk zijn pap slurpen en hoefde niemand de rare geluiden in zijn keel te horen. Hij at als een dief. Niemand mocht het zien, zelfs de mensen niet die hem het meest nabij stonden. Of misschien kwam het hem wel uit en was hij blij dat hij zo het contact met anderen kon mijden.

Op zonnige dagen kwam hij wel eens onder het prieel bij Tweede Mevrouw staan, of hij ging naast haar zitten op de galerij. Maar ze wisselden nauwelijks een woord. Volgens Wuling gedroegen ze zich eerder als gasten of verre verwanten dan als man en vrouw.

Tweede Mevrouw, nog steeds met die witte omslagdoek, en Tweede Meester stonden bij de vijver, op vijf, zes passen van elkaar, en staarden naar het water.

Je zult je kunnen voorstellen hoe dat eruitzag.

Zijn de brandwonden op je voeten al geheeld? vroeg Tweede Mevrouw.

Tweede Meester zei: Ja. Ik heb er geen last meer van.

Tweede Mevrouw: Waarom laat je Huismeester Bing geen tandarts voor je zoeken? Dan kun je je kunsttanden laten aanmeten.

Daar is geen haast bij, antwoordde Tweede Meester.

Wat viel er te zien in die vijver? Helemaal niks.

Blijf hier niet te lang staan, hoor, zei Tweede Meester. Moet je niet even een dutje gaan doen?

Ja, zei Tweede Mevrouw. Zo meteen.

Tweede Meester zei: Nou, ik ga alvast.

Goed, zei Tweede Mevrouw.

Hij liep terug naar zijn kamer en liet haar daar staan. Ze hadden elkaar zo veel te zeggen, maar het bleef allemaal ongezegd. Ze hadden een stilzwijgende overeenkomst, maar geen van beiden wist precies wat die inhield. Het was alsof ze maar een klein gaatje hoefden te maken in een papieren raamscherm, en de hele hemel zou naar beneden komen om de aarde te vernietigen. Ik hoef je niet te vertellen hoe wij, de slaven, hierover tobden. We konden slechts gissen naar wat ze dachten en wat ze gingen doen. De buik van Tweede Mevrouw werd met de dag dikker, maar we zagen de leegte in haar. Het ontbrak haar aan de vreugde die haar schoonouders en zwager wel voelden.

Huismeester Bing huurde een tandarts in, die Tweede Meester van een rij zilveren tanden voorzag. We hadden in al die jaren maar zelden een glimlach op zijn gezicht gezien, maar nu, met die zilveren tanden in zijn mond, leek hij aan één stuk door te glimlachen. En die onechtheid maakte het een des te intrigerender glimlach. Eten was ook geen probleem meer. Maar hij was niettemin lelijk geworden, iemand om medelijden mee te hebben. Als mensen met hem spraken, keken ze van hem weg om hem niet in verlegenheid te brengen. Maar hemzelf kon het geen moer schelen. Hij had andere dingen aan zijn hoofd.

Zijn hart was niet in het Iependorp.

Het had een hoge vlucht genomen en was ver weg.

Hij werd door iedereen onderschat.

Op een ochtend, enkele dagen voor het vertrek van Grote Weg, stond ik de achterpoort aan te vegen, terwijl hij bij de vijver zijn tanden poetste. Aan de andere kant liep Tweede Mevrouw heen en weer, steunend op de arm van Wuling. De vrouw van Huismeester Bing was naar de keuken om hun ontbijt te halen.

Ergens voor het huis klonk een schot.

En nog een.

De echo's versmolten met elkaar en bleven vadsig boven de vallei hangen. Ik wachtte instinctief op de volgende knal. We stonden allemaal verbluft om ons heen te kijken, alsof de schoten ons met stomheid hadden geslagen, maar na een poosje vermande ik mezelf als eerste en begon te rennen. Tweede Mevrouw slaakte een kreetje en viel bijna om. Grote Weg volgde me, op zijn beurt gevolgd door een stel bedienden. Het stenen paadje naar de tussenpoort leek te schudden onder onze voetstappen. Toen we even later de hoofdpoort uit renden zagen we Tweede Meester liggen op de keien van de straatweg. Hij probeerde overeind te komen uit een plas bloed. Ook zijn kleren zaten onder en je kon niet zien waar hij geraakt was. Hij was bij kennis en toonde niet de minste angst. Toen ik me over hem heen boog glimlachte hij. Een echte glimlach.

Hebben ze me toch nog, zei hij. Welnu, dat is dan dat.

U mocht toch helemaal niet buiten komen? zei ik.

Hij zei: Ik hield het niet meer uit daarbinnen, dus ik ben ze hun zin maar gaan geven.

Ik vroeg: Waar zijn ze?

Niemand gaf antwoord.

De plas bloed was zo groot als een tafelblad. Hij leek erin te drijven. Hij keek de hemel in en glimlachte, en deed alsof hij Grote Weg niet hoorde, die naast hem Cao! Cao! stond te roepen. Ik was er zeker van dat hij ging sterven.

Ik vroeg het nogmaals: Waar zit degene die dit gedaan heeft?

Iemand wees naar de Berg Van Jade, achter het dorp. Mijn hersens leken op te zwellen van woede. Ik liet Tweede Meester los en rende door de dorpsstraat, de beboste helling op, schreeuwend en tierend als een waanzinnige.

Stelletje blinde schoften! krijste ik. Schiet mij ook maar neer als je het lef hebt! Ik heb met hem in de gevangenis gezeten! Als jullie denken dat je wat voorstelt, ga je maar met zijn ondervrager praten! Die zal je vertellen wat voor kerel hij is! Bij hem vergeleken zijn jullie een stelletje ouwe wijven. Stiekeme lafbekken die hard wegrennen! Zheng Yusong was als een broer voor mij. Ik heb na zijn dood nog met hem gesproken! Hij duldt niet dat jullie het recht in eigen hand nemen. Hij zal jullie niet genadig zijn! De Hemel zal jullie treffen, stelletje blinde zwijnen! Hier ben ik, schiet dan! Wie nou niet schiet is een vuile lafbek. Minder dan een hond!

De wind ruiste door de bomen.

Ik was er heilig van overtuigd dat Tweede Meester ditmaal zou sterven.

Die arme Tweede Meester met zijn zilveren tanden. Ditmaal was het met hem gedaan.

Ik geloofde niet dat hij ooit een rebel was geweest. Iemand had zich vergist. Hem doden was hetzelfde als een muisje doden dat net uit zijn hol kwam. Ik had medelijden met hem. Maar opgelucht was ik ook. Zijn bloed had op een prachtige bloem geleken, zoals het daar stolde op de kasseien, van rood naar paars verschoot. Straks zou het zwart zijn.

Uiteindelijk bleek hij slechts in zijn arm te zijn geraakt. De sluipschutter had slechte ogen of zwakke zenuwen gehad. Vijf dagen later was hij alweer op de been, met zijn arm in een doek. Maar hij was totaal veranderd.

Eerste Meester zei: Je bent gespaard gebleven. Dit is een mooi moment om eindelijk van het leven te gaan genieten.

Tweede Meester zei: Praat me niet van leven. Ik ben een dode.

Eerste Meester zei: Blijf binnen en bereid je voor op het vaderschap.

Tweede Meester zei: Ik wacht rustig af. Het is me niet vergund te sterven, dus wat kan ik anders?

Hij verschanste zich in zijn kamer. Het duurde niet lang of er kwamen weer veelkleurige lichtflitsen uit zijn kamer. In het holst van de nacht snoof ik bekende geuren op. Zwavel. Houtskool. Fosfor. Ik snoof ze niet met mijn neus op maar met mijn hersens. Ik dacht aan de bommen in de Ossenhoornvallei. Soms was er beweging in zijn kamer, soms niet, en dan stelde ik me hem voor als een lijk op de straatweg.

Cao Guanghan was een opmerkelijk mens.

8 APRIL

Voor het Was De Boeddha-feest werd op de achtste dag van de vierde maanmaand alles wat ook maar een beetje tilbaar was uit de meditatiekamer gedragen. De grote binnenplaats kwam langs drie zijden vol te staan met boeddhistische beelden. De bedienden droegen vaten met gezouten water aan voor Oude Meester en Oude Mevrouw, die er ieder een jonge dennentak indoopten en alle beelden besprenkelden, niet alleen die van goud, zilver en koper, maar ook die van steen en hout. Na hen deden de jongere leden van de familie hetzelfde, en zij werden gevolgd door de gasten en de hogere lijfeigenen. Een lange optocht van sprenkelaars. Van de meeste beelden wist ik niet wat ze voorstelden, maar toen ik van start mocht gaan, maakte dat niet meer uit omdat ze allemaal onder een dikke laag zout zaten.

Tweede Meester was de enige die geen buiging maakte voor hij ze besprenkelde. Hij streek er lusteloos langs met zijn tak. Tweede Mevrouw, die hem volgde, bleef een hele poos stilstaan voor de Godin Van Het Mededogen, waarna ze haar uitvoerig besprenkelde en een extra diepe buiging maakte. Tweede Meester sloeg het geërgerd gade en gaf zijn beeld een mep waardoor het bijna omviel. Grote Weg en ik liepen ergens in het midden van de trage stoet. Toen wij bij de Godin Van Het Mededogen waren aanbeland, vroeg hij: Wie is dat?

Weet ik niet, zei ik.

Hij ging er aandachtig overheen met zijn tak, besprenkelde de rug en het lotusvormige voetstuk. Zijn schoenen waren kletsnat van het zoute water. Na de eerste omgang begon alles opnieuw, maar nu met vers water. Opnieuw trok de menselijke keten langs de galerij, en daarna nog eens, en nog eens. Toen de Boeddha's weer schoon waren trok iedereen naar de grote eetzaal voor een overvloedig maal. Er werd veel meer opgediend dan bij andere feesten, want we namen ook nog symbolisch afscheid van Oude Mevrouw, die aan haar negenenveertig dagen van vasten en afzondering zou beginnen. Onder het eten vroeg ze haar jongste zoon of zijn wond al geheeld was.

Tweede Meester zei: Welja, zo erg was het allemaal niet.

Oude Mevrouw zei: En nu moet je je voortaan geen problemen meer op de hals halen. Jij bent de enige in onze familie om wie ik me zorgen maak. Ik zeg elke dag de Diamantsoetra om jou, Yunan en jullie kind te behoeden. Je moet jezelf meer in acht gaan nemen, Guanghan.

Hij stond op, liep naar zijn moeder toe en knielde voor haar neer. Ze drukte hem aan haar boezem. Op Oude Meester na legde iedereen zijn eetstokjes neer om op hen te wachten. En Oude Meester had een hele kippenpoot verorberd toen moeder en zoon weer uiteengingen. De littekens op Tweede Meesters gezicht waren donkerrood en zijn ogen stonden dromerig. Oude Mevrouw wendde zicht tot Tweede Mevrouw en zei: Yunan, Guanghan is altijd mijn zorgenkind geweest, dus ik waardeer je toewijding aan hem. Maar je moet ook aan jezelf denken. Gelukkig is de vrouw van Huismeester Bing er om op je te letten. Als ik uit mijn vastenperiode kom, zal ik me verheugen op de nieuwe telg in onze familie.

Tweede Mevrouw zei: Ik zal uw woorden ter harte nemen.

Oude Meester zei: Vooruit, mensen, tast toe!

Hij legde een eendenpoot in de kom van Oude Mevrouw.

Oude Mevrouw legde een paddestoel in de zijne.

Iedereen aan tafel boog zijn hoofd en ging verder met eten. We stonden op toen Oude Mevrouw naar haar meditatiekamer vertrok, net als bij een wake. En uiteindelijk liepen we in een lange rij de zaal uit om naar onze eigen vertrekken te gaan, ook net als bij een wake. Ik was als eerste in de linkeruitbouw en zag Tweede Mevrouw, Tweede Meester en Grote Weg hun kamers binnengaan. De binnentuin deed me aan een kerkhof denken, en mijn kamertje was een benauwende doodkist. Ik kwam die avond niet in slaap en liep de tuin in om naar de lichtjes bij de vijver te kijken. De vensters van het grote woonverblijf en het zijvertrek waren verlicht. Uit het zijvertrek kwam een eigenaardig geluid, van hout op hout, en ik vroeg me af wat Tweede Meester nu weer uitspookte. Dat geluid was er de laatste avonden steeds geweest, en ik kon mijn nieuwsgierigheid niet langer bedwingen, trok mijn schoenen uit en klom het dak op. De randen van kapotte dakpannen deden pijn aan mijn voetzolen, die nog steeds rauw waren, maar als ik mijn schoenen zou aantrekken, kon ik uitglijden en een doodsmak maken.

Omdat het zijvertrek op het noorden lag was er een groot dakraam, van acht ruitjes in twee rijen. Het glas was vuil, met regenstrepen, maar ik kon Tweede Meester bij een tafel zien staan. Hij wiegde zachtjes voor- en achteruit. De olielamp stond in de hoek van de kamer, zodat ik niet kon zien wat hij in zijn handen hield. Maar toen hij moe werd en even ging zitten, zag ik een zwart poeder op het tafelblad en een deegroller in zijn goede hand. Dat poeder was houtskool, zag ik. Tweede Meester trok de mitella om zijn gewonde arm recht met zijn tanden en bleef nog even zitten alvorens hij weer opstond om verder te gaan met die deegrol, op en neer, op en neer. Het geluid van hout op hout leek eindeloos. Zijn schaduw flakkerde op de muur achter hem, als een geest in een graftombe.

Ik sloop naar het dak van het woonverblijf, maar het licht daar ging uit voor ik het dakraam bereikte. Ik hurkte erbij neer en fantaseerde dat ik Tweede Mevrouw in het midden van de kamer zag zitten, luisterend naar het gebonk van de deegroller. Of anders lag ze in bed, over de huid te wrijven waaronder een kind schuilging dat angstaanjagender was dan een spook. Aan de andere kant van het muskietengaas zat de vrouw van Huismeester Bing haar met een arendsblik te volgen. En wat deed Wuling? Het kon niet anders of die lag diep in slaap in het aangrenzende kamertje. Haar romige kont stak onder het dekbed uit, een prooi voor mijn grijpgrage handen. Wuling... Ze richtte me te gronde!

En ik richtte mijn dagdromen te gronde.

Ik was Tweede Mevrouw ontrouw geworden.

Ik sloop bij het raam vandaan en liet mezelf op het gebruikelijke plekje omlaag glijden. Maar toen ik langs het raam van het zijvertrek gleed voelde ik dat ik niet alleen was. Een bediende kon het niet zijn, want die waakten sinds een dag of wat aan de andere kant van de buitenmuur. Grote Weg dan? Ja, dat kon niet anders. En hij was het ook, maar ik schrok toch nog zo van hem dat ik het bijna uitgilde. Hij stond naast de sierheuvel. Zijn schaduw leek op zo'n indeuking van de befaamde rotsen aan het Taihumeer. Hij keek toe terwijl ik als een kat op de grond sprong.

Ik zei: Slaap je nog niet, Grote Weg? Je hoort allang in bed te liggen. Wat doe je hier? Je liet me schrikken. Het was zo benauwd binnen, dat ik afkoeling ben gaan zoeken op het dak. Heel verfrissend is dat. Nou, dan ga ik maar eens naar bed. Het belooft te gaan regenen, morgen, dus vergeet niet je schoenen uit de vensterbank te pakken. Het kon me niet schelen of hij me verstond of niet. Ik draaide me om en wilde naar mijn kamertje lopen.

Hij zei: Oren, ik wil je wat vragen.

Ik had geen zin in vragen. Ik had slaap gekregen. Maar hij liep voor me uit en ging mijn kamertje binnen. Hij wachtte tot ik mijn lamp zou aansteken, maar ik ging zwijgend op mijn brits liggen, met mijn kleren nog aan. Hij streek een lucifer aan en ontstak zelf de lamp. Nu kon ik zijn bleke, door zorgen geteisterde gezicht zien. Hij was dagenlang aan het pakken geweest, waaronder een hele koffer vol waaiers, maar in de afgelopen dagen was hij gaan talmen. Zijn vastbeslotenheid was verdwenen. Hij had zijn vertrek al een paar keer uitgesteld, en als het zo doorging kwam het er helemaal niet meer van.

Hij zei: Oren, ik wil je wat vragen.

Ik zei: Dat zei je net al.

Cao, zei hij. Wat doet hij?

Ik zei: Hij maakt nieuwe ingrediënten voor de lucifers.

Hij ging tegen de raamlijst geleund staan en staarde me net zo lang aan tot ik uit mijn evenwicht raakte. Het is een rare, zei ik. Maar we hoeven niet over hem in te zitten. Hij gaat dood van verveling als hij niks te doen heeft.

Hij vroeg het opnieuw: Oren, wat doet hij?

Ik zei: Waar hij zin in heeft.

Hij zei: Hij maakt bommen, nietwaar?

Er viel iets zwaars op mijn hart, dat me belette te antwoorden. Hier durfde ik niet over te praten. Als dit eenmaal uitgesproken was, zou iedereen het onheil kunnen zien dreigen. Die deegroller bonkte maar door. Het geluid was zo regelmatig dat die deegroller in mijn hoofd leek door te dringen, om mijn hersens murw te beuken en uit te rollen.

Grote Weg vroeg: Wie wil hij ermee opblazen? Wie wil Cao opblazen?

Ik kon hem nog steeds niet antwoorden, want die roller was nu met mijn hart bezig. Hij had iets aangekaart waar ik niet eens over wilde denken. Maar in weerwil van mezelf vroeg ik het me ook af: Ja, voor wie laat hij die deegroller heen en weer gaan?

Wilde hij Tweede Mevrouw opblazen?

Of de buitenlander?

Of heel het familiehuis met iedereen erin?

Het lawaai begon onverdraaglijk te worden. Wie wilde hij opblazen? Die vraag wilde ik zelf ook stellen, dit wilde ik zelf ook tot de grond toe uitzoeken. Maar als ik het al geweten had, als het al aan mij was geweest om een antwoord te geven, dan had ik het niet durven uitspreken. Dus meed ik de ogen van Grote Weg en staarde naar een plafondbalk. Hij liet zich met een zucht in mijn bamboestoel neerploffen, zakte er zowat doorheen, en schepte met zijn pijp door zijn tabakszak. Hij ging steeds meer op een Chinees lijken, zoals hij daar smakkend zijn pijp ging zitten roken, met zijn duim langs de kop. Hij spuugde zelfs als een Chinees. De tabak was zo droog dat hij knetterde bij het branden.

Wie wil hij opblazen? vroeg hij zachtjes.

Ik dwong mezelf niks te zeggen.

Jou! wilde ik uitroepen. Wie dacht je dan?

De Hemel zal je straffen, wilde ik zeggen. En denk nu maar niet dat die god van jou nog tussenbeide kan komen.

Je krijgt je verdiende loon, grootneus! wilde ik schreeuwen.

Maar ik kreeg niets van dat alles over mijn lippen. Ik lag op mijn brits, te wachten tot mijn hart zou ophouden met bonken.

Ik zei: Hij wil niemand opblazen. Hij liefhebbert maar wat met die chemicaliën.

Grote Weg keek me meewarig aan. Ik kon hem niet in de maling nemen.

Ik dacht nog even na en zei: Hij wil het garnizoen opblazen.

Grote Weg had me verstaan maar zei niks meer. Hij had zijn eigen gedachten. Toen zijn pijp uitging, klopte hij de tabak uit de kop en stond langzaam op. Hij slaakte een zucht. Hij had een besluit genomen.

Oren, zei hij, ik ga niet weg.

Hij ging naar zijn eigen kamer, waar hij geen lamp meer aanstak en ook geen deuntje floot. Geen enkel geluid kwam er uit die donkere grot van een kamer. Mijn hart was gevuld met beelden van Grote Weg die de messen van de schaafmachine wette. Koude, glinsterende messen flitsten voor mijn ogen, terwijl het gebonk van de deegroller in mijn oren klopte. Uit het zijvertrek kwam een zwak lichtschijnsel. Ik bad dat er niets akeligs zou gebeuren, dat Grote Weg en ik ons vergisten in Tweede Meester.

Tweede Meester had een gewond gezicht.

Hij had een gewonde arm.

En een gewond hart.

Tweede Meester was nog maar een half stapje van de waanzin verwijderd.

En toch werd hij met de dag vrediger. In de ochtendnevel maakte hij ommetjes door de binnentuin, met zijn ogen op de vissen in de vijver gericht, en een ongebruikelijk glimlachje om zijn lippen. Had ik me laten misleiden door die deegroller? Hadden we ons dan toch in hem vergist, die bange buitenlander en ik?

Hij wilde niemand opblazen.

Hij kón niet eens iemand opblazen, al zou hij het willen.

Geen twijfel mogelijk, hij liefhebberde maar wat.

Maar als de avond dan weer viel, en het gebonk begon, dan sloeg mijn stemming om. Dan voelde ik me alsof de hemel elk moment naar beneden kon komen. Wuling was ook bang van dat geluid, maar zij wist niet dat het door een deegroller werd gemaakt. Zij dacht dat het iemands botten waren die langs een stoelleuning schuurden, zo hard dat haar eigen botten er pijn van deden en haar skelet uit elkaar leek te vallen. Ze vertelde me dat Tweede Mevrouw er elke avond weer naar lag te luisteren, met haar ogen wijdopen in het nachtelijke duister, en dat ze zo bleef liggen tot het geluid ver na middernacht verstomde. Vergelding, dacht ik bij mezelf.

Ik vroeg Wuling: Waar is Tweede Mevrouw bang voor?

Wuling zei: Ze is niet bang voor zichzelf, ze is ongerust. Ze vreest dat Tweede Meester het huis nog eens in lichterlaaie zet. En ze maakt zich zorgen omdat de buitenlander blijft.

Vertelt ze jou al haar zorgen? vroeg ik.

Ze zei: Ik ben de hele tijd bij haar, dus hoe zou ik iets kunnen missen?

Ik zei: Vertel me dan eens waar ze het meest over inzit.

Ze hield haar hoofdje schuin en dacht na.

Ze zei: Dat Tweede Meester haar vermoorden wil.

Ik vroeg: Waarom zou hij dat willen?

Ze zei: Moet je dat nog vragen? Da's toch zo duidelijk als wat?

Ik zei: Domme zeug die je bent!

Ze zei: Maak me niet zwanger, Oren.

We werden steeds stoutmoediger. In de maneschijn waren we dwars door de bloementuin van het hoofdhuis gelopen, en Wulings naakte rug had al een stel slakken verpletterd op de muur. Als hun huisje stuk was, kon je ze met je vinger van de muur tikken en vielen ze als walnoten op de grond. Daar gaven ze een zoete, visachtige geur af. Heel prikkelend. Ik legde mijn handen om Wulings ranke hals.

Maak me niet zwanger, zei ze.

Ik zei: Als je zwanger raakt, zal ik je banger maken dan ooit tevoren.

Bang? Voor jou? vroeg ze. En wat moet ik dan vrezen?

Ik zei: Dat ik je afmaak!

Ze legde haar handen om mijn polsen en zakte door haar knieën. Ik begon te knijpen. Ik kneep uit alle macht, maar toen ze begon te beven hield ik op. Ze snapte dat ik haar alleen maar geplaagd had, stootte haar hoofd in mijn buik en barstte in tranen uit. Ze vertelde me dat er volgens haar iets vreselijks ging gebeuren, dat er weldra een spook in de linkeruitbouw zou huizen. Ik zei dat ik dit juist deed om de spoken weg te houden. Een flauwe grap, en dat terwijl ik net zo bang was als zij. Ik vlijde me tegen haar rug om mijn angst te bezweren. Met elkaar konden we onze angsten vergeten, en onze onverschilligheden.

Er verscheen een groene gloed boven het familiehuis.

Zo'n schijnsel had ik nog niet eerder gezien.

Tweede Meester had blijkbaar een nieuw mengsel bedacht.

Wulings huid werd er groen van.

Ze veranderde in een kikker.

Een wijdbeense kikker.

Ik wilde haar levend villen.

9 APRIL

Er was iets mis met mijn oren, of anders waren het mijn hersens. Het geluid van de deegroller was eigenlijk heel zwak, ik kon horen dat het eigenlijk heel zwak was, maar het dreunde toch door mijn hoofd en ik kon er niet meer tegen. Het was als rollende donder in de zomer, en mijn hoofd was een overrijpe watermeloen die openbarstte. Op een avond stapte ik van mijn brits, liep op mijn blote voeten over de galerij en klopte op de deur van het zijvertrek. De koperen klopper was zo luid dat de deegroller abrupt stilviel. Tweede Meester was kennelijk geschrokken, want hij deed ijlings het licht uit. Maar toen kreeg hij door dat ik het was, dus stak hij zijn lamp weer aan en maakte de deur open. Ik stapte naar binnen, viel onmiddellijk op mijn knieën en bonkte met mijn voorhoofd op de stenen vloer. Zo bleef ik liggen, ook toen Tweede Meester me vroeg wat ik wilde, en zelfs toen hij die vraag herhaalde. Het voelde alsof er kevertjes over mijn gezicht liepen, en ik begreep dat ik huilde. Ik was heel beslist naar zijn kamer gekomen, maar nu was ik een mummelende idioot.

Ik zei: Tweede Meester, vergeef het hen, alstublieft!

Hij vroeg: Waar heb je het over, Oren?

Ik zei: Open uw hart en schenk hun vergiffenis!

Hij kreeg door wat ik bedoelde en keek kalm op me neer, met een koud glimlachje op zijn gezicht. De tafel lag vol met fijngerold fosforpoeder. Net gemalen mosterdzaadjes. Hij schepte het op met een lepel en vulde er een glazen fles mee, en daarna nog een. Hij grinnikte onheilspellend. Ik was er zeker van dat hij me ging slaan met zo'n fles, dus bedekte ik mijn hoofd en wachtte af. Zijn sinistere lach werd steeds luider en groeide uit tot een ijzingwekkend geschater. Maar het stopte toen hij wat fosforstof inademde en dubbelsloeg van het hoesten.

Ik werkte me haastig overeind en sloeg hem op zijn rug. Hij was verschrikkelijk mager geworden en mijn bedeesde geklop bracht een hol geluid teweeg. Er hing een chemische stank aan zijn lange, ongekamde zwarte haar, dat in warrige pieken over zijn schouders viel. De schotwond was nog steeds niet genezen en hij droeg een bamboespalk langs zijn onderarm, omwonden met groezelig gaasverband en met een draagband aan zijn nek opgehangen.

Er was iets deerniswekkends aan die lach.

Hij zei: Je wilt dus dat ik hen vergeef. Maar, eh, over wie heb je het? En wat hebben ze misdaan waardoor ze mijn vergiffenis behoeven? Vertel eens, Oren, wie zijn het? De koks die de paddestoelensoep maken? De bedienden die het huis bewaken? Geef me hun namen.

Hij was als een kat die zich vermaakte met een gevangen muis. Met mij. Ik zag in dat die deegroller mijn hersens had geplet. Het was zo vreemd nog niet om bij hem aan te kloppen met een verzoek, maar zo had ik me natuurlijk nooit mogen uitdrukken. Maar goed, de woorden waren eruit, niks meer aan te doen, en ik kon nu alleen nog maar doorzetten.

Om wie gaat het, Oren? vroeg hij. Vertel eens.

Ik antwoordde: Ik smeek u, alstublieft, vergeef hen. Laat de Hemel hen straffen, laat de bliksem hen treffen! Maar wees genadig en vergeef hen. Als u iemand moet doden, Tweede Meester, dood mij dan. Bind me vast en neem me mee naar de Ossenhoornvallei en blaas me op. Maar denk aan Oude Meester en bewaar de vrede in dit huis. Tweede Meester, uw slaaf smeekt het u!

Ik viel weer op mijn knieën en sloeg mijn armen om zijn been.

Hij zei: Wie zijn het? Dat schijn je me niet te willen zeggen, hè?

Ik zei: Nee, Tweede Meester, dat durf ik niet.

Goed, dan zeg je het maar niet, zei hij. Maar wat hebben ze me aangedaan?

Ik zei: Ze hebben u heel veel pijn gedaan, en u weet wat ik bedoel!

Hij zei: Ah! Maar waarom zou ik ze dan vergeven? En wat zou het uitmaken of ik ze vergaf of niet? Geef me je mening eens, Oren.

Hij had zijn klauwen in mijn vel gestoken en solde met me. Het duizelde me. Ik wist niet wat ik zeggen moest. Ik kon geen kant meer op. En trouwens, hoe kon een slaaf als ik enige invloed hebben op wat er gebeuren ging? Ik zag hem zijn deegroller pakken, trok mijn hoofd tussen mijn schouders en kneep mijn ogen stijf dicht. Ik beschermde mijn hoofd niet met mijn armen. Hij kon me slaan als hij wilde. Maar hij sloeg me niet. Hij stak de deegroller tussen mijn armen en zijn been en probeerde ze los te wrikken. En toen dat niet lukte werd hij niet kwaad maar lachte warm en toegeeflijk. Ik keek op en zag hem met zijn gezicht op het tafelblad liggen. Er welden allerlei gevoelens in me op. Er kleefden buskruitkorrels aan zijn bezwete gezicht, waardoor hij er nog uitgeputter uitzag. Die plotse overgang van hem naar gelijkmoedigheid maakte me droeviger dan ooit. Vraag me niet waarom.

Vergeef hen, zei ik bedeesd.

Tweede Meester zei: Ik weet het. Ik vergeef ze.

Ik zei: Ik heb u verraden. Doe met me wat u wilt.

Hij zei: Rol dit fosforpoeder maar voor me, Oren, en hou verder je mond. Als je nog één ding zegt, laat ik je die deegroller opvreten. Zachtjes rollen, anders stuift het. Vooruit, begin maar.

Hij spreidde een paar ons fosfor uit over het tafelblad en ging in zijn stoel bij de muur zitten uitrusten. Hij zei niks meer. Toen ik mijn gewicht op de deegroller overbracht, steeg er een krakend geluid op. Ik werkte hard, en het geluid was veel sneller nu, en zwaarder. Ik vroeg me af wat de anderen nu dachten, maar zelf vond ik het geluid niets afschrikwekkends meer hebben. Ik kreeg snel de slag te pakken, terwijl Tweede Meester daar tegen de muur zat, heel sereen, en doodstil. Zijn gezicht leek op zo'n beeld van het Was De Boeddha-feest. Uitdrukkingsloos. Ogen die zonder te knipperen recht vooruit staarden.

Het duurde niet lang of hij viel in slaap. Iets na middernacht schepte ik het poeder op en deed het in flessen, waarna ik de tafel schoonveegde en stilletjes weg wilde gaan. Maar op de drempel hoorde ik Tweede Meester mijn naam zeggen.

Hij zei: Mondje dicht, Oren.

Ik zei: Ja, Meester.

Hij zei: Ik maak zelf wel uit wat ik doe en niet doe. Daar hoef jij je niet mee te bemoeien.

Ik zei: Nee, Meester.

Hij zei: Ik ben bereid hen te vergeven, maar het is nog maar de vraag of ze zichzelf kunnen vergeven. Niet dat dat mij iets interesseert, hoor, ik heb zelf genoeg aan mijn hoofd. Als je tijd en zin hebt, mag je me komen helpen. Maar denk erom, mondje dicht.

Ik zei: Ja, Meester.

Hij zei: Wees maar gerust, Oren. Ik neem hen niets kwalijk. En jou ook niet. Je bent een leugenachtig stuk stront, maar ik weet heus wel wat je allemaal hebt doorgemaakt en ik vergeef je. Maar mondje dicht, anders vergeef ik niemand iets. Heb je me begrepen?

Ik zei: Ik heb alles heel goed begrepen, Tweede Meester!

Dat zei ik wel, maar eigenlijk begreep ik er geen snars van. Tweede Meesters haar hing voor zijn gezicht, dus kon ik niet zien of zijn ogen dicht of open waren. Hij leek duf, versuft, lusteloos, maar uit zijn woorden bleek dat hij nog niets van zijn scherpte verloren had. Ik wist nog goed hoe hij er in de Ossenhoornvallei had uitgezien, toen hij met een kam zijn explosieve chemicaliën had gemengd, maar het bleef onduidelijk of hij nu hetzelfde van plan was. Zo ja, dan wist ik niet wie hij wilde opblazen, deze man die in de gevangenis gemarteld was, deze bedrogen echtgenoot. Maar ik wist wel dat ik hem zou moeten helpen. En ik wist ook wat de gevolgen zouden zijn als ik hem verklikte. Want de kat had zijn klauwen nog steeds in de muis, en zou hem nooit laten ontsnappen.

Terug in mijn kamer overwoog ik of ik iemand in vertrouwen moest nemen. Het had totaal geen zin om het Oude Meester te zeggen, dus zou het Eerste Meester moeten worden. Hij was de enige die misschien in staat was om eventueel onheil te voorkomen. Ik dacht er tot het ochtendkrieken over na, en besloot uiteindelijk mijn bek te houden.

Mijn bek houden was een stuk veiliger dan klikken.

Ik zou dat krakende geluid voor me houden.

Ja, ik hield het voor me.

Ik voelde me meteen al een stuk beter.

De vrouw van Huismeester Bing was veel te dovig om welke deegroller dan ook te horen, maar haar neus was piekfijn in orde en geen geurtje ontging haar. Als er in de rechteruitbouw noedels werden gekookt, kon zij in de linkeruitbouw ruiken welke azijn daarbij gebruikt werd. Op een ochtend toog ze naar het hoofdhuis om Oude Meester te vertellen dat zijn tweede zoon avond aan avond elixers brouwde. U moet iemand een kijkje laten nemen, zei ze. Volgens mij mengt hij zijn eigen gal met chemische stoffen. Heel penetrant!

Oude Meester stuurde Eerste Meester, die de flessen met poeder zag staan. Hou toch eens op met dat gedoe, zei hij. Als die rommel in je wond komt, heelt-ie nooit.

Tweede Meester zei: Die wond zal heus wel eens genezen. Ik doe dit puur voor mijn plezier. Kom vanavond maar langs, dan zullen Oren en ik een spektakel voor je opvoeren.

Eerste Meester vertrok met een norse uitdrukking op zijn gezicht. De liefhebberijen van zijn broer interesseerden hem niet. Ik had geen idee wat voor spektakel Tweede Meester in gedachten had, net zomin als ik wist waarom hij nu eigenlijk die flessen maakte, en al die onzekerheid maakte me erg nerveus. De commune was dicht en ik bracht de rest van de dag in mijn kamertje door, waar ik niets anders deed dan naar de binnentuin kijken en van spanning mijn adem inhouden.

Het was een stralende dag. Het zonlicht speelde door het prieel met de blauweregen en viel op de twee mannen aan de stenen schaaktafel op de galerij. Tweede Meester en Grote Weg speelden de ene partij na de andere. Ze namen er zelfs hun middagmaal en schenen het steeds beter naar hun zin te hebben, dronken wijn en spraken in het buitenlands. Ze klonken heel vrolijk, vooral toen ze buitenlandse liedjes begonnen te zingen, en dat maakte mij des te nerveuzer. In de middag kregen ze gezelschap van Tweede Mevrouw en Wuling. Er werd een leren kussen op de stenen bank gelegd en even later zat ze als vanouds tussen haar man en de buitenlander. Haar gezicht was als een prachtige bloem, en haar ogen waren vlinders die zich koesterden op de bloemblaadjes. Toen de twee mannen aan hun laatste partij begonnen was hun humeur nog altijd uitstekend, maar hun stijl van spelen werd opeens heel anders. Tweede Meester begon ermee, en Grote Weg schrok er even van maar deed toen vrolijk mee. Elk stuk dat ze veroverden werd met een zwierige boog in de vijver gegooid, onder bulderend gelach. De schaakstukken dreven als kleine visjes tussen de lotussen. Na afloop bleven ze zwijgend maar voldaan aan de tafel zitten, om uit te rusten van hun woeste spel. Tweede Mevrouw zat met gebogen hoofd naar het lege bord te kijken. Haar gezicht was nog bleker dan anders. Ik kwam mijn kamertje uit met het schepnet dat ik voor dode bladeren gebruikte, en begon de schaakstukken uit de vijver te vissen. Tweede Meester glimlachte toen hij me zag, maar hij zei niets. Grote Weg keek ook naar me, en toen hij zag dat mijn armen te kort waren voor dit karwei, kwam hij enthousiast aanrennen om me te helpen. Tweede Meester mompelde iets, Grote Weg bromde een antwoord en graaide het schepnet uit mijn hand. Zijn gezicht, hals en neus waren vuurrood.

Tweede Meester zei: Wuling, ga eens een kam voor me halen.

Ze ging naar binnen en kwam terug met een kistje vol kammen.

Tweede Meester schudde zijn haar uit.

Tweede Mevrouw boog haar hoofd nog dieper.

Yunan, zei Tweede Meester, wil jij mijn haar voor me kammen?

Natuurlijk, zei ze. Wil je een vlecht?

Ja, zei hij. Ik wil wel weer eens toonbaar zijn.

Ze zei: Je haar is nog wel wat kort.

Hij zei: Geeft niet, probeer het maar gewoon.

Tweede Mevrouw ging achter Tweede Meester staan. Haar dikke buik raakte bijna zijn rug terwijl ze voorzichtig zijn haar kamde. Na een poosje stopte ze even en vroeg of het pijn deed. Nee, zei hij, het is prima zo. Meer zeiden ze niet, dus de enige geluiden in de binnentuin waren de kam die door zijn haar gleed en het schepnet dat door het water ging. Grote Weg keek geen moment naar de galerij. Hij concentreerde zich op de schaakstukken, alsof het visjes waren die zouden wegzwemmen als hij niet oplette.

Tweede Mevrouw draaide een vlecht bij Tweede Meester.

Hij was niet zo lang, maar erg mooi.

Toen ik stiekem keek zag ik dat ze allebei tranen in hun ogen hadden. Wuling was van de galerij gelopen en ik bleef er ook zo ver mogelijk vandaan. Ik raapte de schaakstukken op die Grote Weg uit de vijver had gevist, en legde ze te drogen op de vensterbank van mijn kamertje. Maar niet netjes genoeg voor Grote Weg, die ze op kleur ging staan sorteren, een zinloze bezigheid die hem niet lang genoeg kon duren. Hij hield er pas mee op toen de vrouw van Huismeester Bing in de deuropening verscheen en haar stem verhief.

Voorvadertje! riep ze. Hoe kun je je vrouw nu zo lang op haar benen laten staan? Zo raakt ze uitgeput! Yunan, meisje, kom onmiddellijk binnen. En jij, Wuling, jou zou ik je nek moeten omdraaien. Waarom kon jij dit niet voor haar doen?

Tweede Mevrouw draaide zich met betraande ogen om en liep weg.

Tweede Meester stond op en liep zonder een woord te zeggen naar zijn kamer.

Na zonsondergang liet hij me met een trechtertje een lang poederspoor maken op de stenen galerijvloer, helemaal tot aan het eind en vervolgens om de sierheuvel. En toen alle nieuwsgierige leden van het huishouden zich verzameld hadden, hield hij een lucifer bij deze chemische drakenstaart. De vonken vlogen hoog op terwijl de vlam in alle kleuren van de regenboog over de galerij slingerde en uiteindelijk de sierheuvel omgaf. Tweede Meester rende er als een opgewonden jongetje achteraan, maar zonder een kik te geven. Mijn hart kromp samen toen ik hem zo tussen die vonken zag rennen, met zijn gewonde arm in een draagband, maar de anderen gierden van de pret. Zelfs Eerste Meester leek zich te vermaken. Voor hij ging, kwam hij naar me toe, zei dat hij het prachtig had gevonden en gaf me opdracht om de waterton bij de deur van het zijvertrek bij te vullen. Dankzij het vuurwerk kon ik goed naar de gezichten van Tweede Mevrouw, Grote Weg en al die anderen loeren, maar met de vonken verdwenen ook die gezichten. Ik droeg een emmer water naar het vat, en toen ik terugkwam met de tweede emmer was de binnentuin verlaten.

Tweede Meester riep me vanuit zijn kamer: Kom eens hier, Oren.

Mijn schoenen waren nat, dus bleef ik in de deuropening staan. Hij zat in zijn stoel, met opgewonden blosjes op zijn wangen. Zonder jas en in zijn lange witte hemd leek hij wel in de rouw, behalve dat hij een blauwe hoofddoek om zijn middel had geknoopt, als een soort sjerp. De strakke bolle knoop, vlak boven de navel, wees op een hoge rang binnen het genootschap. Ik had allang begrepen dat hij een van de leiders was, maar het verbijsterde me dat hij na al die terechtstellingen nog steeds zo'n nutteloze lap stof om zijn lijf wilde dragen.

Alles goed? vroeg hij.

Fantastisch! zei ik.

Hij zei: Het is een oude droom van me om de Berg Van Jade te bestrooien en de hele vallei te verlichten. Maar ik denk niet dat het daar in dit leven nog van komt.

U heeft karakter, zei ik. U kunt alles waar u uw zinnen op zet.

Hij zei: Ik, karakter? Ik ben de grootste slappeling van de wereld. Kom, Oren, trek de watten eens uit die jas.

Zijn jas lag op de tafel. Bij de boord was een naad losgetornd en ik begon er met een houtskooltang pluk voor pluk de wattenvulling uit te trekken. Een heel karwei, want de jas was dubbel gewatteerd, met een tussenlaag van dure buitenlandse katoen. Ik vroeg me af wat hij nu weer van plan was. Nu hij zijn kruit verbrand had op de galerij stonden de vloer en de vensterbank vol met lege flessen. Hij kneedde ondertussen zijn gewonde arm, met een blik van triomf in zijn ogen. Hij pakte de wattenplukken en rolde ze tot balletjes waarmee hij zijn handen en neus schoonveegde, en de armleuningen van zijn stoel, en de lampenkap.

Van buiten het familiehuis kwamen de gongslagen van de dorpsnachtwaker.

Opeens zei Tweede Meester: Wat gaan ze doen?

Wie? vroeg ik.

Zij, zei hij.

Het zweet brak me uit.

De kat was weer op muizenjacht.

Hij drong aan: Nou, zeg eens eerlijk, wat gaan ze doen?

Ik zei: Er staat hun nog maar één weg open. Niet boos worden als ik iets zeg wat u niet bevalt, Tweede Meester.

En welke weg is dat? vroeg hij.

Ik zei: Ervandoor gaan.

Hij vroeg: En waar moeten ze dan heen?

Ik zei: Ergens zo ver mogelijk hiervandaan.

En hoe zouden ze dat moeten aanpakken? vroeg hij.

Dat weet ik niet, zei ik.

Hij fronste. En toen lachte hij.

Hij had me weer beet.

Ik voelde me doodongelukkig.

Het was eruit voor ik het wist: Tweede Meester, waarom wilden ze u doodschieten?

Hij zei: Ik had nooit levend uit de gevangenis moeten komen.

Ik vatte moed en vroeg: Bent u een rebel?

Het litteken op zijn wang trilde.

Hij antwoordde met een vraag: Wat denk je zelf? Ben ik een rebel?

Nee, zei ik.

Hij zei: Dat zou je de man moeten vertellen die dat schot loste.

Ik zei: De dorpelingen geloven alles wat ze horen. Idioten zijn het.

Laat ze maar kletsen, zei hij. Het maakt niet uit, ze vonden me toch al een niemendal. Geen mens ziet mij voor vol aan. Iedereen denkt dat ik in een hondenhok thuishoor. In de ogen van die buitenlander ben ik maar een Chinees. In de ogen van de Mantsjoes ben ik een Han. En in de ogen van mijn familie ben ik niet eens een mens. Ik heb nooit met ze kunnen praten, dus toen ik iets te zeggen had ben ik iemand gaan zoeken die wél wilde luisteren. En ik vond Zheng Yusong. Er is iets wat ik dolgraag wil doen. Ik kan niet wachten. En als ze me lang genoeg in leven laten om het te volbrengen, zal ik sterven als een gelukkig man. Wacht maar af! Wacht nou maar gewoon af! Niet zo wild, Oren. Je trekt er nog een gat in.

Toen ik de jas had leeggehaald, steeg zijn opwinding ten top. Hij reikte onder zijn bed, haalde een aardewerken kruik te voorschijn en trok het waspapier van de hals. Ik dacht eerst dat er gemalen sesam in zat, maar het was bommenpoeder. Ik moest de jas voor hem ophouden en hij schepte het poeder met een lepel door de scheur in de boord. De jas herkreeg langzaam zijn oorspronkelijke dikte en het drong eindelijk tot me door wat hij van plan was. Maar ik hield mijn vragen voor me en zei niks, deed slechts wat hij me vroeg, gedienstiger dan ik ooit geweest was. Hij schraapte met zijn lepel over de bodem van de kruik, als een inhalig jongetje dat geen korrel rijst wilde missen. Hij wist niet meer dat ik er was, hij wist niet eens meer dat hij er zelf was. Verloren in zijn voornemen als in een bodemloze put.

Mijn neus begon te steken en er prikten tranen in mijn ogen.

Ik zei: Vuile idioten zijn het. Blinde honden.

Tweede Meester zei niks terug.

Ik zei: Wees voorzichtig, Tweede Meester.

Hij glimlachte alleen maar.

Ik zei: Tweede Meester, de Hemel ziet op u toe.

Hij zei: Ga maar slapen, Oren. Welterusten.

Hij trok de jas aan en veranderde op slag in een zwaargebouwde kerel. Zijn ogen waren bloeddoorlopen. Een vriendelijke glimlach verfraaide zijn gezicht. Alle ellende en tegenspoed waren eruit geweken. Het deed me denken aan het dadelrode gezicht van Zheng Yusong en mijn bloed begon te koken. Ik wilde niets liever dan iemand volgen, wie dan ook, en een spoor van vernieling door de wereld trekken! Ik deed geen poging om hem tegen te houden. Vraag me niet waarom. Misschien hoopte ik dat hij iets ging doen wat de wereld op zijn kop zou zetten en hemzelf van alle blaam zou zuiveren. Of misschien hoopte ik wel dat hij door weg te gaan iedereen vrede zou schenken, zichzelf inclusis. Hoe dan ook, er was niets ongunstigs aan mijn gedachten. Hij was de kat en ik was de muis. Hij had zijn oogmerken en ik had de mijne. Ik stond aan zijn kant. Door die jas aan te trekken was hij in mijn ogen een held geworden. Alle slechte herinneringen waren in één keer uit mijn ogen en hart gebannen. Voor mij was hij een halfgod, onverschrokken in een poel van vuur.

De andere bewoners van de linkeruitbouw deden er niet meer toe.

Een paar avonden later ging hij zijn moeder bezoeken in de meditatiekamer. Toen hij langs mijn kamertje liep schonk hij me een veelzeggende blik, maar hij zei niks. Zijn arm was uit die draagband en zijn kleren zaten strak om zijn lichaam. Ik begreep dat de tijd gekomen was. Ik ging naar binnen, op mijn brits liggen wachten. Van de grote binnenplaats kwamen geluiden van werklui die de bestrating herstelden. Tot na middernacht was er niets anders te horen, en toen werd het stil. En ik had hem niet door de tussenpoort horen terugkomen. Hij moest zich tussen die werklui begeven hebben en met hen mee naar buiten zijn geglipt. Hij had iedereen misleid en ontlopen, zelfs de bedienden die buiten de wacht hielden. Ik bleef tot de dageraad liggen wachten en viel toen pas in slaap. Met een zucht van verlichting.

Ik droomde van in nevel gehulde benen.

Ze gingen uit elkaar.

De gespreide vleugels van een grote witte vogel.

Het was een vrouw.

Het was niet Wuling.

Cao Guanghan werd nooit meer teruggezien in het Iependorp.

10 APRIL

Ik weet niet meer wat voor dag het was. Ik weet alleen nog dat er pluimen stonden op de nieuwe rijst, dus moet het kort voor de 'volle korrel'-tijd zijn geweest, halverwege de vijfde maanmaand. Het had de hele nacht geregend en het werd alleen maar erger. Grote Weg was van plan geweest om naar de kerk in het Acaciadorp te gaan, had de vorige avond al zijn overschoenen klaargezet, maar nu het zo hoosde veranderde hij van gedachten en ging liever naar de oude graanschuur. Ik had iets anders te doen, dus namen we afscheid op de grote binnenplaats. Nu ik eraan terugdenk geloof ik niet dat we iets bijzonders tegen elkaar zeiden. Hij wilde de schaafmachine repareren, die de laatste tijd ongelijkmatige houtstroken maakte.

Ik zei: Ga nog even naar je kamer, dan ga ik straks mee om een handje te helpen.

Nee, ik ga alvast, zei hij. Maar als je komen wilt, graag. Tot zo dan maar.

Ik zei: Je hebt je overschoenen vergeten.

Veel te warm! zei hij. Ik zie je straks.

Hij liep weg in de westerse kleren waarmee hij naar de kerk had gewild. Behalve zijn overschoenen. Zijn zwarte schoenpunten gingen als voorstevens door de plassen op het pad. Hij had zijn broekspijpen opgerold en de groene rook van zijn pijp liet een spoor na in de natte lucht.

Ik liep naar het vertrek van Oude Meester.

Hij lag al dagenlang in bed en had alle andere bedienden weggestuurd. Ik was de enige die bij hem mocht komen. Ik legde een strooien mat op de vloer naast zijn bed en ging met gekruiste benen naar zijn geklets over leven en dood zitten luisteren. Het was een ongewone aandoening die hij dit keer had, een direct gevolg van zijn waaierbeschilderliefhebberij. Hij had een heel grote laten maken, die opengevouwen zowat de hele muur besloeg. Om er een motief van blauweregen op te schilderen had hij op een kruk moeten staan, waar hij bijna vanaf was gelazerd. Een flinke smak was waarschijnlijk beter geweest dan de schrik van het bijna vallen, want die had hem zijn eetlust gekost, en het vermogen om de slaap te vatten. En daardoor was hij weer over de dood gaan tobben.

Hij lag roerloos in bed.

Hij keek uit het raam naar de regen, een waar watergordijn dat van de dakrand viel. De blaadjes van de kruidnagelboom ritselden onder de dikke druppels. Het was geen wonder dat hij op een dag als deze door neerslachtigheid overmand was, want dat was ik zelf ook.

Oren, zei hij temerig, ik heb hoofdpijn.

Ik zei: Laat u dan door de dokter onderzoeken en neem de medicijnen die hij u voorschrijft.

Hij trok de deken in zijn oksels en zei: Die zouden niet helpen. Niks helpt hiertegen. Mijn hoofd splijt zowat in tweeën. Het lijkt wel alsof iemand mijn hersens beet heeft met een houtskooltang. Ik word er dol van! Sinds ik een jaar of zeven was, loop ik al met bepaalde vragen rond, Oren. En ik heb er nog altijd de antwoorden niet op gevonden. En als mijn hersens zo worden samengeknepen, zal ik ze niet vinden ook. Ik kan niet eens meer denken! Zeg eens, Oren, geloof jij dat het mogelijk is om niet te sterven?

Ik zei: Nee, dat kan ik me nauwelijks voorstellen, Oude Meester.

En wat is de dood eigenlijk? vroeg hij.

Weet ik niet, antwoordde ik. Misschien is het niets anders dan naar de onderwereld gaan om Koning Yama gezelschap te houden.

Nonsens! riep hij uit. Drijf je soms de spot met me? Er is helemaal niemand aan de andere kant. Wie of wat zou er kunnen zijn voor iemand die dood is? Mijn hoofd doet pijn. Ik ga sterven, Oren. De andere kant is niets anders dan een bodemloze put vol zwarte inkt. Onze voorvaders willen niet voor niets wat de levenden hen aanroepen. Ze zijn bang in het donker! Dat duister bedrukt me al jaren. Al jaren beneemt het me de adem. Luister, Oren. Als ik werkelijk naar de andere kant ga, wil jij dan met me mee? Dan heb ik iemand om mee te praten.

Er trok een rilling over mijn rug, daar op die strooien mat.

Oude Meester zei: Daar schrik je van, hè? Ik probeer je alleen maar duidelijk te maken dat een mens niets te vrezen heeft, behalve de dood. De dood is het enige waaraan niet te ontkomen valt. Ik zoek al jaren naar een uitweg, maar die is er niet, en ondertussen heb ik alle tijd opgemaakt die me ter beschikking stond. O, wat doet dat pijn! Mijn hoofd knapt.

Hij opende zijn oude ogen en krulde omhoog in zijn bed. Ik mocht hem niet aanraken, moest blijven zitten waar ik zat en met hem praten. Maar ik had het ijskoud nu. Het feit dat hij met de gedachte had gespeeld om me mee te nemen in zijn graf, om hem daar te blijven dienen, gaf me een gevoel alsof we allebei al in de onderwereld vertoefden. Er rees stoom op van de ketel die op het komfoor stond te pruttelen, en de damp leek alle leven met zich mee te voeren, weg uit dit vergrijsde, beregende vertrek.

Ik zei: De wichelaar heeft voorspeld dat u minstens honderd wordt. En het geluk zou u altijd toelachen. Dus u heeft geen enkele reden om zulke nare gedachten te hebben.

Wat voor geluk heb ik dan wel? vroeg hij. Lijk ik zo'n geluksvogel in jouw ogen? Had de familie er dan niet beter voor gestaan, denk je? Trouwens, geluk of pech, wat maakt het uit? Heb je al nieuws over Guanghan, Oren?

Nee, zei ik. Het ziet ernaar uit dat hij ditmaal verder weg is getrokken dan ooit. Maar maakt u zich geen zorgen. Over een poosje gaat het hem wel tegenstaan en komt hij gewoon weer naar huis.

Oude Meester zei: Als je het mij vraagt, is hij de enige met geluk.

Als dat zo is, zei ik, dan heeft hij dat aan u te danken.

Hij zuchtte en strekte zijn nek om een klodder slijm uit te spugen. Ik reikte hem ijlings de kwispedoor aan. Er sloeg een zurige walm van hem af, als van tahoebezinksel, maar zelf rook ik ook niet al te fris. De regen wist van geen ophouden en de stenen vloer onder mijn mat was vochtig geworden. Mijn gewrichten voelden schimmelig.

Op de binnenplaats hoorde ik iemand door de plassen rennen. En toen het geplas op het vertrek van Oude Meester afkwam, wist ik dat er iets ernstigs aan de hand moest zijn. Het was Huismeester Bing. Zijn kleren, zijn schoenen, zijn sokken, alles was doorweekt. Zijn ogen stonden glazig en hij huiverde toen hij zei: Oude Meester, het is mis in de linkeruitbouw. De vrouw van Guanghan heeft weeën!

Oude Meester was niet onder de indruk. Hij keek even peinzend voor zich uit en zei: Goed, ze heeft weeën, en wat dan nog?

Huismeester Bing zei: Ze is pas in haar zevende maand. Dit is een slecht teken!

Oude Meester vroeg: Lopen ze gevaar?

Huismeester Bing antwoordde: Moeilijk te zeggen, voor de moeder zowel als het kind. Oude Meester, zeg ons wat we moeten doen. Lijfeigenen kunnen zelf niet beslissen bij zoiets.

Oude Meester zei: Als je niet alles doet wat in je vermogen ligt, zal de Hemel je nooit vergeven. Maar voor de rest gaan de dingen zoals ze gaan. Voorspoed en tegenspoed worden door het lot bepaald, daar verander je niks aan.

Huismeester Bing rende de regen weer in, met wapperende armen en benen als een marionet. Ik was met stomheid geslagen, bleef ontredderd op mijn mat zitten en had geen idee wat ik doen moest. Hoe kon ze er nou al klaar voor zijn? Ik nam aan dat het haarzelf en Grote Weg nog het meest overviel. Die twee hadden ongetwijfeld gedacht dat ze nog wel even tijd hadden om iets te bedenken, maar het zwaard boven hun hoofden kwam nu zomaar omlaag zoeven. Wie had dit nou kunnen denken?

Tweede Meester had me gevraagd wat ze gingen doen.

En ik had geantwoord dat hun nog maar één weg openstond: ervandoor gaan.

Dat was mijn eerlijke inschatting geweest. En Tweede Meester was er niet boos om geworden, wat betekend had dat zijn vraag al even eerlijk was geweest. Wat gingen ze doen? Op de avond van zijn vertrek had hij geglimlacht toen hij langs mijn kamertje liep. Er was geen woord over zijn lippen gekomen, maar nu begreep ik pas hoeveel die glimlach had gezegd. Het was duidelijk wat hij ermee had uitgedrukt: Ik heb genoeg aan mijn hoofd, ik kan me niet bezighouden met andermans problemen. Niet die van hen, niet die van de familie, en niet die van jou. Ik kan alleen mijn eigen doelen nastreven. Ik ben meelijwekkend, maar zij zijn dat ook. Iedereen is meelijwekkend. Ik wil jullie nooit meer zien. Niemand van jullie. Ik heb er schoon genoeg van, ik ben het beu!

En toch was dat lang niet alles geweest wat er in hem omging.

Diep in mijn hart wist ik dat heus wel.

Als ik mijn kalmte maar bewaar, is er niets wat ik niet begrijpen kan.

Wegwezen!

Wegwezen hier!

Dat moest Grote Weg vaak genoeg gedacht hebben.

Maar nu was het te laat. Het zwaard zoefde al naar beneden. Het regenwater dat over de binnenplaats kolkte werd dikker en dikker en kon elk moment in bloed veranderen. Oude Meester was weer achterover gaan liggen. Hij gromde opeens, en het leek wel of zijn ogen licht gaven. Hij gebaarde me naderbij te komen, als Koning Yama die een demon wenkte. Ik herkende dat gebaar, wist wat het inhield. Hij wilde iets eten, maar wilde niet hardop zeggen wat. Het was o zo vertrouwd, en toch werd ik bloednerveus toen ik zijn prevelende lippen zag. Ik moest me zo dicht naar hem toe buigen dat hij even een hap uit mij leek te gaan nemen. Dat deed hij niet, maar wat hij vroeg was niet veel minder ijzingwekkend. Zijn woorden waren als het gezoem van een mug, amper hoorbaar, maar wat hij zei trof me als een bom die me uiteenreet.

Oude Meester zei: Oren, ik wil nageboorte eten.

U wilt wát eten? vroeg ik.

Hij zei: Moederkoek. De nageboorte van mijn kleinzoon.

Ik vroeg hem: Hoe zou ik daar aan moeten komen?

Oude Meester zei: Ga in de deuropening staan met een grote schaal, en als het kind eruit is vang je daar de nageboorte mee op en breng je hem hierheen. Maar gooi eerst nog wat water in de ketel en haal mijn vleesmes en de wetsteen uit die la. Vooruit, geen getreuzel. En je hebt maar te zorgen dat het lukt, anders eet ik jou op!

Hij gooide zijn dekens van zich af en ging rechtop zitten.

Je zag hem denken dat zijn redding nabij was.

Maar ik was reddeloos verloren.

Ik gaf de schaal aan Wuling, die ermee naar binnen liep. Eerste Meester en Huismeester Bing zaten aan de stenen schaaktafel op de galerij, omringd door bedienden. Huismeester Bing dacht hardop na over een min. Hij zei dat Ouwe Broer Cang, een van de pachters, pas vader was geworden en dat dit kind nu alweer dood was. De borsten van zijn vrouw barstten nog van de melk en ze moest maar zo snel mogelijk gehaald worden. Eerste Meester schonk wat wijn uit zijn kalebas en vroeg een oude dienstbode of zo'n vroeggeboren kind kans van overleven had. Ze humde en kuchte, bang om antwoord te geven, dus was het uiteindelijk Huismeester Bing die sprak: De kansen van moeder en kind zijn klein. Laten we hopen dat het lot hen gunstig gezind is.

Hij was nog niet uitgesproken of er klonk een *waaah* in het woonverblijf.

Je hoorde meteen dat het een sterk kind was.

Het gekrijs overstemde de regen.

Regenbellen op de vijver. Ze sprongen open als bloemknoppen.

Huismeester Bing riep naar zijn vrouw: Hé, moeders, is het een jongen of een meisje?

Er kwam geen antwoord.

Het gekrijs daarbinnen was te hard.

De deur ging open en Wuling kwam naar buiten met de schaal. Ik zag niet wat er op lag, want Wulings gezicht eiste al mijn aandacht op. Ze was lijkbleek, keek me aan als een bang konijntje. Ik wilde nog maar één ding: ertussenuit knijpen, wegwezen, uit het zicht van elke god en sterveling. Maar ik werd zo beroerd dat ik amper op mijn benen kon blijven staan. Wuling liep langs me heen, de treden van de galerij af, de binnentuin in. Ik volgde haar. We bleven midden op het pad staan, lieten de regen op ons neerplenzen alsof we standbeelden waren.

Ik vroeg zachtjes: En?

Ze gaf geen antwoord. Ze vocht tegen haar tranen.

Huismeester Bing riep vanaf de galerij: Wuling, wat is het? Een jongen of een meisje?

Ze schreeuwde terug: Een jongetje!

Op de galerij barstte een enorm gejuich los, eerst onder de bedienden. Ik nam de schaal van Wuling over, maar toen ik me omdraaide om weg te lopen zei ze heel zacht: Blauw. Het volgende wat ik hoorde waren haar hollende voetstappen terug naar het woonverblijf. Blauw! Ik liep naar de tussenpoort als over een wolk, los van de wereld.

Achter me op de galerij was Eerste Meester zo blij dat hij wel de vader van een pasgeboren zoon leek. Bedienden renden me voorbij om het goede nieuws aan Oude Meester en Oude Mevrouw te vertellen. Het duizelde me. Ik liep de tussenpoort door en bleef rechtuit gaan, de hele binnenplaats over. Bij het poortgebouw schrok ik pas op uit mijn verdoving en keerde terug.

Een bediende wees op de schaal en vroeg: Wat is dat?

Vlees, antwoordde ik.

Hij zei: Het lijkt wel een varkenshart.

Ik zei: Het is een mensenhart!

Het regenwater dat zich in de schaal verzamelde kleurde rood. Het was net een vleespastei, zo rond als een kom en zo dik als een hakblok. Of nee, met die lange dunne staart leek het eerder een of ander beest uit de bergen, of uit de zee, maar dan zonder ogen en poten. Het lilde. Het bewoog uit zichzelf.

De sik van Oude Meester priemde opgetogen vooruit. Hij stond zijn mes te wetten.

Het deksel was van de ketel en de zwarte vloeistof pruttelde en gaf een zurige stank af. Ik zette de schaal op de tafel neer. Oude Meester veegde het mes schoon met een stuk papier, en wipte er de nageboorte mee om op de schaal.

Ik zei: De wichelaar had gelijk. Het is een jongetje.

Oude Meester zei: Heb ik gehoord, ja. Is dit hier al afgespoeld?

Ik zei: Nog niet.

Mooi, zei hij. Heb je schone handen?

Ja, antwoordde ik.

Hij zei: Goed, snij jij er dan maar plakken van. Dunne plakken, als bij varkensmaag. Maar ga eerst kruiden halen in de keuken. Vergeet de garnalenolie niet, en de peperpasta. En neem wat koriander mee als ze verse hebben. Doe maar rustig aan, er is geen haast bij.

Hij wreef in zijn handen en slaakte een verzaligde zucht. Onderweg naar de keuken speelde ik met de gedachte om weg te rennen, en op mijn weg terug deed ik dat opnieuw. Maak dat je wegkomt! Maar de rest van die middag was ik bezig met het snijden van dat ding en dacht ik niets meer. Er ging nog maar één woord door me heen. Blauw! Ik wist natuurlijk heel goed wat dit te betekenen had, maar ik weigerde erover na te denken. Het woord alleen al gaf me een koud gevoel in mijn nek, alsof dat zwaard op mij af zoefde!

Oude Meester wilde de plakken eerst alleen maar blancheren. Maar ze waren te stevig, dus besloot hij ze te koken. En toen ze niet snel genoeg gaarden pakte hij zijn eetstokjes en zwaaide ze woedend naar mij en naar de ketel. Desnoods maar niet gaar, zag je hem denken. Hij staarde wijdogig in de stoom die uit de ketel opsteeg, en slikte mondenvol spuug weg terwijl hij het moment afwachtte waarop hij kon toehappen. In de tussentijd kwam Huismeester Bing één keer langs en Eerste Meester twee keer. Ze werden allebei ongedurig weggestuurd.

Oude Meesters gezicht kreeg een paarsige kleur die ik nooit eerder bij hem had gezien. Het bloed dat naar zijn hoofd was gestegen, leek bij de minste aanraking uit zijn ogen te zullen spuiten. Ik durfde hem niet meer aan te kijken, richtte me volledig op mijn snijwerk. Ik sneed zo dun mogelijk, wenste dat ik die plakken op een haarbreedte kon snijden. Het werd een obsessie.

Het was alsof de hemel met regen en al omlaag kwam.

Oude Meester deed zijn ogen dicht en zette zijn tanden in de eerste plak nageboorte. Het was mals genoeg. Hij was tevreden.

Ik gaapte hem aan. Dit sloeg alles. Hij zou waarschijnlijk nog een mens kunnen eten!

Hij zou met plezier zijn tanden in mij zetten!

In mijn dagdroom rende ik zo hard weg dat ik zowat vloog.

Ik vluchtte.

Oude Meester zei: Proef ook maar eens.

Ik nam een hapje.

Het was heerlijk.

Hemels was het!

Oude Meester zei: Ik zweet.

Ik zei: Trek dan wat uit voor u verder eet.

Zijn gezicht droop van het zweet, maar hij kauwde verwoed door.

Ik wuifde hem koelte toe.

In mijn dagdroom vloog ik nu.

De hemel viel.

Er heerste stilte in het familiehuis. Het ruisen van de regen deed alle menselijke geluiden verstommen. Ik zat bij Oude Meester, die zich te goed deed aan de nageboorte. Hij was er tot na zonsondergang mee bezig, en besloot zijn feestmaal met het uitdrinken van zijn ketel. Toen ik hem verliet en de binnenplaats opstapte was de stilte angstaanjagend. Ik holde naar mijn kamertje, wilde door niemand gezien worden. In het grote woonverblijf van de linkeruitbouw was er geen ander levensteken dan het gelige licht van de lampen, die vroeger waren ontstoken dan anders. In de regen oogde het naargeestig en warm tegelijk. Ik bleef staan wachten in de hoop dat Wuling naar buiten kwam, maar er was geen spoor van haar te bekennen. De enige die ik zag was een kok die eten bij het woonverblijf afleverde en met lege handen weer naar buiten kwam. Niemand bracht een portie naar het zijvertrek. Was Grote Weg alweer terug? Zijn kamer was in duisternis gehuld en er klonk geen enkel geluid. Ik had weinig zin om hem op te zoeken, en hij zou wel weinig zin hebben om mij te zien. Hij zou wel helemaal niemand willen zien. Ik ging in mijn kamertje op mijn brits liggen, en het drong langzaam tot me door dat er iets niet klopte. Ik had hem allang zijn maaltijd moeten brengen, had allang zijn bad moeten verzorgen.

Ik sloop vlak langs de muur naar zijn kamer. Het was er aardedonker, wat alleen maar betekenen kon dat er niemand was. Dus ging ik naar binnen, stak de lamp aan, en schrok zo erg dat mijn hart zowat uit mijn keel sprong.

Alles was weg, op de meubels na.

De wind blies een flard babygehuil naar binnen.

Alle spullen van Grote Weg waren verdwenen.

Er was niets meer. Nog geen papiersnipper op de vloer.

De eerste gedachte die bij me opkwam was dat hij halsoverkop gevlucht was, of weggestuurd door de familie. Terug op de galerij was het akelig stil. Nee, er was echt iets aan de hand. Het zat goed fout. Ik vouwde mijn paraplu van oliepapier open en liep het pad af, bevend over al mijn leden. Ik was er zeker van: het doek was gevallen.

De hoofdpoort werd bewaakt door een bediende in een regencape van boombast.

Hij zei: Eerste Meester heeft het huis afgegrendeld. Niemand mag eruit.

Ik zei: Ik moet iets halen voor Oude Meester.

Hij zei: Nou vooruit, maar snel terugkomen. En wees voorzichtig, want er worden overstromingen verwacht.

Het kolkende water van de Zwarte Rivier bracht een dof gebrul voort, dat door de hele vallei weergalmde. De regen leek de Berg Van Jade te willen verzwelgen. Ik liep door het dorp alsof er niks aan de hand was, maar toen ik de rand bereikte zette ik het op een lopen naar de oude graanschuur. De paraplu hinderde me, dus smeet ik hem weg. Het dekzeil van de laadboom klapperde wild in het noodweer. Binnen ging ik op zoek naar de knecht die de wacht moest houden, maar er was geen mens te zien. Ik stak een lantaren aan, rende van ruimte naar ruimte en schreeuwde: Nachtwaker, waar ben je? Laat je smoel zien, klootzak! Ik hoorde iets in de droogkamer en verzamelde moed om te gaan kijken. Achter het stoppenrek zat Gat In De Grond, de doofstomme, met ogen vol verwarring. Hij was doodsbang en keek me aan als een boeteling die om genade smeekte. Met woeste handgebaren vroeg ik hem wat er gebeurd was. Maar hij schudde alleen maar zijn hoofd. En dat bleef hij doen toen ik niks meer zei en mijn handen stilhield. Hij was meer dan twintig jaar ouder dan ik, maar ik gaf hem een fikse trap. Ik was de voorman, en de voorman mocht elke knecht schoppen en slaan, wanneer hij maar wilde, om welke reden ook, desnoods zonder reden. Ik wilde hem pijn doen, doofstom of niet. Ik gilde in zijn oor: Vuile klootzak die je bent! Waar haal je de moed vandaan om tegen me te zwijgen. Ik vil je levend!

Gat In De Grond hoorde me niet. Hij staarde met muizenoogjes voor zich uit.

Ik pakte de lantaren weer op en ging de machinekamer binnen. Het dak was er lek en er zat een vochtplek zo groot als een omslagdoek op de muur. Er zat nog een stammetje in de schaafmachine. Ontdaan van zijn schors leek het net een lang mensenbot. De machine zag er normaal uit, niets wees erop dat hij stuk was, maar hij glom van de olie. Ik zette hem aan om te zien of hij het deed, en hij kwam rammelend maar zonder veel moeite op gang. De band liep en de messen gingen regelmatig op en neer. Bonkend doorkliefden ze de lucht. Maar toen zag ik er iets vreemds vanaf druipen. Smeerolie? Nee, toen ik de lantaren erbij hield leek het me geen olie. Ik zette de machine uit en streek met mijn vingertop door de vloeistof.

Mijn hart bleef zowat stilstaan.

Het trof me als een bliksemschicht.

Dit was bloed.

Mensenbloed.

Van de buitenlander.

Toen pas zag ik dikke druppels op de kast van de motor. En op de vloer, vermengd met olie. Ik liet me op mijn handen en knieën zakken, drukte mijn gezicht tegen de grond en speurde als een hond naar een teken, al was het maar een geur, van Grote Weg. Onder de machine zag ik een van zijn schoenen, als een konijntje dat zich voor een roofdier verstopte. Er zat geen bloed aan, maar hij voelde heet, alsof hij nog geen afscheid kon nemen van Grote Wegs lichaamswarmte. Hij leek zelfs wel in brand te kunnen vliegen, zo heet. Ik liep ermee naar de droogkamer, waar Gat In De Grond woester dan ooit met zijn kop begon te schudden. Zo woest dat het me duidelijk werd dat ik te laat was. Meneer Weg had zijn vertrek uitgesteld en opnieuw uitgesteld en nog eens uitgesteld, en nu hoefde het niet meer. Nu had hij zichzelf vernietigd.

Ik begon de doofstomme met die schoen in zijn gezicht te slaan, ik weet niet meer hoe vaak, maar hij hield op met hoofdschudden en wees met betraande ogen in de richting van de Zwarte Rivier. Ik was helemaal leeg, alles draaide voor mijn ogen en ik ging zitten om bij te komen. De doofstomme bleef zitten wijzen als een bezetene. Maar dat hoefde niet. Ik wist al wat er gebeurd was.

Ze hadden hem in de Zwarte Rivier gegooid.

Maar eerst hadden ze stukken van hem afgesneden.

Zijn handen.

En de Hemel mocht weten wat nog meer.

Ze hadden hem vermoord.

Normaal was dat de straf voor een slaaf die zijn meester schande aandeed.

Zo hadden ze hem kennelijk beschouwd.

Zijn blauwe ogen hadden hem er niet voor behoed.

Ik volgde de Zwarte Rivier terug naar huis. Hij liep vol met het regenwater dat van de berghelling kwam, trad hier en daar buiten zijn oevers en overstroomde de akkers. Ik begon me af te vragen of ik Gat In De Grond wel goed begrepen had. Ik wist dat die twijfels ongegrond waren, maar ze deden me toch mijn stem verheffen.

Ik riep keer op keer: Grote Weg! Ik ben het, Oren! Hoor je me?

Meneer Weg! schreeuwde ik. Verstopt u zich maar niet! Kom mee naar huis!

Ik schreeuwde mezelf schor. De nachtregen bleef neerplenzen in de zwartheid van de vallei. Het enige wit kwam van de schuimkoppen op de Zwarte Rivier. Het gebulder omgaf me als een lijkwade. Ploeterend door het modderwater kwam ik bij de plek waar we een halfjaar eerder de rivierlampions hadden losgelaten. Bij de dam waar de lampion van Tweede Mevrouw uit het zicht was verdwenen, verhief het water zich als een muur, en ik kreeg het gevoel dat het kapotgesneden lichaam van Grote Weg allang over die muur was geduikeld en nu door de Groene Rivier naar zee werd gedragen. Weg, weg, naar het verre vaderland waar hij zo naar gehunkerd had.

Terug in het familiehuis stuitte ik op Eerste Meester, die er een nachtronde liep. Dat was anders de taak van Huismeester Bing. Een duidelijk bewijs dat iemand vond dat er iets mis was. Hij keek me woedend aan terwijl de regen over onze gezichten liep, maar ik merkte tot mijn verrassing dat het me niks deed. Onverstoorbaar was ik. Het kon me geen moer schelen.

Eerste Meester vroeg: Waar heb jij uitgehangen?

Ik zei: Ik heb waterschorpioenen gezocht voor Oude Meester.

Hij vroeg: Waar zijn ze dan?

Ik zei: Het was donker en mijn lantaren waaide steeds uit. Maar bij de Driepadenbocht is er een hoop watergras op de oever gespoeld, dus ik ga vannacht wel opnieuw zoeken.

Ga naar bed, zei hij. Je hoort 's nachts niet rond te dwalen. Het is daar niet pluis. Er komt steeds meer oproer langs de Groene Rivier, en het zal niet lang meer duren eer wij er ook mee te maken krijgen.

Ik werd ondeugend. Ik vroeg: Is Meneer Weg al terug? Ik heb hem niet gezien met etenstijd. Is hij in de commune blijven werken?

Eerste Meester vernauwde zijn ogen tot spleetjes en zei: Hij is vertrokken.

Vertrokken? zei ik. Waarheen?

Hij zei: Naar huis, waar anders heen?

Ik zei: Zonder afscheid te nemen?

Eerste Meester glimlachte en zei: Ieder mens heeft zo zijn manieren. Hij kan doen wat hij wil.

Ik zei: Maar ik had hem vijfendertig ons zilver geleend! Hij zei dat hij me zo snel mogelijk zou terugbetalen, dus hoe kan hij nu zomaar vertrokken zijn? Zo zie je maar weer, alle buitenlanders zijn schoften.

Eerste Meester zei: Huismeester Bing geeft je dat zilver wel, dus zit daar maar niet meer over in. Mensen zijn elkaar zo vaak wat schuldig, daar kun je niet altijd stil bij blijven staan. Vooruit maar, naar je bed!

Zijn valse glimlach in het lantarenlicht bezorgde me kippenvel. De milde en montere Eerste Meester was er de man niet naar om te grijnzen, maar nu vertrok zijn gezicht alsof het vel ervan af viel en alleen de schedel overbleef! Was dit zijn ware gezicht? En had hij het al die tijd onder een masker van zorgeloosheid verborgen om zijn taak als leidsman van de familie aan te kunnen? Hoe dan ook, ik kon hem nooit meer vertrouwen. En hij kon mij niet meer vertrouwen. Misschien was er in dit huis wel niemand meer die hij nog vertrouwen kon. Toen ik de kletsnatte binnenplaats overstak liep hij nog even achter me aan. Oren, vroeg hij, heb je daarbuiten nog mensen horen praten?

Ik bleef staan en zei: Nee. Praten waarover?

Hij gaf niet meteen antwoord. De regen geselde zijn paraplu.

En toen zei hij: Hou de komende dagen je oren dicht, en je mond ook. Als ik je nodig heb, kom ik je halen. Zorg nu maar dat je je nachtrust krijgt. Ik wil je morgen aan mijn zijde bij het aannemen van de geluksgeschenken. Zet die waterschorpioenen voorlopig maar uit je hoofd. Hij heeft morgenochtend vast alweer trek in iets anders.

Ik zei: Zoals u wenst, Eerste Meester.

Hij liep naar de tussenpoort van de rechteruitbouw. Ik bleef nog een hele tijd midden op de binnenplaats staan. Die ochtend had ik hier Grote Weg onbekommerd zien wegkuieren, met zijn broekspijpen opgerold en zijn pijp in zijn mond, een spoor van groene rook achter zich latend. Welke gedachten waren er toen in hem omgegaan? Hij had eerst naar de kerk in het Acaciadorp willen gaan. Als hij niet van gedachten was veranderd, had zijn god hem misschien wel kunnen waarschuwen. Wat was er in hem omgegaan toen hij aan de machine werkte, en wat had hij gedacht toen het noodlot toesloeg? Wat had hij gezegd? Hij was zo zorgeloos vertrokken, op niets bedacht, zijn ondergang tegemoet. Maar toen het eind kwam had hij vast wel begrepen waarom. Ik wist haast wel zeker dat hij om hulp had geschreeuwd. Maar wie had hij daarbij aangeroepen?

Zheng Yunan was een mogelijkheid.

Of zijn moeder.

Of misschien wel zijn zoon.

In de stromende regen hoorde ik hem nu mijn naam roepen. Hij schonk me een warme glimlach. Hij zei: Oren, ik wil in bad. Laat ze wat water voor me koken. Ik zei: Meneer Weg, dat gaat nu niet. En u heeft ook wel genoeg water zo. Ik hoorde de weergalm van zijn gefluit.

In tranen liep ik verder over de binnenplaats. De schoen van Grote Weg zat nog steeds onder mijn jas. Hij drukte pijnlijk tegen mijn ribben, die zwarte westerse puntschoen, en ik dacht even dat ik hem hoorde huilen. Maar toen leek het gehuil van Grote Weg zelf te komen, ver weg in het water van de Groene Rivier. Hij was niet dood. Hij was in de buik van Tweede Mevrouw doorgedrongen, en nu was hij weer terug in de wereld, niet groter dan een konijn, maar vol bravoure.

In de hemel boven het Iependorp ging een paar blauwe ogen open.

Ik vroeg me af of Grote Weg nu neerkeek op zijn zoon en de vrouw van zijn hart.

Ik pakte die schuit van een schoen en borg hem op in mijn hutkoffer.

Mijn dagdroom stroomde vol met mensen.

Ik vloog de lucht in om hen te kunnen bekijken.

Gefascineerd keek ik naar al die nietige figuurtjes. Net mieren.

Die nacht bande ik Grote Weg uit mijn geest.

En mezelf vergat ik ook.

Wat waren dat toch voor tweebenige figuurtjes?

De aarde wemelde ervan.

Klootzakken!

Vuile schoften!

Te minderwaardig voor woorden.

12 APRIL

Drie dagen achtereen kwam er een onafgebroken stroom mensen met geluksgeschenken naar het familiehuis. De zuilen en dakbalken van het poortgebouw hingen vol met geel satijnen banieren en borduurwerk in de plaatselijke traditie, allemaal met gelukwensen voor de Cao-familie en hun nieuwe stamhouder. Intimi wisten al dat Oude Meester zijn kleinzoon een naam had gegeven, en hadden die op hun banier gezet. En zo kwam heel het Iependorp aan de weet dat die kleine huilduivel Cao Zichun heette, Zoon Van De Lente. Oude Meester hoopte kennelijk dat Tweede Mevrouw zijn familie ook nog aan zonen van de zomer, herfst en winter zou helpen.

Iedereen kende de naam van het kind, de bedienden incluis, maar het voorrecht om hem te zien werd maar zeer weinigen vergund. En die geluksvogels mochten geen stap buiten de linkeruitbouw zetten. Ze moesten bij Tweede Mevrouw blijven tijdens haar kraamtijd van een maand. De vrouw van Ouwe Broer Cang, die als min was gehaald, verbleef in het zijvertrek dat Tweede Meester had bewoond. Ook zij mocht geen moment naar buiten, waar anderen geen moment naar binnen mochten. Zelfs Oude Meester en Oude Mevrouw hadden hun kleinzoon nog niet gezien. Oude Mevrouw was nog aan het vasten, opgesloten in haar meditatiekamer als een slang in winterslaap, en het kind kon daar niet heen worden gebracht omdat het dan blootgesteld zou worden aan de elementen. Met dat babygehuil in de verte hield Oude Mevrouw vast aan haar afzondering. De bejaarde non die over haar waakte zei: Oude Mevrouw is onder een gelukkig gesternte geboren en zal op een dag een Onsterfelijke worden.

Na het eten van de nageboorte leek Oude Meester over een bovennatuurlijke energie te beschikken. Hij stapte de hele dag zijn kruk op en af om de grote waaier te beschilderen. In zijn ondergoed. Hij leek als een aap aan de goudenregen te hangen die hij zelf gemaakt had. De bloemen bloeiden alsof zijn penseel door een godenhand geleid werd. Ik had geen idee wat het voor hem betekende, als het al iets voor hem betekende, dat zijn kleinzoon niet bij hem kon worden gebracht en dat hij zelf de kraamkamer niet in mocht. Nadat hij een naam had gekozen, sprak hij met geen woord meer over het kind.

Eerste Meester had een bloedrood gordijn voor de tussenpoort laten ophangen, ten teken dat de linkeruitbouw verboden gebied was voor elke man, met uitzondering van hemzelf, Huismeester Bing en de bejaarde kok die de maaltijden kwam brengen. Ook ik mocht er niet meer in. Vier dagen na de bevalling werd mijn bamboebrits in de kamer van Huismeester Bing neergezet, waar je het babygehuil amper hoorde. Eerste Meester zei dat ik pas terug mocht als de kraamtijd van een maand voorbij was. Mij best. Ik was zelfs blij dat ik bij Huismeester Bing logeerde. Ik wilde niet alleen zijn. In mijn eigen kamertje werd ik in mijn slaap gekweld door het geluid van kolkend rivierwater en een fluitende man. De geest van de buitenlander hield me in de ban, en ik moest er niet aan denken dat ik ooit weer alleen zou moeten slapen.

Er was veel dat ik niet begreep, maar ik keek wel uit om Grote Weg ter sprake te brengen, bij Huismeester Bing of wie dan ook. Overdag ging ik als altijd naar de commune, maar ik vroeg niet één arbeider wat er die regenachtige dag gebeurd was. En omdat ik er niet naar vroeg, deden zij er ook het zwijgen toe. Maar ze leken allemaal iets te weten. Terwijl ik niks wist, niet met zekerheid tenminste, wat behoorlijk zenuwslopend was. Zo wist ik niet of zij erbij waren geweest toen het noodlot had toegeslagen. En zo ja, of ze hadden meegedaan. Omdat ik Grote Wegs naam niet liet vallen, gingen zij ervan uit dat ik van de hoed en de rand wist. En het feit dat zij niks zeiden deed mij weer geloven dat ze iets op hun geweten hadden. Ze deden alles wat ik ze opdroeg, zonder morren, met bezwete en stompzinnige gezichten. Maar ik was bang voor ze. De buitenlander had hun alles geleerd wat ze konden, hoe ze de machines moesten bedienen en repareren, en diezelfde kennis hadden ze gebruikt om hem in mootjes te hakken. En als hun gezegd werd dat ze hetzelfde met mij moesten doen, zouden ze prompt gehoorzamen, waarna ze de stukken in de Zwarte Rivier zouden gooien.

Ik durfde me niet eens een voorstelling te maken van wat er precies was gebeurd op die vervloekte regendag.

Het was te erg om voorstelbaar te zijn.

Maar als voorman had ik het voordeel dat ik hen voor kon zijn. Op een dag was ik in de mengkamer met ingrediënten bezig toen ik in een stoffige hoek een karwats zag liggen. Tweede Meester had daar nooit iets mee gedaan, en ik ook niet, maar in het Cao-huishouden was het niet ongebruikelijk dat hoofdbedienden zo'n korte leren zweep bij zich droegen. Sommigen maakten er ook gebruik van, zoals de voorman van de slachterij. Die hanteerde de zijne zowat elke dag. De ruggen van de slachters waren overdekt met dikke striemen. Ze beseften blijkbaar niet dat ze hun lange messen op meer dan één manier konden gebruiken, maar ik vermoedde dat die voorman ooit nog eens zijn eigen bloed zou zien vloeien. En de kans leek me groot dat mij hetzelfde lot wachtte, maar ik verdomde het om me daardoor van de wijs te laten brengen. Dat wat in mijn hart leefde staalde mijn zenuwen en zei me dat ik de eerste klap moest uitdelen.

Dus gebruikte ik die karwats onverhoeds op een van de mannen.

Een knallend geluid. De knop aan het uiteinde maakte een witte plek op zijn rug.

Dat zal je leren! schreeuwde ik.

Ik draaide me om en sloeg een ander.

Zijn hemd scheurde ervan open.

Dat zal je leren! schreeuwde ik weer.

De arbeiders snapten niet wat ik opeens deed, noch zullen ze gesnapt hebben waar ik het over had. Want eerlijk is eerlijk, dat wist ik zelf niet eens! Ze wierpen zich vol overgave op hun werk. De schaafmachine draaide op volle kracht, *tsjakke tsjakke*, en spuwde de witte houtstroken in de bamboemanden. Ik ging boven op de houtstapel staan en probeerde hun zo veel mogelijk angst in te boezemen. Ik riep: Wie het kwaad verkiest boven zijn werk, zal zijn rijstkom door de Hemel gebroken zien! Vooruit, aan de slag, en bemoei je met je eigen zaken! Ik ontsla iedereen die nu nog luiert, in naam van Tweede Meester! Vergis je niet, Tweede Meester en de buitenlander mogen dan weg zijn, maar ik ben er nog! Wie mij geen eerbied toont, kan erop rekenen dat ik hem nooit vergeven zal zolang ik hier de baas ben. Tart me niet, ik waarschuw jullie!

Ik joeg ze de stuipen op het lijf, maar helpen deed het niet. Ik bleef bang. Ik kon het gevoel niet van me afzetten dat ze elk moment met hun werk konden ophouden om mij te pakken te nemen, met z'n allen. En dan gooiden ze me onder de messen van de schaafmachine. Ik wist niet of Grote Weg om zijn leven gesmeekt had, maar ik zou dat wel doen.

Genade!

Ik vroeg me af hoe dat geklonken had in zijn buitenlandse taal.

En hoe het van een woord tot een blik was geworden.

Hoe zo'n blik eruitzag wist ik wel.

Ik werkte de hele dag en bracht de nachten door in het verblijf van Huismeester Bing. Het gehoest van Eerste Meester en de voetstappen van de bedienden lieten mijn hart jagen en bezorgden me kippenvel. De geest van Grote Weg hield zich schuil onder mijn brits, waagde zich eronder vandaan zodra ik de lamp uitblies en schoot weer terug als ik hem aanstak. Ik wist niet wat ik ermee aan moest. Ik wist niet wat ik met mezelf aan moest. Of ik nu droomde of waakte, dat ene woord bleef in mijn keel steken: Genade! Ik smeekte de Hemel om mijn waardeloze leven te sparen. Waren er echt mensen om me heen die met moordplannen rondliepen? Dat bleef gissen, maar ik had sterk het gevoel dat iemand me op de korrel nam.

Voor Huismeester Bing was het een heel drukke tijd. Hij kwam vaak pas laat in de avond binnen, was te moe om de lamp aan te steken of dat zelfs maar aan mij te vragen, en stommelde op de tast naar zijn bed. Daar lag hij dan nog urenlang te woelen en te zuchten. Op een nacht, na weer zo'n diepe zucht, begon hij iets te prevelen, steeds opnieuw, alsof hij hoofdpijn of maagpijn had. Ik vroeg: Is er iets, Huismeester Bing?

Hij zei: Er is niks. Ga maar weer slapen.

Waar doet het pijn? vroeg ik.

Ik heb geen pijn, zei hij. Niks aan de hand.

Het bleef een hele tijd stil. Ik werd slaperig, en nam aan dat hij allang was ingeslapen. Maar toen begon hij angstig te kreunen, alsof er een slang rond zijn grote teen kronkelde. Ik stapte uit bed, stak de lamp aan en liep ermee naar zijn bed om te zien wat hem scheelde. Hij had starende, betraande ogen. Hij wees naar de lamp, ten teken dat hij hem uit wilde hebben. Toen het licht uit was slaakte hij een zucht en begon te snikken.

Oren, dit is slecht karma! jammerde hij.

Ik vroeg: wat bedoelt u?

Hij zei: Sommige dingen kun je op mijn leeftijd niet meer doen, Oren. Ik heb mijn tijd gehad en heb weinig meer te vrezen, maar ik wil geen vergelding in een volgend leven!

Huismeester Bing, zei ik, ik kan u niet volgen.

Hij zei: Maak geen komedie, Oren. Je weet precies waar ik het over heb.

Ik zei: Huismeester Bing, u brengt me in verwarring.

Blijf maar verward dan, zei hij. Verwarring is zo slecht nog niet.

Hij zei die nacht niks meer tegen me, en in de volgende nachten ook niet. Er viel een gestage motregen in de vallei en het was rustig in het familiehuis en in het dorp. Niemand ging de berg op en er was geen nieuws van de Groene Rivier. Geruchten waren er natuurlijk wel, een heleboel zelfs. Een ervan luidde dat er overal opstanden waren uitgebroken. Behalve de Blauwe Hoofddoeken waren ook de Rode Hoofddoeken actief, en de Groene, en de Witte, ieder op hun eigen berg of rivier. Het zag ernaar uit dat het keizerrijk stukje bij beetje ten prooi viel aan rebellen. Ook waren er botsingen tussen de rebellen en de christelijke bekeerlingen. Er dreven massa's dode christenen in de Groene Rivier, terwijl de ene kerk na de andere in vlammen opging. Missionarissen en bekeerlingen waren naar omliggende provincies gevlucht. Rijke families hadden een veilig heenkomen gezocht in de provinciehoofdstad. Maar in het Iependorp waren de dagen net zo vredig als altijd, en we hoorden dat dit ook het geval was in het Wilgendorp en in het Acaciadorp. Zwarte Arend en Wit Paard speelden nog steeds de hoer in de Oostelijke Straat van het Wilgendorp, dag en nacht, en Vader Ma reed nog overal rond op zijn muilezel. Maar de goede tijden dreigden ten einde te lopen, en je had hier en daar al brutale figuren die de straat opgingen om rotzooi te trappen onder het roepen van: Weg met de Keizer! en: Naai de Moeder van de Keizer!

In het familiehuis groeide overal schimmel door de aanhoudende nattigheid. De keien van de binnenplaats waren bedekt met mos, vers en prachtig groen in de druilregen. Het was het groen van Tweede Mevrouws kleren en het voelde als satijn onder mijn blote voeten, zodat ik kon dromen dat het haar bleke huid was. De nachten waren oervervelend. Ik durfde niet over de daken te sluipen, dus bleef me niets anders over dan rondjes over de binnenplaats, tegen de muur gedrukt als een straatkat. Met mijn paraplu in de ene hand en mijn schoenen in de andere had ik er vreemde gevoelens die ik onmogelijk zou kunnen beschrijven. Ik dacht niet vaak aan Wuling, maar als ze in mijn gedachten kwam, werd ik helemaal heet vanbinnen. Ik was verzot op haar zachte witte benen, die op geurige dennentakken leken als ze ze optilde. En die takken gingen dan weer bij degene horen aan wie ik wél voortdurend dacht. Als ik ze zachtjes schudde als een paar dadelboompjes, zag ik het gezicht voor me dat in mijn hart was gebrand. Als ik dat mormel in de linkeruitbouw hoorde kirren, dacht ik aan zijn moeder in haar bed, hoe ze zich rusteloos van haar ene zij op de andere draaide! Al die gedachten, ik werd er alleen maar beroerd van. Ik voelde alleen maar hoe ik zelf om en om rolde op mijn bamboebrits in de kamer van Huismeester Bing. Ik kon niet meer slapen, en mijn dagdromen bleven ook weg.

Huismeester Bing kwam net zomin in slaap. En in zijn ogen zag ik nu ook dat ene woord: Genade! Het was alsof de Hemel het op hem gemunt had, alsof de doodsduivels hem op de hielen zaten, ja hij leek zelf ook naar zijn dood te verlangen. Op een nacht, de ene donderslag volgde op de andere maar er viel geen regen, hield hij het niet meer uit en vertelde me alles, hakkelend en stamelend. Wat ik hoorde schokte me zo erg dat mijn gezicht onder de tranen en het snot kwam te zitten. Maar ik probeerde zo kalm mogelijk te blijven. Hij was minstens vijftig jaar ouder dan ik, maar nu leek hij net een angstig klein jongetje dat ik tegen de boze buitenwereld moest beschermen. Terwijl ik hem aanhoorde kwam ik opeens tot een besluit. Van het ene moment op het andere werd ik een vent met lef.

Huismeester Bing vertelde dat Tweede Mevrouw het leven had geschonken aan een bastaardkind, en Eerste Meester had hem heimelijk opgedragen om het uit de weg te ruimen. Maar al had hij dat gewild, hij wist niet hoe. De opdracht greep hem zo aan dat hij met de gedachte speelde om zichzelf uit de weg te ruimen.

Ik zei: Wat doet het er nog toe? Ze hebben Meneer Weg toch ook al vermoord?

Mijn opmerking overdonderde hem en hij begon hartverscheurend te huilen. Het was alsof Koning Yama hem al bij een been had gegrepen. Ik genoot ervan om hem zo te zien. Ik zei heel gemeen: Er is een vijver in de linkeruitbouw, en er staat een waterton bij de deur van het zijvertrek. Waarom gooit u die koter daar niet in?

Huismeester Bing snikte: Ik wil dood. Het enige wat ik wil is een behoorlijk leven, de volgende keer, en dat kan ik wel vergeten als hij me tot zoiets vreselijks dwingt. Ik heb geen andere keus, Oren, een dezer dagen spring ik zelf in die waterton!

Dat is dan je verdiende loon, dacht ik bij mezelf. Ik wist dat die arme sloeber op het punt stond om af te knappen en ik had een idee, maar dat wilde ik hem nog niet vertellen. Nog niet. Pas als hij helemaal op zou zijn, zou ik het vertellen.

Ik zei: Rustig maar, Huismeester Bing. Ik doe het wel voor u.

Jij? riep hij uit. Maar wat ga je doen dan?

Ik zei: Geen vragen, Huismeester Bing. Ik zorg er wel voor.

Meen je dat nu werkelijk? vroeg hij ongelovig.

Ik zei: Oren doet altijd wat hij zegt. Bent u dat soms vergeten?

Nee, nee, hakkelde hij. Dus dat heb je echt voor me over?

Zoals gezegd was er die nacht veel onweer maar geen regen. De bliksem boven de Berg Van Jade deed de hele vallei oplichten. Ik kon hem in de verte horen janken, en er kwam opeens een leegte in mijn hart. Ik probeerde me voor te stellen hoe hij eruit zou zien als hij opgroeide. Zijn mond, zijn handen, zijn voeten... En toen ik bij zijn tenen kwam, was het alsof die me in mijn buik kietelden. Ik was pas zeventien, maar al dol op kinderen. Ik wist dat ik net zomin als Huismeester Bing met de wroeging zou kunnen leven. Ik had heel even gedacht dat ik hem wel om zeep zou kunnen helpen, maar dat bleek een vergissing. Dus bedacht ik een plan. En toen de zon opkwam, na een nacht vol onweer maar geen regen, ging ik met wijdopen ogen een droom binnen.

Tweede Meester was weg.

De buitenlander was weg.

Nu was ik de vader van dat mormel.

13 APRIL

Ik wachtte in het struikgewas naast het pad over de Berg Van Jade en zag Huismeester Bing uit de hoofdpoort komen en de dorpsstraat inlopen. Er was geen lamplicht in het dorp, maar de maan was helder genoeg om hem over de kasseien te zien sjokken. Hij droeg een bamboemand die tweemaal zo groot was als een hoofdkussen, afgedekt met een oud hemd. Hij beefde over al zijn leden, en toen hij voor me stond hoorde ik zijn tanden klapperen. Hij zei niks, dus pakte ik de mand van hem over en wilde me omdraaien om weg te lopen. Maar toen greep hij mijn bovenarm beet. Heel stevig. Zijn oude hand leek wel een ijzeren tang.

Doe het snel, zei hij. Laat hem niet lijden.

En hij zei: Oren, ik kan hier echt niet mee leven.

Ik had niets te zeggen. De mand was verrassend licht. Ik vroeg me af hoe die kleine twintig dagen geleefd kon hebben zonder aan gewicht te winnen. En toen vroeg ik me af of hij misschien al dood was. Maar terwijl die gedachten door mijn hoofd schoten werd de mand zwaarder.

Huismeester Bing zei: Wees voorzichtig. Laat geen sporen na.

Ik zei: Het komt wel goed.

Hij vroeg: Hoe ga je het aanpakken?

Ik zei: Ga dan mee, als u me niet vertrouwt.

Hij liet zijn hand vallen en zei: Hou je nu maar niet groot, Oren. Ik weet heus wel dat je met me te doen hebt. Jij zal hier niet voor hoeven boeten. Ik wel, vroeger of later. Maar bedenk dat wij slechts slaven zijn in dienst van de Cao-familie. Wij hoeven ons nergens voor te schamen. Ga nu maar, en kom snel weer terug. Niet talmen. Cao Zichun, kereltje, het spijt me verschrikkelijk.

Hij raakte de mand aan en ik liep weg voor hij nog meer kon zeggen. Ik was hem zat, die ouwe zeikerd. Hij kon niet verderleven met dit op zijn geweten, maar hij zat erover in dat ik misschien sporen zou nalaten! Uit de mand kwam geen enkel geluid, en toen ik de berg over was kreeg mijn nieuwsgierigheid de overhand. Ik zocht een plekje op waar ik uit de wind zat, streek een lucifer aan, boog me over de mand en trok het oude hemd opzij. Wat ik zag verbijsterde me. Dat kleine roze ding daarbinnen leek wel een gevild konijn. Zijn oogjes en mond zaten dicht en ik vond hem nou niet bepaald op de buitenlander lijken. Ik streek nog een lucifer aan, maar zag nog steeds niet meer dan een koppie zo groot als een wijnkom, bedekt met donsachtig geel haar. Ik kreeg de aanvechting om zijn oogleden open te wurmen en het blauw te zien waar Wuling over gesproken had. Maar ik weerstond de verleiding. Ik was bang dat hij wakker werd, en dan krijste hij de hele streek bij elkaar! Met de maan als mijn baken haastte ik me naar het Acaciadorp. Ik meed de kade en de hoofdstraat van het Wilgendorp, liep om de rotsheuvel ten zuiden van het dorp heen en baande me een weg door de rijstvelden, regelrecht naar het Acaciadorp. Bij de dorpspoort aangekomen aarzelde ik even, beducht voor de honden en de argwanende christelijke bekeerlingen die hier woonden. Maar ik raapte mijn moed bijeen en liep verder. Tot mijn verbazing bereikte ik zonder problemen de kerkpoort, en alles zou verder gladjes verlopen zijn als ik daar gewoon die mand had neergezet en de benen had genomen. Maar dat kon ik gewoon niet. Ik moest en zou zijn blauwe ogen zien. Dat had ik wel verdiend. Dus streek ik met mijn ene hand een lucifer aan en wurmde met mijn andere een ooglid open. Daar had je het oog van Grote Weg. Het keek me recht in mijn gezicht. Geen twijfel mogelijk, het was echt blauw. Ik probeerde het andere oog ook nog even, met een oorverdovend geloei als resultaat.

Cao Zichun maakte de honden van het Acaciadorp wakker.

De honden van het Acaciadorp maakten de christelijke bekeerlingen wakker.

Ik maakte dat ik wegkwam. Het koor van blaffende honden overstemde het gekrijs van de baby, maar niet het geschreeuw van de christenen, en in mijn hoofd kon ik horen hoe ze de hanen van hun geweren overhaalden. *Bang!* Boven mijn hoofd floot een kogel door de lucht. *Bang!* Nog een schot, gevolgd door een *boing* van de kerkklok. Ai-ya! riep ik in mezelf. Nu ben je toch echt de lul!

Ik rende door de rijstvelden naar de Berg Van Jade, en halverwege de helling drong het pas tot me door dat in het Acaciadorp de rust was weergekeerd, op het gekrijs van een jongetje na, dat nog geen maand oud was. Toen ik de berg over was dacht ik even dat mijn oren me parten speelden, maar nee hoor, ik hoorde hem nog steeds huilen. De nevel boven de Groene Rivier droeg zijn gehuil naar alle dorpen rondom de Berg Van Jade, en regelrecht naar mijn hart. Er ging maar één gedachte door mijn hoofd: ik had gedaan wat ik kon, voor Grote Weg zowel als voor zijn nazaat, en voor Tweede Mevrouw trouwens ook. Het lot van de baby lag nu in handen van de Hemel. Of hij zou overleven hing af van het gesternte waaronder hij geboren was. De priester bestierde een klein weeshuis achter de kerk, waar over het algemeen zo'n zeven, acht ongewenste kinderen woonden. In andere dorpen werd gefluisterd dat hij die kinderen vetmestte om ze te kunnen braden bij rituelen van zijn bekeerlingen. Daar geloofde ik geen woord van. Maar zelfs als het waar was, zou hij een kind met blauwe ogen braden? Nee, Cao Zichun zou niet aan een spit eindigen. Ik was banger voor de honden. Die zouden wel eens op die mand kunnen afkomen om hem te verslinden. Ik had hem min of meer als een lekkere kluif in het dorp achtergelaten. Maar aan de andere kant, hij ging zo tekeer dat de honden waarschijnlijk als de dood voor hem waren. En Vader Ma was natuurlijk allang zijn kerk uit gekomen. En toen hij zich over die mand boog hadden twee paar blauwe ogen elkaar aangekeken. Nee, wat er ook aan ellende in het verschiet mocht liggen, voor nu zat het wel goed.

Het was ruimschoots na middernacht toen ik terugkeerde in het Iependorp. Huismeester Bing stond me nerveus op te wachten bij de hoofdpoort. Mijn kalme houding stelde hem allerminst gerust. Hij werd er alleen maar nerveuzer van. Hij keek me angstig aan, alsof hij de volgende was die ik af zou maken.

Hij vroeg: Hoe is het gegaan, Oren?

Ik zei: Ik heb hem in het hol van een meerval gepropt.

Hij vroeg: Trekt de stroming hem daar niet uit?

Ik zei: Nee, ik heb er een kei bovenop gelegd.

Hij zei: Mooi, da's een hele opluchting.

Hij slaakte een diepe zucht en zei dat ik moest gaan slapen. Ik was bekaf, maar veel te opgewonden van al dat gedoe en kon niet in slaap komen. Ik nam aan dat de geest van Grote Weg nu wel tevreden was en niet meer onder mijn brits vandaan zou komen om me te verstikken.

Maar ik kon het gehuil van zijn zoon nog steeds horen, dus slapen zat er echt niet in. Mijn hoofd werd gevuld door een hoos aan gedachten die geen van alle concreet werden. Na verloop van tijd merkte ik dat het babygehuil veranderd was in vrouwengehuil. Ik stond op en spitste mijn oren, maar dat had ik nog niet gedaan of het werd stil.

De volgende dag vertelde Wuling me dat het spookachtige gehuil afkomstig was geweest van Tweede Mevrouw. De vrouw van Ouwe Cang had het kind bij haar weggehaald om het te zogen, waarna de vrouw van Huismeester Bing het mee naar buiten had genomen onder het voorwendsel dat Oude Meester en Oude Mevrouw het wilden zien. Toen ze niet terugkwam had Tweede Mevrouw gereageerd alsof ze door de bliksem was getroffen. Ze had begrepen dat er iets afschuwelijks ging gebeuren. Verzwakt en wel was ze de kraamkamer uit gerend. Wuling had vergeefs geprobeerd haar tegen te houden en moest haar achterna rennen. Tot haar verrassing had Eerste Meester Guǎngman op de galerij gezeten, alsof hij hen verwachtte. Zijn gezicht was rond en pafferig in het schijnsel van een lamp op de stenen tafel. Waar ze stond, achter Tweede Mevrouw, kon ze zijn drankadem ruiken.

Tweede Mevrouw vroeg: Oudere Broer, waar is mijn kind?

Eerste Meester zei: Zheng Yunan, wees verstandig en ga weer naar binnen. Je hebt het recht niet om mij vragen te stellen. Ik stel ze jou ook niet. De Cao-familie heeft je altijd goed behandeld, en zie hoe je ons beloond hebt! Je weet heel goed wat ik bedoel. Toch zullen we je geen haar krenken, maar je zoon is verder onze zorg. Hij is een Cao, dus zijn toekomst gaat jou niks aan. Maak nu maar geen misbaar, daar kopen we niks voor. Zodra je kraamtijd over is, sturen we je terug naar je ouderlijk huis. Ze wilden je toch zo graag zien? Welnu, die wens wordt alsnog vervuld.

Wat hebben jullie met mijn kind gedaan? wilde Tweede Mevrouw weten. Waar is hij?

Eerste Meester zei: Ik zeg het nog één keer. We zullen je geen haar krenken. Wij van het Iependorp willen geen onmin met de mensen van het Moerbeidorp. Maar we hebben zwaar gezichtsverlies geleden, en het is mijn taak om onze eer nog een beetje te redden. Ik sta nu aan het hoofd van deze familie en ik ben jou geen uitleg verschuldigd. En denk erom, mijn vader en moeder mogen hier niets van horen. Ik zal niet dulden dat dit ze hun graf injaagt. Heb je me goed begrepen, vuile stinkhoer?

Hij zwenkte de wijn rond in zijn kleine kalebas. Hij was dronken. Tweede Mevrouw was gaan beven toen hij haar een stinkhoer had genoemd, maar ze had er het zwijgen toe gedaan. Wuling had haar weer naar binnen geholpen, waar ze tranen gezien had op haar bleke wangen. Tweede Mevrouw was in snikken uitgebarsten, en toen de vrouw van Huismeester Bing binnenkwam, had die het ook op een huilen gezet. Op de vraag waar het kind was wilde de oude vrouw niet antwoorden, maar haar gehuil was nog hartverscheurender geweest dan dat van Tweede Mevrouw zelf. Terwijl ik Wulings relaas aanhoorde, bedacht ik dat ik tijdens die tranenvloed door de dorpsstraat van het Acaciadorp moest hebben gehold. Had de baby gehuild omdat hij voelde dat zijn moeder verdriet had? Misschien wel, misschien niet, maar in die ogenblikken was de band tussen moeder en zoon voorgoed verbroken. Het Lot zou bepalen hoe hun treurige levens verliepen. Geen van beiden kon ooit nog iets voor de ander doen.

Geen mens kon weten hoe Tweede Mevrouw zich die nacht gevoeld moest hebben. Ze was aan het verdrinken geweest in de diepe put waar ze al zo lang in gelegen had, en niemand anders dan zijzelf wist hoeveel leed dit met zich meebracht.

Wuling zei: Tweede Mevrouw is zo zacht als klei. Dit overleeft ze niet.

Ik zei: Als ze op haar tanden bijt en hier doorheen komt, zal er weer hoop gaan gloren.

Wuling zei: Ze komt hier niet doorheen, ze staat op instorten.

Een vrouw die een jaar eerder nog zo levenslustig was geweest, die in een zwierige draagstoel naar het familiehuis was gekomen en die het huishouden had opgefleurd met haar welluidende lach, was nu ontluisterd en gebroken. Onverdraaglijk was het. Hartverscheurend. Overmand door somberheid dwaalden mijn gedachten af naar Wuling, naar haar zachte, bleke benen. Vele avonden en nachten had ik al niet meer van haar kunnen genieten. Ik duwde haar achter de bloemenstruiken, tegen de muur, duwde mezelf tegen haar aan. Mijn handen gleden over haar lichaam. Al het andere verdween uit mijn gedachten, ik trok haar rok omhoog en woelde door haar haar alsof ik haar in stukken wilde scheuren.

Ik zei: Ze heeft geen keus, ze zal wel móeten doorzetten. Let goed op en zorg ervoor dat ze niet de uitweg van de lafaard kiest.

Wuling zei: Laat haar de hand aan zichzelf slaan als ze dat wil. Ik zal haar in de dood volgen.

Ik zei: Ik maak je zelf wel af als je niet ophoudt met die onzin.

Wuling zei: Maak me niet zwanger, Oudere Broer.

Ik zei: En wat dan nog? Ik maak je eerst zwanger en dan maak ik je af!

Buiten zinnen was ik.

Krekels sjirpten in het gras.

In de verte huilde iemand.

Er werd overal gehuild.

Waar was al dat gejank toch goed voor?

Ik kon nu elke dag aan mijn einde komen.

Maar voor het zover was zou ik nog even flink stampij maken.

Wuling huilde.

Ik huilde ook.

Ik dacht aan de dood.

Kon ik maar iemand spreken die al gestorven was.

Mijn hart... leeg!

14 APRIL

Huismeester Bing was ervan overtuigd dat ik het bastaardkind gedood had, en Eerste Meester geloofde dat Huismeester Bing de klus had geklaard. Daarmee was de kous af. Eerste Meester liet een doodkistje maken en gaf Huismeester Bing opdracht om een begrafenisprocessie te leiden. Op een regenachtige ochtend, kort na zonsopgang, werd het kistje onder een gele doek door het dorp gedragen, zodat iedereen wist dat de Cao's hun stamhouder hadden verloren. En de doodsoorzaak liet niet lang op zich wachten: het arme schaap was bezweken aan de gele koorts. Alles wat het kind had aangeraakt, werd verbrand. Uit de linkeruitbouw rees een dikke zwarte rookpluim op, die over het Iependorp trok en tegen de Berg Van Jade omhoogdreef om zich met de wolken boven de top te vermengen. Wuling vertelde me dat Tweede Mevrouw op de galerij had zitten kijken hoe de vrouw van Huismeester Bing de bedienden alle kleertjes en dekens liet verbranden. En daarna had ze gezegd dat dit niet volstond. Ze had de bedienden zelf opdracht gegeven om ook het meubilair van het woonverblijf te verbranden, en toen ze tegensputterden had ze de zware houten stoelen in de binnentuin gesmeten, waarin haar man zo vaak met Grote Weg had zitten schaken. Ze was naar binnen gerend en had haar juwelenkist en een ingelijste foto op de galerij gegooid. De bedienden hadden de grootste moeite gehad om haar in bedwang te houden. De mahoniehouten lijst was niet gebroken en Wuling had er de foto uit gehaald, die ze mij nu liet zien. Die lijst had ik wel eens zien staan, maar de foto had ik nooit goed kunnen bekijken. Er stond een groep meisjes op van de kweekschool in de provinciehoofdstad. Met zijn tienen waren ze, in twee rijen. De achterste meisjes stonden en de voorste zaten of knielden. Ieder had een zorgeloze glimlach. Tweede Mevrouw zat in de voorste rij, met haar wijde rok uitgespreid over het gras alsof een daglelie haar benen bedekte. Haar glimlach was nog stralender dan die van de anderen, en haar haar was getooid met perzikbloesems. Een meisje dat voor het geluk geboren was.

Ik werd beroerd van die foto, voelde een leegte achter mijn ribben ontstaan, alsof ze daar alles weghaalden. Benauwd kreeg ik het ervan. Wuling wilde hem terug om hem weer aan Tweede Mevrouw te kunnen geven, maar ik zei dat ik hem hield. Toen ze protesteerde zei ik dat Tweede Mevrouw hem alleen maar zou verscheuren. Ik stopte hem in de borstzak van mijn onderhemd, en de leegte werd direct opgevuld met een weldadige warmte. Het gezicht van Tweede Mevrouw vlijde zich aan mijn borst! Ik zwoer in stilte dat ik haar met mijn leven zou beschermen! Ze had alle hoop opgegeven, stond op instorten, maar mijn ruggengraat zou van nu af aan met de dag sterker worden.

De dag van de verbranding werd een rampzalige dag voor de familie. Eerste Meester ging de dood van Cao Zichun aan Oude Meester en Oude Mevrouw melden. De laatste was ondertussen een nieuwe fase van haar afzondering binnengegaan. Ze vastte niet alleen meer, maar had nu ook een gelofte van stilzwijgen afgelegd. Met haar uitdrukkingsloze gezicht was het net alsof ze in het rijk van de levende doden vertoefde. De oude non die haar de weg wees naar de onsterfelijkheid hield twee zachte witte handen op haar hoofd, om de energiestroom te geleiden, al leek het eerder alsof ze een sprinkhaan had gevangen. Oude Mevrouw oogde ietwat afgestompt na al die dagen zonder eten, maar haar huid had nog een opvallend mooie glans. De oplossing voor dit raadsel school in de klacht van haar kamenier, dat ze elke nacht wakker schrok van luidruchtig gekauw en geslik. Oude Mevrouw at dus wel degelijk, alleen net niet genoeg om helder uit haar ogen te kijken. Eerste Meester knielde bij haar neer en vertelde haar alles. Hoe de zoon van Tweede Meester ziek geworden was, en hoe hij gestorven was, en hoe ze hem begraven hadden en zijn kleertjes en beddengoed hadden verbrand. Het riep geen enkele reactie bij haar op. De oude non werd ongeduldig en vroeg Eerste Meester te gaan. Ze zei: Val haar toch niet lastig met dit soort kleinigheden. Uw moeder is halverwege de onsterfelijkheid!

Dus verliet Eerste Meester de meditatiekamer en zocht zijn vader op. Oude Meester stond op zijn kruk, vlinders te schilderen tussen de blauweregen op zijn reuzenwaaier. Eerste Meester knielde bij hem neer en vertelde hem alles wat er gebeurd was. Oude Meester maakte ondertussen onverstoorbaar de vlindervleugel af waarmee hij bezig was.

Oude Meester vroeg: Ik hoorde iemand huilen. Was dat Yunan?

Eerste Meester zei: Ja.

Oude Meester vroeg: Hoe heette dat kind eigenlijk?

Eerste Meester zei: Cao Zichun. Zo heeft u hem zelf genoemd.

Oude Meester stapte peinzend van zijn kruk. Eerste Meester stond haastig op om hem te ondersteunen. Oude Meester deed een stapje achteruit en nam glunderend zijn waaier in ogenschouw.

Oude Meester zei: Nog een paar penseelstreken, dan kunnen ze zo wegvliegen! Dus je hebt dat kind begraven zonder hem eerst aan mij te tonen? Ik was zijn grootvader, en dan ga jij hem doodleuk begraven terwijl ik hem nog nooit gezien heb? Schaam je wat, Guangman. Wat bezielt je? Je was natuurlijk jaloers, hè? Omdat Guanghan wel een zoon kan verwekken en jij niet. Ga onmiddellijk Cao Zichun halen! Ik wil hem zien! En daarna laat je iemand de Groene Rivier afzakken om Guanghan te zoeken. Hij is de vader, en de vader heeft het volste recht om zijn zoon te zien. Hoor je me?

Eerste Meester kon natuurlijk niet zeggen wat er vanbinnen aan hem knaagde. Hij zakte weer op zijn knieën en boog diep voor zijn vader.

Hij zei: Ik heb één ding voor u verzwegen om u niet ongerust te maken. Het kind stierf aan gele koorts. Op dit moment verbranden we zijn kleertjes in de linkeruitbouw.

Gele koorts? vroeg Oude Meester.

Eerste Meester zei: We weten niet waar Guanghan heen is gegaan. En al wisten we dat wel, dan hadden we hem nooit op tijd hier. Ik zag

Guanghans zoon ook als mijn zoon. Hij was onze stamhouder. Maar nu is hij dood, en ik zal in Guanghans plaats datgene moeten doen wat gedaan moet worden. En wees gerust, alles komt in orde.

Oude Meester plofte met een zucht op zijn kruk neer. Er was nog maar één ding dat hem bezighield, en hij mompelde het onophoudelijk: Gele koorts, gele koorts, gele koorts. Eerste Meester stond op en liep met betraande ogen de kamer uit. Oude Meester riep hem na: Verbrand alles waar ook maar enige twijfel aan is! Geen halve maatregelen! De fik erin! Hij riep Huismeester Bing en liet hem de strooien mat verbranden waarop Eerste Meester zijn knieval had gemaakt. Hij bedacht dat hij zijn voeten misschien wel op dezelfde plekken had neergezet als Eerste Meester, trok zijn schoenen en sokken uit en riep Huismeester Bing om ook die te verbranden. Huismeester Bing begon zich zorgen te maken. Als het zo doorging, kwam hij zelf ook nog op de brandstapel terecht. Maar toen hij weer terugkwam in het vertrek van de familieoudste, zag hij dat er weinig meer te verbranden viel. Oude Meester zat op zijn kruk met alleen nog zijn rode vest aan. Hij had een penseel in zijn ene hand en een schotel inkt in de andere. Maar aan schilderen leek hij niet te denken. Hij hield zijn kop in die schotel en lebberde de inkt op.

Huismeester Bing schreeuwde: Oude Meester!

Oude Meester keek op en glimlachte naar de vlinders.

Die avond kon ik voor het eerst de slaap vatten in het huismeestersverblijf, waar de geest van Grote Weg zich koest hield. Maar nu werd mijn rust weer verstoord door de springlevende Huismeester Bing. Gekweld door zijn geweten had hij al het idee dat hij de eigenlijke moordenaar van Cao Zichun was, en nu voelde hij zich ook nog verantwoordelijk voor de inktslemperij van Oude Meester. Hij was bang dat ik hem niet geloofde en vertelde me het inktverhaal keer op keer. Ik dat niet geloven? Inkt slempen was nog niks! Hij begon me nu echt de keel uit te hangen, zoals hij daar lag te jammeren in het donker. Met een diepe zucht zei hij: De Cao-familie is gedoemd! Wat spijtig toch! En wij lijfeigenen kunnen er niks aan doen. Als het hielp, zou ik hun smeken om mij mee te sleuren in hun ondergang. Waarom ook niet, waar zijn mijn ouwe botten nog goed voor? Ik kan net zo goed met hen mee ten onder gaan.

Ik ging er niet tegen in. Laat maar kletsen, dacht ik. Maar één ding raakte me diep. Opeens moest ik denken aan hoe het zou zijn als ik zijn leeftijd bereikte. Dan zou ik net zo iemand zijn als hij, een aftandse ouwe hond die door het familiehuis jakkerde en tranen van angst plengde. Wat een ellendig bestaan. Terwijl hij doorratelde had ik mijn eigen gedachten. Ik drukte de foto van Tweede Mevrouw tegen mijn borst en buik, zodat haar gezicht mijn vel streelde. Ik telde op mijn vingers de resterende dagen van haar kraamtijd af. Als die ten einde was, zouden zij en Wuling het Iependorp verlaten. Zogenaamd voor een bezoek aan haar ouderlijk huis. Maar als je wist wat ik wist, leed het geen twijfel dat ze nooit meer terugkwam. Ik zou hen nooit meer zien. Ik zou helemaal alleen zijn in de linkeruitbouw. Ik wist niet hoe ik de dagen dan nog door moest komen! Het Cao-huishouden zou zijn oude gang weer gaan, maar ik zou nooit meer de oude worden. Ik wilde geen voorman meer zijn. Die lucifercommune kon me gestolen worden. Wat mij betrof waren lucifers de boosaardigste dingen ter wereld. Ik moest er niet aan denken dat ik ooit weer het *tsjakke tsjakke* van de schaafmachine zou horen. Mijn kop zou uit elkaar knallen van afschuw. Nu wist ik waarom Tweede Meester naar de andere kant van de berg was gevlucht om er rond te dolen als een spook. Nu wist ik waarom hij als een bezetene al die vreselijke dingen had gedaan. Het liefst had ik mezelf ook in een levende bom veranderd, om het familiehuis en heel het Iependorp weg te vagen, de hele vallei te verwoesten! Ik zou alles opblazen wat het verdiende vernietigd te worden, waarna Tweede Mevrouw, Wuling en ik op een wolk zouden wegdrijven. Dat zou de kroon op mijn dagdromen zijn! Er schoten me nog wat mensen te binnen die ik ook wel aardig vond, en nadat ik ook hun een plaatsje op mijn wolk had gegeven, vond ik het niet zomaar een kroon maar de gouden kroon op mijn dagdromen. Ik pakte de foto van Tweede Mevrouw en drukte er een kus op. Nu was het natuurlijk stikdonker in de kamer, en het was maar een kleine foto, waar nog veel meer meisjes op stonden, dus ik had misschien wel de verkeerde gekust, maar dat deed er niet toe. In mijn ogen waren al die meisjes godinnen, de zusjes die ik nooit had gehad. Ik draaide me naar de muur, streek een lucifer aan en het meisjesgezicht van Tweede Mevrouw openbaarde zich in de gloed van de vlam. Ik verzette me hevig, maar mijn ogen vulden zich met hete tranen.

O, kon ik maar voor haar sterven!

Dan hoefde ik deze ellendige wereld niet meer te zien.

Gewoon sterven!

Met Oude Meester ging het nu echt bergafwaarts. Hij riep me bij zich. Toen ik binnenkwam lag hij onder zijn deken, keek me een hele tijd ogenknipperend aan en bracht ten slotte uit dat hij stront wilde eten. Ik wachtte even met antwoorden. Niet omdat ik geschokt was, want dat was ik niet, maar om hoogte te krijgen van de situatie. Met zijn ogen op me gericht boog ik me over zijn ketel en spuugde erin. Geen reactie. Ik schraapte wat modder van mijn schoen en gooide het in zijn theekom. Weer niks, behalve dat zijn blik naar de poten van zijn stoel was gedwaald. Er sprak angst uit zijn ogen, alsof hij een giftige slang op zich af zag glijden. En naast angst was er waanzin, alsof hij hoopte dat die slang hem niet zou bijten maar zijn mond in zou kruipen zodat hij hem kon doorslikken.

Ik vroeg: Stront, Oude Meester? Van wie?

Hij bloosde en zei: Oude Mevrouw.

Ik zei: Dat zal niet gaan. Ze heeft al heel lang niets gegeten.

Kan me niet schelen, zei hij. Je zorgt maar dat het lukt, Oren.

Ik vroeg: Wat dacht u van uw eigen stront, Oude Meester?

Hij zei: Dat gaat toch ook niet?

Ik zei: Natuurlijk wel.

Hij zei: Wat weet jij er nou van? Ik heb altijd diarree. Ik maak alleen maar spuitpoep.

Ik zei: Aha, nou wees maar gerust, ik regel wel wat.

Oude Meester zei: Ik verwacht ook niet anders. Na al die jaren die ik overleefd heb, oud en grijs ben geworden, zal dit heus geen probleem zijn. Ik heb gezegd wat ik wil. Ik voel me goed. Ik zal rustig wachten tot je weer terugkomt met een mooie porseleinen kom. Ik voel me uitstekend. Ik maak me totaal niet ongerust. Maar schiet wel een beetje op. Hoor je me, Oren?

Ik zei: Ik hoor u. Wacht u maar even.

Ik spuugde nogmaals in zijn ketel, en toen hij weer niet reageerde wist ik precies waar ik aan toe was. Ik ging naar de keuken, pakte er een blauw met witte kom en legde er een homp gebakken rijst in, waar ik de kok bruine stroop overheen liet gieten. Ik dekte het geheel af met een stuk papier en liep ermee naar het vertrek van Oude Meester. Toen hij me op zich af zag komen dook hij ineen als een tijger, maar hij ontspande toen ik hem de kom voorhield. Hij sloot genietend zijn ogen en at op zijn gemak die hele kom rijstestront leeg. Ik kon me niet voorstellen dat hij echt niet wist wat hij gegeten had, maar hij keek naar me op en zei dat het lang niet gek was geweest. Met een lange slijmdraad aan zijn kin vroeg hij:Van wie was het nou, Oren? Toen ik verbijsterd zijn vertrek uit liep zei hij: Sluit goed de deur, Oren, anders ontsnappen die vlinders. Het was al moeilijk genoeg om ze de eerste keer te vangen. Als ze nu wegvliegen, krijg ik ze nooit meer te pakken!

Ik versnelde mijn pas zonder naar die waaier te kijken. Dat durfde ik niet.

Op een ochtend niet lang daarna liet Tweede Mevrouw het rode gordijn weghalen bij de tussenpoort, waarna ze het hoofdhuis binnenging om afscheid te nemen van Oude Meester en Oude Mevrouw. Officieel had ze nog een paar dagen bedrust voor de boeg, maar ze hield het niet meer uit. Eerste Meester had haar al eerder tegengehouden, want het kwam op mishandeling neer om de kraamtijd zo vroeg af te breken, maar ze was vastbesloten om te gaan en hem kon het inmiddels niet meer schelen. Hij stemde in met haar vertrek. Ik had opdracht om haar en Wuling te vergezellen op de oversteek van de Groene Rivier. Ik wist niet of dat me nou blij maakte of bedroefd. Ik liep met haar mee naar het hoofdhuis, maar kreeg geen kans om zelf met haar te spreken, laat staan dat er gelegenheid was om even met Wuling te donderjagen. Tweede Mevrouw bleef maar kort in de meditatiekamer, en bij Oude Meester bleef ze ook niet lang. En in beide gevallen stonden Wuling en ik buiten te wachten met de andere bedienden. In het gedrang greep ik haar hand en kneep erin. Ze kneep terug. Heel hard. Venijnig bijna. Onze vingernagels klikten tegen elkaar. We hoorde Tweede Mevrouw met Oude Meester praten, en zelf wisselden we ook een paar heimelijke woorden.

Oude Meester zei: Het kind is dood en daar is niets meer aan te doen. In het Iependorp zijn we al tevreden als drie op de tien kinderen in leven blijven. Degenen die sterven zijn nu eenmaal voorbestemd te sterven, dus het zou een slecht teken zijn als ze allemaal overleefden. Als je weer terugkomt uit het Moerbeidorp, zal Guanghan ook wel weer thuis zijn. Ik heb van meet af aan gezegd dat die lamstraal jou niet verdient. Wij Cao's mogen van geluk spreken dat je hem aanvaard hebt. Je hebt heel wat doorgemaakt en je verdient het om een tijdje uit te rusten in je ouderlijk huis. De fortuin dient nu jullie generatie. Onze goede dagen liggen ver achter ons. Vandaag praat ik nog met je, maar ik moet nog maar zien of ik morgen wakker word. Yunan, kijk eens goed naar die vlinders op de muur. Vliegen ze?

Tweede Mevrouw bleef even stil, en toen hoorden we haar zeggen: Ja, ze vliegen naar hartenlust.

Ik fluisterde tegen Wuling: Ik denk dat ik je nu maar eens echt van kant maak.

Wuling snoof en zei: Ga je gang! Ik wil hier niet weg!

Onze vingers waren zo strak verstrengeld dat de knokkels kraakten. Tweede Mevrouw kwam heel bedaard naar buiten. Ze had haar mooiste groene gewaad aan. Zelfs haar schoenen en versierselen waren groen. Ik vond haar kalmte ijzingwekkend. Eerste Meester wilde niet hebben dat iedereen haar uitzwaaide, maar er waren vele ogen op haar gericht toen ze waardig door de hoofdpoort schreed. Sommigen keken haar met eerbied na, anderen waren blij dat ze ophoepelde. Eerste Meester was ongetwijfeld het blijst van allemaal, maar hij hielp haar heel hoffelijk de draagstoel in. Ik vond zijn hoffelijkheid al net zo ijzingwekkend. Voor de poort stond een groepje pachters te kijken. Maar ze zagen alleen de glimlachen op die twee gezichten. Ze hoorden niet wat er gezegd werd. Ik hoorde het allemaal, en vooral twee dingen die Eerste Meester zei. Het eerste was: Zie zelf maar hoe je verder door het leven komt. Dat zeg ik je mede namens Guanghan. En het andere was: Zorg goed voor jezelf. Want wij zijn je niks verschuldigd.

Ik hoorde Tweede Mevrouw geen antwoord geven.

Wat kon ze ook zeggen?

De draagstoel werd gezwind tegen de Berg Van Jade op gedragen. Wuling en ik liepen er bepakt met bundels en tassen achteraan. Ik dacht terug aan de haat achter de hoffelijkheid van Eerste Meester. En toen moest ik aan het bloed van Grote Weg denken, en dat leidde tot akelige gedachten aan bedienden met messen of geweren. Ik trok een sprintje en ging voor de draagstoel uit lopen, nerveus maar vastbesloten om Tweede Mevrouw voor een gewelddadige dood te behoeden. Mijn vrees ebde weg toen we langs de andere helling naar beneden liepen, maar even later werd ik opnieuw ongerust toen we bij de hangbrug over de Zwarte Rivier kwamen. Het beeld van haar kalme gezicht zat me nog steeds dwars, en ik zag al voor me hoe ze plotseling van die brug af in de Zwarte Rivier zou springen. Ze stapte uit en liet de lege draagstoel vooruitgaan. Toen de dragers de overkant hadden bereikt, stapte zij op de brug. Ik liep twee stappen achter haar toen ze bleef staan en over het touw geleund naar de rivier in de diepte ging staan kijken. Ik moest me inhouden om me niet op haar te werpen!

Tweede Mevrouw zei: Ik vraag me af of mijn lotuslampion tot hier gekomen is.

Zo ja, zei ik, dan moet hij al wel uit elkaar zijn gaan vallen.

Ze zei: Ik vraag me af of mijn lotuslampion de Groene Rivier heeft gehaald.

Dat lijkt me niet, zei ik. Dat lukt niet eens met een blikken lampion.

Ze tuurde gebiologeerd naar de rivier in de diepte.

Ik stond klaar om een noodsprong te maken en mijn arm om haar middel te slaan.

Maar ze kwam weer in beweging en zweefde over de brug. Een visioen in groen.

Ik kon zien dat mijn ongerustheid ongegrond was.

Volstrekt ongegrond.

Het zou nog even duren eer de veerboot aanlegde bij de kade van het Wilgendorp, dus stuurde ik de draagstoel terug en nam Tweede Mevrouw en Wuling mee naar Bofkonts Theehuis. We gingen aan een tafel bij het raam zitten. De andere klanten waren stil. Ze hadden hun vunzige verhalen afgebroken toen ze die twee vrouwen zagen binnenkomen. Bofkont wist wie Tweede Mevrouw was en overstelpte haar met beleefdheden. Toen hij merkte dat ze geen zin had om te praten hield hij op met zijn geslijm, maar hij kon het niet laten om mij bij mijn mouw te pakken en apart te nemen. Met een bezorgde frons op zijn ouwe kop vroeg hij: Dat arme wicht, is haar kindje echt gestorven?

Ik zei: Ja.

Hij vroeg: Is Tweede Meester al terug?

Ik zei: Nee.

Hij zei: Dat arme wicht. Als jullie straks op de veerboot staan, zorg dan dat ze haar hoofd en gezicht bedekt. Het is guur daar op het water, ook al is het bijna zomer. Die winden uit de bovenloop zijn heel gemeen. Voor je het weet slaat het in je hoofd of raak je verlamd.

Ik zei: Stel je niet zo aan.

Of iets van die strekking, maar toen ik weer aan de tafel ging zitten herhaalde ik zijn waarschuwing. Tweede Mevrouw glimlachte slechts en staarde uit het raam naar de Groene Rivier. Die was sterk gezwollen. Als hij nog maar iets zou stijgen, liep de kade onder water. De boten en bootjes deinden op de golven, werden erdoor voortgestuwd alsof ze van papier waren. Ik dronk Smaragden-schelpthee, maar was zo licht in mijn hoofd dat het leek alsof ik brandewijn zat te hijsen. Ik moest een heel belangrijk besluit gaan nemen, maar kreeg mijn gedachten niet op orde. Moest ik Tweede Mevrouw nu wel of niet vertellen dat ik haar kind bij Vader Ma had achtergelaten? En zo ja, moest ik haar dan naar de kerk in het Acaciadorp brengen? Wat bereikte ik daarmee, hoe moest het dan verder? Ik wist niet eens of hij nog wel leefde. Dood of levend, dacht ik bij mezelf, het zou oerstom zijn om met haar naar die kerk te gaan en zo te bewijzen dat ze een bastaard heeft gebaard. Ik besloot er in mijn eentje heen te gaan als ik Tweede Mevrouw over de rivier had geholpen.

Ik begon hem te missen, die kleine jankerd van een Cao Zichun.

Zijn oogjes waren ingelegd met het blauw van Grote Weg.

Meneer Weg… ik vroeg me af waar hij heen was gedreven.

Misschien wel helemaal terug naar zijn geboorteplaats.

Was het mogelijk dat hij helemaal terug naar huis was gedreven, door de rivier van zijn geboortestreek? En dat hij daar kletsnat aan wal was gekropen? Zoals hij altijd kletsnat uit zijn badkuip was opgestaan? Hij vulde een kuip die gemaakt was voor een hele vracht vissen. Als hij opstond, klotste het water over de vloer. De Groene Rivier is veel breder dan die kuip, Grote Weg. Heb je lekker gebadderd? Wat, steenkoud? Tja, dat zal ook wel, maar wat wil je als er niemand is om heet water bij te gieten? Niemand die fantaseert dat hij dat kokende water over je naakte huid gooit. Ik dronk van mijn thee en tuurde naar het hoge water van de rivier. Mijn overpeinzingen maakten me neerslachtig. Wuling drukte onder de tafel haar voet op de mijne. Haar ogen stonden vol tranen. Ik negeerde haar. Ze kon stampen wat ze wilde. Ik had alleen maar aandacht voor het gezicht van Tweede Mevrouw. Oorringen zo groot als de rand van een theekop hingen door haar haar en bungelden langs haar bleke hals. Haar ogen waren nog hetzelfde, haar mond en neus ook, zij was iemand anders geworden. In weerwil van haar glimlach was ze in een put vol bitterheid gevallen, en daar dreef ze nu in rond en staarde naar de opening hoog boven haar. Ik wenste dat ik haar hand kon pakken. Waar ze ook was, ik wist zeker dat ik haar verlossen kon. Desnoods door haar plaats in te nemen. Haar hand lag op het tafelblad. Vingers als bamboespruiten, een handpalm als een bloemblad, nagels als glanzende was. Ik wilde mijn hand op de hare leggen. Mijn hart sloeg over bij de gedachte. Wuling kon met volle kracht op mijn tenen stampen, ik had geen andere gedachte dan hoe het zou zijn om mijn hand op die van

Tweede Mevrouw te leggen. Ik wilde haar uit die put halen. Ik wilde haar verlossen. En misschien kon zij mij dan verlossen. Ik was een slaaf, een slaafse hond, maar in mijn dagdromen maakte het niet uit of je meester of slaaf was. Ik was de keizer, de familieoudste, een man wiens hoofd de hemel schraagde, en ik zou de hemel op zijn kop zetten!

Bengg. Een enorme boot sloeg met zijn romp tegen de kademuur. Het was niet de veerboot maar een kolengestookte passagiersboot. We verlieten Bofkonts Theehuis terwijl de kade volstroomde met mensen die aan of van boord gingen. Er staken nieuwsgierige hoofden uit de patrijspoorten van de beide dekken. Passagiers die de drukte op de loopplanken wilden mijden, lieten zich als apen langs de meertouwen omlaag glijden. Tweede Mevrouw hield haar hand boven haar ogen en tuurde tegen het felle zonlicht in. Voor mij was het alsof ze naar de opening van de put tuurde en haar kansen woog om er ooit nog uit te komen. Ze lette niet op mij, had geen oog voor de krachten die er in mijn lichaam scholen. Ik zou altijd een slaaf blijven, waarheen ik ook ging. Ze vergunde me de blik niet waar ik naar smachtte, en zou me zeker niet de aanraking toestaan die al zo lang mijn dagdromen vulde. Haar hart was de schelp van een riviermossel en ik zou er nooit in doordringen, al maakte ik me kleiner dan het kleinste insect.

Ik wenste dat de veerboot zou zinken voor hij kon aanleggen, en dat we dan altijd op de kade van het Wilgendorp bleven staan, dag en nacht, tot we samen in steenklompen waren veranderd, onscheidbaar.

De boot nam geen nieuwe passagiers meer aan boord en de matrozen begonnen de afvaart voor te bereiden. Opeens rende Tweede Mevrouw erheen. Wuling en ik bleven stomverbaasd staan kijken hoe ze over een loopplank naar het bovendek zweefde. In haar groene gewaad was ze net een sierboom met een bladerdak waarbij alles verbleekte.

Ik schreeuwde: Deze boot gaat de rivier niet over, Tweede Mevrouw! Hij vaart stroomafwaarts! Dit is niet de veerboot!

Dat weet ik, riep ze terug. Ik wil naar de hoofdstad. Ik wil een andere omgeving om tot mezelf te komen. Breng Wuling naar de overkant, Oren, dan kun je daarna naar huis. Wuling, ga jij maar vast naar het Moerbeidorp en vertel mijn familie dat ik mijn schoolvriendinnen ga opzoeken. Ik heb de laatste tijd veel aan ze gedacht. Maak je geen zorgen om me, ik kom met een paar dagen. En jij, Oren, maak jij je ook maar niet dik. Ik wil alleen mijn vriendinnen weer eens zien en ik blijf maar een paar dagen. Je bent een geweldige jongen, Oren. Wuling en ik zullen je nooit vergeten. Wuling, niet huilen! Wuling! Oren gaat met je mee de rivier over, en als je wilt brengt hij je naar het Moerbeidorp. Dus hou op met huilen, rare meid. Daar word je lelijk van, en dan wil Oren niet meer naar je kijken! Ik ga mijn vriendinnen opzoeken en dan kom ik zo snel mogelijk terug. Dus maken jullie je niet ongerust. Pas op, Wuling, ga achteruit. Oren, trek haar achteruit!

Door haar snikken heen riep Wuling: Tweede Mevrouw, ik heb al uw bagage hier.

Tweede Mevrouw riep: Ik heb genoeg geld bij me.

Ik kreeg opeens een heel slecht voorgevoel.

Tweede Mevrouw had staan ratelen als een bezetene.

Terwijl ze altijd zo zwijgzaam was.

Er ging iets verschrikkelijks gebeuren.

De trossen werden losgegooid en drie van de vijf loopplanken waren al binnengehaald. De vierde kwam ratelend en schokkend omhoog. Ik greep Wulings hand en rende ertegenop. De vrouwelijke passagiers gilden van schrik, en de geluiden die Wuling maakte leken ook niet meer op snikken. Ik was niet bang om in de rivier te vallen of verpletterd te worden tussen de boot en de kade. Ik had er al zo vaak van gedroomd om te sterven voor de ogen van Tweede Mevrouw. Ze stond me recht in de ogen te kijken. De Hemel zelve zag op me neer. Met gevaar voor eigen leven wilde ik naar haar toe vliegen om haar te redden. De loopplank was niet breder dan een voetbrug, maar we haalden heelhuids het dek, en Wuling had zich nog maar net in Tweede Mevrouws armen geworpen of het water onder ons begon te kolken. De stoomfluit gilde en de schoorsteen braakte dikke zwarte rook uit, alsof het binnenste van de boot in brand stond. Omdat dat grote ding nauwelijks deinde, kreeg je het gevoel dat wij stil bleven liggen terwijl de kade zich terugtrok. Zelfs de verre Berg Van Jade leek langzaam weg te glijden. De aanblik van Tweede Mevrouw met Wuling in haar armen deed de tranen over mijn wangen stromen. Ik wendde mijn blik af en staarde stilletjes naar het modderige water van de Groene Rivier.

Op de voorsteven stond een man allerlei verwensingen te schreeuwen. Ik verstond er maar weinig van, maar hij scheen te willen dat iemand al zijn familieleden naaide. Ik begreep eerst niet waarom hij zo schold, maar het drong al snel tot me door dat hij het tegen Wuling en mij had, en dan vooral tegen mij. Ik vermoedde dat hij de tweede bootsman was, en als hij bij me had kunnen komen, had ik waarschijnlijk een pak slaag gekregen, maar het dek stond vol met passagiers en bagage en vastgebonden varkens. Hij kwam er niet doorheen en schudde machteloos zijn vuist naar me.

Hij schreeuwde: Naai je moeder! Zijn jullie soms levensmoe, die kleine slet en jij? Jullie komen goed weg, maar de volgende keer sla ik jullie allebei tot moes, tot niemand meer ziet wie wie is! Naai jullie moeder! Jullie hebben een doodsduivel aan boord gehaald!

Hij staakte zijn pogingen om door het gedrang te komen, draaide zich om, en stapte op een varken dat begon te gillen alsof het geslacht werd. De passagiers gierden het uit. Op Tweede Mevrouw en Wuling na keek iedereen naar het varken of naar mij en lachte zich een ongeluk.

Ik schreeuwde zo hard als ik kon: Varken!

Mijn schreeuw was nog harder dan het gekrijs van dat varken. Ik hoorde mijn stem over de rivier galmen. Het gelach hield abrupt op. Mijn stem kaatste terug van de Berg Van Jade. Ik raakte in een roes. Als een waanzinnige schreeuwde ik opnieuw, zo hard dat het rivierwater ervan opspatte.

Varken!

Varken!

De scheepsfluit volgde mijn voorbeeld. We raakten steeds verder van het Wilgendorp verwijderd. Nadat we door een bocht waren gegaan, werd de rivier veel breder. De huisjes op de oever waren weinig meer dan luciferdoosjes. Wij gingen naar het benedendek en zochten een plaatsje voor ons drieën in de mensenmassa. En daar zaten we dan. Met onze neus zowat op onze knieën. Zo dicht waren we nog nooit bij elkaar geweest. Tweede Mevrouw had een serene gelaatsuitdrukking. Ze begon te vertellen over haar dagen op de meisjesschool. Dat hadden we haar nooit eerder horen doen. Ze wist alles nog heel precies en je kon zien dat ze er met veel plezier aan terugdacht. Af en toe gaf ze Wuling en mij een aai over onze wangen. Haar ogen waren zacht en stralend. Het was net alsof ze onze moeder was.

Tweede Mevrouw zei: De poort van het schoolplein heeft een hoge stenen drempel, waar ik telkens over struikelde. Na verloop van tijd was ik gewoon bang om door die poort te lopen. Wat te doen? Mijn vriendinnen zeiden dat ik maar als een soldaat over die drempel moest marcheren, in paradepas. Maar ik wist hoe belachelijk dat eruit zou zien, dus verzon ik iets anders. Ik schreef het woord drempel op al mijn boekenkaften, zodat ik er voortdurend aan herinnerd werd. En na een tijdje was het echt afgelopen met dat gestruikel, maar mijn vriendinnen vonden me maar een domme gans. En zo is Drempel mijn bijnaam geworden. Zo zijn ze me blijven noemen tot ik afstudeerde. Drempel. Is dat niet vreselijk?

Ze giechelde.

Ze was omgetoverd in het meisje met de perzikbloesems in haar haar.

Ze was omgetoverd in het bruidje van een jaar geleden.

Ik zei: Drempel.

Tweede Mevrouw zei: Ja.

Ik zal nooit vergeten hoe gelukkig ze eruitzag, op die boot. Ik was een hersenloze, niet-begrijpende slaaf. Ik wist alleen maar dat ze me met een moederlijke tederheid bekeek, terwijl mijn geest met elke rivierbocht verder wegdwaalde. Wat ik niet wist was dat ik nooit meer naar mijn vallei zou terugkeren, en dat dit de laatste lieve glimlach was die om de lippen van Tweede Mevrouw zou spelen.

Ja, zei ze.

Ik kan dat geluid naar believen terughoren. Het is als een bloem die eenmaal bloeit en dan voorgoed verdwenen is, en toch kan ik het horen wanneer ik maar wil. Zolang deze grote vlezige flaporen niet doof worden, zal die bloem blijven opbloeien in mijn hart.

Ik zei: Drempel!

En Tweede Mevrouw lachte.

Ai!

Ai!

Drempel lachte.

15 APRIL

De boot voer de hele nacht over de Groene Rivier, stopte hier en daar bij een dorpje maar niet in de districtshoofdplaats. Op de bergen daarachter vormden lantarens lijnen van licht, en er was geweervuur te horen. Kogels floten over de stadsmuur, gevolgd door lichtflitsen. Soms kwamen ze in de rivier neer, voor en achter onze boot, en hoorde je de echo van het geplons. De rebellen rebelleerden nog steeds, en de verdedigers bleven de stad verdedigen, en de knopen van hun vijandschap waren niet meer te ontwarren.

De kapitein durfde niet aan te meren en besloot door te varen. Het maanlicht viel door de patrijspoorten op stapels bagage en opeengepakte passagiers, van wie sommigen sliepen en anderen klaarwakker waren. Wuling lag opgekruld als een zijderups aan de voeten van Tweede Mevrouw, die zijdelings tegen een tussenschot zat te slapen, met haar hoofd op haar knieën en haar handen om haar schouders. Ik bleef wakker om over hen te waken. Tweede Mevrouw maakte geen enkel geluid, zelfs haar ademhaling hoorde je niet. Ik had vreselijk met haar te doen na alles wat haar overkomen was, maar als die dingen niet waren gebeurd, had ik nooit de kans gekregen om zo dicht bij haar te zijn. Haar parfum verdreef de stank van al die passagierslijven. Ik bracht mijn neus steeds iets dichter bij haar haar en snoof haar geur op. Mijn eigenzinnige hand kroop als een muisje naar haar toe, maar verloor de moed voor hij haar bereiken kon. Hij zag af van haar been of schouder en stelde zich tevreden met het bevoelen van haar uitgespreide rokzoom met de geborduurde bloemen. Daarna kroop hij om Tweede Mevrouws voet heen naar de kraag van Wulings jas, en kwam tot rust op een borst zo groot als een granaatappel. Wuling lag vast te slapen, met haar hoofd tussen mij en Tweede Mevrouw in. Haar ademhaling was diep en regelmatig. Met mijn ogen op Tweede Mevrouws profiel in het maanlicht liet ik mijn hand over Wulings lichaam dwalen. Ik begon met wijdopen ogen te dromen, en het duurde niet lang of mijn hoofd zakte slapend op mijn schouder.

Het zal niet lang na middernacht zijn geweest toen Tweede Mevrouw zichzelf in het maanverlichte water van de Groene Rivier wierp. Wuling noch ik was er getuige van, dus ik heb geen bewijs dat het werkelijk gebeurd is, maar twijfels ken ik evenmin. Ze moet haar groene gewaad om zich heen gedrapeerd hebben en als een gevelde boom in de rivier zijn getuimeld. Wat een grote vis! Dat waren haar woorden geweest bij onze eerste ontmoeting op de treden van de achterpoort. En nu was ze zelf een vis geworden. Onder de golven van de Groene Rivier. Onderweg naar wie zal weten welke bestemming.

Wuling is altijd blijven geloven dat Tweede Mevrouw nog leefde. Ik niet. Ik geloofde het al niet meer toen ik die ochtend mijn ogen opende. De boot gleed langzaam door een mistbank. Toen ik wakker werd merkte ik dat mijn hand nog steeds in het hemd van Wuling zat, en dat het plekje van Tweede Mevrouw leeg was. Het benedendek was in grijze schemer gehuld. Ik was als enige wakker. Het dek boven ons was geruisloos. Nog geen voetstap klonk er. Het enige geluid kwam van de schroef, een dof gedreun. Mijn hart sloeg over, ik wist meteen dat er iets vreselijks was gebeurd. Struikelend over de mensen rende ik naar het bovendek, dat ook vol lag met slapende lichamen in allerlei houdingen. Het rivierwater leek modderig in de mist. Zo dik als bloed. Mijn ellende was zo groot dat ik het uitschreeuwde.

Tweede Mevrouw! brulde ik. Tweede Mevrouw! Waar bent u? Tweede Mevrouw! Tweede Mevrouw! Tweede Mevrouw! Waar bent u? Ik trapte bagage omver en stapte op slapende passagiers terwijl ik als een waanzinnige over het dek rende. Het was een moment van totale wanhoop. Zeventien was ik, en ik huilde harder dan een meisje, harder nog dan Wuling. Mensen werkten zich overeind en scholden me uit voor idioot.

Wuling kwam met al onze spullen in haar armen naar boven en rende achter me aan, waar ik ook ging, alsof ik een staart had. We zochten en zochten in de radeloze hoop dat we Tweede Mevrouw toch nog zouden vinden. Verscholen in de ijzeren kolenbak misschien. Maar ze was nergens te bekennen en ik wist wat dat betekende. Nadat ik in slaap was gevallen, had de boot geen haven meer aangedaan, en ze was heus niet de lucht in gevlogen. De tweede bootsman kreeg het weer op zijn heupen. Hoerenjong! schreeuwde hij. Wat loop je te janken? Er zijn vannacht drie mensen overboord gesprongen. Weet ik veel of die mevrouw van jou daar ook bij zat? En al wist ik het, dan zou je haar zelf moeten opvissen. Als het opvissen van passagiers een taak voor ons was, kwamen we niet meer aan varen toe! We verliezen zo vaak iemand. Bij elke tocht raken we meer mensen kwijt dan we kunnen tellen. Ga bij de volgende haven maar van boord en speur de oever af. Wie weet, misschien is ze ergens aangespoeld. Maar je mag van geluk spreken als de vissen nog wat losse stukken voor je overlaten. Het zou al heel wat zijn als je een been vond, maar ik betwijfel of je ook maar een haar vindt. Ik zei toch al dat je een doodsduivel was? Zie je die kade daar? Daar gaan jullie van deze boot af!

Ik nam zijn gezicht goed in me op.

Zodat ik hem op een dag nog eens vermoorden kon.

Dan maakte ik visvoer van hem.

Het water van de Groene Rivier zag er troebel uit. Ik had een sterke aanvechting om erin te springen.

Nadat we van de boot waren gezet, liepen we stroomopwaarts en vroegen iedereen die we tegenkwamen of ze een vrouw hadden gezien die helemaal in het groen was gekleed? Ze zeiden allemaal van niet. Ik wist dat het een hopeloze zaak was, maar Wuling weigerde op te geven. Dus keerden we om en trokken stroomafwaarts, bijna helemaal naar de hoofdstad van de provincie, en in elk dorpje vroegen we of iemand een prachtige jonge vrouw in een groen gewaad had gezien. En iedereen zei van niet. We stonden zelfs een hele dag op de oever naar het water te kijken, om te zien of er iets groens voorbij zou drijven. Het reisgeld dat Tweede Mevrouw had achtergelaten was inmiddels op, en we vroegen ons mistroostig af hoe het nu verder moest.

Ik had geen trek om terug te gaan naar het Iependorp.

Zij had geen trek om terug te gaan naar het Moerbeidorp.

Dus besloten we samen een nieuw leven te beginnen in de provinciehoofdstad.

We waren vrij.

Ik vond werk als sjouwer bij de rijstopslag. Wuling ging papieren linten maken in een begrafeniswinkel in de westelijke wijk. We verdienden genoeg om een hutje te huren aan de rand van de stad, en eten op tafel te hebben, en te wennen aan een kalm bestaan als man en vrouw. Het was beulswerk, dat sjouwen van rijst, en ik dacht dikwijls terug aan het Iependorp en de mensen daar en alles wat er gebeurd was. Ik merkte dat ik ze allemaal miste. Bleek ik toch nog een hart te hebben! Ik maakte me zorgen om Oude Mevrouw, vroeg me af of ze wel genoeg at. Ik maakte me zorgen om Oude Meester, vroeg me af wat hij zoal at. Ik maakte me zorgen om Eerste Meester, vroeg me af of hij niet te veel zoop. Ik hoopte dat alles goed ging met Huismeester Bing en zijn vrouw, en met de oude graanschuur en de slaven die er lucifers hadden leren maken. Maar ik moest er niet aan denken om terug te gaan. Mijn enige vrees was dat ze misschien mijn hutkoffer zouden openen. Dan vonden ze de schoen van Grote Weg en het maandverband van Tweede Mevrouw, waarmee ik Oude Meester nog eens om de tuin had geleid. Die schoen zou hen alleen maar verbazen, maar dat andere ding zou me flink in hun aanzien doen kelderen. Het zou een schande voor me zijn. Maar toen ik er even over nadacht, zag ik niet meer wat er zo schandelijk aan was. En als ik het niet schandelijk vond, wat deed hun mening er dan nog toe? Dat ik die doek in mijn koffer had gelegd was een blijk te meer dat ik Tweede Mevrouw in mijn hart had gesloten. Ik was een goed mens, en al leek het misschien obsceen, zo'n maandverband in je koffer, een echte schande was het niet.

Op de oever van de Groene Rivier spoelden regelmatig witte, opgezette lijken aan, en als ik ervan hoorde ging ik altijd zo snel mogelijk een kijkje nemen. Ik wist wel dat het allang niet meer die ene drenkelinge kon zijn, maar de aandrang was veel te sterk. En als ik mezelf er dan van overtuigd had dat het niet degene was die ik zo ontzettend miste, liep ik weg met een enorme opluchting, mijn treurige zekerheid ten spijt. Maar 's nachts schrok ik wakker in ons hutje, met een hoofd vol hartverscheurende gedachten. Dat de rivier Tweede Mevrouw en Grote Weg ook wit en opgezet had gemaakt, en dat de vissen zich te goed hadden gedaan aan hun ogen.

Wuling had heel andere gedachten. Zij gebruikte haar vrije tijd voor wandelingen door de stad, in de hoop dat ze haar mevrouw tegen het lijf zou lopen. Ik wandelde ook heel wat af, maar dacht geen moment aan een weerzien met mijn excentrieke meester Guanghan. Hij was in het jaar van de Rat geboren, dus de heimelijkheid zat hem in het bloed en hij zou er wel voor zorgen dat hij nooit meer een bekende zou treffen.

Op een dag wandelden we samen naar de meisjesschool in de noordelijke wijk, om de drempel te zien waar Tweede Mevrouw over verteld had. In werkelijkheid was hij juist heel laag, helemaal uitgesleten, in een zadelvorm. Maar omdat hij zo laag was, zou menigeen hem over het hoofd zien, dus gevaarlijk was hij wel degelijk. Na die dag heb ik hem nog talloze malen gezien. Het was niet ver van de rijstopslag en ik maakte er een gewoonte van om er na mijn werk nog even langs te lopen. En elke keer als ik die poort naderde, kreeg ik het gevoel dat ze zomaar naar buiten kon komen, in een prachtig groen gewaad. En wat bonkte mijn hart dan, en wat kreeg ik een dikke strot.

Drempel! schreeuwde ik inwendig.

Ja, zei ze met een glimlach.

De drempel was er nog steeds, maar de mens was verdwenen. Ik kreeg er elke keer tranen van in mijn ogen. Op regenachtige dagen ging ik ook, al had ik geen droge draad meer aan mijn lijf, want dan kon ik haar door de plassen horen lopen. Soms had ik het gevoel dat ik haar stapje voor stapje uit de Groene Rivier kon krijgen door mijn dagelijkse gang naar deze plaats waar ze zo gelukkig was geweest.

Wuling werkte keihard om wat geld te kunnen sparen. Ze wist dat Cao Zichun bij de wezen van Vader Ma woonde, en ze hoopte dat we ooit genoeg geld zouden hebben om die kleine jankerd bij ons in huis te kunnen nemen, zodat we hem voor Tweede Mevrouw konden grootbrengen. Ook vroeg ze elke marskramer naar middeltjes waarmee je blauwe ogen zwart kon maken. Wat het ook was, pillen of een zalfje of een kompres, ze was bereid om er diep voor in haar buidel te tasten. Telkens als ik daar achter kwam schreeuwde ik me schor om haar duidelijk te maken wat voor onzin dit was. Of ik dreigde haar te slaan. Maar als het om het droeve lot van moeder en zoon ging, had de werkelijkheid geen schijn van kans om haar dwaasheid te overwinnen. Ze was er niet alleen van overtuigd dat Tweede Mevrouw nog leefde, ze had er alle vertrouwen in dat haar bastaardzoon ook nog gezond en wel was. Ik had al heel wat meegemaakt, maar in dat hutje ontdekte ik pas hoe koppig mensen kunnen zijn.

Ik weet niet meer welke dag het was, maar de negende maanmaand was net begonnen. Het zal zo rond de herfstnachtevening zijn geweest. Het stadsbestuur had terechtstellingen aangekondigd bij Ouwe Rivierbocht, vlak buiten de stadsmuur. In plaats van onthoofdingen werden het ditmaal verwurgingen. De stedelingen waren uitgekeken op rollende koppen, en nu ze een nieuwe manier van afmaken konden zien, kwamen ze in drommen opdagen. De veroordeelde mannen zouden een langzame verstikkingsdood sterven, veel interessanter dan dat routineuze hakwerk. Omdat de executieplaats niet ver van onze hut was, besloten Wuling en ik ook een kijkje te gaan nemen en dan weer snel naar huis te gaan. Maar we werden verrast door de enorme toeloop, kwamen in het gedrang terecht en belandden uiteindelijk helemaal vooraan. Zes mannen stonden aan de voet van zes palen en werden een voor een opgehesen aan het touw om hun nek. Toen de tenen van de tweede man de grond verlieten riep hij iets.

Oren! riep hij.

Het koude zweet brak me uit.

Dat leek de stem van Tweede Meester wel!

Al had de klank niets menselijks meer.

De man tolde heen en weer aan het touw. Zijn uitgemergelde lichaam leek op de steel van een zonnebloem. Hij staarde naar Wuling en mij, met de schim van een glimlach op zijn gezicht. Zijn lippen weken langzaam uiteen alsof hij in lachen ging uitbarsten, maar toen begonnen ze te schokken en er gleed een dikke paarse tong naar buiten, tot over zijn kin. Het haar van de man was een warboel en zijn vuile gezicht zat onder de littekens, maar we wisten het zeker. Geen twijfel mogelijk. Het was Tweede Meester, Cao Guanghan. Ik kreeg geen lucht meer. Het was alsof ik samen met hem gewurgd werd. Ik wilde naar voren rennen en mijn armen om zijn benen slaan. Het idee dat ze een meester ophingen voor de ogen van zijn eigen slaaf was onverdraaglijk. Ik wilde zijn benen beetpakken en hem optillen zodat hij die weerzinwekkende tong weer naar binnen kon doen. Er kwam vlokkig schuim uit zijn mond. Alle zes de mannen veranderden in schuimbekkende vissen, weerloos aan een vislijn. Onze neuzen pikten de geuren op van leeglopende darmen en blazen. De drek droop langs Tweede Meesters benen en druppelde op de droge harde grond onder hem.

Wuling drukte zich schokkend en bevend tegen mijn borst. De mensenmassa achter ons was ondoordringbaar, dus moesten we het reutelen van de mannen aanhoren. Het lichaam van Tweede Meester bracht een vreemd getik voort, als knappende luitsnaren. Achter in de menigte begon iemand te schreeuwen: Vijfde Broer! Over twintig jaar kom je als held terug! Vlieg nu maar naar de hemelen, Vijfde Broer! Het geluk is met je!

Mijn keel begon te jeuken. Ook bij mij welde geschreeuw op.

Er was nog steeds licht in Tweede Meesters ogen.

Ik rende naar hem toe en schreeuwde: Tweede Meester, u bent een held onder de helden! Deze paal is uw ereplaats! Ga in vrede, Tweede Meester! Mensen, juich voor onze Tweede Meester!

In de menigte klonken kreten van iedere toonaard en strekking.

In het lichaam van Tweede Meester klonk een doffe tik.

Hij hing slap terneer, als een zak wasgoed.

Was zijn ruggengraat geknapt?

Ik vroeg me af hoe groot de kans was dat hij mijn eerbewijs nog gehoord had.

Er brak tumult uit op het executieterrein. In de verte klonken schoten en dichtbij klonk geschreeuw: Weg met de Mantsjoes! Leve de Republiek en het volk! De beulen en bewakers zetten het op een lopen naar de stadspoort, waar soldaten hun geweren op de buiken van de burgers richtten en het vuur openden. Ik heb geen idee hoeveel doden er vielen, naast die zes aan de wurgpaal. Ik kreeg een ram met een geweerkolf en moest me versuft door Wuling naar huis laten slepen. De klap had mijn ene oor verdoofd en ik hoorde niet wat ze tegen me zei, maar toen ik zag hoe wit ze was en hoe glazig haar ogen stonden, draaide ik haar mijn goede oor toe en hoorde haar nog net zeggen: Zo heb ik hem eerder zien hangen. Maar toen kon hij dat touw zelf losmaken, nu niet. Waarom deed hij dat toch? Ik werd er altijd doodsbang van, terwijl hij er zelf bij glimlachte. Toen jij hem daarstraks een held noemde zag ik hem weer zo glimlachen. En ik werd er weer net zo bang van, Oudere Broer.

Ik zei: Hou op met dat geklets, of ik doe je wat aan. Hij hing vreselijk te lijden.

Ze vroeg: Weet een waanzinnige wel wat lijden is?

Ik zei: Ik ben net zo waanzinnig als hij, maar ik zal je leren wat lijden is!

Ze zei: Dan roep ik dat ze jou ook moeten wurgen.

Ik zei: We zullen nog wel eens zien wie er straks gewurgd wordt!

De terechtstelling bij Ouwe Rivierbocht had angst in onze harten gebracht en we snakten naar iets wat ons kalmeren kon. Dus hielden we elkaar stevig vast in ons kleine hutje, en volgden de roep van de natuur zodat ons genot de angst kon verdrijven. Ik tilde Wulings benen zo hoog op dat ze zowat door het dak gingen. Ze lag te kronkelen als een grote vis. We volgden de roep van de natuur, maar een golf van verdriet overspoelde ons genot.

Mijn gedachten dwaalden van Tweede Meester naar Tweede Mevrouw.

Tweede Mevrouw springt over de drempel van haar schoolpoort.

Iedereen giechelt.

Ik legde mijn handen om Wulings hals.

Ik schreeuwde.

Yunan!

Yunan!

O, Yunan!

Wuling barstte in tranen uit.

Ze zei: Hoe kan ik nu ooit tegen haar op?

Ik zei: De levenden kunnen nooit tegen de doden op.

Ze zei: Maak me zwanger, Oudere Broer!

Ik zei: Goed, ik zal je het zaad van een draak geven!

Wuling huilde van genot.

Tweede Meester hing bij Ouwe Rivierbocht. Ik hing op de naakte rug van Wuling. In Tweede Meester was geen adem meer, en in mij ook niet. Toen de rust was weergekeerd op het executieveld werden sommige lijken weggehaald door vijanden en andere door treurende familieleden, en bleef Tweede Meester alleen achter. De wurgpalen werden neergehaald en verbrand. De stroppen werden losgemaakt zodat het touw voor andere dingen kon worden gebruikt. En Tweede Meester werd op de verlaten oever neergekwakt, helemaal naakt, omdat een stelletje schoften hem ook nog van zijn gehavende kleren had beroofd. De zon brandde de hele dag op zijn magere lichaam, dat bij het vallen van de avond ging opzwellen. Ik bracht mezelf ertoe om te gaan kijken. Er hadden zich wat mensen verzameld, onder wie enkele kinderen die aardkluiten naar het lijk gooiden. Ze gooiden meestal mis, dus elke treffer op zijn buik of hoofd werd met gejuich begroet. De kinderen stonden niet stil bij de laakbaarheid van hun gedrag en verruilden de aardkluiten voor stenen. Die kwamen veel harder aan, en de weinige volwassenen die eerst nog gemopperd hadden, juichten nu vrolijk mee. Ik liep erheen en gaf een jochie een trap onder zijn hol. Hij had het geluk dat ik hem maar schampte, anders had ik hem in tweeën geschopt.

Ik zei: Wie nou nog iets gooit krijgt met mij te maken! Horen jullie me? Wie dat lijk kwelt, die kwelt mij. En hij vergeeft het jullie misschien, maar ik niet! Waarom staan jullie hier zo stompzinnig te loeren? De spoken van die gehangenen zitten jullie thuis op te wachten om wraak te nemen!

Ik deed mijn jas uit en legde hem over de buik van Tweede Meester, die blauw begon te worden en een onbeschrijfelijke reuk afgaf. Daarna ging ik met gekruiste benen naast hem op de grond zitten. Ik wist zelf niet wat ik nu eigenlijk van plan was, behalve dat ik dicht bij hem wilde blijven. Maar aanraken wilde ik hem niet, daar waren die stank en zijn vertrokken gezicht te afgrijselijk voor. De loerders bleven me op veilige afstand gadeslaan. Ze vonden het natuurlijk gek, iemand die daar zonder jas naast een lijk in het niets ging zitten staren. Maar dat kon me niks schelen. Ik had die etters van kinderen tenminste verjaagd. Toen de zon achter de bergen zakte begon iedereen af te druipen. De avondwind verkilde mijn rug. En ik ontwaarde iets wat nog veel weerzinwekkender was dan die stenengooiende koters. Ouwe Rivierbocht liep langs alle kanten vol met de schemergedaanten van zwerfhonden. Sommige snuffelden rond bij de stadspoort, andere renden in kringetjes over de oever van de Groene Rivier, in afwachting van de duisternis. Dan zouden zij het voor het zeggen hebben. Ze rekten zich uit en schudden hun vacht, die aanstaande heersers, en keken begerig naar het maal dat op ze te wachten lag. Ik rilde, misschien van angst, misschien van de kou. En op dat moment begreep ik wat me naar deze plek had gebracht. Ik kon niet meer weggaan. Want als ik dat deed, was het pas echt afgelopen met Tweede Meester.

Hij was een man om meelij mee te hebben.

De stad hing vol met aanplakbiljetten waarop de misdaden van de zes mannen werden opgesomd. Tweede Meester had eigenlijk maar weinig misdaan. Toen hij werd opgepakt in zijn geheime schuilplaats, hadden ze een tiental zelfgemaakte bommen gevonden. En toen ze vroegen wat hij daarmee van plan was, had hij gezegd dat hij mensen wilde opblazen. En toen ze vroegen wie, had hij het stadsbestuur genoemd, de gouverneur van de provincie, de keizer, en verder iedereen die het verdiende om opgeblazen te worden. Huizenhoog had hij ze willen opblazen. Mensen die het biljet lazen vonden het maar zielig voor deze telg uit een steenrijke familie. Hij had zo ontzettend zijn best gedaan op die bommen, en hij had er niet één kunnen laten afgaan. Iedereen zei dat het een heel verschil zou hebben gemaakt als hij ook maar een paar slachtoffers had kunnen maken. Maar nu hij voortijdig tegen de lamp was gelopen, had hij de kans gemist om vredig zijn ogen te kunnen sluiten. En dat laatste leek inderdaad het geval. De ogen van het naakte lijk waren nog steeds open en blootgesteld aan de geselende wind. Ze leken zelfs uit hun kassen omhoog te komen. Maar toen ik me over hem heen boog zag ik wat er in werkelijkheid bewoog. Er trok een colonne mieren over zijn gezicht. Mijn hart brak bijna, zo droevig vond ik het. Een van de wilde honden kwam op hem af gedrenteld. Ik zette een keel op en kwam zo vervaarlijk mogelijk overeind.

Wegwezen jij! riep ik. Anders ben je er geweest!

Er sloop er nog een naderbij.

Wegwezen! riep ik. Of ik vil je levend!

Nu kwam er een heel stel tegelijk naar voren, en ging hijgend zitten toekijken. De maan was al opgekomen maar leek niet meer te bewegen. De honden leken al net zo roerloos, maar hun aanwezigheid werd steeds nadrukkelijker. De lijkstank van Tweede Meester hing loodzwaar in de lucht. De likkende hondentongen glansden in het maanlicht. Ze begonnen hun geduld te verliezen. Ik wilde wegrennen. Ik kon Tweede Meester niet beschermen. Het was nog maar de vraag of ik mezelf tegen ze beschermen kon. Ik werd bang dat ze mij ook wilden opvreten. Vanuit mijn ooghoeken zag ik dat er verderop toch weer groepjes mensen stonden. Stedelingen die het spektakel kwamen bekijken. Ik schreeuwde uit volle borst: Kom me helpen! Gooi me iets toe wat ik als wapen kan gebruiken! Hé, jullie daar, help me!

Niemand bewoog en niemand reageerde. Eerder op de avond waren ze op het theater van de dood afgekomen, maar het theater van de levenden leek hun nog veel leuker. Ik was echt bang nu! Mijn vel trok samen alsof die honden er al hun tanden in hadden gezet. Wat nu? Ik kon me uit de voeten maken, maar dan was Tweede Meester aan die beesten overgeleverd. En dan was er niks meer van hem over als Eerste Meester mensen stuurde om zijn lijk naar het Iependorp te halen. Want die honden zouden alles verslinden, tot zijn laatste restjes poep aan toe. Ik kon gewoon niet weggaan. Het was alsof hij zei: Oren, het gaat niet goed met me, blijf nog even. Ik zei: Vooruit dan maar, ik blijf bij u. Ik sprak in stilte met een dode. En met de wereld sprak ik zo luid mogelijk. Ik brulde het uit.

Wauwwauw! brulde ik. Ah! Ah! Owoow!

Ik was in een naamloos beest veranderd. Maar het mocht niet baten. De honden lieten zich niet in de maling nemen. Bij elke gil weken ze één stapje achteruit om er twee naar voren te doen. Ik zette nu alles op de loerders: Ik smeek jullie, help me die rotbeesten weg te jagen! Dit is de Tweede Meester van de Cao-familie! Laat hem ongeschonden begraven worden!

Ze negeerden me. Ze wilden zien hoe ik werd doodgebeten en opgepeuzeld, dus waarom zouden ze me helpen? Het leven is zinloos, dacht ik bij mezelf, en het mijne is zo meteen afgelopen. Ach, wat dan nog? Ik keek naar die samengeklonterde mensen en begon ze verwensingen toe te schreeuwen: Naai jullie voorouders tot de achtste generatie! Nee, de zestiende! Jullie zijn het doodschoppen niet waard! Terwijl ik schreeuwde deed ik nog een laatste uitval om de honden terug te drijven, rende snel terug en hees Tweede Meester van de grond. Het sjouwen van balen rijst was een goeie oefening geweest. Ik was nog maar zeventien, een kind, maar behendig en snel. Ik gooide die rottende vleesklomp over mijn schouder en zette het op een lopen naar de Groene Rivier. Het was nog een heel eind naar de waterkant, over ruw terrein, ik wist niet of ik het wel halen zou met zo'n zware last. Ik brulde mijn longen uit mijn lijf. De honden en de mensen hadden snel door wat er gebeurde en zetten de achtervolging in. De honden blaften uitzinnig. De mensen krijsten als bezetenen. Ze wilden wraak voor alle beledigingen die ik ze naar het hoofd had geslingerd.

Vreet hem op! schreeuwden ze.

Vreet hem op!

Vreet hem op, die brutale aap!

Vreet hem op, die rebellenknecht!

Vreet hem op!

De honden sprongen op en hapten naar de bungelende armen van Tweede Meester. Er waren er ook die naar mij hapten. Ik sloeg ze weg maar ze bleven komen, en uiteindelijk sleurde ik ze mee de gezwollen rivier in. Het modderige water stroomde zo hard dat ze amper nat werden voor ze met hun staart tussen de benen terugrenden. Ik liet me voorover vallen en we dreven zij aan zij uit. Tweede Meester kwam tot leven, rolde om en om in het wilde water. Ik ging weer staan en greep hem beet, maar hij trok me steeds verder de rivier in. Naast ons werd de maanschittering op het water gebroken. Er kwam een werveling op ons af! Tweede Meesters hoofd wipte omhoog en het volgende ogenblik gleed hij voorover de diepte in. Zijn voeten staken nog heel even boven het water uit en toen was hij weg. De stank van zijn lijk kleefde nog aan mijn schouder, maar hijzelf was nu een vis die door het water kliefde. Ik zag hem niet meer. Ik deed nog een laatste wanhopige greep en kreeg zijn piemel te pakken. Wat een kleintje! flitste er door me heen. Maar toen begreep ik dat dat sponzige ding zijn dode tong was. Ik spreidde ijlings mijn vingers en weg was hij. Ik had de vis laten ontsnappen.

Daar stond ik, tot aan mijn borst in het water. Besluiteloos. Ik had Tweede Meester niet in de steek gelaten. Goed, ik had hem niet bij me kunnen houden, maar hij was in één stuk de diepte ingegaan. Dus had ik de familie ook niet in de steek gelaten. Hun slaaf had alles gedaan wat van hem verwacht mocht worden. Wat stond me verder nog te doen? De honden stonden huilend op de walkant en wilden me niet uit het water laten komen. Achter hen stonden de mensen te krijsen als boze vogels: Verzuip hem, verzuip hem, verzuip hem!

In de verte hoorde ik Wuling roepen.

Oudere Broer Oren, waar zit je toch? riep ze. Oudere Broer Oren, ben je doof? Oren, mijn liefste, ben je dood of zo?

Ik kon horen dat ze in tranen was.

Maar ik wist nog steeds niet wat me te doen stond. Ik keek naar het rusteloze water van de Groene Rivier. En opeens begreep ik waar Tweede Meester heen was gegaan. Hij was op zoek naar de plek waar Grote Weg nu vertoefde. En Tweede Mevrouw, Yunan. Hij was de diepte in gedoken om hen te zoeken die hem waren voorgegaan. Dus wat stond ik mezelf nog te kwellen? Er kwam een grote boot aangevaren, met een ijzeren scheprad dat door het water maalde alsof het een gat probeerde te graven waarin de hele rivier moest weglopen. Ik was geen groot zwemmer, en naar de kant waden had ook geen zin. Zij die eerder waren gegaan, wenkten mij nu ook. En ik zag er wel wat in om me door de rivier naar een prachtig oord te laten voeren. Ik stond daar tot mijn borst in water dat zo dik was als bloed, en ik ging een dromenrijk binnen dat alles overtrof wat ik in mijn leven had leren kennen, en zo bleef ik staan tot Wuling op de oever kwam staan, waar ze haar handen in de zij zette en me verrot begon te schelden. Ze gilde: Hondenoor, varkensoor, kattenoor, ben je doof? Ezelsoor, madenoor, lijkenoor, ben je stokdoof? Dove dwaas die je bent!

Ze schold lustig verder terwijl ze het water inliep. We omhelsden elkaar.

Ik zei: Wat denk je, zullen we gaan?

Gaan? vroeg ze. Waarheen?

Ik zei: Tweede Mevrouw zoeken.

Ze zei: Niks daarvan! Ik heb nog wat drakenzaad van je te goed!

Ik zei: Goed, dat kun je meteen krijgen. Hier en nu!

Ik kwam mijn belofte na in het midden van de Groene Rivier.

We dartelden door het water als twee verliefde vissen.

De mensen?

De honden?

Vissen?

Garnalen?

Kijk maar goed, allemaal, dan kun je nog wat leren!

Mijn droom werd werkelijkheid.

We dreven op de Groene Rivier.

We gingen op weg.

Naar een prachtig oord, ergens ver weg.

We kwamen nooit meer terug.

Mijn verhaal is ten einde, jongeman. Ik denk veel aan je. Je bent een goeie knul. Volgens mij heb je mijn leven verlengd door naar dit bejaardengesticht te komen en mijn gezwets aan te horen. Ik zou nog veel meer willen vertellen. Ik heb de indruk dat vertellen goed is voor mijn gezondheid. De mensen hier luisteren niet graag naar me. De meesten noemen me een ouwe sukkel. En je hoort mij niet zeggen dat ze geen gelijk hebben, maar dan ben ik wel een sukkel die de dood weerstaat! Hoe ouwer hoe beter, wat mij betreft. Ik zal praten zolang ik leef, over van alles en nog wat. Wie daar niet tegen kan, heeft pech gehad. Laat ze maar schelden. Ik zit alleen een beetje over de verpleegster in. Als die me de hele tijd hoort lullen, denkt ze misschien nog dat ik malende ben en propt ze haar nylonkous in mijn mond.

Wat ik verteld heb is misschien alleen maar in een droom gebeurd, niet in werkelijkheid. Ik vond het altijd leuk om je te zien luisteren. Die bandrecorder vind ik maar niks. Net een stofblik, zo'n ding, of een pleepot. Maar afijn, ik wen er wel aan. Nu je weg bent, doe ik maar net of hij jou is. Ik veeg hem elke dag schoon met mijn waslap.

Onlangs is hier ene Wang de pijp uit gegaan. Een jonkie van zevenenzeventig. Op zijn laatste verjaardag had ik hem nog een bijnaam gegeven: Zeven Zeven Incident. Naar de zevende juli van zevenendertig, weet je wel, toen voor ons de Tweede Wereldoorlog begon. Hij noemde mij altijd een ouwe sukkel. Nu is hij een dooie sukkel. Hij is op de plee gestorven, moet je weten. Hij was er vroeg in de ochtend gaan zitten en 's middags zat-ie er nog. Toen iemand hem aantikte, viel-ie morsdood voorover. Niks geen diarree of verstopping, het Zeven Zeven Incident, daar had-ie last van! Onverhoeds de pijp uit. Hij vond het altijd heerlijk om lekker lang op de pot te zitten. Ik zit er nu niet langer meer dan strikt noodzakelijk is. Op de pot zitten treuzelen, da's niet goed voor een mens. Nee, dan kun je beter verhalen vertellen. Zoals ik. Zonder ophouden! Natuurlijk, ooit zal ik ermee moeten ophouden, maar voorlopig is het beter dan op de pot zitten niksen. Hij had zijn ogen dicht, en had een glimlach op zijn gezicht. Maar toen iemand hem aantikte lazerde hij dood voorover. Ik heb daar lering uit getrokken. Ik blijf doorgaan met verhalen vertellen. Dan leef je langer.

Het is een kwartier voor middernacht, jongeman. Er kwam net weer een vliegtuig over, keurig op tijd. Ik wacht er elke avond op. Een obsessie is het, zo langzamerhand. En ik ben altijd bang dat-ie naar beneden komt. Ik luister elke dag naar het nieuws en er is altijd wel ergens een vliegtuigongeluk, met tientallen verkoolde lichamen en nog veel meer vermisten. Waarom stijgen ze nog op als ze weten dat ze toch naar beneden lazeren? Maar ja, vliegtuigen zijn er om op te stijgen, nietwaar? Waar moet je anders in opstijgen? Dus ik maak me druk om niks. Sommige mensen vinden het een wonder als ze níet neerstorten. Onze planeet is een bal die in de lucht hangt. En net als bij vliegtuigen moet je de boel goed onderhouden, anders komt-ie vroeger of later naar beneden, boven op een latrine. Mensen zijn ook vliegtuigen, stuk voor stuk. Er hoeft maar een kleinigheid mis te gaan of ze donderen naar beneden. Zolang alles in orde is, vliegen ze waarheen ze willen, maar er komt een moment dat ze ter aarde storten. En vliegtuigen hebben af en toe nog een vliegveld om een veilige noodlanding te maken. Mensen niet. Ik heb mijn leven lang overal rondgezworven, maar nergens vond ik ooit een veilige landingsplaats. Dat zit me dwars, eerlijk gezegd. Daar tob ik over. Waar zal ik ooit naar beneden komen? Het beste zou een verlaten plek zijn. Of juist midden in een stad. *Boem*. Midden tussen de mensen. Alsof je een pan kokend water over een mierennest gooit! Ieder mens zou in zijn hart het liefst een paar anderen meenemen.

Jongeman, stuur me een briefje als je deze band beluisterd hebt. Hou me niet in spanning. Denk goed na over wat ik zojuist gezegd heb over vliegtuigen en zo. Ik zal niet op je kop komen neerstorten, maar zo gek veel tijd heb ik niet meer!

Huang de kantoorjuf heeft het altijd over je. Ga je haar echt een brief schrijven? Ik weet wat er gaande is tussen jullie, en ik raad je met klem aan om er zo snel mogelijk een eind aan te maken. Onze directeur gaat elke dag naar de administratie om haar in haar wangen te knijpen, en nog ergens anders ook. Alle ouwetjes hier hebben de pest aan die twee. We zijn jaloers op ze. Ik ga haar morgen deze band brengen, zodat ze hem kan versturen, en ik denk er hard over om ook nog even een greep te doen. Honderd jaar oude klauwen zijn nog steeds klauwen, en de gedachte alleen al verkwikt mijn vingers. Je gaat vreselijk over de tong hier, omdat je een vrouw en kinderen hebt. Fatsoen is belangrijk voor iemand als jij. Voel je wat ik bedoel, jongen?

Ik heb de laatste tijd moeite met pissen.

De dokter zegt dat ik een vergrote prostaat heb.

Op mijn leeftijd mag ik blij zijn met alles wat eruit komt, zegt-ie.

Liever druppelpis dan helemaal geen pis, zegt-ie.

Ik ben niet optimistisch, moet ik je zeggen.

Mijn vliegtuig raakt door zijn brandstof heen.
Jongeman!
Nog even en de tanks zijn leeg.
Niks geen brandstof meer…
Schoon op.